中华现代学术名著丛书

中古文学史论

王 瑶 著

图书在版编目(CIP)数据

中古文学史论/王瑶著.—北京:商务印书馆,2011
(2022.7 重印)
(中华现代学术名著丛书)
ISBN 978-7-100-08763-6

Ⅰ.①中… Ⅱ.①王… Ⅲ.①中国文学—文学史—研究—魏晋南北朝时代 Ⅳ.①I209.35

中国版本图书馆 CIP 数据核字(2011)第 236015 号

权利保留,侵权必究。

中华现代学术名著丛书
中古文学史论
王 瑶 著

商 务 印 书 馆 出 版
(北京王府井大街36号 邮政编码100710)
商 务 印 书 馆 发 行
北京通州皇家印刷厂印刷
ISBN 978-7-100-08763-6

2011年12月第1版	开本 880×1240 1/32
2022年7月北京第3次印刷	印张 12⅜ 插页 1

定价:60.00元

王 瑶

(1914—1989)

作者手迹

出版说明

百年前,张之洞尝劝学曰:"世运之明晦,人才之盛衰,其表在政,其里在学。"是时,国势颓危,列强环伺,传统频遭质疑,西学新知哑哑而入。一时间,中西学并立,文史哲分家,经济、政治、社会等新学科勃兴,令国人乱花迷眼。然而,淆乱之中,自有元气淋漓之象。中华现代学术之转型正是完成于这一混沌时期,于切磋琢磨、交锋碰撞中不断前行,涌现了一大批学术名家与经典之作。而学术与思想之新变,亦带动了社会各领域的全面转型,为中华复兴奠定了坚实基础。

时至今日,中华现代学术已走过百余年,其间百家林立、论辩蜂起,沉浮消长瞬息万变,情势之复杂自不待言。温故而知新,述往事而思来者。"中华现代学术名著丛书"之编纂,其意正在于此,冀辨章学术,考镜源流,收纳各学科学派名家名作,以展现中华传统文化之新变,探求中华现代学术之根基。

"中华现代学术名著丛书"收录上自晚清下至 20 世纪 80 年代末中国大陆及港澳台地区、海外华人学者的原创学术名著(包括外文著作),以人文社会科学为主体兼及其他,涵盖文学、历史、哲学、政治、经济、法律和社会学等众多学科。

出版说明

出版"中华现代学术名著丛书",为本馆一大夙愿。自1897年始创起,本馆以"昌明教育,开启民智"为己任,有幸首刊了中华现代学术史上诸多开山之著、扛鼎之作;于中华现代学术之建立与变迁而言,既为参与者,也是见证者。作为对前人出版成绩与文化理念的承续,本馆倾力谋划,经学界通人擘画,并得国家出版基金支持,终以此丛书呈现于读者面前。唯望无论多少年,皆能傲立于书架,并希冀其能与"汉译世界学术名著丛书"共相辉映。如此宏愿,难免汲深绠短之忧,诚盼专家学者和广大读者共襄助之。

商务印书馆编辑部

2010年12月

凡　　例

一、"中华现代学术名著丛书"收录晚清以迄20世纪80年代末,为中华学人所著,成就斐然、泽被学林之学术著作。入选著作以名著为主,酌量选录名篇合集。

二、入选著作内容、编次一仍其旧,唯各书卷首冠以作者照片、手迹等。卷末附作者学术年表和题解文章,诚邀专家学者撰写而成,意在介绍作者学术成就,著作成书背景、学术价值及版本流变等情况。

三、入选著作率以原刊或作者修订、校阅本为底本,参校他本,正其讹误。前人引书,时有省略更改,倘不失原意,则不以原书文字改动引文;如确需校改,则出脚注说明版本依据,以"编者注"或"校者注"形式说明。

四、作者自有其文字风格,各时代均有其语言习惯,故不按现行用法、写法及表现手法改动原文;原书专名(人名、地名、术语)及译名与今不统一者,亦不作改动。如确系作者笔误、排印舛误、数据计算与外文拼写错误等,则予径改。

五、原书为直(横)排繁体者,除个别特殊情况,均改作横排简体。其中原书无标点或仅有简单断句者,一律改为新式标点,专名号从略。

六、除特殊情况外,原书篇后注移作脚注,双行夹注改为单行夹注。文献著录则从其原貌,稍加统一。

七、原书因年代久远而字迹模糊或纸页残缺者,据所缺字数用"□"表示;字数难以确定者,则用"(下缺)"表示。

目　　录

重版题记 1

初版自序 4

政治社会情况与文士地位 6

玄学与清谈 36

文论的发展 62

文体辨析与总集的成立 93

小说与方术 113

文人与药 143

文人与酒 173

论希企隐逸之风 196

拟古与作伪 219

曹氏父子与建安七子 237

潘陆与西晋文士 256

玄言·山水·田园
　　——论东晋诗 270

隶事·声律·宫体
　　——论齐梁诗 291

徐庾与骈体 319

初版后记 ·· 347

王瑶先生著述年表 ······················ 孙玉石 352
王瑶的中国文学史研究方法论断想
　　——以《中古文学史论》为中心 ········ 孙玉石 361

重版题记

本书属稿于一九四二年至一九四八年期间,书名即称《中古文学史论》,是作者原在清华大学讲授"中国文学史分期研究(汉魏六朝)"一课程的讲稿。其写作意图及经过已详书中所附之初版《自序》及《后记》中,不再赘述。一九五一年作者曾以之分别编为《中古文学思想》、《中古文人生活》、《中古文学风貌》三书,由上海棠棣出版社出版。时值建国之初,私营出版社顾虑较多,不愿出字数较多之学术著作,故循其所请,一分为三,其实仍为一书。一九五六年,"运动"之风渐紧,乃自我从严处理,将全书整理修改一次,删削几半,改题《中古文学史论集》,交上海古典文学出版社出版。荏苒多年,久未重印。迨"史无前例"之时代结束以后,天晴日霁,科学研究又迈新步,上海古籍出版社乃于一九八一年据一九五六年纸型,重印一次。后知香港中流出版社曾于七十年代据棠棣出版社本,重印过《中古文学思想》、《中古文人生活》、《中古文学风貌》三书;又承日本石川忠久教授主持,将《中古文学思想》及《中古文人生活》二书中多篇文字,予以迻译,改名《中国之文人》,列为日本大修馆书店所出《中国丛书》之一,在日本出版。又由于近年来学术思想活跃,各地治中国文学史之同道及同学,也时有询及棠棣版三书者,认为尚具有某种参考价值,亟宜重印;今岁访日,又蒙日本同行学者予以关心与鼓励;感愧之余,遂拟仍照原先计划,将棠棣版三册合为一书,仍名《中古文学史论》,予以重版。承北京大学出版社热心协助,遂得付梓。对于来自各方之盛情支持及鼓励,作者深为铭感。在付印过程中,又蒙钱理群、陆彬良二同志协助核校,多所匡正,并此志谢。

学术研究工作总是在前辈学者的哺育和影响下起步和前进的。本书在写作过程中曾受到朱自清先生和闻一多先生的指导,已于初版《自序》及《后记》中叙及,这是一种"亲承音旨"式的当面讨论的方式;此外受到前辈著述的启发和影响的地方,尤其众多,我这里只想谈谈鲁迅著作对我的教益。由本书的内容可以看出,作者研究中古文学史的思路和方法,是深深受到鲁迅《魏晋风度及文章与药及酒之关系》一文的影响的。鲁迅对魏晋文学有精湛的研究,长期以来作者确实是以他的文章和言论作为自己的工作指针的。这不仅指他对某些问题的精辟的见解能给人以启发,而且作为中国文学史研究工作的方法论来看,他的《中国小说史略》、《汉文学史纲要》、《中国新文学大系小说二集导言》等著作以及关于计划写的中国文学史的章节拟目等,都具有堪称典范的意义,因为它比较完满地体现了文学史既是文艺科学又是历史科学的性质和特点。文学史作为一门独立的学科,它既不同于以分析和评价作品的艺术成就为任务的文学批评,也不同于以探讨文艺的一般的普遍规律为目标的文艺理论;它的性质应该是研究能够体现一定历史时期文学特征的具体现象,并从中阐明文学发展的过程和它的规律性。鲁迅把他拟写的六朝文学的一章定名为"酒·药·女·佛",这四个字指的都是文学现象;关于"酒"和"药"同文学的关系我们已在《魏晋风度及文章与药及酒之关系》一文中得知梗概,"女"和"佛"当然是指弥漫于齐梁的宫体诗和崇尚佛教以及佛教翻译文学的流行。这些现象既同时代背景和社会思潮有联系，又同文人的生活和作品有联系，是可以反映和概括文学史的历史特征的。又如他把唐代文学的一章定名为"廊庙与山林"，那是根据作家在朝或在野而对现实采取不同的态度和倾向加以概括的，其意盖略近于他的一篇讲演的题目《帮忙文学与帮闲文学》，目的是由作家的不同的社会地位来考察作品的不同倾向。他能从丰富复杂的文学历史中找出带普遍性的、可以反映时代特征和本质意义的典型现象，然后从这些现象的具体分析和阐述中来体现文学的发展规律，这对文学史研究工作者是具有方法论性质的启发意义的，至少作者是把它作为研究工作的指针的。但由于自己理论修养和学术水平的限制，几十年来不仅始终停留在"心向往之"的阶段，而且还常常发生东施效颦的现象，本书各文就具体地说明了这种情况。作者所以愿意指出这一点，是因为虽然本书质量不高，还可能存在某些错误或不妥之处，但作者深信自己所遵循的思路和方法还是比较对头的，而且仍然希望能在今后的工作中继续努力，并对过去的失误有所弥补。

此次重版，虽经作者就全书重行校读一遍，并有所补正，但总的说来，它仍然是一部旧作。由于多年荒疏，作者未能对论述内容作出新的探讨和增补，至感内疚；但本书所论述的都是一些比较专门的学术问题，也搜集了一些有关的资料和提出了个人的看法，或者仍可供今天的研究者与学习者以参考，因此决定重版，并希望能由此得到读者和专家们的教正。

一九八四年十二月十日于北京大学镜春园寓所

初版自序

苏轼《韩文公庙碑》说韩愈"文起八代之衰",韩愈自己也说"非三代两汉之书不敢观",这是古文家的态度。清刘逢禄有《八代文苑》,陈崇哲有《八代文粹》,陆奎勋有《八代诗揆》,张守有《八代诗淘》,王闿运有《八代诗选》,又都是以"八代"为宗尚的。本书所讨论的各问题的时代,起于汉末,讫于梁陈,大略相当于旧日所谓八代的范围。名为《中古文学史论》,是沿用刘师培《中古文学史》的习惯称法,并没有特别的意思。不过我们和前人不同的,是心中并没有宗散宗骈的先见,因之也就没有"衰"与"不衰"的问题。即使是衰的,也自有它所以如此的时代和社会的原因,而阐发这些史实的关联,却正是一个研究文学史的人底最重要的职责。昔人之所以常用"八代""六朝"这些字样,也正表示出这四百多年的文学史是有它底共同时代特征的,是一个历史的自然分期。本书的目的,就在对这一时期中文学史的诸现象,予以审慎的探索和解释。作者并不以客观的论述自诩,因为绝对的超然客观,在现实世界是不存在的;只要能够贡献一些合乎实际历史情况的论断,就是作者所企求的了。

本书共十四章,大致是分三个范围论述的。第一部分是"文学思想",着重在文学思想本身以及它和当时一般社会思想的关系。第二部分是"文人生活",这主要是承继鲁迅先生《魏晋风度及文章与酒及药之关系》一文加以研究阐发的,着重在文人生活和文学作品的关系。第三部分是"文学风貌",是论述主要作家和作品内容的。不过这只是大致的说法,因为这三部分都互相有关联;而且如果要分开,这书中每章都可自成一单元,但因为又是有计划写的,所以合起来也颇具系统。不过为了出版家和读者的兴趣,照着大致的范围分为三部分,也有一种方便,所以就这样分开了。

本书开始属稿是在一九四二年秋天,到现在已经整整六年了。其中《隶事、声律、宫体》一章曾在《清华学报》刊载,《小说与方术》一章曾在商务出版之《学原》刊载,《拟古与作伪》及《论希企隐逸之风》两章曾在《文艺复兴》中国文学专号刊载。又于一九四六年及一九四八年度曾先后以此书为蓝本,在清华大学中国文学系讲授过"中国文学史分期研究(汉魏六朝)"一课程。在出版之际,作者对以上各刊物的编者和清华大学,皆深致谢意。

在属稿期间,每一篇写成后,作者都先请朱佩弦师过目,得到的启示和指正非常多。已故的闻一多师,也曾给过作者不少的教正。全书成后,又请余冠英先生从头校阅过一次,指正的地方也很多。对于这些奖掖帮助的厚意,作者敬在此一并致谢。

一九四八年六月七日于北平清华园寓所

政治社会情况与文士地位

一

在政治史上,魏晋是一个混乱的时期,一方面结束了汉帝国的统一,一方面又开启了以后南北朝底更长久的分裂。汉末的离乱,是由东汉中叶以来多年的政治与社会经济底病态腐蚀所演变成的结果,并非一朝一夕之故;农村破产,政治腐化,权力集中在少数的外戚宦官手里,都是促成统一局面崩坏的因素。所谓黄巾之乱,实际上即是藉宗教迷信而团结起来的农民起义;此后的盗贼四起和军阀割据,其直接原因皆为社会经济的破产。《后汉书·张让传》云:"黄巾既作,盗贼糜沸。郎中中山张钧上书曰:'窃惟张角所以能兴兵作乱,万人所以乐附之者,其源皆由十常侍多放父兄、子弟、婚亲、宾客典据州郡,辜榷财利,侵掠百姓。百姓之冤无所告诉,故谋议不轨,聚为盗贼。'"《后汉书·刘陶传》云:"比年已来,良苗尽于蝗螟之口,杼柚空于公私之求,所急朝夕之餐,所患靡盐之事。……地广而不能耕,民众而无所食。群小竞起,秉国之位,鹰扬天下,鸟钞求饱,吞肌及骨,并噬无厌。诚恐卒有役夫穷匠,起于板筑之间,投斤攘臂,登高远呼,使愁怨之民,响应云合,八方分崩,中夏鱼溃。"社会上有了这样的客观基础,所以一些野心家收集流亡者来形成一个强大的割据势力很容易；但养活这些士众却非常困难。《晋书·食货志》云："魏武之初，九州云扰，攻城掠地，保此怀民，军旅之资，权时调给。于时袁绍军人皆资椹枣，袁术战士取给蠃蒲。"董卓之乱，把洛阳变成了"旧京空虚，数百里无烟火"；长安变成了"城中尽空，并皆四散，二三年间关中无复行人。"在这种情形下，北方的富庶地带，都弄得道路阻塞，农民流徙，到处都是盗贼，形成了社会秩序的大破坏。中央政府无力控制政权，灵帝时遂改刺史为州牧，握有地方军政实权，于是各州牧豪右都藉机扩充势力，自保一方。想法戡定境内的"盗匪"，抚绥人民就业。这些所谓"盗匪"本是饥民难民的流亡结合，很容易起来，但本身还没有一定坚强的组织和统一目标，所以也很容易下去。于是渐渐地由盗贼的横行，变成了军人的割据。这就是建安时代的局面。

　　这些割据的军阀中，有许多即是东汉末年的名士。刘表为八俊之一，统治荆州，定五经章句，为一般名士所依归。袁绍四世三公，母丧后归葬汝南，会者三万人，盛况不下陈寔。又去官而归，车徒甚盛；许邵为郡功曹，绍入郡界曰："吾岂可使许子将见。"谢车徒，以单车归家。这些人所以能够割据一方，汉末以来的刺史握有军权固然是原因；但更重要的，士族的集团和地位的确定，是这段历史的一大枢纽。经过了长久的汉帝国的升平局面，士大夫不但在政治上有了巩固的优越地位，在经济上也享有厚禄，可以收买土地，把持一方；退休后便是地方的豪绅，死后便留给子孙，还是照样作官。帝王的提倡儒学，博士弟子的加多，都给他们的地位加了保障。这样，便慢慢地在社会上形成了一个名门或郡望。平常是地方领袖，离乱时便可组成自卫的武力集团。帝王要巩固统治，当然要竭力提倡儒学，且以通经为入仕的条件；但政府虽设有博士弟子，而学术不能普遍地发展,各经皆有家法师传,遂有所谓累世经学。于是先世仕宦的人,仕途自也比较坦易,所以如袁、杨二氏,皆数世为公卿。这种传统逐渐地发展,便养成了士大夫在社会上的特殊地位。

东汉人士从仕,大致分地方察举和公府征辟两途。察举每岁皆行,初由三公以下各官吏进举茂材,后来刺史守相等纷纷滥举。茂材孝廉,岁以百数。遂以孝廉为察举惟一项目,其他诸科渐废;郡国率二十万口,岁举孝廉一人,且成为定额。人民为了求仕的出路,纷纷竞趋,于是弊端层出;当时谚云:"举茂才,不知书;察孝廉,父别居",可知实际情形之一斑。但察举尚须循序渐进,所以高才重名的人,都愿意由征召出身。汉朝二千石以上,皆可自辟曹掾,公卿等也都以辟士相尚,一般名士还有以不即时应命为高的风气,如黄琼五府俱辟,陈纪四府并命,都可以更提高他的声誉。朝廷也常崇敬高名,直接辟请。陈实官仅太邱长,家居后,朝廷每三公缺,议者多归之。太尉杨赐,司徒陈耽,每以实未登大位而身先之自愧。董卓征荀爽,初拜平原相,途次又拜光禄勋,视事三日,策拜司空。自布衣至三公,凡九十五日。所以崔实《政论》言征辟云:"三府掾属,位卑职重,及其取官,又多超卓,或期月而长州郡,或数年而至公卿。"这种躐等而进的仕途,当然使得士人们特别重视在野的声誉,一方面士人自己也当然激厉名行。桓帝时太学生至三万人,马融、郑玄等也群聚京师,于是士人渐渐形成一个集团,表现一种清议势力。这种士人自身的清议,自然会影响到了察举和征辟的标准,也就是士人自己出处的标准。而且士人的领袖和朝廷大臣,有时互相褒重,如郭林宗之与李元礼;所以清议的力量,可以直接影响到实际的政治。《后汉书·苻融传》云:"时汉中晋文经、梁国黄子艾,并恃其才智,炫耀上京。卧托养疾,无所通接。洛中士大夫好事者,承其声名,坐门问疾,犹不得见。三公所辟召者,辄以询访之,随所臧否,以为与夺。"士人的集团形成之后,处士的声誉已远超过实际的禄位,所以党锢之祸的起来,就是因了这种"匹夫抗愤,处士横议,遂乃激扬名声,互相题拂,品核公卿,裁量执政"的士风。但党锢的残杀,并不能把士人的地位打散和取消,据《后汉书·范滂传》,其时党人之祸愈酷,而名愈高,天下皆以名入党中人为荣。范滂初出狱南归,"汝南、南阳士大夫迎之者数千辆"。这些士人们已成了社会上的一种不可侮的力量,他们的名行地位,都为人所景仰,于是在他们的周围,还团结了许多的门生故吏宾客的随从力量;因此有许多已经形成名门世家的名士,就专门延结宾客,募养家兵,以树植自己的地位。中央政治的腐败无能,使得由察举征召所养成的清节高行的士大夫风习,由忠君爱国而离心转移为狭义的豪侠精神;恩仇必报,忠于私主,都是当时行为的特点。于是这种以门生故吏和私人部曲集合起来的势力,就成了社会的一个强力的中心。政府对这些势力无法处治,而且还要依赖他们去平定"盗匪",遂只好分别任为长吏或将军。于是他们便扩充势力,互相竞争,巧结联盟,设法并吞别人,这样便成了一个军阀混战的乱局了。所以远在魏武九品中正之法实行前,士族已在政治上形成了一种势力,许多名士即是汉末割据诸雄中的主角。而且各地的名门郡望,也有很多把持乡政,左右清谈的事实。吴质已为达官,乡里犹不与之士名。薛夏出身单寒,本郡豪右且将处死。《全后汉文》卷八十九仲长统《昌言》云:"天下士有三俗,选士而论族姓阀阅,一俗。交游趋富贵之门,二俗。畏服不接于贵尊,三俗。"王符《潜夫论·交际篇》云:"虚谈则知以德义为贤,贡荐则必阀阅为前。"可知魏晋华素之隔,其来有自了。

二

魏武《述志令》自称："设使国家无有孤,不知当几人称帝,几人称王。"这倒是事实,他由一个豪右变成了一个军阀,而且逐渐地统一了中原,巩固了新的政权,设法恢复地方秩序的安宁,他确是有不少的贡献。他之所以能成功,最重要的原因就是他在经济上有了解决的办法。远在建安初年,别的人正在没有办法解决军食问题的时候,他就用枣祗之议,实行了恢复生产,供给军粮的屯田制。《魏志·武帝纪》建安元年"用枣祗、韩浩等议,始兴屯田"下,裴注引《魏书》云:"自遭荒乱,率乏粮谷。诸军并起,无终岁之计,饥则寇略,饱则弃余,瓦解流离,无敌自破者不可胜数。袁绍之在河北,军人仰食桑椹。袁术在江、淮,取给蒲蠃。凡人相食,州里萧条。公(操)曰:'夫定国之术,在于强兵足食,秦人以急农兼天下,孝武以屯田定西域,此前代之良式也。'是岁(建安元年)乃募民屯田许下,得谷百万斛。于是州郡例置田官,所在积谷。征服四方,无运粮之劳。遂兼灭群贼,克平天下。"《晋书·食货志》云:"乃募良民屯田许下,又于州郡列置田官,岁有数千万斛,以充兵戎之用。及初平袁氏,以定邺都,令收田租亩粟四升,户绢二匹而绵二斤,余皆不得擅兴。"又云:"当黄初中,四方郡守垦田又加,以故国用不匮。"屯田制和田租户调的简化新税制是魏武政治上的最大成功;确立了他能统一中原的经济基础。又用卫觊之议,以为"'盐者国之大宝,自丧乱以来放散,今宜如旧置使者监卖,以其直益市犁牛,百姓归者以供给之。勤耕积粟,以丰殖关中,远者闻之,必多竞还。'于是魏武遣谒者仆射监盐官,移司隶校尉居弘农。流人果还,关中丰实。"(《晋书·食货志》)各地方的恢复秩序,抚辑流亡,促进农业生产,都收了相当的效力;所以曹操的统一中原,绝不是偶然的成功。

经过大规模人口流徙以后,再用政治军事的力量来竭力推行屯田制,其结果必定使原来的地主和农民丧失了土地所有权,而政府的公田数目则无限制地增加,于是政府便成了最大的地主了。《魏志·司马朗传》云:"大乱之后,民人分散,土业无主,皆为公田。"这对于政府的经济基础当然有好处,但和原来的地主们——实际上即是东汉以来的名门士族们,便有了经济上的冲突。汉末群雄角逐的结果,失败者也还分别附托于割据势力之下,不失为强家。各地的著姓郡望,即使一时迁徙,也还保持着地方上优越的特权。陈琳《为袁绍檄豫州文》中言"操赘阉遗丑,本无懿德",这虽然是骂人话,但曹操出身浊流,起初不为一般名士所归,却是事实。所以魏武唯才是举的有名的"三诏令",实在也是有他不得已的苦衷。他为了摧抑名门士族的反对势力,来巩固自己的新政权,不得不扩展他用人的标准。在这点上,曹操不愧为雄才大略,是颇有决心的。袁、杨是东汉以来最著的名族,曹操灭了二袁,且欲杀太尉杨彪,曾"榜楚参并,五毒备至";孔融也是累世名族,当时曾云:"孔融鲁国男子,明日当拂衣而去,不复朝矣。"但孔融自己和彪子杨修,结果俱遭显戮。建安十五年下令云:"今天下尚未定,此特求贤之急时也。……若必廉士而后可用,则齐桓其何以霸世!今天下得无有被褐怀玉而钓于渭滨者乎?又得无盗嫂受金而未遇无知者乎?二三子其佐我明扬仄陋,唯才是举,吾得而用之。"十九年令云:"夫有行之士未必能进取,进取之士未必能有行也。陈平岂笃行,苏秦岂守信邪?而陈平定汉业,苏秦济弱燕。由此言之,士有偏短,庸可废乎?有司明思此义,则士无遗滞,官无废业矣。"二十二年令云:"韩信陈平负污辱之名,有见笑之耻,卒能成就王业,声著千载。吴起贪将,杀妻自信,散金求官,母死不归,然在魏,秦人不敢东向,在楚则三晋不敢南谋。今天下得无有至德之人放在民间,及果勇不顾,临敌力战;若文俗之吏,高才异质,或堪为将守;负污辱之名,见笑之行,或不仁不孝而有治国用兵之术:其各举所知,勿有所遗。"东汉以来的士林最高道德,就是孝廉——孝子廉吏的简称;所以贡举孝廉,后来成为地方察举的唯一科目。因此士族的风习,也以久丧让爵,推财清节等,为他们一贯的高行美习;同时也成了各门士族的传统道德。曹操把这些士族自矜的道德都取消了,想要以才能做标准,树立一种新的法治精神,来巩固他的政权。所以他举出的古人,和所说的用人标准,都可以视为一种对当时士族的摧抑,和对他们消极不合作态度的抵抗。这种态度收了效力,当然也遇了阻力。《魏志·荀彧传》注引《彧别传》云:"取士不以一揆,戏志才、郭嘉有负俗之讥,杜畿简傲少文,皆以智策举之,终各显名。"这是收到的效果。《魏志·崔琰传》云:"罚琰为徒隶,使人视之,辞色不挠。太祖令曰:'琰虽见刑,而通宾客,门若市人。……'遂赐琰死。"又云:"初,太祖性忌,有所不堪者,鲁国孔融、南阳许攸、娄圭,皆以恃旧不虔见诛。"从这些也可看出他受到的阻碍。魏文帝延康元年,用吏部尚书陈群议,定九品官人之法。唐时柳芳撰《氏族论》云:"魏氏立九品,置中正,尊世胄,卑寒士,权归右姓已。其州大中正、主簿,郡中正、功曹,皆取著姓士族为之,以定门胄,品藻人物。晋、宋因之。"(《新唐书·柳冲传》)这一段话说得最有见地,九品中正之法是不能与魏武底唯才是举的"三诏令"同样解释的,那主要是对士族的摧抑,而这却是对士族的妥协。黄初二年,"初令郡国口满十万者,岁察孝廉一人;其有秀异,无拘户口"。这都和魏武的用人政策相反,曹氏父子态度的不同,不只是人的不同,而且也是时代的差别。傅玄疏云:"近者魏武好法术,而天下贵刑名;魏文慕通达,而天下贱守节。"(《晋书·傅玄传》)魏武在群雄角逐之际,想用唯才是举的办法,循名责实的法治精神,来摧抑士族势力,巩固自己的政权;这当然收到了一部分的成功;但多年的名门士族的各地潜在势力,还是很大。虽不足以影响大局,但实在是一种政治上的牵制。而且即使就人才说,因了学术的不普遍,也还是大部限在士族的圈子里。他们有家法师传,有藏书秘籍,有多余的闲暇,都使他们的知识可以累代相传。所以在魏文帝时,政治上已经行了篡窃之实,中原的形势已经统一了,而且士流播迁,考详无地,要多方面地吸收人才,收翊赞之效,便不能不要求名门士流的合作,便不能不给他们设立一条仕进的坦途。九品官人之法,即是在这种情形下产生的。所以从开始起,九品中正制就和门阀势力结了不解之缘;前引柳芳论氏族文有云:"于时有司选举,必稽谱籍,而考其真伪。故官有世胄,谱有世官,贾氏、王氏谱学出焉。"此后互为因果,门阀势力就成了中国中古历史上最重要的问题了。

三

在三方鼎立,士流播迁的情形下,虽然社会秩序已恢复了一点,但想要严格实行如东汉时的察举制,也是不大可能的事情。班固著《汉书》,序往代贤智,以为九条,陈群遂依之定九品官人之法;其制于各州郡县皆设置大小中正,大中正以本处人在诸府公卿及台省郎吏有德充才盛者为之,区别所管人物,定为九等。其有言行著名者,则升进之;道义亏缺者,则下降之。各州郡都有簿状,差叙自公卿以下至于郎吏功德才行所任,以上司徒;司徒再核,然后付吏部选用。因为吏部事实上不能审核天下人才士庶,所以由中正铨第等级,再由吏部凭之授受,以为可免乖失。《晋书·职官志》不列中正之官,因为中正只是本处人而任公卿等的兼职;各地小中正先就其所知,汇报本州大中正,然后由大中正根据乡评,定其品级与进退。所以起初的用意,还是注重乡论,以求得到州郡察举的优点。但中正制实行以后,因为大中正为中央官的兼职,所以士庶之求出身者,大家都聚集于中央,不愿再归乡里;因果相承,此制遂历数代而弗替。但中正品第,从开始就难以得平;《魏志·常林传》注引《魏略·吉茂传》云:"茂同郡护羌校尉王琰,前数为郡守,不名为清白,而琰子嘉仕历诸县,亦复为通人。嘉时还为散骑郎,冯翊郡移嘉为中正。嘉叙茂虽在上第,而状甚下,云'德优能少'。茂愠曰:'痛乎!吾效汝父子冠帻劫人邪!'"又引《魏略·时苗传》云:"领其郡中正,定九品,于叙人才不能宽,然纪人之短,虽在久远,衔之不置。"《魏志·刘放传》注引《孙资别传》云:孙资为中书令,加侍中光禄大夫。子宏,娶乡人司空掾田豫女,"田豫老疾在家,资遇之甚厚,又致其子于本郡,以为孝廉"。因为中正品状,和州郡察举制之一年仅举数人不同。凡属本州人士,无论已仕未仕,皆须入品;既欲同时品状合境人才,作伪固所不免,其势也实难周悉。即想态度中正也是不可能的。所以只好单凭出身门第,兼采浮华虚誉了。以前的州郡察举只是士人进仕的初步,与以后官职的升降转移无关；现在则进仕以后官职的升降，也完全操于中正的品状，而不取决于政绩的考课，所以中正的权力特大。刘毅所谓"虽职之高，还附卑品，无绩于官，而获高叙，是为抑功实而隆虚名也。上夺天朝考绩之分，下长浮华朋党之士。""以品取人，或非才能之所长；以状取人，则为本品之所限。若状得其实，犹品状相妨，系挚选举，使不得精于才宜。况今九品，所疏则削其长，所亲则饰其短。徒结白论，以为虚誉，则品不料能，百揆何以得理，万机何以得修？"（《晋书·刘毅传》）照理论上说，中正最多只能知"品"；"状"为才能绩效，是属于任职入仕以后的事，中正自无法详悉。今品与状既皆归之中正，则只有由门第虚誉来考察了。

九品中正制的弊端，当时已有人见及。《魏志·杜畿传》载杜恕上疏云："近司隶校尉孔羡辟大将军狂悖之弟，而有司嘿尔，望风希指，甚于受属。选举不以实，人事之大者也。"《魏志·夏侯玄传》云："太傅司马宣王问以时事，玄议以为：'夫官才用人，国之柄也。故铨衡专于台阁，上之分也。孝行存乎闾巷，优劣任之乡人，下之叙也。夫欲清教审选，在明其分叙，不使相涉而已。……自州郡中正品度官才以来，有年载矣，緬緬纷纷，未闻整齐，岂非分叙参错，各失其要之所由哉！若令中正但考行伦辈，伦辈当行均，斯可官矣。……所求有路，则修己家门者，已不如自达于乡党矣；自达乡党者，已不如自求之于州邦矣。苟开之有路，而患其不饰真离本，虽复严责中正，督以刑罚，犹无益也。岂若使各帅其分，官长则各以其属能否献之台阁，台阁则据官长能否之第，参以乡闾德行之次，拟其伦比，勿使偏颇。中正则唯考其行迹，别其高下，审定辈类，勿使升降。台阁总之，如其所简。……斯则人心定而事理得，庶可以静风俗而审官才矣。"但这时司马氏正在结欢强族，自图篡窃,自然是"逊谢未纳"。在当时的九品中正制以下,州郡辽阔,彼此略不相识,所以"但能知其阀阅,非复辨其贤愚",大小中正及主簿功曹等,皆取著姓大族为之,以之定门胄,品人物,自然"官有世胄,谱有世官"了。所以从开始起,九品官人之法就是"尊世胄,卑寒士,权归右姓"的。这给高门大族建立了一个制度上的护符,他们虽无世袭之名,而可以享有世袭之实;所以虽然弊端甚多,却能历久不废,因为背后存在着强有力的特权支持。而九品中正制与门阀势力遂互为因果地发展着。

《晋书·郑默传》云:"初,帝以贵公子当品,乡里莫敢与为辈,求之州内,于是十二郡中正佥共举默。"《晋书·邓攸传》云:"尝诣镇军贾混,混以人讼事示攸,使决之。攸不视,曰:'孔子称听讼吾犹人也,必也使无讼乎!'混奇之,以女妻焉。举灼然二品。"《晋书·王戎传》云:"初,孙秀为琅邪郡吏,求品于乡议。戎从弟衍将不许,戎劝品之。及秀得志,朝士有宿怨者皆被诛,而戎、衍获济焉。"《晋书·何劭传》云:"劭初亡,袁粲(劭子)吊岐,岐辞以疾。粲独哭而出曰:'今年决下婢子品。'王诠谓之曰:'知死吊死,何必见生!岐前多罪,尔时不下,何公新亡,便下岐品,人谓中正畏强易弱。'粲乃止。"《李含传》言含素为寒门,中正庞腾贬含为五品。《晋书·刘卞传》云:"本兵家子,……后从令至洛,得入太学,试经为台四品吏。访问令写黄纸一鹿车,卞曰:'刘卞非为人写黄纸者也。'访问知怒,言于中正,退为尚书令史。"九品之制行之既久,门第的界限也就愈严。中正所品高下,全以意定。凡是衣冠之族,莫非二品,自此以下,遂成卑寒。《晋书·王戎传》云:"自经典选,未尝进寒素,退虚名,但与时浮沉,户调门选而已。"而且平昔的恩怨,都可以藉之高下其品,于是仕途遂专为大族所把持了。如王述为都督扬州、徐州之琅琊诸军事，卫将军，并、冀、幽、平四州大中正，刺史如故。从弟蕴为光禄大夫，领五兵尚书，本州大中正。述子坦之，领本州大中正。蕴从叔峤，频迁吏部郎，御史中丞，秘书监，领本州大中正。吴郡陆晔，其弟玩，玩子纳，皆曾领本州大中正。（并见《晋书》各传）这样，中正一职永远握在名门大族手里，文武衣冠，皆系姻戚，援攀延揽，视若固然，所以卫瓘、刘毅、李重诸人，皆力言其弊。《晋书·卫瓘传》载其《上太尉汝南王亮疏》曰："魏氏承颠复之运，起丧乱之后，人士流移，考详无地，故立九品之制，粗且为一时选用之本耳。其始造也，乡邑清议，不拘爵位，褒贬所加，足为劝励，犹有乡论遗风。中间渐染，遂计资定品，使天下观望，唯以居位为贵。人弃德而忽道业，争多少于锥刀之末，伤损风俗，其弊不细。"《晋书·刘毅传》言："毅以魏立九品，权时之制，未见得人，而有八损"，乃上疏非之，中云："今之中正，不精才实，务依党利；不均称尺，务随爱憎。所欲与者，获虚以成誉；所欲下者，吹毛以求疵。高下逐强弱，是非由爱憎。……是以上品无寒门，下品无势族。"刘实《崇让论》云："能否混杂，优劣不分，士无素定之价，官职有缺，主选之吏不知所用，但案官次而举之。同才之人先用者，非势家之子，则必为有势者之所念也。"（《晋书·刘实传》）《晋书·段灼传》载其上表云："今台阁选举，涂塞耳目，九品访人，唯问中正。故据上品者，非公侯之子孙，则当涂之昆弟也。"《晋书·陈頵传》云："取才失所，先白望而后实事，浮竞驱驰，互相贡荐，言重者先显，言轻者后叙。"可知在中正操纵选举与铨叙两种全权之后，名门世族虽无世袭之名，而却享有其实；所谓"高门华胄有世及之荣，庶姓寒人无寸进之路"。因此便形成了一种变相的封建世袭制度。最初还有乡论余风，但不得不以阀阅为参考；渐渐遂以高门谱谍为品题人才及诠选公卿的唯一依据,而中正一职即更非高门不能任之了。沈约《宋书·恩幸传序》云:"岁月迁讹,斯风渐笃,凡厥衣冠,莫非二品,自此以还,遂成卑庶。……魏、晋以来,以贵役贱,士庶之科,较然有辨。"《南齐书·褚渊传》萧子显论南朝世族曰:"自是世禄之盛,习为旧准,羽仪所隆,人怀羡慕。君臣之节,徒致虚名。贵仕素资,皆由门庆,平流进取,坐至公卿。"梁裴子野《宋略·选举论》云:"降及季年,专限阀阅,自是三公之子,傲九棘之家,黄散之孙,蔑令长之室;转相骄矜,互争铢两。所论必门户,所议莫贤能。"魏晋名门子弟,起家多拜散骑侍郎,钟繇弱冠,即居其选。宋齐以下,秘书郎四员,为甲族起家之选,居官数旬便转。仕途平坦,令仆三司,可安流平进,雍容而至大位,不必再以才能政绩著称。琅琊王氏自王祥起,历代显赫;王导建勋江左,其后裔为中书令监及侍中等重职,历五朝而未绝。直到唐朝王玙相肃宗,王搏相昭宗,犹为其嫡系后裔。朝代尽管变更,而王氏子孙的宰辅地位可以不变,可知门阀势力之强大了。

四

　　门阀势力之所以如此强大,最重要的是有他坚固的经济基础。从汉末大乱起,豪族著姓为了保护他的生命财产,就不得不筑碉堡坞壁,聚集流人,建立强大部曲,和有力的军阀们交结,以求自立于一方。以后的永嘉之乱,情形还是如此。普通人民流离失所,只有相率投靠于坞主等,以求苟安。这些人愈集愈众,豪族们就把他们都编成部曲;壮丁是武装势力,老孺就是生产集团。这些人对主人是私属家仆,在州郡户籍上无独立的籍贯,对国家无课役;地位只在奴婢以上,因为不能自由买卖。这些人以前都是独立的平民,现在却变成一姓的私属;门阀的主要经济势力,即奠基于这种隐户的部曲劳动上面。《晋书·食货志》云:"各以品之高卑荫其亲属,多者及九族,少者三世。宗室、国宾、先贤之后及士人子孙亦如之。而又得荫人以为衣食客及佃客。"自魏武实行户调制后,晋代因之。衣食客等皆依附于豪族门下,免徭役,避征赋;达官贵门,所在皆然。投靠豪族的人,照例是举家相从,所以李典有部曲三千余家,万三千余口。(《魏志·李典传》)朱桓有"部曲万口,妻子尽识之。"(《吴志·朱桓传》)苏峻有部曲数千家,祖逖有部曲百余家。(并《晋书·苏峻传》、《晋书·祖逖传》)而且部曲的统率权是世袭的,如马超继其父腾领部曲,孙策继其父坚领部曲等。部曲除武力装备的用途外,主要还是生产劳动。因为自从九品中正之法行后,朝廷和世族间已取得了妥协和合作;于是原来属于政府的那些大量的公田,也逐渐又回到豪门大族的手里了。《晋书·食货志》说:"平吴之后,……国王公侯,京城得有一宅之处。近郊田,大国田十五顷,次国十顷,小国七顷。"又说:"其官品第一至于第九,各以贵贱占田,品第一者占五十顷,第二品四十五顷,第三品四十顷,第四品三十五顷,第五品三十顷,第六品二十五顷,第七品二十顷,第八品十五顷,第九品十顷。"这种规定只表示已有了豪门大族占领公田的既成事实,政府不得不加以法令的承认;于是只好允许一个最高限度的私占额,实际上自然是很少效力的。《晋书·裴秀传》就说:"骑都尉刘尚为尚书令裴秀占官稻田。"《晋书·王浚传》说他"广占山泽",都是例子。于是逐渐地把那些曹操行屯田制所收入的公田,又都回到豪门的手里了。这些人利用了隐户的部曲劳动力,在已有的和占有的土地上大量从事农业生产,便构成了门阀势力底强厚的社会经济基础。所以部曲的主要用途,还是农业的生产劳动,《晋书·食货志》规定一二品官可荫佃客五十人,就是很明显的说明。《南史·张孝秀传》言其"去职归山,居于东林寺,有田数十顷,部曲数百人,率以力田,尽供山众。远近归慕,赴之如市。"可知部曲主要是从事农业生产的。政府虽对隐户屡加限制,但豪族大姓本身即是达官大员,因此"百户合室,千丁共籍",便成了公开的秘密。《晋书·伏滔传》中所载伏所著《正淮》云:"豪右并兼之门,十室而七;藏甲挟剑之家,比屋而发。"《晋书·山遐传》云:"为余姚令。时江左初基,法禁宽弛,豪族多挟藏户口,以为私附。遐绳以峻法,到县八旬,出口万余。县人虞喜以藏户当弃市,遐欲绳喜。诸豪强莫不切齿于遐,言于执事,以喜有高节,不宜屈辱。又以遐辄造县舍,遂陷其罪。遐与会稽内史何充笺:'乞留百日,穷翦逋逃,退而就罪,无恨也。'充申理,不能得,竟坐免官。"《晋书·庾冰传》言其为相,"隐实户口,料出无名万余人"。可知当时豪右的跋扈和隐户风气的一般。招收游食以为私附的风气愈来愈盛,更构成和巩固了门阀的经济基础。晋时成帝已行土断法,但仍然黄白分籍,收效不著。哀帝兴宁二年,桓温为相,行庚戌土断,安帝时刘裕又行之,都未收到显著的效果。(见《晋书·成帝纪》、《晋书·哀帝纪》及《宋书·武帝纪》)因为政府的财政没有办法,所以对于门阀势力的隐户和招致游食,自必要采取一种反响;但同时政府与门阀又有不能冲突的关系,东晋时即有"王与马,共天下"之谚,所以就如同抗战期间后方的"平抑物价"一样,门阀的经济势力还是巩固的。

由魏武平袁绍起,令收田租亩粟四升,户绢二匹,绵二斤,舍去丁税,而田租与户调并立之制开端。西晋时户输绢三匹,绵三斤。(《晋书·食货志》)东晋时户调布二丈,绢二丈,丝三两,绵八两,禄绢八尺,禄绵三两二分,禄米二石,租米五石。(《隋书·食货志》)户调逐渐加重,人民为了逃避苛赋,只有尽量减少户的单位,而使每一户下的人口尽量增多。因此家庭亲属间的关系就不得不密切,因为数世同居是有利的,对于租税的负担可以减轻;于是配合着孝悌的封建道德观念,大家庭和大家族也就自然增多了。这在客观上当然也帮助了门阀势力的巩固和发展。

这些名门世家,很少不是大的地主。达官高位,聚敛积实,使他们有了大量的财富;富有之后便是更大规模地兼并土地,庇荫佃客。卫瓘、陈骞各受赐厨田十顷,厨园五十亩。贾充、鲁芝卒,各赐茔田一顷。朱序表求故荆州刺史桓石生府田百顷,并谷八百斛,给之。(并见《晋书》本传)这还是政府赐给的公田。王戎性好兴利,广收八方田园水碓,周遍天下。王恺、石崇争豪,有水碓三十余区。(并见《晋书》本传)田业数目的巨大,是可想而知的。祖约少好财,使人占夺人田地,地主多恨。(《世说新语·雅量篇》注引《约别传》)不但田产,所有山湖川泽,也都被豪强专占,人民薪采渔钓,皆责税直。《晋书·王浚传》说他"广占山泽";《晋书·束皙传》说:"皙上议曰:'汲郡之吴泽,良田数千顷,泞水停洿,人不垦植。闻其国人,皆谓通泄之功不足为难,舄卤成原,其利甚重。而豪强大族,惜其鱼捕之饶。构说官长,终于不破。"到了东晋,兼并之风更盛了。王氏宗族多"广营田业",谢氏只谢混一枝即有"田业十余处,僮仆千人"。吴郡刁家"以货殖为务,有田万顷,奴婢数千人,余资称是"。山阴孔氏"于永兴立墅,周围三十三里,水陆地二百六十五顷,含带二山,又有果园九处"。封固山泽之风也仍然很盛。宋时西阳王子尚上言云:"山湖之禁,虽有旧科,民俗相因,替而不奉,炜山封水,保为家利。自顷以来,颓弛日甚。富强者兼岭而占,贫弱者薪苏无托。"(《宋书·羊玄保传》)他们占据了山泽以后,不但可以经营果园,收渔猎畜牧森林之利,而且可以使工人们制做精巧的手工业。各地的园亭宅墅,就可以表示出工艺的精美华丽来。石崇"有别庐在河南县界,金谷涧中,去城十里,或高或下,有清泉茂林,众果、竹、柏、药草之属。金田十顷,羊二百口,鸡、猪、鹅、鸭之类,莫不毕备。又有水碓、鱼池、土窟,其为娱目欢心之物备矣。"(《全晋文》卷三十三《金谷诗序》)会稽王道子开东第,筑山穿池,列树竹木,功用钜万。弘农王粹,以贵公子尚主,馆宇甚盛。纪瞻立宅乌衣巷,馆宇崇丽,园池竹木,有足赏玩。谢安于土山营墅楼馆,竹林甚盛,每携中外子侄,往来游集。桓玄大筑城府,台馆山池,莫不壮丽。(并见《晋书》各传)谢灵运"移籍会稽,修营别业,傍山带江,尽幽居之美"。(《宋书·谢灵运传》)从这里也可以看出他们生活的奢侈和习俗风尚来,然而他们所以能如此地自奉丰厚,还是因为他们有大量集中的巨额财富。

在商业方面,因了资本的雄厚,也还是为豪族所垄断。远在三国初年,商人已干涉上实际的政治。刘备少孤,"与母贩履织席为业"。"中山大商张世平、苏双等,赀累千金,贩马周旋于蜀郡,见而异之,乃多与之金财,先主由是得用合徒众。"(《蜀志·先主传》)糜竺"祖世货殖,僮客万人,赀产钜亿",他进予刘备"奴客二千,金银货币,以助军资;于时困匮,赖以复振"。(《蜀志·糜竺传》)袁、曹相拒官渡,李典输谷帛供曹军,后部曲宗族万三千余口遂全部徙居邺。(见《魏志·李典传》)汉时本来不容许士大夫经商,离乱时正是富豪商人势力抬头的机会。到了两晋,豪族不但在农业上兼并土地,而且任用仆役,大量经商。他们依赖政治上的势力,可以隐匿赋税,垄断商运及市场,普通人民自然难与竞争;所以豪族们在商业上所得的利润,也是很大的。《晋书·义阳成王望传》云:"(望子弈,弈子奇)奇亦好蓄聚,不知纪极,遣三部使到交、广商货"。交、广是翡翠明珠等贵物的集散地,商务极盛。石崇等以珍珠珊瑚相尚,也皆得之交、广。"刘胤商货继路。"(《文选〈后汉书·皇后纪论〉》注引王隐《晋书》)石崇为荆州刺史,"劫夺杀人,以致巨富"。(《世说新语·汰侈篇》注引王隐《晋书》)殷仲文"多纳货贿,家累千金"。(《世说新语·言语篇》注)郗愔"大聚敛,有钱数千万"。(《世说新语·俭啬篇》)这些豪族们自身兼大地主与商业资本家的双重身份,居朝廷高位,握政治经济的实权,所以他们的生活也是不可想象地奢汰和骄淫。不只在衣食车马上竞求华丽,而且聚积珍奇,建造亭园,蓄养大量的婢妾家妓,讲求乐舞声色之乐,完全生活在一种放纵的侈汰圈子里。永嘉之乱虽然慌乱了一阵,但他们的南徙,都携带着大量的部曲财货,是一个有组织的势力集团;而且藉拥戴王室的名义,自居侨寓性质,享有各种权利,所以很快就扎了根。南北豪族虽也曾有过摩擦,但终于侨姓压倒了吴姓,变成了妥协和合作。到了三庾治世的时代,北来的门阀势力已在政治和经济上,都又享有绝对的威权了。

五

门阀势力既在政治经济上享有绝对的特权,则为了要保守这种特权,他们在社会生活各方面也自得矜持自恃,不能随便放松。

特别是婚姻制度,是华素的一条鸿沟。《世说新语·贤媛篇》云:"周浚作安东时,行猎,值暴雨,过汝南李氏。李氏富足,而男子不在。有女名络秀,闻外有贵人,与一婢于内宰猪羊,作数十人饮食,事事精办,不闻有人声。密觇之,独见一女子,状貌非常,浚因求为妾。父兄不许。络秀曰:'门户殄瘁,何惜一女?若连姻贵族,将来或大益。'父兄从之。遂生伯仁兄弟。络秀语伯仁等:'我所以屈节为汝家作妾,门户计耳!汝若不与吾家作亲亲者,吾亦不惜余年。'伯仁等悉从命。由此李氏在世,得方幅齿遇。"可知若寒门连姻世族,则仕途自宽。《世说新语·尤悔篇》云:"王浑后妻,琅邪颜氏女。王时为徐州刺史,交礼拜讫,王将答拜,观者咸曰:'王侯州将,新妇州民,恐无由得拜。'王乃止。武子以其父不答拜,不成礼,恐非夫妇;不为之拜,谓为颜妾。颜氏耻之。以其门贵,终不敢离。"《世说新语·方正篇》云:"王丞相初在江左,欲结援吴人,请婚陆太尉。对曰:'培塿无松柏,薰莸不同器。玩虽不才,义不为乱伦之始。'"这还是吴人以伧燕目王氏,羞与结交的。《晋书·简文宣郑太后传》云:"后虽贵幸,而恒有忧色。(元)帝问其故,对曰:'妾有妹,中者已适长沙王褒,余二妹未有所适,恐姊为人妾,无复求者。'帝因从容谓刘隗曰:'郑氏二妹,卿可为求佳对,使不失旧。'隗举其从子傭娶第三者,以小者适汉中李氏,皆得旧门。"《晋书·王浚传》云:"母赵氏妇,良家女也,贫贱,出入沈家,遂生浚,沈初不齿之。年十五,沈薨,无子,亲戚共立浚为嗣。"《晋书·王述传》云:"(子)坦之为桓温长史。温欲为子求婚于坦之。及还家省父,而述爱坦之,虽长大,犹抱置膝上。坦之因言温意,述大怒,遽排下,曰:'汝竟痴邪!讵可畏温面以女妻兵也。'"《晋书·杨佺期传》云:"自云门户承籍,江表莫比,有以其门地比王珣者,犹恚恨,而时人以其晚过江,婚宦失类,每排抑之。"这种界限是不可破坏或超越的,所以后来齐代王源嫁女富阳满氏,沈约至特上弹章。(见《文选》)梁时侯景"请娶于王、谢,(武)帝曰:'王、谢门高非偶,可于朱、张以下访之。'"(《南史·侯景传》)因为婚姻实在是门阀制度的一条最重要的防线,所以必须特别保守得谨严。

因为注重门第,势必也重视谱牒。曹魏九品之法行后,州大中正主簿功曹,皆取著姓大族为之,呈报品状,必稽谱牒。魏晋皆有主谱史,属正八品,专掌谱牒。凡百官族姓家有谱传者,皆呈于谱官,为之考订正伪,藏于秘阁。所以官有世胄,谱有世官。要区别昭穆,判分甲乙,显示门阀的地位身分,皆赖谱牒厘定。所以谱学盛极一时;《三国志》裴注引"谱牒书"凡十九种,而《世说新语》刘注则多至三十六种。何法《盛晋中兴书》以郡望为录,《南史》、《北史》以世系相排比,都是这种风气的影响。杜预尝参考众家谱第,谓之释例;挚虞撰《族姓昭穆记》十卷(并见本传)已为谱学的先声。东晋太元中贾弼"笃好簿状,乃广集众家,大搜群族,所撰十八州一百一十六郡,合七百一十二卷。凡诸大品,略无遗阙,藏在秘阁,副在左户"。(《南史·王僧孺传》)为东晋首出的谱学大家。以后多半以领选职而治谱学,或以通谱学而掌选政,相互为用,构成门阀的高尚地位。"日对千客,不犯一人之讳。"(《南史·王僧孺传》)在门阀势力下,要表示自己家法的优美和高贵的传统,所以日常应接,最重私讳。居官犯嫌,不得冒荣赴任。若亲友误犯其讳,则悲泣趋避,不知所措。陆机以卢志家讳相戏,竟招后日杀身之祸。(《世说新语·方正篇》)《晋书·王舒传》云:"授抚军将军、会稽内史,秩中二千石。舒上疏辞以父名(王荟),朝议以字同音异,于礼无嫌。舒复陈音虽异而字同,求换他郡。于是改'会'字为

'邰'。舒不得已而行。"《晋书·江统传》言选司以统叔父春为宜春令,统因上疏曰:"故事,父祖与官职同名,皆得改选,而未有身与官职同名,不在改选之例。臣以为父祖改选者,盖为臣子开地,不为父祖之身也。而身名所加,亦施于臣子。佐史系属,朝夕从事,官位之号,发言所称,若指实而语,则违经礼讳尊之义;若诡辞避回,则为废官擅犯宪制。……臣以为身名与官职同者,宜与触父祖名为比。"朝廷从之。《世说新语·排调篇》云:"晋文帝与二陈共车,过唤钟会同载,即驶车委去。比出,已远。既至,因嘲之曰:'与人期行,何以迟迟?望卿遥遥不至。'会答曰:'矫然懿实,何必同群?'帝复问会:'皋繇何如人?'答曰:'上不及尧、舜,下不逮周、孔,亦一时之懿士。'"注云:"二陈,骞与泰也。会父名繇,故以'遥遥'戏之。骞父矫,宣帝讳懿,泰父群,祖父寔,故以此酬之。"《世说新语·赏誉篇》云:"王兰田拜扬州,主簿请讳,教云:'亡祖先君,名播海内,远近所知。内讳不出于外,余无所讳。'"《世说新语·纰漏篇》云:"元皇初见贺司空(循),言及吴时事,问:'孙皓烧锯截一贺头,是谁?'司空未得言,元皇自忆曰:'是贺劭。'司空流涕曰:'臣父遭遇无道,创巨痛深,无以仰答明诏。'元皇愧惭,三日不出。"可知父祖皆讳,成为固例,稍一不慎,贻笑非浅。因为只有这样,才能表示出高贵血统的优越地位,所以从魏世起,随着门阀势力的发展,这种风气也愈来愈盛了。

　　高门大族以各方面绝对的优势操纵着整个仕途和社会,所以特别重视流品,陵忽寒素。寒门低族出身的人,即使才能超越,勋劳卓著,也不能和世族右姓交游并列。《世说新语·品藻篇》注引《晋阳秋》云:"何充所暱庸杂,以此损名。"可知大家都是自恃矜持,不接流俗的。《魏志·夏侯玄传》云:"少知名,弱冠为散骑黄门侍郎。尝进见,与皇后弟毛曾并坐,玄耻之,不悦形之于色。"裴注云:"(后父嘉)本典虞车工卒。"所以虽以外戚见尊,仍不为贵公子所礼。《晋书·孙铄传》言其"少乐为县吏,太守吴奋转以为主簿。铄自微贱登纲纪,时僚大姓犹不与铄同坐"。《晋书·陶侃传》云:"豫章国郎中令杨晫,侃州里也,为乡论所归。侃诣之,……与同乘见中书郎顾荣,荣甚奇之。吏部郎温雅谓晫曰:'奈何与小人共载?'"《晋书·郗鉴传》言其"陷于陈午贼中。邑人张实先求交于鉴,鉴不许。至是,实于午营来省鉴疾,既而卿鉴。鉴谓实曰:'相与邦壤,义不及通,何可怙乱至此邪!'实大惭而退"。《晋书·杨方传》言方初为郡铃下威仪,"诸葛恢见而奇之,待以门人之礼,由是始得周旋贵人间"。"缙绅之士咸厚遇之,自以地寒,不愿久留京华,求补远郡,欲闲居著述。导从之,上补高梁太守。"《晋书·王忱传》云:"尝造其舅范宁,与张玄相遇,宁使与玄语。玄正坐敛衽,待其有发,忱竟不与言,玄失望便去。宁让忱曰:'张玄,吴中之秀,何不与语?'忱笑曰:'张祖希欲相识,自可见诣。'宁谓忱曰:'卿风流隽望,真后来之秀。'忱曰:'不有此舅,焉有此甥!'既而宁使报玄,玄束带造之,始为宾主。"因为门户不同,所以一定要自高声价,让别人诣门拜谒,才肯交结。《晋书·王濬传》载其建大功后,受王浑之抑,上表云:"臣孤根独立,朝无党援,久弃遐外,人道断绝,而结恨强宗,取怨豪族。以累卵之身,处雷霆之冲;茧栗之质,当豺狼之路,其见吞噬,岂抗唇齿!""夫犯上干主,其罪可救,乖忤贵臣,则祸在不测。……今浑之支党姻族,内外皆根据磐互,并处世位。闻遣人在洛中,专共交构,盗言孔甘,疑惑观听。"王浑以外戚之尊,门隶大族,虽王濬军功凌世,也不能不吞气含冤,受其排抑。《晋书·李含传》云:"安定皇甫商州里年少,少恃豪族,以含门寒微,欲与结交,含拒而不纳,商恨焉,遂讽州以短檄召为门亭长。"《晋书·王沈传》云:"少有俊才,出于寒素,不能随俗沉浮,为时豪所抑。仕郡文学掾,郁郁不得志,乃作《释时论》",中多愤懑之辞。《晋书·陈頵传》云:"頵以孤寒,数有奏议,朝士多恶之,出除谯郡太守。"《晋书·易雄传》云:"少为县吏,自念卑贱,无由自达,乃脱帻挂县门而去。因习律令及施行故事,交结豪右,州里稍称之。仕郡,为主簿。"所以寒门出身的人,只有仰其鼻息,随俗浮沉,自甘于外方小颣。郤诜云:"今之官者,父兄营之,亲戚助之,有人事则通,无人事则塞,安得不求爵乎!"(《晋书·郤诜传》)故若稍撄豪强之锋,则驱迫有司,排抑多端,以致终身废顿,难以再起。所以华素之隔,邈若天渊,寒士也自怀谦退,多戒浮竞。因为即使天子也是无可奈何的。宋"元嘉初,中书舍人秋当诣太子詹事王昙首,不敢坐。其后中书舍人王弘为太祖(文帝)所爱遇,上谓曰:'卿欲作士人,得就王球坐,乃当判耳。殷、刘并杂,无所知也。若往诣球,可称旨就席。'球举扇曰:'若不得尔。'弘还,依事启闻,帝曰:'我便无如此何。'"(《宋书·蔡兴宗传》)可知名门世族的身分势力,并不一定依靠政治的爵位;他们依其门第出身,即自居于社会的上层,握有各种的特权。朝廷畏惮,寒士趋附;而且父死子继,谱牒井然,俨然是一种世袭的封建。这一种尚姓的门阀势力,就是这段历史中政治社会的特质。

六

在变相的封建势力下面,高门世族不只是握有政治经济的特权,而且也是文化的传统继承者。他们有累代的上层家庭教养,有优裕的生活闲暇,有收藏的典籍和文化的环境。这一切都构成了他们有独特的享有和承继文化传统的特权;都不是一个出身寒素的人底环境所可比拟的。所以史籍中每一个擅长学术文笔的人,都绝不仅仅以文章显。而且属文在他平生的事迹中,反而多半是比较次要的。但名门大族,多以玄理文笔等当作他们高贵和才能的表现,所以成就也多。寒士则孜孜勤苦,希图以文籍学业作为进身之资,因之也间有成功和被赏识的。《南史·王筠传》载其"与诸儿书论家门集云:'史传称安平崔氏及汝南应氏并累叶有文才,所以范蔚宗云崔氏雕龙。然不过父子两三世耳,非有七叶之中,名德重光,爵位相继,人人有集,如吾门者也。沈少傅约常语人云:吾少好百家之言,身为四代之史。自开辟以来,未有爵位蝉联、文才相继如王氏之盛也。汝等仰观堂构,思各努力。"这是由晋以来的琅琊王氏一家之学。汝南应氏,安平崔氏,亦皆累叶有文章。荥阳郑氏,颍川庾氏则多以经学显名。姚察《梁书》江淹等传论云:"观夫二汉求贤,率先经术;近世取人,多由文史。"所谓"近世"即指魏晋以来世风的转变。《南史·始安王遥光传》言其"从容曰:'文义之事,此是士大夫以为伎艺欲求官耳。'"《南史·刘系宗传》云:"(齐)武帝常云:'学士辈不堪经国,唯大读书耳。经国,一刘系宗足矣。沈约、王融数百人,于事何用。'"典籍文义,正是贵门子弟高贵的招牌,和寒素人士进仕的手段。齐代帝室族世寒微,高帝临崩遗诏自称"我本布衣,念不到此"。所以能看穿了这事的内幕。因此文人学士的社会地位,也只决定于他的门第和官爵,而并不一定在于他所构诗文的优劣高下。因为文义只是进仕的方法,本身并不是职业。由经术取士转变为文史,是整个社会学术思想的转变,也是由两汉累世经学的家法到"人人有集"的高门风范的转变。所以讲文学史上的每一个作家的地位，都脱离不了他的政治和社会生活。陆机兄弟为吴郡望族，入洛后，张华许为"伐吴之役，利获二俊"，然"与贾谧亲善，以进趣获讥"；潘岳谄事贾谧，"每候其出，望尘而拜"，潘陆与石崇、欧阳建、挚虞、左思、刘琨，皆在二十四友之数。赵王伦篡位，乐广奉玺绶劝进。可知文士们的生活是需要多方面地去了解。而其本身既然都是政府的官吏，所以他的地位也还是以门第和宦位做标准的。

魏文帝《典论论文》，评论当代文人，举孔融、陈琳、王粲、徐干、阮瑀、应玚、刘桢七人，但《典论·自序》又言其父"雅好诗书文籍"，他自己"少诵诗论"，所作叙诗亦云："为太子时，北园及东阁讲堂并赋诗。"《魏志·文帝纪》也言"帝好文学，以著述为务"。曹植更是"少小好为文章"，陈思王《前录序》云："余少而好赋，其所尚也。雅好慷慨，所著繁多。"他们父子兄弟都是当代的著名文人，为什么《典论论文》于述"今之文人"下，都省略去了呢？这绝不是自谦，而是"自尊"。"建安七子"都是曹氏的掾属，他们在政治地位上是属于同一的等级，所以在文学地位上才可以相提并论的。曹丕的《典论论文》，是以魏太子之尊的居高临下的态度来批评得失的；这自然不便论到曹氏自己。曹植《与杨德祖书》中，于叙述王粲、陈琳诸文人后，即接言"吾王于是设天网以该之，顿八纮以掩之，今悉集兹国矣。"这种口气正是《典论论文》的口气。七子中孔融、王粲、应玚、陈琳，皆东汉以来的士族；所以文学一直是保存在士大夫的手里，而文士的地位也是依他的官阶而转移的。夏侯玄、裴秀，皆弱冠为散骑黄门侍郎；何晏为魏之外戚，《晋书·傅咸传》载其上书云："正始中，任何晏以选举，内外之众职各得其才，粲然之美于斯可观。"但后以晋室仇视的原故，史籍遂多淆乱之辞。王弼为王粲族孙,父业为刘表外孙,唯以弱冠弃世,所以仕途不显。西晋初年,一时文士皆依附于贾充之门;贾谧预政后,文士等有二十四友之号。后来外戚专政之局终,而八王之乱又起。名士等先集于齐王冏之门,后以王戎为首,又群萃于东海王越门下。永嘉之乱,丧亡甚多。过江以后,门阀的势力愈发展,文士等凭"地"进仕的也愈多,而且进升很快;用不着再竭智趋进,才力很可以发展到文义方面。所以"一门能文"的现象也常出现。《晋书·裴宪传》云:"初,裴、王二族盛于魏、晋之世,时人以为八裴方八王。"所举两家人物,皆一时名士。文人中则二陆两潘,已开先例。陈郡谢氏一门,谢混以下,灵运、瞻、晦、曜、惠连、希逸等,无不以能文著名。《南史·谢弘微传》云:"混风格高峻,少所交纳,唯与族子灵运、瞻、晦、曜、弘微以文义赏会。常共宴处,居在乌衣巷,故谓之乌衣之游。混诗所言'昔为乌衣游,戚戚皆亲姓'者也。"《隋志》集部著录琅琊王氏的有二十人,陈郡谢氏的十二人。外如宋谢登,梁谢纂、谢绰、谢琰、谢琛,因为里贯不详的还不计算在内。又如梁时彭城刘孝绰兄弟群从诸子侄,一时七十余人,并能属文。兰陵萧子恪,兄弟十六人,有文学者子恪、子质、子显、子云、子晖五人。(并见《梁书》本传)如果不是凭恃一种传统的家教和优裕的地位环境,这种现象简直是不可能的事情。所以说门阀本身即是文化的保存和继承者;《宋书·王弘传》云弘,"造次必存礼法,凡动止施为及书翰仪体,后人皆依仿之,谓为王太保家法"。从这里也可以参透一点名门大族的家教情形。到永嘉之乱,名门大族南徙了,洛下的文风也跟着南徙了;玄学清谈,文章笔札,都是由北方大族过江带来的传统,再在南方的新土壤上滋长起来。所以即使讲到文士生活,也还是得由当时政治社会的情况中去找说明。

当然，由寒素出身的文人也还是有的，不过比较困难得多了。《晋书·张华传》云："华少孤贫，自牧羊，同郡卢钦见而器之。乡人刘放亦奇其才，以女妻焉。"刘放于魏明帝时，以帝侧近倖任中书监，虽出身寒素，而权重一时；明帝崩时，放与孙资尽力促成司马懿辅政，可以说是晋室的佐命功臣。所以张华之贵，除"名重一世，众所推服"外，主要还是因为有亲戚的关系。但直至"声誉益盛，有台辅之望"的时候，还受人构嫌。《晋书·张华传》言"荀勖自以大族，恃帝恩深，憎疾之，每伺间隙，欲出华外镇"。又言"贾谧与后共谋，以华庶族，儒雅有筹略，进无逼上之嫌，退为众望所依，欲倚以朝纲，访以政事"。所以张华之贵，处在那个彼此交争的时候，还是依藉于他没有门阀势力的背景。《晋书·张华传》又称"华性好人物，诱进不倦，至于穷贱侯门之士有一介之善者，便咨嗟称咏，为之延誉"。这也和他出身庶族的门第有关；他深知寒门求仕的困难，所以才竭力助人之成。《世说新语·政事篇》注引虞预《晋书》云："（山）涛蚤孤而贫，少有器量，宿士犹不慢之。年十七，宗人谓宣帝曰：'涛当与景、文共纲纪天下者也。'帝戏曰：'卿小族，那得此快人邪？'"《晋书·山涛传》言"涛年四十，始为郡主簿、功曹、上计掾"，但因为他享有七十九岁的高龄，所以后来也仕至司徒。《晋书·乐广传》云："广孤贫，侨居山阳，寒素为业，人无知者。"后仕至尚书令；但起仕还是因为他幼时曾为夏侯玄所赏识。《王隐传》云："（隐）世寒素。""时著作郎虞预私撰《晋书》，而生长东南，不知中朝事，数访于隐，并借隐所著书窃写之，所闻渐广。是后更疾隐，形于言色。预既豪族，交结权贵，共为朋党，以斥隐，竟以谤免，黜归于家。"可知即使文义之事，寒素之士也是很难和豪族争强的。但文义著作，至少也不失为寒士进身入仕的一种手段，很多人都是以此刻苦显名的。《南史·徐广传》云:"高平郗绍亦作《晋中兴书》,数以示何法盛。法盛有意图之,谓绍曰:'卿名位贵达,不复俟此延誉。我寒士,无闻于时,如袁宏、干宝之徒,赖有著述,流声于后。宜以为惠。'"鲍照寒士,于《解渴谢侍郎表》中自称"孤门贱生",《谢秣陵令表》中自称"负锸下农,执鞿末皂"。《拜侍郎上疏》中自称"北州衰沦,身地孤贱"。《侍郎满辞阁文》中自称"嚚机穷贱,性嗜蹐昧"。"释担受书,废耕学文。"(并见本集)宋齐以下中书舍人管司诏诰,侍于帝侧,例以寒人掌之。《隋书·百官志》言"简以才能,不限资地"。所以鲍照也能以才学见任。可知在华素悬隔的情形下,正有许多寒门出身的人,想用文义才学来作闻名进仕的阶梯的。

我们当然不能依作者的门第品评作品的高下,但作者在当时的社会地位却是依他的门阀和官位而定的;文义之事固不能说毫无关系,但确乎是很微,是间接的。我们虽然不能说名门大族出身的人底诗文一定好,但文学的时代潮流却的确是由他们领导着的。因为当文化和政治经济同样地为他们所把持保有的时候,不只他们在学习的环境地位上方便,而且诗赋文笔等的风格和内容,也都一定是适应着他们的生活需要的。他们清谈老庄,文学上便盛行着淡乎寡味的玄言诗;他们崇尚嘉遁,文学上便有了希羡山林的招隐诗。他们的作品绮靡,可以形成"俪典新声"的一般风气;他们注重事义,也可以使"文章殆如书抄"。在当时的诗文里,看不到一般社会生活的反映,因为作者们本来不需要看的;他们自己只是生活在公宴游览的圈子里。寒士如果成名了,那就说明他已经钻进了那种上层士大夫的生活,他虽然出身寒素,但已变成华贵之胄的附庸了。因为一个寒士如果把文义当作进仕的手段,则他的作品一定须受到大家的称赞,那他就不能不用心摹学当时一般的作风和表现内容；也许他的诗文比别人的还好，但他只能追随而不能创造一种新的潮流，因为他的身份资望都不够。即如鲍照，《诗品》已叹其"才秀人微，故取湮当代"。《南史·临川烈武王道规传》云："上（宋文帝）好为文章，自谓人莫能及，照悟其旨，为文章多鄙言累句。咸谓照才尽，实不然也。"这都是一个寒素出身的人底苦处。《诗品》评汤惠休诗言"世遂匹之鲍照，恐商、周矣。羊曜璠云：'是颜公忌鲍之文，故立休、鲍之论。'"《南齐书·文学传论》亦言"休、鲍后出，咸亦标世"，知当时都以休、鲍连称。《诗品》言明远"险俗"，惠休"淫靡"，《南齐书·文学传论》以"发唱惊挺，操调险急，雕藻淫艳，倾炫心魂"为"鲍照之遗烈"。刘师培《中古文学史》云："侧艳之辞，起源自昔。晋、宋乐府，如《桃叶歌》、《碧玉歌》、《白纻词》、《白铜鞮歌》，均以淫艳哀音，被于江左。迄于萧齐，流风益盛。其以此体施于五言诗者，亦始晋、宋之间，后有鲍照，前则惠休。"但《南史·颜延之传》云："延之每薄汤惠休诗，谓人曰：'惠休制作，委巷中歌谣耳，方当误后生。'"可知鲍照、汤惠休，都是受了当时民间乐府歌词的影响，所以作风倾于淫艳侧丽；而这是不被当代文士"江左并称颜谢"的人们所接受的。所以延之斥为"委巷中歌谣"。鲍照这种作风，当然与他的出身和幼年生活有关；但他却没有力量提倡或马上影响到当时的潮流，就是因为"才秀人微"的缘故。而颜、谢的雕琢繁密，却"于时化之"了。这并不是一个价值问题，而是文士的社会地位问题。以颜、谢之名门贵位，自然会为众所共瞻，蔚然成风的。所以每一种文学潮流——作风或表现内容的推移变化，都是起于名门贵胄文人们自己的改变；寒素出身的人是只能追随的。

一个作者无论他的出身华素,到他成为文人时,他必已经有了实际的官位,这政治地位实在就是他文人地位的重要决定因素。这样,所有当时诗文的作者们既都局限于上层士大夫的群中,因此我们读他们的作品时,就常有一种特殊的感觉,即时代的差异,多于作者个性的差异。所以我们很容易看出了建安正始,或太康永嘉底作风和内容的不同,但很不容易分析"建安七子",或"三张二陆"底作风和个性的差别;特别是在所表现的思想内容上。因为所有的文士在社会上既是属于一种人,他们的生活感受和思想习惯都差不多,所以同时代的作品,内容,也就无大差别了。文义之事只成了士大夫进仕的手段和高贵生活的点缀,因此所谓文士地位也就只是指他在政治社会上的地位。如果说这时文人的地位比以前提高了的话,那就是由汉朝的俳优(如东方朔、枚皋、司马相如等皆是),进而为魏晋以降的官僚士大夫阶层罢了。

玄学与清谈

一

汉魏之际是中国学术思想史上的一大变迁,但由经术转变为玄学,实在是其来有自的,并非突变。玄学始于魏正始中何晏、王弼,何有《论语集解》,王注《周易》,亦治《论语》,虽然治学的精神与汉人不同,但其学正是由汉代经术中变迁而来,则有迹可寻,并非偶然。汉自独崇儒术,罢黜百家以来,儒生多宗阴阳,解经时杂谶纬,崩离繁琐,愈演愈烈。《汉书·儒林传》赞云:"自武帝立《五经》博士,开弟子员,设科射策,劝以官禄,讫于元始,百有余年,传业者寖盛,枝叶蕃滋,一经说至百余万言,大师众至千余人,盖禄利之路然也。"仕途重在征辟,士大夫率先受业于国学的五经博士,再受公卿方岳之辟,试为掾属,然后按级累进,显身仕途,所以大家就都以穷经为业了。既以学术为利禄之途,日子久了,自然会发生流弊。《汉书·艺文志》云:"后世经传既已乖离,博学者又不思多闻阙疑之义,而务碎义逃难,便辞巧说,破坏形体;说五字之文,至于二三万言。后进弥以驰逐,故幼童而守一艺,白首而后能言;安其所习,毁所不见,终以自蔽。此学者之大患也。"此种大患,久而弥烈。到了东汉之末,已成了穷极必变之势。《后汉书·儒林传》论云:"夫书理无二,义归有宗,而硕学之徒,莫之或徙,故通人鄙其固焉。……自桓灵之间,君道秕僻,朝纲日陵,国隙屡启,自中智以下,靡不审其崩离。"《魏志·王肃传》注引鱼豢《魏略·儒宗传序》云:"从初平之元,至建安之末,天下分崩,人怀苟且。纲纪既衰,儒道尤甚。至黄初元年之后,新主乃复始扫除太学之灰炭,补旧石碑之缺坏,备博士之员录,依汉甲乙以考课。申告州郡,有欲学者,皆遣诣太学。太学始开,有弟子数百人。至太和、青龙中,中外多事,人怀避就,虽性非解学,多求诣太学。太学诸生有千数,而诸博士率皆粗疏,无以教弟子。弟子本亦避役,竟无能习学,冬来春去,岁岁如是。而虽有精者,而台阁举格太高,加不念统其大义,而问字指墨法点注之间,百人同试,度者未十,是以志学之士,遂复陵迟,而末求浮虚者各竞逐也。正始中,有诏议圜丘,普延学士。是时,郎官及司徒领吏二万余人,虽复分布,见在京师者尚且万人,而应书与议者略无几人。又是时朝堂公卿以下四百余人,其能操笔者未有十人,多皆相从饱食而退。嗟夫!学业沉陨,乃至于此。"经术发展到了汉末,已到了不可收拾的地步,再经过了曹操的重法术和用人唯才的变动,到魏文帝时再恢复太学,察举孝廉,即想维持像东汉时的残破局面,也已经不可能了。经生连操笔都很困难,博士人选都很粗疏,足见经学衰落的一斑了。因此有识之士,名门子弟,皆耻与为伍,别求出路。《魏志·刘馥传》载其上书陈儒训之本云:"自黄初以来,崇立太学二十余年,而寡有成者,盖由博士选轻,诸生避役,高门子弟,耻非其伦。故夫学者,虽有其名而无其人,虽设其教而无其功。宜高选博士,取行为人表,经任人师者,掌教国子。依遵古法,使二千石以上子孙,年从十五,皆入太学。明制黜陟荣辱之路。"以前高门是累世经学,现在是耻非其伦。但刘馥的意见毕竟是行不通的,这已经成了演进中必然的趋势。经学到了这样破落琐碎地步,自然会引起一部分人的批评。由严遵、扬雄,到桓谭、王充,皆对传统的杂有阴阳家言的儒术经生,表示不满。这种对经术的不满态度,即是魏晋玄学发达的直接前导。严遵作《老子指归》,但其解释与《淮南子》之杂取阴阳之言不同。扬雄仿《易》作《太玄》,已注重玄,虽然精神与魏晋不同,但不能不说是魏晋的前导。晋常璩《华阳国志·蜀都士女扬雄赞》云:"其玄渊源懿,后世大儒张衡、崔子玉、宋仲子、王子雍皆为注解,吴郡陆公纪(绩)尤善于玄,称雄圣人。"可见其影响的一般。《意林》引《桓谭新论》云:"谶出河图洛书,但有兆朕,而不可知,后人妄复加增依托,称是孔丘,误之甚也。"王充《论衡·卜筮篇》云:"卜筮不问天地,蓍龟未必神灵。有神灵,问天地,俗儒所言也。"《论衡·自然篇》云:"夫寒温、谴告、变动、招致,四疑皆已论矣。谴告于天道尤诡,故重论之。"这种非谶纬除迷信的态度,自然会引起怀疑和批评的精神,自然会对传统的经术发生不满。《论衡·谢短篇》云:"夫儒生不览古今,何知一永?不过守信经文,滑习章句,解剥互错,分明乖异。"《论衡·问孔篇》云:"世儒学者,好信师而是古,以为贤圣所言,皆无非专精讲习,不知难问。夫贤圣下笔造文,用意详审,尚未可谓尽得实;况仓卒吐言,安能皆是,不能皆是,时人不知难;或是而意沉难见,时人不知问。"这种不满当时经术的批评态度,遂促使学术逐渐趋于简化,再进而接近抽象的讨论;渐渐脱离了旧日的繁琐和迷信,同时这些人的思想也都有点接近黄老。《论衡·自然篇》结语云:"虽违儒家之说,合黄、老之义也。"这都可以说明了正始玄风的前导。

西汉哀平以前,立于学官的五经,全是今文。但据《汉书》,则古文经传已在民间传授。自刘歆《让太常博士书》要求正式建立各古文经传如古文《尚书》、《左氏春秋》等于学官,以与今文十四博士相争衡,今古文的对立遂趋显明;而彼此间的争论也即激烈起来。终汉之世,争论未已。韩歆、陈元与范升之争立费氏《易》及《左氏春秋》;贾逵与李育,及郑玄与何休之争论《公羊》、《左氏》优劣;都是其中最重要的论争。这种论争实际上即是促成学术变化的原因。因为学术经过争论批评,就会有变化;若墨守成法,故步自封,自易停滞。经术在汉代为国家社会所承认,所以是学术的主流。由内容实质看来,今文学与阴阳谶纬的关系很深,他们以为孔子的微言大义,在纬书中间有存者。尊重孔子是受命的素王,以为孔子曾作六经,托古改制;所以孔子的地位,实已进而为神。古文学虽也没有完全脱尽了阴阳五行之言,但斥纬书为诬妄,以为六经皆史,孔子述而不作,信而好古;所以孔子的地位只限为师。因此古文学解经,也大致以理为宗,不像今文"一句之解,动辄千言"的章句之学。古文经学的逐渐兴盛,影响于魏晋学术的趋向很大。范宁之《穀梁注》,杜预之《左传注》,王弼之《周易注》,为魏晋间经学的三大注疏,而皆为古文学。可知古文经学的抬头,实在是魏晋玄学兴起的原因。王弼为玄宗之始,而其主要著作即《易》、《老》二注。六经次第,古文家列《易》为第一,其解经亦不同今文《易》。王弼本祖费氏《易》,《汉书·丁宽传》说费氏解经,"言训诂举大义而已"。传至马融,荀悦言"始生异说"(《汉纪·成帝三年纪》),王弼舍爻象而专言义理,实是古文学一脉相承的发展和变化。《易》本为讲性与天道之书,最富哲理。魏晋时以《易》、《老》、《庄》为三玄(见《颜氏家训·勉学篇》),汉时尊经黜子,所以《周易》的地位更显得重要。扬雄《太玄赋》云:"观大易之损益兮,览老氏之伏倚;

省忧喜之共门兮,察吉凶之同蜮。"已欲混合《老》、《易》,讲求玄理,虽然还杂有阴阳术数;所以张衡《与崔瑗书》,谓"披读《太玄经》,知子云特极阴阳之数",班固谓其"《法言》大行而玄终未显",但这的确是魏晋玄学的先驱。可知玄学之兴,实在是有其渊源的。

据南齐王僧虔《诫子书》,知"马郑何所异"也为谈士必知之事。郑玄尝师马融,但郑氏实在是汉代经学集大成的人,而马融却是魏晋学术思想的前驱。《后汉书·马融传》言其"达生任性,不拘儒者之节"。又云"注《孝经》、《论语》、《诗》、《易》、《三礼》、《尚书》、《列女传》、《老子》、《淮南子》、《离骚》";《老子》河上公注,已共知其伪,则马氏实是最早为《老子》作注的人,开董遇、王弼等之先。其立身风度也已近于魏晋。本传又言其曾谓友人云:"古人有言:'左手据天下之图,右手刎其喉,愚夫不为。'所以然者,生贵于天下也。今以曲俗咫尺之羞,灭无赀之躯,殆非老、庄所谓也。"以老、庄之旨并举,最早亦始于马氏此言。《后汉书·卢植传》又言融"能通古今学,好研精而不守章句"。这种重视义理而破除家法的解经态度,就是由汉代名物训诂的经学到魏晋玄学的一种过渡。马氏遍注群经,独不及《春秋》,也可视为他对汉儒言阴阳灾异谶纬传统的异议。所以魏晋时反对郑康成经说的人很多,蒋济、王粲都是。而王肃、李譔等却皆好贾、马之学。马氏卒于桓帝延熹九年,恰好是魏晋的启蒙人物。而荆州人士的后定五经章句,也可视为是马氏之学的发展。王僧虔又言"张衡思侔造化",《后汉书·张衡传》载其《请禁绝图谶疏》,考证图谶成于哀平之际,内容虚妄。《文选》有其《思玄赋》;又本传注引《衡集应问》云:"时有遇否,性命难求";以及其《浑天仪》与《灵宪》二文中所言的宇宙观念,都可视为魏晋学术思想转变的前奏。所以一直到齐梁，马融、张衡之学都还是谈士们必须知道的事情。

汉末中原大乱，荆州未受扰动，刘表为八俊之一，爱才抚士，中原流亡者多归趋之。《魏志·刘表传》注引《英雄记》云："乃开立学官，博求儒士，使綦母闿、宋忠等撰《五经章句》，谓之《后定》。"惠栋《后汉书补注·刘表传》下引《刘镇南碑》云："君深愍末学远本离直，乃命诸儒改定五经章句，删削浮疑，芟除繁重。"王粲《荆州文学记官志》（《全后汉文》卷九十一）云："乃命五业从事宋忠所作文学延朋徒焉。宣德音以赞之，降佳礼以劝之，五载之间，道化大行；耆德故老綦母闿等，负书荷器，自远而至者，三百有余人。"《蜀志·尹默传》言其"远游荆州，从司马德操、宋仲子等受古学。皆通诸经史，又专精于《左氏春秋》。"《蜀志·李譔传》云："与同县尹默俱游荆州，从司马徽、宋忠等学。譔具传其业。……著古文《易》、《尚书》、《毛诗》、《三礼》、《左氏传》、《太玄指归》，皆依准贾、马，异于郑玄。与王氏（肃）殊隔，初不见其所述，而意归多同。"《魏志·王肃传》言其"从宋忠读《太玄》，而更为之解。"可知荆州之后定五经章句，皆尊重古文，而更注意于《易》及《太玄》。其详虽不可知，但其新创之意浓厚，为两汉至魏晋学术转变的枢纽，则可断言。《吴志·虞翻传》言其"为《老子》、《论语》、《国语》训注，皆传于世"。注引《翻别传》载其上奏云："经之大者，莫过于《易》。自汉初以来，海内英才，其读《易》者，解之率少。至孝灵之际，颍川荀谞（爽）号为知易。……若乃北海郑玄，南阳宋忠，虽各立注，忠小差玄而皆未得其门，……又以宋氏解玄，颇多缪错，更为立注，并注《明扬》、《释宋》以理其滞。"可知此时老、孔并称，学者喜治《易》

及《太玄》之风,皆已盛于一时;而宋忠为荆州大师,即以擅长《易》、《玄》著称。(《隋志》著录《宋氏易注》十卷,《太玄经注》九卷)南齐王僧虔《诫子书》以"荆州八帙"为"言家口实",知荆州之学,正为后来清谈家所祖述;而为上接东汉古文经学,下开魏晋玄谈的枢纽。《魏志·钟会传》注引《博物记》曰:"王粲与族兄凯俱避地荆州。……凯生业,业即刘表外孙也。蔡邕有书近万卷,末年,载数车与粲。粲亡后,相国掾魏讽谋反,粲子与焉。既被诛,邕所与书悉入业。……(业)子宏,字正宗……宏,弼之兄也。"又引《魏氏春秋》云:"文帝既诛粲二子,以业嗣粲。"荆州立学官时,王粲正参预其事;其祖父王畅,为刘表之师(《魏志·刘表传》注引《谢承汉书》)。而魏讽谋反时,除粲之二子外,宋忠之子亦因参与被诛(《蜀志·尹默传》注引《魏略》。)王弼是王粲之孙,与刘表、宋忠皆有特殊关系;家学渊源,又得蔡邕的藏书,可知王弼《易注》,正由宋忠易及太玄之学发展而来。只是他摈落爻象,专门附会义理,注重性与天道的抽象哲理,遂开一代风气而已。以前汉人说《易》,无论异同,皆宗象数,所以管辂以《易》卜休咎,钟会标《易》无互体之说,皆与王氏不同。至王弼标"得意在忘象,得象在忘言"之旨,才余家尽废,大畅玄风,始创玄学的根基。

　　清谈的来源也是有史可征的。它的前身是太学中的清议。因为自东汉中叶以后,外戚专横,宦官祸乱,西羌侵扰,灾害流行。政治社会上都表现着动荡和不安。而太学生群聚京师,桓帝时人数至三万人;他们不满意当时博士们流于繁琐的章句之学,所谓今文家法;于是便形成博士倚席不讲,学者们自谒名师,治求大义的风气。但大多数人既聚居京师,又都是名门世族出身,目睹当时政治社会的黑暗,遂逐渐转移其视线于实际问题;于是便放言高论,不隐豪强了;这就是所谓太学清议。《后汉书·党锢列传序》云:"逮桓灵之间,主荒政谬,国命委于阉寺,士子羞与为伍,故匹夫抗愤,处士横议,遂乃激扬名声,互相题拂,品核公卿,裁量执政,婞直之风,于斯行矣。"因为东汉仕途用察举和征辟制度,所以很注重于乡党清议,但这时的太学清议,则更着重于评论实际的政治。史称郭林宗"善谈论,美音制";苻融"幅巾奋袖,谈辞如云",李膺"每为之叹息"。可知在学者群集,互相题拂的情形下,自必也同时注意到谈吐言论的措辞音节。《后汉书·郑泰传》云:"孔公绪清谈高论,嘘枯吹生。"《魏志·钟繇传》注引《魏略》云:"太子(丕)又书曰:'……至于荀公之清谈,孙权之斌媚,执书嗢噱,不能离手。'"《魏志·臧洪传》注引《九州春秋》云:"初平中,焦和为青州刺史,……黄巾寇暴,……和不能御,……入见其清谈干云,出则浑乱,命不可知。《魏志·刘劭传》载夏侯惠荐劭云:"臣数听其清谈,览其笃论,渐渍历年,服膺弥久。"《文选·应璩与侍郎曹长思书》云:"悲风起于闺闼,红尘蔽于机榻,幸有袁生,时步玉趾,樵苏不爨,清谈而已。"刘桢《赠五官中郎将诗》第二首云:"清谈同日夕,情盼叙忧勤。"可知清谈在最初只是指谈论时措辞音节的美妙。党锢之祸,名士言论受到了惨毒的打击,以后的政局也同样是未便批评,于是谈论之风遂由评论时事,臧否人物,渐趋于这种评论所依据的原理原则。所以阮籍出言玄远,司马昭许为天下之至慎。学术遂脱离具体趋于抽象,由实际政治讲到内圣外王、天人之际的玄远哲理;由人物评论讲到才性四本,以及性情之分。到了正始以后,这种发展已经成熟,清谈一词,遂专指玄理虚胜之言。但王弼、何晏为玄宗之始,而皆工文章,有著述,并不专以言谈为务。后来到王衍、乐广,才祖述玄虚,宅心事外;所谓王乐风流,便只以言谈为主了。所以就其内容所代表的意义说,清谈即玄学;因为所言的原理即玄学的内容。所以《晋书·陆云传》谓云本无玄学,尝夜暗迷路,趋至一家寄宿。见一少年,共谈《老子》,辞致深远。向晓,始悟宿处乃王弼冢,自此谈老殊进。但就学术思想的系统说,则清谈只为名士生活间的一种形式,并不尽如王、何或向、郭之有著述理论可征。《世说新语·赏誉篇》云:"太傅东海王镇许昌,以王安期为记室参军,雅相知重。敕世子毗曰:'夫学之所益者浅,体之所安者深。闲习礼度,不如式瞻仪形。讽味遗言,不如亲承音旨。王参军人伦之表,汝其师之!'"可知清谈同时注重在音辞隽语的直接体会,并不完全在玄理。《世说新语·文学篇》云:"支道林、许掾诸人共在会稽王斋头。支为法师,许为都讲。支通一义,四坐莫不厌心。许送一难,众人莫不抃舞。但共嗟咏二家之美,不辩其理之所在。"足见除玄理的内容外,清谈更注重于言辞音调的美妙,而且这已成了名士生活间不可缺少的一部分。所以南齐时陈显达说:"麈尾扇是王谢家物。"(《南齐书·陈显达传》)清谈既已成了名士们高贵生活的点缀,因此玄学与清谈的涵义,也并不完全相当。但我们这里为了解当时的学术思想,以及名士间的生活情况,所以采取混合叙述的形式。

二

《晋书·王衍传》云:"魏正始中,何晏、王弼等祖述《老》、《庄》,立论以为:'天地万物皆以无为本。无也者,开物成务,无往不存者也。阴阳恃以化生,万物恃以成形,贤者恃以成德,不肖恃以免身。故无之为用,无爵而贵矣。'"《世说新语·赏誉篇》言王敦与卫玠相见欣然,谈话弥日,谓长史谢鲲曰:"不意永嘉之中,复闻正始之音。"又"王长史叹林公:'寻微之功,不减辅嗣。'"《世说新语·文学篇》言王导与殷浩共相往反,既彼我相尽,导叹曰:"向来语,乃竟未知理源所归,至于辞喻不相负。正始之音,正当尔耳!"《晋书·儒林传序》云:"摈阙里之典经,习正始之余论,指礼法为流俗,目纵诞以清高。"《宋书·羊玄保传》言玄保二子,太祖赐名,曰咸,曰粲。谓玄保曰:"欲令卿二子有林下正始余风。"又《宋书·王微传》云,微报何偃书曰:"卿少陶玄风,淹雅修畅,自是正始中人。"《南齐书·张绪传》云:"袁粲言于帝曰:臣观张绪有正始遗风。"《南史·何尚之传》言其谓王球,"正始之风尚在。"可知正始玄风,正是开魏晋以下清谈玄学之风的起始,而极为后来的士族所希慕景仰的。何晏少以才秀知名,黄初时无所事任,明帝立后,颇为冗官。《魏志·曹爽传》言"明帝以其浮华,皆抑黜之"。(浮华即指清谈玄学,《世说新语·政事篇》注引《晋阳秋》云陶侃戒其士吏曰:"《老》、《庄》浮华,非先王之法言而不敢行。"《晋书·庾峻传》云:"时重《庄》、《老》而轻经史,峻惧雅道陵迟,乃潜心儒典。""又疾世浮华,不修名实,著论以非之"。)太和六年(二三二)明帝起景福承光殿,晏作《景福殿赋》,见存《文选》。明帝崩后,齐王芳即位,曹爽、司马懿并受遗诏辅政,改元正始(二四○)。晏以帝戚,又才名重于一时,曹爽用为散骑侍郎,迁侍中尚书,主选举。傅咸云:"正始中,任何晏以选举,内外之众职各得其才,粲然之美于斯可观。"(《晋书·傅咸传》)但因后来世代革易,真相湮灭,史籍遂多诬蔑之辞。何晏有《论语集解》,据刘宝楠《论语正义考证》,盖成于正始三四年,则正当他任吏部尚书之时。《序》云:"集诸家之善,记其姓名,有不安者,颇为改易。"可知也是以意为取舍之宗。《世说新语·文学篇》云:"何晏注《老子》未毕,见王弼自说注《老子》旨。何意多所短,不复得作声,但应诺诺。遂不复注,因作《道德论》。"《世说新语·文学篇》注引《魏氏春秋》曰:"晏少有异才,善谈《易》、《老》。"又引《文章叙录》云:"晏能清言,而当时权势,天下谈士,多宗尚之。"大概清谈之风,太和中已渐流行。傅嘏、荀粲、夏侯玄、裴徽等,皆当时人物。不过到正始时,何晏主持风气,他的权势地位特别通贵显要,所以对于玄风的流畅有很大的影响,为一代名士们所宗尚,这即后世所艳称的正始之音。《世说新语·文学篇》云:"何晏为吏部尚书,有位望,时谈客盈坐,王弼未弱冠往见之。晏闻弼名,因条向者胜理语弼曰:'此理仆以为极,可得复难不?'弼便作难,一坐人便以为屈,于是弼自为客主数番,皆一坐所不及。"《魏志·钟会传》注引何劭《王弼别传》云:"淮南人刘陶善论纵横,为当时所推。每与弼语,尝屈弼。弼天才卓出,当其所得,莫能夺也。"可知王弼之为玄宗,也不仅以哲理造微,超出时人;更因为他通辩能言,才能开一代清谈的宗风。《魏志·管辂传》注引《辂别传》载裴徽语云:"吾数与平叔共说老、庄及《易》,常觉其辞妙于理,不能折之。"可知平叔也是以妙辞擅长的,因为这正是清谈的本色。

何劭《王弼别传》言其"好老氏",又言"于时何晏为吏部尚书,甚奇弼。叹之曰:'仲尼称后生可畏,若斯人者,可与言天人之际乎?'""何晏以为圣人无喜怒哀乐,其论甚精,钟会等述之。弼与不同,以为圣人茂于人者,神明也;同于人者五情也。神明茂,故能体冲和以通无;五情同,故不能无哀乐以应物。然则圣人之情,应物而无累于物者也。今以其无累,便为不复应物,失之多矣。"《世说新语·文学篇》云:"王辅嗣弱冠诣裴徽,徽问曰:'夫无者,诚万物之所资,圣人莫肯致言,而老子申之无已,何邪?'弼曰:'圣人体无,无又不可以训,故言必及有;老、庄未免于有,恒训其所不足。'"正始清谈的第一个特点就是重《易》崇《老》。王弼作《周易注》、《易略例》,及《老子注》,《别传》称其好老氏。《魏氏春秋》称何晏"善谈《易》、《老》",《隋志》著录其《老子道德论》二卷,《列子·仲尼篇》注引其《无名论》,皆可说明此事实。关于王弼《易》注,《魏志·钟会传》注引《孙盛杂记》云:"《易》之为书,穷神知化,非天下之至精,其孰能与于此?世之注解,殆皆妄也。况弼以附会之辨,而欲笼统玄旨者乎?故其叙浮义则丽辞溢目,造阴阳则妙赜无间,至于六爻变化,群象所效,日时岁月,五气相推,弼皆擯落,多所不关。虽有可观者焉,恐将泥夫大道。"他虽然不赞成王弼《易注》,但这一段叙述却颇能说出辅嗣新注的特点,及与汉人《易注》的不同处。至于老子,东汉以来仍为世人所推崇。《后汉书·冯衍传》云:"然后阖门讲习道德,观览乎孔老之论。"《后汉书·申屠刚传》云:"损益之际,孔父攸叹,持满之戒,老氏所慎。"《后汉书·杨厚传》云:"时大将军梁冀权势倾朝,……(厚)称病求退。……归家,修黄老。"《后汉书·仲长统传》云:"安神闺房,思老氏之至虚;呼吸精和,求至人之仿佛。……逍遥一世之上,睥睨天地之间,不受当时之责,永保性命之期。"可知老学在汉时并未断绝,不过汉人只取其养生知足之教,恬退静默之旨,而形于立身处世方面。不像正始清言专注意于玄理,以"无"为万物之本体,推及于形上学方面罢了。所以王、何之学,虽皆承继汉代学术而来,但注意发挥本体论的哲理,开了一代风气。王弼《老子注》,云:"凡有皆始于无,故未形无名之时,则为万物之始,及其有形有名之时,则长之育之亭之毒之,为其母也。"《列子·天瑞篇》注引何晏《道论》云:"有之为有,待无以生;事而为事,由无以成。"又《仲尼篇》注引何氏《无名论》云:"夏侯玄曰:'天地以自然运,圣人以自然用。'自然者,道也。道本无名,故老氏曰:'强为之名。'仲尼称尧荡荡无能名焉,下云巍巍成功,则强为之名,取世所知而称耳。岂有名而更当云无能名焉者邪? 夫惟无名,故可得徧以天下之名名之,然岂其名也哉!"王弼《易略例·明象》云:"物无妄然,必由其理。统之有宗,会之有元,故繁而不乱,众而不惑。"可知王、何学说,实为发挥形上学的玄理。"无"乃开物成务,无往而不存,是万物的本体。万有虽至为繁众,而统之有宗,其本体固为一。这就是根据《老》、《易》发挥出来的所谓"贵无学说"。

但王、何虽尊崇老子,却并不诽薄孔子。且以孔子为一理想的圣人。《弘明集·周颙重答张长史书》云:"王、何旧说,皆云老不及圣。"王弼《乾卦文言注》,明以孔子为圣人;平叔集解《论语》,自亦擅于儒学。前引王弼答裴徽云:"圣人体无,无又不可以训,故不说也。老氏是有者也,故恒言其所不足。"意思是说圣人体无,老子是有,圣人是理想人格。但圣人所言,只在训俗,若深究之,则六经固圣人之糟粕,因为"无"是不可为训的。《老子》言"天地万物生于有,有生于无"。但若如此说,他们即以为已落于言筌,故云恒言其所不足。这在表面上虽然还是尊崇孔子,但实际所讲的内容却已是老子的了。因为王、何皆世家子弟,所受的传统教育仍是经术;而且汉代以来,孔子之为圣人,已成定论,自难别标异义。所以自此而下,玄学虽时有新义,而孔子圣人的地位,却仍为大家所尊崇,并未动摇。

王、何稍后,阮籍有《通老》、《通易》、《达庄》三论,嵇康有《释私》、《声无哀乐》、《难张辽叔自然好学》等论。他们虽亦出于旧家,但思想行为则更趋于极端。因为反对当时的礼法,所以多表现为任诞放达的行为。所谓竹林风气,多为庄子思想在生活上的一种表现。他们理论方面的特点并不多,但行为的影响却很大,所以特别招人非议。这是由于他们受到东汉以来清节相高的士风,和曹魏提倡通达的影响。在社会变动繁剧,政治迫害加强的时候,遂将一种追求神仙幸福的想象,和当时盛行的庄子逍遥的企羡结合起来,即形成了一种像阮籍《大人先生传》所写的那样虚无的理想的人格。他们注重内心而忽略外表的形迹,所谓任真自然,风流得意。阮籍《达庄论》云:"彼六经之言,分处之教也;庄周之云,致意之辞也。"他们不像王、何之主要为《易经》和老子学说的解释发展,而多为庄子和游仙思想的表现。但却也同样地可使儒道相通;阮籍《乐论》言乐为内而礼为外,二者相成,并不根本否定外;只是重在自然,反对形迹而已。他们在文学音乐上都有特长,所以思想行为也受此影响,与王、何之学不同。他们的放荡,颇杂有汉代以来游仙的意味,而其根本原因则在愤世嫉俗。所以影响虽然不佳,因为后来变成了固作狂态,取宠媚时的放僻行为,因为乐广说:"名教中自有乐地";但他们自己却是有忧患的背景,并非故意如此的。

三

《晋书·乐广传》云:"广与王衍俱宅心事外,名重于时。故天下言风流者,谓王、乐为称首焉。""尚书令卫瓘,朝之耆旧,逮与魏正始中诸名士谈论,见广而奇之,曰:'自昔诸贤既没,常恐微言将绝,而今乃复闻斯言于君矣。'"晋时清谈之风,被于朝野。竹林诸人中,山涛、王戎俱在晋任显职,王戎且到西晋末永兴二年始卒。但西晋清谈,是以王衍、乐广为领袖。《晋书·潘京传》言其与乐广共谈累日,广"谓京曰:'君天才过人,恨不学耳。若学,必为一代谈宗。'京感其言,遂勤学不倦。"王衍早年贵盛,位极人臣,以女适愍怀太子,贾后当权,惧而自绝。又令弟澄及族弟王敦,分居青扬二二州,以营三窟之计。乐广女适成都王颖,也是国戚。他们平日分据要职,培植私门。一方面又挥麈谈玄,不营物务。既是名门大族,又居朝廷显要,自然朝野翕然,后进士大夫莫不景慕仿效,都以清言为贵了。清谈已成了士大夫生活间的必要点缀,因为这可以表示他们的尊贵和绝俗。《世说新语·文学篇》云:"客问乐令'旨不至'者,乐亦不复剖析文句,直以麈尾柄确几曰:'至不?'客曰:'至!'乐因又举麈尾曰:'若至者,那得去?'于是客乃悟服。乐辞约而旨达,皆此类。"他们都不重言象,所以无文学著作留于人间;但由此条,知西晋的名士更注意于《庄子》。正始诸人,仅以《老》、《易》为宗,到西晋,《庄子》遂与《易》、《老》并为三玄,且更为谈士所注意。干宝《晋纪总论》所谓"学者以老、庄为宗而黜六经,谈者以虚薄为辩而贱名检"。就是这时的风气。所以王衍妙善玄言,惟说老庄为事(《晋书·干宝传》),郭象能言庄老(《世说新语·赏誉篇》注引《名士传》)。庾敳自谓老庄之徒(《世说新语·文学篇》注引《晋阳秋》)。其次即言语特别注重简约,要能片言析理。《世说新语·赏誉篇》注引《晋阳秋》云:"乐广善以约言厌人心,其所不知,默如也。太尉王夷甫、光禄大夫裴叔则能清言,常曰:'与乐君言,觉其简至,吾等皆烦。'"《晋书·王承传》言其"言理辩物,但明其指要而不饰文辞,有识者服其约而能通。弱冠知名。太尉王衍雅贵异之,比南阳乐广焉"。可知谈论时须出口成章,即成文彩。

所以晋人的文笔也多天成的隽语,重在自然,文字长于析理,都是受到清谈的影响。但王、乐诸人自己却仅工清言,与正始时王、何不同,很少有文藻流传下来。《世说新语·文学篇》云:"乐令善于清言,而不长于手笔;将让河南尹,请潘岳为表。潘云:'可作耳;要当得君意。'乐为述己所以为让二百许语;潘直取错综,便成名笔。时人咸云:若乐不假潘之文,潘不取乐之旨,则无以成斯矣。"又云:"太叔广甚辩给,而挚仲治长于翰墨;俱为列卿。每至公坐,广谈,仲治不能对;退著笔难广,广又不能答。"东晋时殷浩"善玄言,与叔父融俱好《老》、《易》。融与浩口谈则辞屈,著篇则融胜,浩由是为风流谈论者所宗。"(《晋书·殷浩传》)宋时徐羡之"尝与傅亮、谢晦宴聚。亮、晦才学辩博,羡之风度详整,时然后言。郑鲜之叹曰:'观徐、傅言论,不复以学问为长。'"(《南史·徐羡之传》)因为清谈过分地注重于言语辞藻,结果遂使言与笔分了家;因而清谈所给予文学的影响,也就成了间接的。谈士较文士的地位高,声名大,而且以为言不尽意,要摈落言象;所以谈辞注重简约,要像王衍的口中雌黄;如此自然也就很少文藻的表现了。但清谈既蔚为一代风气,自然也会对文学有影响,不过比较间接罢了。

郭象的《庄子注》是这时期玄学中重要的著作。他不只发挥了《庄子》的原意,而且也树立了他自己哲学的体系。西晋时的清谈和玄学都推崇庄子,郭象《庄子序》也以庄子为百家之冠。但正如正始时的何、王一样,郭象也仍以孔子为圣人;言庄子"应而非会,则虽当无用;言非物事,则虽高不行"。庄子虽然"言则至矣",虽然"知本",但和孔子之"寂然不动,不得已而后起"者不同。孔子是"无心",庄子只是"知无心"。这样,虽然讲庄子之道,却也并不诽薄孔子,因此也并不极端地鄙视名教。元康时王戎为司徒,祖尚虚无,不以物务营心;永嘉时东海王越喜老庄,都是以市朝显达而祖尚玄虚。顺着这个方向发展,士林逐渐养成了一种浮沉空虚,不负责任的生活态度,甚至有一部分放僻邪侈的行为。因之遂引起了反对。《晋书·裴𬱟传》云:"至王衍之徒,声誉太盛,位高势重,不以物务自婴,遂相放效,风教陵迟,乃著崇有之论以释其蔽。"但裴𬱟即"言谈之林薮",且同时又作《贵无论》,惟今已佚。乐广为风流之首,但他就反对放达,以为"名教中自有乐地"。可知他们并不是反对玄学清谈本身,只是反对极端的生活态度而已。郭象的《庄子注》也是这样,企图将名教和自然统一起来,予"宅心玄虚"及"无为而治"以新的解释;反对当时的极端放任行为。他以为老庄与孔子之学只是体用本末之异,并无根本矛盾:正如阮瞻所说的"将无同",因此自然与名教二者亦不可分。《庄子·马蹄》"而马之死者已过半矣"下,郭象注云:"夫善御者,将以尽其能也。尽能在于自任,而乃走作驱步,求其过能之用,故有不堪而多死焉。若乃任驽骥之力,适迟疾之分,虽则足迹接乎八荒之表,而众马之性全矣。而或者闻任马之性,乃谓放而不乘;闻无为之风,遂云行不如卧;何其往而不返哉!斯失乎庄生之旨远矣。"所以只要各当其能,即是"无为";不必故作消极的放任行为。这比裴𬱟、傅咸诸人的崇有之论,又进了一步;他给予这种主张以根据于玄学的理论解释;这都是为了纠正当时"以放浊为通"的行为的。

四

到了东晋,清谈的风气仍然盛行不衰,因为过江的还是那些洛下名士;但放达的行为却比较少了一些。陶侃、应詹、卞壶、江惇诸人,皆力攻清谈放达之弊。范宁著《王何论》,以为二人之罪,过于桀纣。王坦之著《废庄论》,江惇著《通道崇检论》,都力言其弊。但东晋一代,清谈仍盛行不衰。名臣如王导、庾亮、谢安,皆尚清言。庾亮引用殷浩,王导亦特重之。《世说新语·文学篇》云:"殷中军(浩)为庾公(亮)长史,下都,王丞相(导)为之集。桓公(温)、王长史(濛)、王兰田(述)、谢镇西(尚)并在,丞相自起解帐带麈尾,语殷曰:'身今日当与君共谈析理。'既共清言,遂达三更。丞相与殷共相往返,其余诸贤略无所关。既彼我都尽,丞相乃叹曰:'向来语,乃竟未知理源所归。至于辞喻不相负,正始之音,正当尔耳。'"《世说新语·言语篇》云:"王右军(羲之)与谢太傅(安)共登冶城。谢悠然远想,有高世之志。王谓谢曰:'夏禹勤王,手足胼胝;文王旰食,日不暇给。今四郊多垒,宜人人自效。而虚谈废务,浮文妨要,恐非当今所宜。'谢答曰:'秦任商鞅,二世而亡,岂清言致患邪?'"这些执权的大臣即是清谈的名士,他们所辟的掾属也是清谈的能手。王导引用王濛,甚赞刘惔,庾亮引用殷浩,都是以清言见用。《世说新语·文学篇》云:"张凭举孝廉出都,负其才气,谓必参时彦。欲诣刘尹(惔),乡里及同举者共笑之。张遂诣刘。刘洗濯料事,处之下坐,唯通寒暑,神意不接。张欲自发无端,顷之,长史诸贤来清言,客主有不通处,张乃遥于末坐判之。言约旨远,足畅彼我之怀,一坐皆惊。真长延之上坐,清言弥日,因留宿至晓。张退,刘曰:'卿且去,正当取卿共诣抚军。'张还船,同侣问何处宿?张笑而不答。须臾,真长遣传教觅张孝廉船,同侣惋愕。即同载诣抚军。至门,刘前进谓抚军曰:'下官今日为公得一太常博士妙选!'既前,抚军与之话言,咨嗟称善曰:'张凭勃窣为理窟。'即用为太常博士。"可知善于清谈也可以做仕进的捷径,则这种风气自然会为士林所重了。东晋简文帝"清虚寡欲,尤善玄言。"(《晋书·简文帝纪》)《世说新语》里关于会稽王的故事,非常之多。殷浩、刘惔、王濛三人,皆为其所宠遇。《晋书·王濛传》云:"时人以惔方荀奉倩,濛比袁曜卿,凡称风流者,举濛、惔为宗焉。""及简文帝辅政,益贵幸之,与刘惔号为入室之宾。"此外优待支道林,器重许询、韩康伯等,都可看出他即是一代的谈宗领袖;因之海西时即是东晋清谈的极盛时代。在这种朝廷显要都提倡清谈的风气下,士大夫间自然也是盛行不衰。《世说新语·品藻篇》云:"桓大司马(温)下都,问真长(刘惔)曰:'闻会稽王语奇进,尔邪?'刘曰:'极进,然故是第二流中人耳!'桓曰:'第一流复是谁?'刘曰:'正是我辈耳!'"足见当时士大夫间注重清言的一斑。殷仲堪为东晋末年谈宗,《世说新语·文学篇》言彼云:"三日不读《道德经》,便觉舌本间强。"可知清谈的内容,仍是以老庄为宗的。

东晋在玄学的理论上虽无特殊的建树,但那时正是佛教思想逐渐传布的时代,所以清谈中也常常杂有佛义,名僧也常加入清谈,这都是与以前不同的地方。《广弘明集》载《释慧远与隐士刘遗民等书》云:"每寻畴昔,游心世典,以为当年之华苑也。及见老庄,便悟名教,是应变之虚谈耳。以今而观,则知沉冥之趣,岂得不以佛理为先!"就这时所追求向往的玄趣说,自然会发展到佛理方面。下面又谓刘等"徒积怀远之兴,而乏因藉之资;以此永年,岂所以励其宿心哉!意谓六斋日宜简绝常务,专心空门,然后津寄之情笃,来生之计深矣。若染翰缀文,可托兴于此,虽言生于不足,然非言无以畅一诣之感。因骥之喻,亦何必远寄古人。"慧远一代佛教大师,以为"染翰缀文"是"怀远之兴"所寄托的"因藉之资",而且非此"无以畅一诣之感",所以佛教的盛行,对文笔的发展也是有很大影响的。而且这时僧人也加入了名士的圈子。王濛以为支遁"造微之功,不减辅嗣"。支遁"每至讲肆,善标宗会,而章句或有所遗"。谢安特善之,与当时名流孙绰、许询、殷浩等,"皆著尘外之狎"(并《高僧传》、本传)。《世说新语·文学篇》云:"《庄子·逍遥篇》,旧是难处,诸名贤所可钻味,而不能拔理于郭、向之外。支道林在白马寺中,将冯太常(怀)共语,因及《逍遥》。支卓然标新理于二家之表,立异义于众贤之外,皆是诸名贤寻味之所不得。后遂用支理。"据注所引,支理正是以佛义释《庄子》,而为当时名士所接受。《高僧传·释慧远传》言其"尤善老庄","年二十四便就讲说,尝有客听讲,讲实相义。往复移时,弥增疑昧。远乃引《庄子》义为连类,于是惑者晓然"。《郡斋读书后志》言僧肇《肇论》,乃"师罗什规摹庄周之言,以著此书。"支遁《大小品对比要抄序》中亦以老庄之言,比附佛经。《世说新语·文学篇》云:"于法开始与支公争名,后精渐归支,意甚不忿,遂遁迹剡下。遣弟子出都,语使过会稽。于时支公正讲《小品》,开戒弟子:'道林讲,比汝至,当在某品中。'因示语攻难数十番,云:'旧此中不可复通。'弟子如言诣支公,正值讲,因谨述开意。往反多时,林公遂屈。厉声曰:'君何足复受人寄载!'"可知东晋的清谈,除名士外,僧人也参预其流。而且名僧讲经,也采取辩难的方式。对于佛义和老庄,时常互相比附解释,而清言中也常有佛义,这都是以前所无的现象。但东晋名士,对佛义只觉其新奇,还没有很深的了解。殷浩是最对佛经下过工夫的人,但仍常有不解处,《世说新语·文学篇》言"支道林、许掾诸人共在会稽王斋头。支为法师,许为都讲。支通一义,四坐莫不厌心。许送一难,众人莫不抃舞。但共嗟咏二家之美,不辩其理之所在"。这也可以证明当时的名士所欣赏的还只是辞藻谈锋,而对佛学的内容并不大理会。所以初期佛学中特别注重空有问题,也是受当时玄学中有无之辩的影响。

五

清谈通常都有一个论题,然后再互相辩难。《世说新语·文学篇》云:"支道林、许(询)、谢(安)盛德,共集王(濛)家。谢顾谓诸人:'今日可谓彦会,时既不可留,此集固亦难常,当共言咏,以写其怀。'许便问主人有《庄子》不?正得《渔父》一篇。谢看题,便各使四坐通。支道林先通,作七百许语,叙致精丽,才藻奇拔,众咸称善。于是四坐各言怀毕,谢问曰:'卿等尽不?'皆曰:'今日之言,少不自竭。'谢后粗难,因自叙其意,作万余语,才锋秀逸。既自难干,加意气拟托,萧然自得,四坐莫不厌心。支谓谢曰:'君一往奔诣,故复自佳耳。'"这一段文字很可以描绘出当时名士间清谈时的具体情景,名士间的聚集通常都是这样的;这已经成了他们日常生活间主要的一部分。除《老》、《庄》、《易》三玄中的哲理为经常的谈资外,也有几个大家通常都谈的论题。《世说新语·文学篇》云:"旧云:王丞相过江左,止道《声无哀乐》、《养生》、《言尽意》三理而已。然宛转关生,无所不入。"又"支道林、殷渊源俱在相王许。相王谓二人:'可试一交言。而《才性》殆是渊源崤、函之固,君其慎焉!'支初作,改辙远之,数四交,不觉入其玄中。相王抚肩笑曰:'此自是其胜场,安可争锋!'"又"僧意在瓦官寺中,王苟子来,与共语,便使其唱理。意谓王曰:'圣人有情不?'王曰:'无。'重问曰:'圣人如柱邪?'王曰:'如筹算,虽无情,运之者有情。'僧意云:'谁运圣人邪?'苟子不得答而去。"这些,以及上边引过的"荆州后定经学"和向郭支遁的"逍遥义",都是当时清谈时常用的论题。

向郭《庄子注》的"逍遥义",以为物无大小,只要任性当分,即都可逍遥。不过芸芸众物,都有所待,然后才能逍遥;如列子御风之待于风。只有圣人则不独自通,且为大通,所以为无待的逍遥。支道林则以为由任性讲逍遥,必有所待,鹏鷃皆然所以都不能逍遥。至人永远至足,其心由空出发,永远足于所足,所以能物物而不物于物,这才是真正无待的逍遥。他这解释已援用了佛义。至于"圣人无情",一论题,最早为正始时何晏所唱;王弼则以为圣人亦有情,不过能"应物而无累于物",原文已见上引。但由《世说新语》所载,知这一论题在晋时仍常为谈资。王戎丧儿,悲不自胜,言"圣人忘情,最下不及情;情之所钟,正在我辈。"(《世说新语·伤逝篇》)也是祖述何晏之论的。

"养生"及"声无哀乐"二论,皆唱自嵇康。"声无哀乐"之主旨为声音虽有节奏法度,但为自然的,不关人为。哀乐则是人的情感,声音不随之而变。所以说"声音有自然之和而无系于人情"。乐器只为工具,不过藉以表现自然之音而已,与声音本身并无关系。声音纯为天然,而哀乐则为人心。声音只有善恶,无关哀乐;所以可以使人怀忠抱义而不觉所以然。嵇康《与山巨源绝交书》云:"阮嗣宗口不论人过,吾每师之,而未能及。……吾不如嗣宗之资,而有慢弛之阙;又不识物情,暗于机宜;无万石之慎,而有好尽之累;久与事接,疵衅日兴,虽欲无患,其可得乎!"疑"声无哀乐"之说,是叔夜为他自己"好尽之累"的一种理论上的辩护,藉以摆脱一些所谓礼法之士的谗言和猜疑的。又嵇康相信神仙,常"修养性服食之事,弹琴咏诗,自足于怀。以为神仙禀之自然,非积学所得,至于导养得理,则安期、彭祖之伦可及"。(《晋书·嵇康传》)所以《养生论》的主旨,即在由"清虚静泰,少私寡欲"的方法,以求达到一"和顺自济,同手太顺"的超越烦恼和久寿的状态。这也是追求逍遥和游仙思想的表现。但这不只为一理想的境界,且为一事实或状态。当时即曾与向秀互难,以后也仍为名士们的谈资。

才性之论,起源最早。《世说新语·文学篇》钟会撰《四本论》条注引《魏志》曰:"会论才性同异,传于世。四本者:言才性同,才性异,才性合,才性离也。尚书傅嘏论同,中书令李丰论异,侍郎钟会论合,屯骑校尉王广论离。文多不载。"《魏志·傅嘏传》注引《傅子》云:"嘏既达治好正,而有清理识要,好论才性,原本精微,鲜能及之。司隶校尉钟会年最少,嘏以明智交会。"又云:"嘏常论才性同异,钟会集而论之。"才性学说本来是形名家言,所以言者称为"善谈名理"。《魏志·钟会传》言其"精练名理,以夜续昼。由是获声誉","尝论《易》无互体,才性同异。及会死后,于会家得书二十篇,名曰《道论》,而实刑名家也。其文似会"。名家综核名实,即于实检名之意;其对象仍为实际政治上的人事。刘劭的《人物志》一书,即可做为代表。但由汉到魏晋,逐渐由评论实际人物而进为抽象理论的研讨,所以讲人之才性同异的原则,以求得到一识鉴的理论标准。《世说新语·文学篇》言"傅嘏善言虚胜",荀粲"能言玄远",所谓虚胜即指抽象的原理,而不是具体的事物。荀粲讲老子,故云玄远。所以才性理论可以说是玄学的前奏;它还是由政治出发,没有进到纯哲学的玄远阶段。但才性理论直到东晋,还是殷浩的"崤函之固",可知也是清谈的主要谈资了。

《庄子·天道篇》云："世之所贵道者，书也。书不过语，语有贵也。语之所贵者，意也。意有所随，意之所随者，不可以言传也。"今传有欧阳建《言尽意论》，但在王弼《易略例》中，已有《明象章》，分言象与意为二，言象为粗迹，其用仅在表意，得意可以忘言。其说虽在解易，但自然也认为可以应用于天道人事的各方面。欧阳建云："世之论者以为言不尽意，由来尚矣。至乎通才达识，咸以为然。若夫蒋公之论眸子，钟傅之言才性，莫不引此为谈证。"可知言不尽意之说，实始于人物识鉴的理论。文中述当时论者的道理云："夫天不言，而四时行焉；圣人不言，而鉴识存焉；形不待名，而方圆已著；色不俟称，而黑白以彰。然则名之于物，无施者也；言之于理，无为者也。"可知言不尽意，其始和才性论同样是形名家言。形名家注重名检，由形以定名。但形不待于名，正如人物识鉴之只可意会一样；所以由此就导出言不尽意的理论，而归于如何晏之无名论。这样，便由名家通入了道家。欧阳建以为"欲辩其实，则殊其名；欲宣其志，则立其称。名逐物而迁，言因理而变。此犹声发响应，形存影附，不得相与为二矣。苟其不二，则言无不尽矣"。这还是保持着形名家综核名实的理论，以为言由理发，可以尽意。王弼主得意忘言。其说与言不尽意略异，因为如此，则言并非无用，所以不至推到如荀粲的"六籍虽存，固圣人之糠秕"；而且"尽意莫若象，尽象莫若言"，则言固是得意的必要工具；不过言本身并不即是意而已。这一论题实在是玄学理论的基本要点，所以一直盛谈不衰。魏晋人解释经籍，会通儒道或道释，皆用此理。而玄学自身的理论也多着重于意会，而不拘于文字。上面所述的各主要论题中，其实都有这种性质。

清谈既成了名士生活间主要的一部分，自然所谈的理论也会影响到他们的立身行为和文章诗赋的各方面。而且玄学理论是当时学术思想的主流,自然也会对文学发生影响。阮籍的"当其得意忽忘形骸",陶渊明的"好读书不求甚解,每有会意,便欣然忘食",以及竹林之游,兰亭禊集;《世说新语》及各史传中许多记载着的著名逸事,都和清谈同样地是他们生活中的主要部分,而且也都是玄学思想影响下的具体表现。文论的兴起和发展,咏怀咏史,玄言山水的诗体;析理井然的论说,隽语天成的书札,都莫不深深地受到当时这种玄学思想的影响。而且流风未已,远被齐梁。《南齐书·王僧虔传》载其《诫子书》云:"曼倩有云:'谈何容易。'见诸玄,志为之逸,肠为之抽,专一书,转诵数十家注,自少至老,手不释卷,尚未敢轻言。汝开《老子》卷头五尺许,未知辅嗣何所道,平叔何所说,马、郑何所异,《指例》何所明,而便盛于麈尾,自呼谈士,此最险事。设令袁令命汝言《易》,谢中书挑汝言《庄》,张吴兴叩汝言《老》,端可复言未尝看邪?谈故如射,前人得破,后人应解,不解即输赌矣。且论注百氏,荆州《八帙》,又《才性四本》《声无哀乐》,皆言家口实,如客至之有设也。汝皆未经拂耳瞥目。岂有庖厨不修,而欲延大宾者哉?就如张衡思侔造化,郭象言类悬河,不自劳苦,何由至此?汝曾未窥其题目,未辨其指归;六十四卦,未知何名;《庄子》众篇,何者内外;《八帙》所载,凡有几家;《四本》之称,以何为长。而终日欺人,人亦不受汝欺也。"由这一段文字很可以看出魏晋以来清谈玄学的内容,和当时名士生活间的一般风气。梁武帝虽然比较重视经学,但不只没有废除了老庄和佛义,而且讲经时辩难的方式也仍然是沿着清谈的习惯。《陈书·岑之敬传》云:"(梁武帝)令之敬升讲座,敕中书舍人朱异执《孝经》,唱《士章》,武帝亲自论难。之敬剖释纵横,应对如响,左右莫不嗟服。"

《陈书·袁宪传》言宪年十四,其父遣候周弘正,"会弘正将登讲座,弟子毕集,乃延宪入室,授以麈尾,令宪树义。时谢岐、何妥在座,弘正谓曰:'二贤虽穷奥赜,得无惮此后生耶!'何、谢于是递起义端,深极理致,宪与往复数番,酬对闲敏。弘正谓妥曰:'恣卿所问,勿以童稚相期。'时学众满堂,观者重沓,而宪神色自若,辩论有余"。《陈书·戚衮传》云:"衮时聘义,(徐)摛与往复,衮精采自若,对答如流。"讲经其实只是将清谈的论题扩大了,方式和精神还是一样的。《陈书·马枢传》说梁邵陵王纶"讲《大品经》,令枢讲《维摩》、《老子》、《周易》,同日发题,道俗听者二千人。王欲极观优劣,乃谓众曰:'与马学士论义,必使屈伏,不得空立主客。'于是数家学者各起问端,枢乃依次剖判,开其宗旨,然后枝分流别,转变无穷。论者拱默听受而已"。可知老、庄、佛义和经学,在梁时都一样地变成了清谈的论题;而且在帝王亲自主持之下,规模和盛况更超过以前了。以后一直到隋平陈后,南北之局结束,社会的情况变了,清谈的风气才告平息。

文论的发展

一

《文心雕龙·序志篇》云:"详观近代之论文者多矣。至如魏文述《典》,陈思序《书》,应玚《文论》,陆机《文赋》,仲洽《流别》,宏范《翰林》,各照隅隙,鲜观衢路。"这差不多把魏晋时期的文化作品都举出了。案中国先秦两汉,文学的作品虽然很多,但专门论文的篇章却是到魏晋才有的;在文学史或文学批评史上,魏晋都可以说是自觉时期。在以前,"三百篇"是经,《离骚》也可称经;议说是用作陈政的,辞赋是意在讽谏的,至使目为雕虫篆刻,壮夫不为的东西。即使主张存文的,也不过用它来"载人之行,传人之名",或"宗经明道"罢了;真正就文学本身来讨论批评的文字,除在子史专书中勉强可以摘出几条零碎的句子外,整篇的文论是没有的。到了魏晋,无论就文论之肇始说,或文学观念的比较独立说,都和以前发生了显著的变化。一方面也促进了当时的作品发达,开了以后沈思翰藻之美的文学的先声,这是不能不注意的。但文论为甚么会特别在这个时期兴起和发展呢? 这我们可以分"文"和"论"两方面来说明;一方面是"文"底发展影响了和引起了"论"底发展;一方面是"论"底发展之所以要以"文"来为它底议论的题材和对象。

东汉以来经学的烦琐衰落,逐渐使人对传统的学术主流发生了怀疑,于是自然影响到向新的方向底发展。《后汉书·儒林传论》云:"夫书理无二,义归有宗,而硕学之徒,莫之或徙,故通人鄙其固焉。……自桓、灵之间,君道秕僻,朝纲日陵,国隙屡启,自中智以下,靡不审其崩离。"在政治黑暗的时候,才智之士对于传统的学术最易发生不满;何况儒术本身的确也已沉陨不堪了呢!这"通人"即王充《论衡·超奇篇》所谓"能说一经者为儒生,博览古今者为'通人'"的通人。同篇又云:"采缀传书以上书奏记者为文人,能精思著文连结篇章者为鸿儒。故儒生过俗人,通人胜儒生,文人逾通人,鸿儒超文人。"这是当时的一般观念,儒生的地位仅只胜过俗人,比不上"中智以下"而博览古今的通人的。学者的标准应该要像鸿儒那样"精思著文,连结篇章";这就是由儒学的衰弱而影响到文学发展的很好说明。《论衡·佚文篇》云:"发胸中之思,论世俗之事,非徒讽古经续古文也。论发胸臆,文成手中,非说经艺之人所能为也。"这种重视著作的态度,在经学昌盛,述而不作的风气下,是不会产生的。所以魏晋人的经解如杜氏《左传》,范宁《谷梁》,其精神皆与汉人专研求于章句训诂者不同;而重文也是其中不同的一点。当然,王充所言之"文"还是广义的,鸿儒实际上是指立一家之言的子家,而文人也只是指如陈琳、阮瑀之擅长章表书记的一流人物;但王充确乎可以代表由汉到魏晋的一个过渡人物。《论衡·超奇篇》又云:"通览者世间比有,著文者历世希然。"《论衡·佚文篇》云:"玩扬子云之篇,乐于居千石之官;挟桓君山之书,富于积猗顿之财。"扬雄、桓谭都是不满意传统经学的人,由此而逐渐引导至重视著作和重文的趋势,就已开了魏晋文学和文论的先导。

汉末社会的混乱局面，使得士人们避难不暇，自然也就顾不到如班固所言之"劝以官禄"的"利禄之途"了。皓首穷经已经没有了出路，自然须更弦易辙地另求适应。曹操用人唯才，开口就是"方今收揽英雄之际"，有名的魏武三诏令，其精神完全是反传统的。只要有才，绝不问原来出身和以往的行为。《魏志·荀彧传》注引《典略》云："彧有群从一人，才行实薄，或问彧：'以君当事，不以某为议郎邪？'彧笑曰：'官者所以表才也，若如来言，众人其谓我何邪！'"到魏文帝九品官人之法行后，仕进者如有声誉，即可铨得高品，并不以通经为限；利禄之途一塞，学风自然也随着改变。在当时如欲仕进，必须自己富有声望，才可仕进顺利；因此便影响到一般的士风都着重于有所表现。当时盛论才性异同，其背景即在备政治上选人得才的实用。刘劭《人物志》研讨识鉴人物的征象原理，而其目的在"主道得而臣道序，官不易方而太平用成。"（《人物志·流业篇》）性是体，才是用，政治上的选人既注重在才的应用，士林自然也就注意于才的表现。而才之易于表现和易于为人所知的，"善属文"自然也是一端。《论衡·佚文篇》即云："《易》曰圣人之情见于辞，文辞善恶，足以观才。"阮瑀、王粲等，很多都是因有文名而被征辟召用的。曹丕、曹植兄弟，皆爱好文章，一时侍从之士，几乎搜罗尽当时知名的文士了。《魏志·王粲传》注引《魏略》云："（邯郸）淳一名竺，字子叔，博学有才章，又善《苍》、《雅》、虫、篆、许氏字指。初平时，从三辅客荆州。荆州内附，太祖素闻其名，召与相见，甚敬异之。时五官将博延英儒，亦宿闻淳名，因启淳欲使在文学官属中。会临菑侯植亦求淳，太祖遣淳诣植，植初得淳甚喜，延入座，不先与谈。时天暑热，植因呼常从取水自澡讫，傅粉。遂科头拍袒，胡舞五椎锻，跳丸击剑，诵俳优小说数千言讫，谓淳曰：'邯郸生何如邪？'于是乃更着衣帻，整仪容，与淳评说混元造物之端，品物区别之意；然后论羲皇以来贤圣名臣烈士优劣之差，次颂古今文章赋诔及当官政事宜所先后，又论用武行兵倚伏之势。乃命厨宰，酒炙交至，坐席默然，无与伉者。及暮，淳归，对其所知叹植之才，谓之'天人'。"这一段文字很可以描绘出曹氏父子在当时收罗文士人才的情形；所以曹植《与杨德祖书》云："吾王于是设天网以该之，顿八纮以掩之，今尽集兹国矣。"钟嵘《诗品序》亦云："降及建安，曹公父子，笃好斯文；平原兄弟，郁为文栋；刘桢、王粲，为其羽翼。次有攀龙托凤，自致于属车者，盖将百计。彬彬之盛，大备于时矣。"而魏文帝《典论论文》中之评述七子，也完全是一种领袖的态度。当时王粲、陈琳等著名文士皆侍立朝班，荣宠特加。文人名士们已取以前经师宿儒的地位而代之了。

魏晋时因了政权的争夺，名士间受到迫害的很多，孔融、嵇康都是例子。所以很多的人都趋于沉沦自晦的一途。东汉以来，士人的言谈著论，多与实际政治有关，现在却只好"未尝言及时事，口不臧否人物"了，这在情感上本来是很痛苦的事情；况且即使自甘遁世，有时也是不可能的呢！《世说新语·言语篇》云："司马景王东征，取上党李喜，以为从事中郎。因问喜曰：'昔先公辟君不就，今孤召君，何以来？'喜对曰：'先公以礼见待，故得以礼进退；明君以法见绳，喜畏法而至耳！'"《晋书·刘殷传》云："及齐王冏辅政，辟为大司马军谘祭酒。既至，谓殷曰：'先王（攸）虚心召君，君不至。今孤辟君，君何能屈也？'殷曰：'世祖以大圣应期，先王以至德辅世，既尧、舜为君，稷、契为佐，故殷希以一夫而距千乘，为不可迴之图，幸邀唐、虞之世，是以不惧斧钺之戮耳。今殿下以神武睿姿，除残反政，然圣迹稍粗，严威滋肃，殷若复尔，恐招华世之诛，故不敢不至也。'"治者以法绳人,至使人难以逃避,其结果无论仕进或隐晦,只有以慎言慎文为宗,以求不至引起政治上的猜疑和迫害。但人总是有感情思想的,何况这种不得已的沉论和逃避本身,就是引起情感上忧郁和进发的因素呢!所以慎言的结果并不是闭口,只是言及玄远;慎文的结果也不是搁笔,只是语不及政;其结果就表现为这时期的玄学与文学。当时许多抒意咏怀的作品,都是在这种情形下产生的。阮籍的诗,颜延之已说是"百代之下,难以情测";陶渊明的《述酒》诗,到宋朝才有人懂得它有寄托。许多人都把政治上的不得志或情感上的苦闷寄托在诗文上面,因此作者就比较多了。社会情况和文学本身的发展都使文学的地位提高了,帝王提倡它,名士们重视它,而作者又多半是社会上地位官阶很高的人物;大家既都已认为文学是"经国之大业,不朽之盛事",于是在他们生活交往的圈子里,自然会发生关于作者和文章优劣的言谈议论,从而引起文论的兴起和发展,也是当然的事情。

二

我们考查一下初期文论中的内容,便知道里面完全是以作家论为干的;其后才渐渐地讨论到文体的体性风格和文学的一般原理。魏文帝《典论论文》云:"今之文人,鲁国孔融文举,广陵陈琳孔璋,山阳王粲仲宣,北海徐干伟长,陈留阮瑀元瑜,汝南应玚德琏,东平刘桢公干。斯七子者,于学无所遗,于辞无所假,咸以自骋骥骒于千里,仰齐足而并驰……王粲长于辞赋,徐干时有齐气,然粲之匹也。如粲之《初征》、《登楼》、《槐赋》、《征思》;干之《玄猿》、

《漏卮》、《圆扇》、《橘赋》,虽张、蔡不过也。然于他文,未能称是。陈琳、阮瑀之章表书记,今之隽也。应玚和而不壮,刘桢壮而不密,孔融体气高妙,有过人者,然不能持论,理不胜辞;至于杂以嘲戏,及其所善,杨班俦也。"其《与吴质书》中也通篇论当时文人,意多与此相同。曹植《与杨德祖书》首段云:"然今世作者,可略而言也。昔仲宣独步于汉南,孔璋鹰扬于河朔,伟长擅名于青土,公干振藻于海隅,德琏发迹于大魏,足下高视于上京;当此之时,人人自谓握灵蛇之珠,家家自谓抱荆山之玉;吾王于是设天网以该之,顿八纮以掩之,今尽集兹国矣。然此数子,犹复不能飞翰绝迹,一举千里也;以孔璋之才,不闲于辞赋,而多自谓能与司马长卿同风,譬画虎不成还为狗者也。"这都是文论中的开创作品,但像这样大段只论个别作家的话,却都占了全篇中主要的部分。而且都是首段,后面的话完全是由此引申说明的,可知论点中心的所在了。这种主要以作家为对象的文论,是由东汉以来的人物评论的风气演变下来的;只是把品藻的标准变为文辞罢了。

《后汉书·党锢列传序》云:"逮桓灵之间,主荒政谬,国命委于阉寺,士子羞与为伍,故匹夫抗愤,处士横议,遂乃激扬名声,互相题拂,品核公卿,裁量执政,婞直之风,于斯行矣。"《后汉书·许劭传》云:"许劭,字子将,汝南平舆人也。少峻名节,好人伦,多所赏识。若樊子昭、和阳士者,并显名于世。故天下言拔士者,咸称许、郭(太)……初,劭与(从兄)靖俱有高名,好共核论乡党人物,每月辄更其品题,故汝南俗有'月旦评'焉。"因为东汉仕途是行察举征辟制的,所以特别注重人伦品鉴。而且太学士群聚京师,目睹当时政治的黑暗,遂将这种品藻的目标,应用于实际人物,这就是所谓太学清议;其影响颇有推移当时政治的势力,因而遂促了党锢之狱。但这时在社会一般的眼光中,朝廷的禄位反不如处士的声誉贵重;因此评论人物的风气,也并没有因党锢之祸而停止。《后汉书·范滂传》云:其时党人之祸愈酷,而名愈高,天下皆以名入党中人为荣。范滂初出狱归,"汝南、南阳士大夫迎之者数千辆。"士人已经成了一种政治上的势力集团,士林的声望和政治有了直接关系,所以互相标榜的风气也因之大盛。《党锢列传序》言当时士林标榜之风云:"指天下名士,为之称号。上曰'三君',次曰'八俊',次曰'八顾',次曰'八及',次曰'八厨',犹古之'八元'、'八凯'也。窦武、刘淑、陈蕃为'三君'。君者,言一世之所宗也。……(下略)"由此可见人物评论的盛行情况了。因此讲人物识鉴理论的形名家学说,这时也随着盛行起来;才性四本之辩,即其一端。其目的便在政治上能选才得宜,各任其所适。《世说新语·政事篇》云:"山司徒(涛)前后选,殆周遍百官,举无失才。凡所题目,皆如其言。唯用陆亮,是诏所用,与公意异,争之不从。亮亦寻为贿败"。这便是有名的"山公启事",是人物识鉴的实际用处。刘劭《人物志》言人流之业,十有二焉。"儒学之材,安民之任也。文章之材,国史之任也。……"而结论为"能出于材,材不同量;材能既殊,任政亦异"。这一种形名家的学说,即当时实际政治社会环境下的产物,它一方企图给人物品藻立一客观的标准,另一方也给这种学说的需要立一理论的根据。其论及品核标准如"重神理"、"分才性"等,是将识鉴人物的标准理论化和抽象化;其论识鉴的实际应用,也即识鉴之所以需要的理论根据,即是为的任政各详所宜。据《隋志·名家类》,此期识鉴人伦之作,除刘劭《人物志》三卷外,尚有《士操》一卷;《刑声论》一卷;《士纬新书》十卷;《姚氏新书》二卷;《九州人物志》一卷;《通古人论》一卷。这些书虽然都已散佚不存，但其内容性质却是可以想知的。它们之所以多出现于这一时期，是和当时的实际社会情况，有着密切关系的。

评论人物的风气虽不因党锢之祸而停止，但政治的迫害使士林不敢多谈实际政事，却又是我们所提到的；其结果，就引起了评论人物底对象的转换和改变。以前多是"品核公卿，裁量执政"；即使品评士林，也多注重其在道德政治上的行为。如《党锢列传序》载"学中语"曰："天下模楷李元礼，不畏强御陈仲举，天下俊秀王叔茂。"现在对公卿执政是不敢裁量了，士林实际的行为也不便多说，于是便不得不转换评论的对象和重心。其将评论底标准抽象化的，不论实际人物而论才性同异，其流即成为四本论，清谈玄学的一支。另外将评论对象注意于文学方面底成就的，便引起了当时文论的发展。因为文章在当时已是帝王名士们所共同喜欢的盛事，那么在评论人物极盛的情形下，衡量到他们文学方面的成就，也是自然的趋势。虽然事实上关于人物的实际品评，也仍然没有绝迹，但其内容不论注重在哪一方面，已都不是如《党锢传序》所说的"并危言深论，不隐豪强"的"婞直之风"了，而多表现于士林中间的互相称誉；这种称誉在政治上和声望上仍是大有关系的。《后汉书·许劭传》云："曹操微时，尝卑辞厚礼，求为己目。劭鄙其人而不肯对，操乃伺隙胁劭，劭不得已曰：'君清平之奸贼，乱世之英雄'，操大悦而去。"由后汉以来养成的风气，大家都非常看重自己在士林间的声誉，这是和仕进事业都很有关系的。九品中正之法行后，声誉之为人称道，更是求之不得的事情，因为这可以发生实际的效果。《晋书·张载传》言其"为《濛汜赋》，司隶校尉傅玄见而嗟叹，以车迎之，言谈尽日，为之延誉，遂知名"。《晋书·霍原传》言燕国大中正刘沈，举霍原为二品，司徒不过，沈乃上表理之；

谓原隐居求志,行成名立,张华等又特奏之,乃为上品。《晋书·张轨传》亦云:"张华与轨论经义及政事损益,甚器之,谓安定中正为蔽善抑才,乃美为之谈,以为二品之精。"为人延誉可以得居高品,仕途顺易,自然许多人都兢兢求人之称道了。《文选》刘孝标《广绝交论》中所写任昉奖掖延誉的情形,虽然时代已至齐梁,但很可以看出在九品中正制度下求人美谈的士风来。文中云:"见一善则盱衡扼腕,遇一才则扬眉抵掌;雌黄出其唇吻,朱紫由其月旦;于是冠盖辐辏,衣裳云合,辎軿击轊,坐客恒满。蹈其閫閾,若升阙里之堂;入其隩隅,谓登龙门之阪。至于顾盼增其倍价,翕拂使其长鸣。影组云台者摩肩,趋走丹墀者叠迹,莫不缔恩狎,结绸缪,想惠庄之清尘,庶羊左之徽烈。"但这种风气在晋时已然流行了,《世说新语·贤媛篇》云:"陶公少有大志,家酷贫,与母湛氏同居。同郡范逵素知名,举孝廉,投侃宿。于时冰雪积日,侃室如悬磬,而逵马仆甚多。侃母湛氏语侃曰:'汝但外出留客,吾自为计。'湛头发委地,下为二髲,卖得数斛米,斫诸屋柱,悉割半为薪,剉诸荐以为马草。日夕,遂设精食,从者皆无所乏。逵既叹其才辩,又深愧其厚意。明旦去,侃追送不已,且百里许。逵曰:'路已远,君宜还。'侃犹不返。逵曰:'卿可去矣!至洛阳,当相为美谈。'侃乃返。逵及洛,遂称之于羊晫、顾荣诸人,大获美誉。"《世说新语》中《品藻》、《识鉴》、《赏誉》各篇,以及魏晋各史传中,关于称道人物的记载,非常之多。《世说新语·品藻篇》云:"世论温太真,是过江第二流之高者。时名辈共说人物,第一将尽之间,温常失色。"可知虽在东晋,这种风气仍是盛行不衰。不过由"品核公卿,裁量执政",转而为对当时个人人格态度的品评和延誉了。在这种风气下,所论说的人物即是当时社会上的名士,而文学也同样是在他们的手中,文笔又最易表现出"才"来;那么对于文人们的评论,来以他的文义作为衡量的对象,也是发展的当然情形。所以张华著《鹪鹩赋》,阮籍见而叹息,声名始著。而陆机兄弟善文,张华以为"伐吴之役,利获二俊"(《晋书·张华传》、《晋书·陆机传》),这就是评论人物的风气所以影响到文论的理由,而文论的中心也便沿着论作者的方向而发展了。所以在初期文论中,不但大部分是论个别作者的文字,如上所引;而且其中对于作者的评论和当时流行的一般品藻人物的言辞,也完全相像;可知其本属一源了。《后汉书·郭太传》注引《谢承书》云:"初,太始至南州,过袁奉高,不宿而去;从叔度,累日不去。或以问太。太曰:'奉高之器,譬之(泛)滥,虽清而易挹。叔度之器,汪汪若千顷之陂;澄之不清,扰之不浊,不可量也。'已而果然,然太以是名风天下。"《世说新语·品藻篇》云:"汝南陈仲举,颍川李元礼二人,共论其功德,不能定先后。蔡伯喈评之曰:'陈仲举强于犯上,李元礼严于摄下。犯上难,摄下易。'仲举遂在三君之下,元礼居八俊之上。"《世说新语·赏誉篇》云:"王太尉云:'郭子玄语议如悬河泻水,注而不竭。'"像这种例子俯拾即是,不胜详举;它和文论中对作者的品评,例如建安七子,不正完全相似吗?所以中国文论从开始起,即和人物识鉴保持着极密切的关系;而文学原理等反是由论作者引导出来的。

三

本章开首所引《文心雕龙·序志篇》中所说的那些文论,应场现存《文质论》一篇,但只论文质之宜,与文学似无关系。挚虞《文章流别论》及李充《翰林论》现皆已散佚不传,仅严辑《全文》中收辑数则,多为辨析文体及论述作者的性质,完全为总集发生后选家的态度,不是文论中的根本问题;因此也很难看出他整个的文学思想来。曹植诸书也多半是评论作者的文字,所见不深。这时文论还在开创期间,所以内容都很简略;比较可以代表当时文学观念的,自然是曹丕的《典论论文》和陆机《文赋》两篇。

《典论论文》云:"文以气为主,气之清浊有体,不可力强而致,譬诸音乐,曲度虽均,节奏同检,至于引气不齐,巧拙有素,虽在父兄,不能以移子弟。"又言"孔融体气高妙";"徐干时有齐气";又《与吴质书》中亦云:"公干有逸气,但未遒耳。""文"也正如宇宙间其他的各种物事一样,是宇宙原理通过人底才性的表现,因此也就与他原来所禀赋的气底多寡清浊有关。这种文气说完全是由东汉以来对宇宙的观念出发的;张衡《浑天仪》以为"天地各乘气而立,载水而浮。"(《全后汉文》卷五十五)王充《论衡·无形篇》云:"人禀元气于天,各受寿夭之命,以立长短之形,犹陶者用土为簋廉,冶者用铜为桦杆矣。器形已成,不可小大;人体已定,不可减增。用气为性,性成命定。体气与形骸相抱,生死与期节相须。"嵇康《明胆论》云:"夫元气陶铄,众生禀焉;赋受有多少,故才性有昏明。唯至人特钟纯美,兼周外内,无不毕备。降此已往,盖阙如也。"气是人所禀赋的东西,其清浊多寡,人人自殊,但一成人形,则其禀赋已属固定,不可改易。所以"虽在父兄,不能以移子弟"。这种禀赋之气底表现,就是人的才性;而文即才性底表现。才性因了赋受的多寡清浊而有昏明,则文之"引气不齐,巧拙有素",也是"不可力强而致"的。《全后汉文》卷八十二赵壹《非草书》云:"凡人各殊气血,异筋骨,心有疏密,手有巧拙。书之好丑,在心与手,可强为哉!若人颜有美恶,岂可学有相若耶!"桓谭《新论》云:"惟人心之独晓,父不能以禅子,兄不能以教弟也。"(《文选·典论论文》注引),可知这种道理不只"譬诸音乐",宇宙间的各种物事如书法等等,都是如此。这正如人颜之有美恶一样,是不可改易的。刘劭《人物志·九征篇》云:"凡有血气者,莫不含元一以为质,禀阴阳以立性,体五行而著形。苟有形质,犹可即而求之。"凡人皆禀气而生,以其所赋受的不同,所以人的才性亦异;当时盛论才性同异,都是由这种理论出发的。《全晋文》五十四袁准《才性论》云:"凡万物生于天地之间,有美有恶;物何故美?清气之所生也;物何故恶,浊气之所施也。……贤不肖者,人之性也。贤者为师,不肖者为资,师资之材也。然则性言其质,才名其用明矣。"所以"善属文"也只是天性自然的表现。《蜀志·秦宓传》言"或谓宓曰:'足下欲自比于巢、许、四皓,何故扬文藻见瓌颖乎?'"宓答曰:"夫虎生而文炳,凤生而五色,岂以五采自饰画哉?天性自然也。"中国文学批评向来讲究"文如其人",因为文既以气为主,而气即是人之所以为人者;文既是天性自然的表现,则正足以代表其人,这是东汉以来对宇宙的观念应用于文学理论的表现。近来多释魏文所指之气为文章风格,这自然可以讲通;但"风格"一词原来即是指人底才性表现的。《颜氏家训·文章篇》云:"古人之文,宏材逸气,体度风格,去今实远。"《晋书·庾亮传》云:"风格峻整","风格"由形容"人"到了形容"文",和"气"所指的意义还是一样;气底赋受有多少,所以才能有偏至;但风格不也正是彼此各不相同吗!中国文论中常常用形容人格或人体的字样形容诗文,正是有着这样的理论根源。《颜氏家训·文章篇》云:"文章当以理致为心胸,气调为筋骨,事义为皮肤,华丽为冠冕。"正是以人喻文。至于释"气"为语势文气,和这也并不冲突;

那也同样可以说是作者天性自然的表现；因为气既是人底禀赋，则凡人之一切表现的特点，都可用赋受不同来解释。气的意义本来是概括的；因而也就是多义的。

从这种理论出发，如非圣人，则普通人因了赋受的不同，都是才有偏至的。《人物志·九征篇》云："是故兼德而至，谓之中庸；中庸也者，圣人之目也。具体而微，谓之德行；德行也者，大雅之称也。一至谓之偏材，偏材，小雅之质也。"嵇康亦以"唯至人特钟纯美，兼周外内，无不毕备。降此已往，盖阙如也。"刘毅《论九品疏》云："人才异能，备体者寡。"《晋书·袁甫传》言其"尝诣中领军何勖，自言能为剧县。勖曰：'唯欲宰县，不为台阁职，何也？'甫曰：'人各有能有不能，譬缯中之好莫过锦，锦不可以为帱，谷中之美莫过稻，稻不可以为菹。是以圣王使人，必先以器，苟非周才，何能悉长！'"这本是当时流行的学说，政治上如此，文学上当然也如此。《典论论文》云："夫文本同而末异，盖奏议宜雅，书论宜理，铭诔尚实，诗赋欲丽。此四科不同，故能之者偏也。唯通才能备其体。"文之所以为文者相同，而四科各异，所以只有通才——相当于兼德而至的圣人——能备其体。普通则皆为偏至，所以只能独擅一科；而"文人相轻"，也正是因为"文非一体，鲜能备善"的原因；如果都是通才，即自不如此了。《周书·王褒传》、《周书·庾信传论》云："虽诗赋与奏议异轸，铭诔与书论殊涂，而撮其指要，举其大抵，莫若以气为主，以文传意。"《文心雕龙·体性篇》亦言"才有庸俊，气有刚柔"；又言"若夫八体屡迁，功以学成，才力居中，肇自血气。气以实志，志以定言，吐纳英华，莫非情性"。都是这一种理论的发挥。梁刘孝绰《昭明太子集·序》云："窃以属文之体，鲜能周备。

长卿徒善,既累为迟;少孺虽疾,俳优而已。子渊淫靡,若女工之蚩;子云侈靡,异诗人之则。孔璋词赋,曹祖劝其修今;伯喈笑赠,挚虞知其颇古。孟坚之颂,尚有似赞之讥;士衡之碑,犹闻类赋之贬。深乎文者,兼而善之。"所论也是这种道理。

宇宙有一定的规律,因而人生也有不可违抗的命运。"日月游于上,体貌衰于下,忽然与万物迁化",这是人生的悲剧。但这也是从汉朝以来终始推移的宇宙观必然要导出来的结论。现在既认文章为"不朽之盛事",是"千载之功",可使"声名自传于后",则"文"即可解决这不可抵抗的命运问题,无须乎为之"大痛"了。这就是曹丕的文学观,一个帝王对于文学的提倡和看法。

四

如果说《典论论文》是代表汉末以来的思想在文学上的应用,则陆机《文赋》正是魏晋玄学的思想表现于文学上的理论。所以大体上说,陆机《文赋》可以代表魏晋人对于文学的一般看法。《文赋》首云"伫中区以玄览",又云"笼天地于形内,挫万物于笔端,"即表示文的作用,完全在表现天地万物的本体。所以文必须"课虚无以责有,叩寂寞而求音。函绵邈于尺素,吐滂沛乎寸心"。这虚无寂寞就是王衍所谓"开物成务无往而不存"的本体,而文学正是作者情感通过虚无的表现。文学能使人与自然相接,所以作者能"观古今于须臾,抚四海于一瞬";而写作时也可"言恢之而弥广,思按之而愈深"了。《文赋》末段云:"伊兹文之为用,固众理之所因。

恢万里使无阂,通亿载而为津。俯贻则于来叶,仰观象乎古人。济文武于将坠,宣风声于不泯。涂无远而不弥,理无微而弗纶。配霑润于云雨,象变化乎鬼神。被金石而德广,流管纮而日新。"因为文所表现的是宇宙万物的本体,所以说是"众理所因",所以没有时间空间的隔阂,而与自然相接。文的用是依于体的,因此它可以永恒而日新。

但又以为文学并不同于玄理,所以必须要有情感,才能有所表现。《文赋·序》已云:"夫放言遣辞,良多变矣。妍蚩好恶,可得而言。每自属文,尤见其情。"文章为遣舒怀抱,所以属文的动机也在于情发。文云:"伫中区以玄览,颐情志于典坟。遵四时以叹逝,瞻万物而思纷。悲落叶于劲秋,喜柔条于芳春。心懔懔以怀霜,志眇眇而临云。咏世德之骏烈,诵先人之清芬。游文章之林府,嘉丽藻之彬彬。慨投篇而援笔,聊宣之乎斯文。"《文心雕龙·物色篇》云:"岁有其物。物有其容,情以物迁,辞以情发。一叶且或迎意,虫声有足引心;况清风与明月同夜,白日与春林共朝哉。""是以诗人感物,联类不穷。"所言即《文赋》之意。他认为作者属文的动机是宇宙万物的感发,所以须情以物迁,才能宣之斯文的。但既言"咏世德之骏烈,诵先人之清芬",则对于"述祖德"和"咏史"一类题材,也包括在诗人兴感之中;不像齐梁时一定要"吟咏风谣,流连哀思"地那么极端。文的内容和范围还是相当广泛的;这由他所区分的文体种类来看,也很明显。作者属文时须"情瞳昽而弥鲜,物昭晰而互进",才能使"抱景者咸叩,怀响者毕弹"。情感变化多端,而且来临无常,作者必须能够驾御,始可奏效。故言"虽逝止之无常,固崎锜而难便。苟达变而识次,犹开流以纳泉"。李善注云:"逝止无常,惟情所适。以其体多变,固崎锜难便也。"情是自然的感发,来去无常,所以说"若夫感应之会,通塞之纪,来不可遏,去不可止,藏若景灭,行犹响起"。作者如能于情来之时援笔属文,则自可称物逮意。所谓"方天机之骏利,夫何纷而不理?思风发于胸臆,言泉流于唇齿;纷葳蕤以馺遝,唯毫素之所拟。文徽徽以溢目,音泠泠而盈耳"。天机即自然之情,由《庄子·大宗师》"其嗜欲深者,其天机浅"之文可证。且由下文"及其六情底滞"一段,知道这是叙述"或率意而寡尤"的,与以下"或竭情而多悔"者正相对照,以明情之有无和援笔属文的关系。文中又云:"若夫丰约之裁,俯仰之形,因宜适变,曲有微情。……是盖轮扁所不得言,故亦非华说之所能精。"情只能明其同,而不能明其变;各文之情或异,但皆"曲有微情"则同。这正可说明作品之所以万象。如果"言寡情而鲜爱",自然就"辞浮漂而不归"了,是绝不会成功的。但情是"虽兹物之在我,非余力之所戮"的,所以当竭情多悔时,就理伏思抽,只好"抚空怀而自惋"了。因此作者属文,必须把握着"天机骏利"的时候,始可称物逮意。因为文是必须有情才能成功的。

不过"体有万殊,物无一量"。宇宙间事物皆系如此,而文所写者更其如此。所以文体不同,而各体且皆有所偏。作者须"在有无而黾俛,当浅深而不让。虽离方而遁员,期穷形而尽相"。以下即分说各种文体,期皆能表现出事物的本源。作者援笔属文时,贵于创造,不重模拟。须"收百世之阙文,采千载之遗韵。谢朝华于已披,启夕秀于未振"。如果前人已经言及,则只有舍弃之一法,所谓"必所拟之不殊,乃暗合于曩篇。虽杼轴于予怀,怵他人之我先。苟伤廉而愆义,亦虽爱而必捐"。因为辞句有了新的创造,就可臻于隽永,收到意在言外的效力;则表现必更能穷形尽相,称物逮意。

《文赋》又言一文中必须有居要的"警策",全篇虽辞句繁多,但赖此始能成为一完美的文章;而且衬托着其他的地方也美好了。文云:"或文繁理富,而意不指适;极无两致,尽不可益;立片言而居要,乃一篇之警策。虽众辞之有条,必待兹而效绩;亮功多而累寡,故取足而不易。"又云:"或苕发颖竖,离众绝致。形不可逐,响难为系。块孤立而特峙,非常音之所纬。心牢落而无偶,意徘徊而不能揥。石韫玉而山辉,水怀珠而川媚。彼榛楛之勿剪,亦蒙荣于集翠。缀下里于白雪,吾亦济夫所伟。"关于士衡此点,后人论者甚多。《文心雕龙·镕裁篇》云:"夫美锦制衣,修短有度,虽玩其采,不倍领袖;巧犹难繁,况在乎拙;而《文赋》以为'榛楛勿翦',庸音足曲,其识非不鉴,乃情苦芟繁也。"按为文不宜过繁,人皆识之,故彦和虽反其说,仍许以"识非不鉴"惟谓此乃士衡"情苦芟繁"之说,则未为允当。陆文伤于繁多,前人言之已详,陆云《与兄平原书》亦云:"兄文章之高远绝异,不可复称言,然犹皆欲微多;但清新相接,不以此为病耳。"而且《文赋》论文病有云:"或寄辞于瘁音,徒靡言而弗华。混妍蚩而成体,累良质而为瑕。象下管之偏疾,故虽应而不和。"这正与《文心雕龙》所论之意相同,可知刘氏未明前论的本旨。士衡自己"缀辞尤繁"是一件事,但这里的论警策和济庸调却是别有理论根据的,并非文过之言。《文心雕龙·隐秀篇》云:"秀也者,篇中之独拔者也。"这里的警策正是《文心雕龙》所论的秀;一篇作品中势难句句皆秀,所以才叫独拔。而且即使作家的才力可以使句句锦秀,但在整个文势的开展上,反而是有害的。一篇文中自有它发展的高峰和顶点,正如近代戏剧中所讲的道理一样,绝不从首到尾一样地平板;在最高峰上写上几句警策,和文势的发展配合起来,其艺术效果是非常之大的。所有其他各处的平庸,反而正足以衬出警策的独拔和全篇的完整。全篇的完全超拔,是等于全篇的整个平庸;何况完全超拔是根本不可能的呢!李善注云:"榛楛,喻庸音也。以珠玉之句既存,故榛楛之辞亦美。"又云:"言以此庸音,而偶彼嘉句,譬以下里鄙曲,缀于白雪之高唱。吾虽知美恶不伦,然且以益夫所伟也。"李善此注,正是士衡的本意。所谓"庸音足曲"者,正是以有珠玉之句既存为前提,若全篇句句皆庸,当然是不可以的。彦和未明此理,故轻嗤之。

近人读《文赋》,多注重其骈偶声律的主张;以为是倡自陆氏,而开齐梁缛旨繁文和声病之说的先声。实则文主绮丽,是魏晋的普遍观念;魏文也有诗赋欲丽之言。但这时所谓的绮丽,实即自然的美观;和齐梁文学的作风不同。文人言韵,也并不始自陆氏,司马相如之论赋迹,已有"一经一纬,一宫一商"之说,陆氏所论也还是着重在自然的和谐,所以取喻多以乐曲;与永明声病之说不同。所以沈约说:"自灵均以来,此秘未睹。"又说:"潘、陆、颜、谢,去之弥远。"范晔也云:"观古今文人,多不全了此处。纵有会此者,不必从根本中来。"至于前后的影响关系,那当然是时代进展的必然情形。《文赋》有"游文章之林府,嘉丽藻之彬彬";及"其会意也尚巧,其遣言也贵妍。暨音声之迭代,若五色之相宣"等语,文贵感人,所以必须讲求声色美藻,才能"文徽徽以溢目,音泠泠而盈耳"的。关于音律,"采千载之遗韵"外,也多用音乐的字句来形容文中的境界,因为音乐和文学的原理本来是可以相通的;其主旨固不仅指文底音律之一端。如言"块孤立而特峙,非常音之所纬",是指篇中警句的。其他用音乐以喻文境的句子尚多;如"故踸踔于短垣,放庸音以足曲";"或寄辞于瘁音,徒靡言而弗华";"譬偏弦之独张,含清唱而靡应";"缀下里于白雪";"凄若繁弦"等。但这些都并不是说文句中的音韵声律问题,只是以音乐来喻文理而已。又如"譬犹舞者赴节以投袂,歌者应弦而遣声",则是连舞与乐一同取喻的。所以从全篇来看,无论就讨论到问题的广泛,或对于理论的建树,《文赋》都可以说是这时期最完整的一篇文论作品。以后文论的专著《文心雕龙》,即是承此而发展的。惜其为赋体,遂难免有"韵移其意",论旨不畅的地方。陆云《与兄平原书》云:"《文赋》甚有辞,绮语颇多;文适多体,便欲不清。"这就是说明以赋为论的毛病。

五

今《陆士龙集》中有《与兄平原书》一卷,其中多半为论文之作。他的文学见解也大致与《文赋》相同,不过书信中所讨论的多半是具体的小问题,所以不像《文赋》有系统。士龙也认为文当主情,情是文的要素。书中自云《岁暮赋》"情言深至",又自许其所作《九愍文》云:"是近所作上近者,意又谓其与渔父相见以下,尽篇为佳。"而云"此是情文,但本少情颇能作汎说耳"。又自言"与渔父相见时语,亦无他异,附情而言"。可知如能附情而言,即可尽篇为佳了。又评王粲《述征》、《登楼》以外诸赋皆平平,而云"不得言情处,此贤文正自欲不茂"。评张华为"张公文无他异,正自情省无烦长,作文正尔自复佳"。评陆机《谢平原内史表》为"兄前表甚有深情远旨,可耽昧高文也"。可知深情实在是佳文的必要条件。书中又评陆机《述思赋》为"深情至言,实为清妙";因为文中有了深情,文句即有意在言外之感,也不必再故意去雕琢了。所以他批评文字又多注意于"清","清工""清妙"都是常用的字眼。评陆机《漏赋》及《园葵诗》为"清工";《吊蔡君》为"清妙不可言",而且说在机文中"恐《吊蔡君》故当为最"。评《楚辞·九歌》为"清绝滔滔";蔡邕碑为"清美",陆机文为"清新相接"。又自称其《祖德赋》"靡靡清工,用辞纬泽";陆机《女史》为"清约";可知以文抒情,则以清为妙。所谓"清",其实即自然的美;不必雕缋满眼,即可称情逮意的。书中有云:"云今意视文,乃好清省,欲无以尚,意之至此,乃出自然。"又言:"先辞而后情,尚洁而不取悦泽。""情"是所要表现的内容,"清"是文的辞藻形式;所以必须"尚洁而不取悦泽",才是出于"自然",才合乎"清"。所以书中说:"兄丞相笺小多,不如女史清约耳。"又言《文赋》"绮语颇多","便欲不清"。可知繁冗绮靡,都是有伤于清的。但清的意思只是自然,绝不是枯槁;所以辞句一定还要高伟。书中言陆机"诸赋皆有高言绝典";又云:"兄文章之高远绝异,不可复称言。"又云:"《二祖颂》甚为高伟,云作虽时有一佳语,见兄作,又欲成贫俭家。"其评王粲《吊夷齐》为"辞不为伟";又云:"有作文唯尚多,而家多猪羊之徒,作《蝉赋》二千余言,《隐士赋》三千余言,既无藻伟,体都自不似事。文章实自不当多,古今之能为新声绝曲者,无又过兄;兄往日文虽多瑰铄,至于文体,实不如今日。"文藻的高伟并不就是瑰铄,而是要有创造,所谓"新声绝曲"。所以他自云:"屡视诸故时文,皆有恨文体成尔,然新声故自难复过。"又言张华亦以为陆机较蔡邕之新声多,而典当未及;但他又说陆机的"诗赋自与绝域",可知创造对于文章的重要了。

士龙又主张文中须有出语,书中评陆机《祠堂颂》云:"然了不见出语,意谓非兄文之休者。"又云:"颂极佳,但无出言耳。"又自谓:"先欲作《讲武赋》,因欲远言大体,欲献之大将军。才不便作大文,得少许家语,不知此可出否?故钞以白兄。若兄意谓此可成者,欲试成之。"所问是否可"出"的少许"家语",也是指出语而言。可知凡文中必须要有出语,始能见美。则所谓出语实即"立片言以居要"的警策;二陆对这方面的意思,是完全相同的。

今辑佚挚虞《文章流别论》中,多为论述文体得失流变的文字,对其文学观念,已经难窥全豹了。文中首云:"文章者,所以宣上下之象,明人伦之叙,穷理尽性,以究万物之宜者也。"这仍是一种汉代以来的传统看法;所以他在说明文体起源时,也还是保持着传统的尚用观念。如"王泽流而诗作;成功臻而颂兴;德勋立而德勋立而铭著;嘉美终而诔集;祝史陈辞,官箴王阙"。其论赋云:"古诗之赋,以情义为主,以事类为佐。今之赋,以事形为本,以义正为助。……夫假象过大,则与类相远;逸辞过壮,则与事相违。辩言过理,则与义相失;丽靡过美,则与情相悖。此四过者,所以背大体而害政教。是以司马迁割相如之浮说,扬雄疾辞人之赋丽以淫。"这种论点纯是沿着汉代传统的看法,和班固的意见倒很相近,以为文是必须致用的,当时仍抱着这样观点的人,还是不少。左思《三都赋·序》云:"发言为诗者,咏其所志也;升高能赋者,颂其所见也。美物者贵依其本,赞事者宜本其实。匪本匪实,览者奚信?"又云:"且夫玉卮无当,虽宝非用;侈言无验,虽丽非经。而论者莫不诋讦其研精,作者大抵举为宪章。积习生常,有自来矣。余既思摹《二京》而赋《三都》,其山川域邑,则稽之地图;其鸟兽草木,则验之方志。风谣歌舞,各附其俗;魁梧长者,莫非其旧。"这种求作品绝对合乎真实的看法,当然是由备"先王采焉以观土风"的政治用途来的。如仅为文而文,在其论点上便只能认为是雕虫篆刻了。挚虞的《文章流别论》和左思的看法完全是一样的,都是代表着传统的观点。但顺着这个方向发展,由赋体本身说,从《子虚》、《上林》、《羽猎》、《甘泉》,而至《三都》、《两京》,也已经完全变为字典或百科全书式的东西了,因此其势也不得不变化。魏文帝说文章是"经国之大业,不朽之盛事";梁简文帝《答张缵谢示集书》更云:"窃尝论之,日月参辰,火龙黼黻,尚且著于玄象,章乎人事,而况文辞可止,咏歌可辍乎! 不为壮夫,扬雄实小言破道;非谓君子,曹植亦小辩破言。论之科刑,罪在不赦。"从魏晋到齐梁,文的独立观念一天天地发展;像挚虞、左思这样的看法,也因之由渐少而变无了。由赋体本身说,从曹、王、潘、陆到孙绰的《天台山赋》,也表示出了赋在魏晋时期的一条发展的线索;而左思的《三都赋》,则只能算是班、张的结尾,汉赋的余响。

六

在《抱朴子·外篇》的《辞义》、《钧世》、《文行》、《尚博》诸篇中,完全讨论的是文理的问题。所以讲到文论的发展,葛洪不能不占一页。《晋书·葛洪传》言其"以儒学知名",又言"博闻深洽,江左绝伦";所以他并不只是一个文人。《抱朴子·内篇》多论神仙吐纳之术,《外篇》则论时政得失,人事臧否。《隋志》以《内篇》入道家,《外篇》入杂家,就因为他的立论虽然大致以黄老为宗,但实在驳杂不纯。他论文的意见也是这样,一方面他对文的含义比较广,并不专指文学,实兼言一切的著述;一方面又是破坏的意见多而建设的意见少;很多看法都脱胎于王充的《论衡》。所以可以说他的基本观点是汉人的,而不是魏晋的。因此他论文的意见也与魏文帝比较接近,而绝不同于陆机和刘勰;虽然他是东晋时的人。他论文特别注意于作者的才力,认为文章虽体裁殊异,而原理相同,只要作者才力英拔,就可情见乎辞了。《辞义篇》云:"清音贵于雅韵克谐,著作珍乎剖微析理。故八音形器异而钟律同,黼黻文物殊而五色均;徒闲涩有主宾,妍蚩有步骤,是则总章无常曲,大庖无定味。夫梓豫山积,非班匠不能成机巧;众书无限,非英才不能收膏腴,何必寻木千里,乃构大厦;鬼神之言,乃著篇章乎?"文无定法,而作者才有利钝,故文也因之有高下。所以他之所谓才,完全是天赋的;就其表现说是才,就其赋受说则还是魏文帝所说的气。《抱朴子·辞义篇》又云:"夫才有清浊,思有修短,虽并属文,参差万品。或浩养而不渊潭,或得事情而辞钝,违物理而言工,盖偏长之一致,非兼通之才也。"这种论兼通和偏长的清浊之才,和"虽在父兄不能以移子弟"的气是一样的意义。《抱朴子·尚博篇》云:"清浊参差,所禀有主,朗昧不同科,强弱各殊气,而俗士唯见能染毫画纸者,便概之一例。"这里说所禀的清浊参差,便提出了气字;但仍与才字同义。所以一个人的成就,多决定于才的大小。《抱朴子》云:"其英异宏逸者,则罗网乎玄黄之表;其拘束龌龊者,则羁绁于笼中之内。振翅有利钝,则翔集有高卑;骋迹有迟迅,则进趋有远近。"而通才则可"披玄云而掩大明,则万物无所隐其状矣;舒竹帛而考古今,则天地无所藏其情矣"。文章是作者之才的表现,才有大小清浊,文也因之有精粗高卑;所以观其文即可知其人。《抱朴子·博喻篇》云:"睹百抱之枝,则足以知其本之不细;睹汪溠之文,则足以觉其人之渊邃。"同时人底才能既有参差,对于文章的鉴赏能力自然也不能一致;但文章的真价值并不在于能迎合众好。《抱朴子·喻蔽篇》云:"音为知者珍,书为识者传。瞽旷之调钟,未必求解于同世;格言高文,岂患莫赏而减之哉!"《论衡·自纪篇》也云:"论贵是而不务华,事尚然而不高合。……如当从众顺人心者,循旧守雅,讽习而已,何辩之有?"他以为文章如真有价值,在当世也许知者甚稀,但后世必有能赏识之者。因为文理为一,古今无别,后人是可以求得其情的。《抱朴子·钧世篇》云:"盖往古之世,匪鬼匪神,其形器虽冶铄于畴昔,然其精神布在乎方策,情见乎辞,指归可得。"此外《喻蔽篇》有云:"数千万言,虽有不艳之辞,事义高远,足相掩也。"这也与陆机论警策之义相近,不过葛洪所论的文,实兼指子部著述,意义较陆机为广罢了。

葛洪治学尚博,在文理的建设上虽无特殊的贡献,但在消极地廓清当时人对文学的观念上,他却强调地说明了两个重要的意见。一是文章德行并无本末之分,一是文章之今优于古。关于前者,《抱朴子·文行篇》云:"且文章之与德行,犹十尺之与一丈;谓之余事,未之前闻也。"不仅如此,文章且更为精妙;《抱朴子·尚博篇》云:"德行为有事,优劣易见;文章微妙,其体难识。夫易见者粗也,难识者精也,夫唯粗也,故铨衡有定焉;夫唯精也,故品藻难一焉。"而且即使承认孔门德行文学有本末之分,也不见得文章便不重要。《抱朴子·尚博篇》云:"且夫本不必皆珍,末不必悉薄。譬若锦绣之因素地,珠玉之居蚌石,云雨生于肤寸,江河始于咫尺,尔则文学虽为德行之弟,未可呼为余事也。"但他这种重视文学的态度,实在是和王充重视"能精思著文连结篇章"的鸿儒是一样的;因为他所谓文实兼指立言的子家,范围很广泛。关于文学之进化的意见,也是导源于《论衡》,而由他加以发挥的。《论衡·超奇篇》云:"俗好高古而称所闻。前人之业,菜果甘甜;后人新造,蜜酪辛苦。……喻大以小,推民家事,以睹王庭之义。庐宅始成,桑麻才有,居之历岁,子孙相续,桃李梅杏,菴丘蔽野"。《论衡·齐世篇》云:"今世之士者,尊古卑今也。贵鹄贱鸡,鹄远而鸡近也。使当今说道深于孔、墨。名不得与之同;立行崇于曾、颜,声不得与之钧。何则?世俗之性,贱所见,贵所闻也。有人于此,立义建节,实核其操,古无以过。为文书者,肯载于篇籍,表以为行事乎。作奇论,造新文,不损于前人。好事者肯舍久远之书,而垂意观读之乎?"又"世俗之性,好褒古而毁今,少所见而多所闻。又见经传增贤圣之美,孔子尤大尧、舜之功;闻尧、舜禅而相让,汤武伐而相夺,则谓古圣优于今,功化湮于后矣。夫经有褒增之文,世有空加之言,读经览书者所共见也。……尧、舜之德,不若是其盛也。"《论衡·案书篇》云:"夫俗好珍古不贵今,谓今之文不如古书。夫古今一也,才有高下,言有是非,不论善恶而徒贵古,是谓古人贤今人也。……善才有浅深,无有古今;文有真伪,无有故新。"这种并不盲目地崇拜古人的进化观念,在葛洪的《抱朴子》里,同样强调地给予了发挥。《抱朴子·钧世篇》云:"然守株之徒,喽喽所玩,有耳无目,何肯谓尔。其于古人所作为神,今人所著为浅,贵远贱近,有自来矣。"《抱朴子·尚博篇》云:"俗士多云今山不及古山之高,今海不及古海之广,今日不及古日之热,今月不及古月之朗。何肯许今之才士,不减古之枯骨?重所闻,轻所见,非一世之患矣。"他以为文章与一切别的事物一样,都是变迁的。《抱朴子·钧世篇》云:"若舟车之代步涉,文墨之改结绳,诸后作而善于前事,其功业相次千万者,不可复缕举也。世人皆知之快下曩矣,何以独文章不及古邪!"又云:"且夫古者事事醇素,今则莫不雕饰,时移世改,理自然也。"所以古书的艰隐,并不是古人较今人才神,是另有缘故的。《抱朴子·钧世篇》云:"且古书之多隐,未必昔人故欲难晓,或世异语变,或方言不同,经荒历乱,埋藏积久,简编朽绝,亡佚者多;或杂续残缺,或脱去章句;是以难知,状若至深耳。"这种解释可谓很进步了,今人之治校勘训诂,也无非想还古书一个本来面目而已。葛洪的意见也是如此,并非极端地主张全不要古书,仍然是要向其中学习的。同篇云:"然古书者,虽多未必尽美,要当以为学者之山渊,使属笔者得采伐渔猎其中。"这种意见颇类似于今人所谓接受文学遗产之说,主张要批判地向古人学习。葛氏对于文论的建树,主要就是发挥了上述的两点。

七

大体上说,南朝的文学和文论,虽都自有特点,但都可以认为是魏晋的发展。所有这时期存在的各种特征,都仍然继续地发挥着影响;而且这影响并不是渺小的。首先是文学的地位和独立性,是越增加了。宋文帝立儒、玄、文、史四馆,宋明帝立总明观,以集学士,亦分儒、道、文、史、阴阳五科;使文学与儒史分离并立,成为学术中的一个重要部门,是以前所没有的事情。各朝的帝王宗室,达官大族,都以奖励文学,招纳文士著称;因而文学和文士的地位也跟着增高了。裴子野《雕虫论序》云:"宋明帝博好文章,才思朗捷,常读书奏,号称七行俱下。每有祯祥及行幸宴集,辄陈诗展义;且以命朝臣。其戎士武夫,则托请不暇,困于课限,或买以应诏焉。于是天下向风,人自藻饰,雕虫之艺,盛于时矣。"《南史·文学传·序》云:"自中原沸腾,五马南度,缀文之士,无乏于时。降及梁朝,其流弥盛。盖由时主儒雅,笃好文章,故才秀之士,焕乎俱集。于时武帝每所临幸,辄命群臣赋诗,其文之善者赐以金帛。是以搢绅之士,咸知自励。"因为在上者的奖励和士林的习尚,崇文之风便盛极一时了。而且文学的观念也逐渐清晰纯粹,所谓文笔之分,即肇始于此时。清阮元《学海堂文集》中,辨析甚多;今人刘师培等,言之尤明。《文心雕龙·总术篇》云:"今之常言:'有文有笔',以为无韵者笔也,有韵者文也。"梁元帝《金楼子·立言篇》云:"至如不便为诗如阎纂,善为章奏如伯松,若此之流,泛谓之笔。吟咏风谣,流连哀思者,谓之文。……笔退则非谓成篇,进则不云取义,神其巧惠,笔端而已。至如文者,维须绮縠纷披,宫征靡曼,唇吻遒会,情灵摇荡。"故《昭明文选》,明摈经史子,而以沉思翰藻为主;至徐陵《玉台新咏》则并笔也不收了。这种文学观念的成立,以及诗文的注重音律丽辞的作风,都是承继着魏晋而延续发展的。所以就整个文学史说,魏晋这段也对后来有着深湛的影响;而文学制作的兴盛,当然也是有助于批评的发展的。

就文论本身说,南朝所作数量之多,已很够令人惊异了。观《隋志》著录书目,属于文论性质的很多;现在虽大半散佚,但即以存者而论,除单篇如范晔、沈约、萧统、萧子显诸人之序论外,卓绝一世的文论著作刘勰《文心雕龙》及钟嵘《诗品》,皆产生于此时,实系中国文学批评史上的一个灿烂时期。其中大部分虽仍是继续着魏晋时所提出诸问题的阐发,但显明地已经由略趋详,由疏趋密了。首先是这些文论的内容仍和人物评论保持着很深的渊源和关系;在发展中并没有摆脱了这一影响。《诗品》衡诗人为上中下三品,《序》中自言"昔九品论人,七略裁士,校以宾实,诚多未值。至若诗之为技,较尔可知,以类推之,殆均博弈。"这种风气当时很盛,当然是又受到了九品官人之法的现实影响。时沈约有《棋品》,现存序文。齐武帝敕王抗品棋,抗为一品;梁武帝使柳恽定《棋品》三卷,登格者二百七十八人,并见史传。庾肩吾有《书品》,即分为九品。谢赫有《画品》,分为六品。阮孝绪著《高隐传》,分隐逸为三品。顾欢以为神仙是大化之总称:"其有名者二十七品。仙变成真,真变成神,或谓之圣,各有九品。"(《南史·顾欢传》)可知这种铨衡品第之风盛行的一斑了。《诗品》言张华"今置之中品疑弱,处之下科恨少;在季孟之间矣"。因知即使"诗之为技",也很难"较尔可知";而仍是"校以宾实,诚多未值"的。即如陶潜之居中品,便成了历代聚讼的目标。这种分品不过只能说明它所受的历史影响罢了。《文心雕龙》全书五十篇中,辨析文体者自《辨骚》讫《书记》,即达二十一篇。(辨析文体之风和当时人物识鉴的理论也有很密切的关系,说详下章。)且于详论各文体及各性质时,也多举作者为代表人物,仍然着重于作者个人的品评。又如梁简文帝《与湘东王论文书》云:"晤思子建,一共商榷。辨兹清浊,使如泾渭。论兹月旦,类彼汝南。朱丹既定,雌黄有别。使夫怀鼠知惭,滥竽自耻。譬斯袁绍,畏见子将。同彼盗牛,遥羞王烈。"其论文完全出于当时评论人物的态度,灼然可见。所以文论发展到了南朝,不但没有摆脱了这一影响,而且因为当时政治上九品官人制度的关系,且更进一步地衡等级,严流品了。因此这时期文论的内容,大部也还是表现于论作者和论文体的两方面;其次便是一些属于研讨修辞技巧的问题,真正对于文学理论的建树,也并不多。

大体上说,《文心雕龙》一书,仍是沿着《文赋》的观点,是玄学的看法;不过更详细严密罢了。首篇《原道》云:"文之为德也大矣!与天地并生";"心生而言立,言立而文明,自然之道也";"人文之元,肇自太极";"言之文也,天地之心哉!"这都说明万物皆是道的表现,而文也是原于道的。这与后来所谓文以载道之说不大同,而是道由文显。所以标准之文,必出自圣人;因为只有圣人才能体道冲和。《文心雕龙·征圣篇》云:"夫子文章,可得而闻,则圣人之情,见乎文辞矣。""天道难闻,犹或钻仰;文章可见,胡宁勿思!若征圣立言,则文其庶矣。"圣人中庸,故无所不能;经亦中正,故无所不包。所以《文心雕龙·宗经篇》云:"文能宗经,体有六义。一则情深而不诡,二则风清而不杂,三则事信而不诞,四则义直而不回,五则体约而不芜,六则文丽而不淫。"因为宗经则都能得其中,所以没有驳杂太过之弊。纬以配经,《文心雕龙·正纬篇》以为"事丰奇伟,辞富膏腴,无益经典而有助文章。"因为经是无所不容的,所以各种文体皆源出于六经。以下自《辨骚》至《书记》二十一篇,即分述各种文体的性质,所言仍多为魏晋时诸家意见的阐发。其次《附会》、《比兴》、《镕裁》、《章句》、《隐秀》、《练字》、《声律》、《丽辞》、《事类》、《夸饰》十篇中,大部都是讨论属文修辞时的方法技术;虽也可由此窥其文学主张,但具体的意见却并不多。《总术》、《通变》、《定势》、《神思》、《风骨》、《情采》、《养气》七篇,则多为讨论属文的一般理论,当中颇多卓越的见解。此外《知音》、《才略》、《物色》、《时序》、《体性》、《程器》、《指瑕》七篇,则偏于实际批评,或批评理论的建立,也是书中的主要部分。《文心雕龙》是中国文学批评的专著,自有它不可磨灭的价值,但书中所言各点,受到魏晋文论的启示之处,除前所举者外,也还很多。如《知音篇》乃本于曹丕文人相轻之说;《体性》、《风骨》二篇主旨,也脱胎于魏文所言之气。《文心雕龙·体性篇》言"若夫八体屡迁,功以学成,才力居中,肇自血气。气以实志,志以定言,吐纳英华,莫非情性。"但由才性讲到性情,已比较更玄远抽象了。《文心雕龙·风骨篇》虽兼重修辞，但仍以论气为主。文中已引曹文自明，纪昀评云："气即风骨"，所言极是。《文心雕龙·神思篇》云："思理为妙，神与物游"；"陶钧文思，贵在虚静"；"至于思表纤旨，文外曲致，言所不追，笔固知止；至精而后阐其妙，至变而后通其数，伊挚不能言鼎，轮扁不能语斤，其微矣乎！"所谓神即是生存之本，神因文而有言；此与《文赋》"函绵邈于尺素，吐滂沛于寸心"，及"观古今于须臾，抚四海于一瞬"，完全一意。《神思篇》为《文心雕龙》于辨析文体后商榷文术各篇之首，内容非常重要。萧子显《南齐书·文学传论》云："属文之道，事出神思，感召无象，变化不穷。"其理皆由《文赋》发展而来。《文心雕龙·时序篇》云："时运交移，质文代变"，"文变染乎世情，兴废系乎时序，原始以要终，虽百世可知也"。这种时代变易的观念，也是由魏晋自然消息的宇宙观来的；因为天道的变化既然不可违抗，而文又是道的表现，所以文也必然地因时而异。应场、阮瑀皆有《文质论》，挚虞也有"质文时异"之说，魏晋人对宇宙历史的看法，大致皆如此。其他各篇中与以前文论相同的地方，也还很多。历史本来是延续的，发展的，这并不足为《文心雕龙》之病；许多问题都已由略而详，由疏而密了。不过我们由此可以看出魏晋文论发展的趋向和影响而已。

《诗品》之衡诗为上中下三品，是受了当时人物品评底进一步的影响，前已言之。关于钟嵘在《诗品》中所提出的文学见解，第一是明环境对于诗人的影响。所谓"气之动物，物之感人，故摇荡性情，形诸舞咏"；所谓"嘉会寄诗以亲，离群托诗以怨"；这与《文赋》"遵四时以叹逝，瞻万物而思纷。悲落叶于劲秋，喜柔条于芳春"，及《文心雕龙·物色篇》所言，意义完全相同。第二是尊重自然，诗能自然，即自成高格。所谓"自然英旨，罕值其人"。因此主张句宜直寻，不贵用事。所谓"至于吟咏情性，亦何贵于用事？……观古今胜语，多非补假，皆有直寻"。因此亦反对过分雕琢的声病之说，只须合于自然的节奏即可。其言云："余谓文制，本须讽读，不可蹇碍，但令清浊通流，口吻调利，斯为足矣。至平上去入，则余病未能，蜂腰鹤膝，闾里已具。"这些主张都和陆机大致相同，钟嵘亦言"陆机文赋，通而无贬"。所谓"通"，即指其文学理论而言。所谓"无贬"，乃指其未如《诗品》之铨衡等第而已。否则《文赋》中明有"虽应不和"、"虽和不悲"等各段，何得谓之"无贬"？不过《文赋》系就一般原理立论，非对作者个人加以褒贬罢了。可知《诗品》之受前期文论的影响，也是很明显的。此外如沈约的声病之说，范晔、萧统、萧子显、裴子野诸人的文论，无论其所言为何，都深受到前代的启示和影响，这是一望可知的。例如陆厥《与沈约书》云："率意寡尤，则事促乎一日；翳翳愈伏，而理赊于七步"，所言当然是受了陆机的影响。所以魏晋文论中所提出和所讨论的问题，在今日看起来，不但只有历史的兴趣，而且仍保有着理论的体系。虽然内容还比较粗疏和零碎，但在中国文学批评史上，这也很够珍贵的了。

文体辨析与总集的成立

一

中国的文学批评，从他的开始起，主要即是沿着两条线发展的——论作者和论文体。一直到后来的诗文评或评点本的集子，也还是这样；一面是"读其文不知其人可乎"的以作者为中心的评语，一面是"体有万殊"而"能之者偏"的各种文体体性风格的辨析。一切的观点和理论，都是通过这两方面来表现或暗示的。如果生硬地给一个批评者以什么主义的头衔，像近代的西洋文学批评家一样，一定会感到不适合的。因为中国的文论中不但很少具体的解释和说明，也很少像西洋文艺理论那样广泛的一套系统。他们都是为"文"，或是为"人"而批评的；不是为理论，或为批评而批评的。因此从曹丕的《典论论文》起，文体辨析就一直在文论中占着极显著的地位。近代整理中国文学批评史的人，用了西洋文艺理论的观念，在我国历史上努力寻求相当于这种观念的材料；但他们在这一类讲求诗赋铭诔底区别和体性的文献里，找不出系统的理论和观念来；于是就忽略了它在中国文论发展上的重要性，认为无关紧要地便一笔带过了。但既有这个现象的存在，而且在所有文学批评的文献中都占着重要的地位，则即使由现代的观点看来没有什么价值,事实也使我们不能不由历史上去寻求它之所以如此的解释。

魏文帝在《典论论文》中,首次提出了文章的四科八目之分;所谓"奏议宜雅,书论宜理,铭诔尚实,诗赋欲丽"。《群书治要》辑录桓范《政要论》中,亦明及序作、赞象、铭诔三体;刘祯亦云:"诔所以昭行也,铭所以旌德也"(《全后汉文》六十五《处士国文甫碑》)。到陆机《文赋》,更析之为十,而释云:"诗缘情而绮靡,赋体物而浏亮,碑披文以相质,诔缠绵而凄怆,铭博约而温润,箴顿挫而清壮,颂优游以彬蔚,论精微而朗畅,奏平彻以闲雅,说炜晔而谲诳。"对分类及体性都有了较详尽的说明。今辑佚李充《翰林论》中论及之体,有赞、表、驳、论、奏、盟、檄、诗诸种;挚虞《文章流别论》中有颂、赋、诗、七、箴、铭、诔(哀辞哀策)、碑等体;各家对体性风格的解释说明,虽随其文学之观念,各不相同;但皆注重到这方面,却是共同的现象。一直到后来的《文心雕龙》,中国文学批评的专著,也还是如此。全书五十篇中,关于辨析文体的,自《辨骚》讫《书记》,即达二十一篇;散见于其他各篇的句子还有不少,可知这个现象的重要性了。这种流风一直在中国文学批评史中保留着,诗话中的论古风律绝,乐府歌行;选本序跋中的分类说明,溯源解释;都是这时候文体辨析的历史影响。而各时代对诗文的看法和意见,也往往须从这些材料中去窥察。

二

如果说西洋文学批评之所以精深严博,是因为有它底哲学思想的理论根据;我们可以说中国文学批评的发展,也是深深地和当时的哲学思想有密切关系的。中国的哲学思想,从来没有脱离过现实的政治;"内圣"即是"外王",圣人立言之意是为了治国平天下的。各家的说法尽管不同,但这种精神却是共同的。中国的文学批评,也正如同中国的哲学,是和当时的政治思想保持着密切的关系。所以要想解释为甚么大家都注意于"文体的分类和体性风格的说明"这一现象,我们就不能不从当时人对政治的看法上着手。

汉末魏晋社会上注重人物识鉴之风的流行,和对于观人理论的研讨(如刘劭《人物志》论及才性同异等),都是有政治上选人得才的实用目的作背景的。所谓校核名实,所谓名检,都在当时学术思想中占着极重要的地位;而其研讨的目的则是为了实际政治的运用。这是一种儒家正名、法家综核名实和形名家言的综合。研究此者即谓之善谈名理,是当时学术思想的主潮。《群书治要》载陆景《典语》云:"夫料才核能,治世之要也。凡人之才,用有所周,能有偏达,自非圣人,谁兼资百行,备贯众理乎? 故明君圣主,裁而用焉。昔舜命群司随才守位;汉述功臣三杰异称,况非此俦而可备责乎! 且造父善御,师旷知音,皆古之至奇也。使其换事易伎,则彼此俱屈。何则? 才有偏达也。人之才能,率皆此类,不可不料也。若任得其才,才堪其任,而国不治者,未之有也。或有用士而不能以治者,既任之不尽其才,不核其能,故功难成而世不治也。马无辇重之任,牛无千里之迹,违其本性,责其效事,岂可得哉! 使韩信下帷,仲舒当戎,于公驰说,陆贾听讼,必无曩时之勋,而显今日之名也。何则? 素非才之所长也。推此论之,何可不料哉?"所以在政治上一方面要考核名位,即研究"位"之符合于"职"与否;一方面须名目,即议论"才"之适于其"位"与否。一定要"位"符于

"职","才"适于"位",天下才能大治。《后汉书·仲昌统传》载其《昌言》有云:"一伍之长,才足以长一伍者也。一国之君,才足以君一国者也;天下之王,才足以王天下者也。愚役于智,犹枝之附干,此理天下之常法也。"《群书治要》载桓范《政要论·臣不易篇》云:"夫人君欲治者,既达专持刑德之柄矣,位必使当其德,禄必使当其功,官必使当其能,此三者治乱之本也。"《魏志·王肃传》言其上疏陈政本云:"除无事之位,损不急之禄,止因食之费,并从容之官;使官必有职,职任其事,事必受禄,禄代其耕,乃往古之常式,当今之所宜也。"《晋书·荀勖传》载其《省官议》云:"设官分职,委事责成。君子心竞而不力争,量能受任,思不出位,则官无异业,政典不奸矣。"《全晋文》卷三十三石崇《许巢论》云:"盖谓圣人在位,则群才必举;官才任能,轻重允宜。大任已备,则不抑大才使居小位;小才已极其分,则不以积久而令处过才之位。"《群书治要·傅子重爵禄》云:"夫爵者位之级,而禄者官之实也。级有等而称其位,实足利而周其官,此立爵禄之分也。"《晋书·傅咸传》载其上书云:"臣咸以为夫兴化之要,在于官人。才非一流,职有不同。譬诸林木,洪纤枉直,各有攸施。故明扬逮于仄陋,畴咨无拘内外。内外之任,出处随宜。"这些都是讲实际政治的,但都有一套政治的理论作根据。就是要"职"、"官"、"位"三者有效地配合起来,政治才会有效率。这是大家公认的理论,所以一定要能"任得其才,才堪其任",始可治国理政。既然这样,就不能不研究和考察"职"的性质,免得"空树散位";能使"位"与"职"正相配合,才是理想。一方面也要使"官"的才能可以适于他的"位"和"职",免得不能胜任,贻误政事。《宋书·周朗传》载其上书献谠言云:"又置官者,将以燮天平气,赞地成功,防奸御难,治烦理剧,使官称事立,人称官置,无空树散位,繁进冗人。今高卑贸实,大小反称,名之不定,是谓官邪。"又云:"宜使乡部求其行,守宰察其能,竟皆见之于选贵,呈之于相主,然后处其职宜,定其位用。如此,故应愚鄙尽捐,贤明悉举矣。"《宋书·谢庄传》载其表陈求贤之义云:"宜普命大臣,各举所知,以付尚书,依分铨用。若任得其才,举主延赏;有不称职,宜及其坐。"《南史·钟嵘传》载其上书言:"古者明君揆才颁政,量能授职,三公坐而论道,九卿作而成务,天子可恭已南面而已。"《全陈文》卷五何之元《梁典总论》云:"加以朝雾内丛,而官方外旷,有其位而无其职,非其事而侵其官。"这些政治意见也都是从同一理论出发的。都是要从校核名实的观点上,使职、官、位适当地配合起来的。

这种理论的出发点必须根据一种前提,那就是人皆"才有偏达";所以如果"违其本性",是不能"责其效事"的。上边所引的陆景《典语》,举例甚多;这一点也是大家所公认的。刘劭《人物志》言"盖人流之业,十有二焉",而各有其适当的任;如能各符其任,则自可到所谓"官不易方,而太平用成"的境界。若所用非其所长,则虽有才的人,也难免有失。《抱朴子·清鉴篇》云:"孔融边让,文章邈俗,而并不达治务,所在败绩。邓禹、马援,田间诸生,而善于用兵。"这就是因为"才有偏至"的缘故。嵇康《明胆论》云:"夫元气陶铄,众生禀焉。赋受有多少,故才性有昏明。"《全晋文》卷五十四袁准《才性论》云:"凡万物生于天地之间,有美有恶。物何故美?清气之所生也;物何故恶?浊气之所施也……贤不肖者,人之性也,贤者为师,不肖者为资,师资之材也。然则性言其质,才名其用,明矣。"可知才性的偏至是天赋的,不可改移的,而且是每人各不相同的。所以陆景《典语》说:"凡人之才,用有所周,能有偏达;自非圣人,谁兼资百行,备贯众理乎?"圣人是一种理想的人格,只有他才能"兼资百行",无所不长;普通人则都是偏至之才,只能随才任事,始可有所成就;若"违其本性",就很难"责其效事"了。但一个人究竟哪一方面特别有才能呢？这就需要别人来识鉴了。周朗就说:"凡天下所须者才,而才诚难知也。有深居而言寡,则蕴学而无由知;有卑处而事隔,则怀奇而无由进。或复见忌于亲故,或亦遭谗于贵党,其欲致车右而动御席,语天下而辩治乱,焉可得哉。"(《宋书·周朗传》)"知人则哲",人物识鉴之所以被社会重视,就因为他有政治上官才选人的实际需要。《魏志·卢毓传》言其对魏明帝云:"主者正以循名案常为职,但当有以验其后。故古者敷奏以言,明试以功。"这就是所谓"名检",所谓"校核名实",由实际的成绩来考察是否官称其位的。因此才性的理论也为一般士大夫所注意了。《魏志·钟会传》言其"精练名理",又论"才性同异。及会死后,于会家得书二十篇,名曰《道论》,而实刑名家也"。《世说新语·文学篇》"钟会撰《四本论》"条注云:"四本者:言才性同,才性异,才性合,才性离也。尚书傅嘏论同,中书令李丰论异,侍郎钟会论合,屯骑校尉王广论离。"一直到东晋,"才性"还是殷浩清谈的"嵴函之固";可知这问题一直是被士大夫们所重视着的学说。其实际的用处即在识鉴人物,使政治上的"职"、"官"、"位"能得到适当的配合。

这是当时学术思想的主流,而中国的文论从开始起,便深深地受到这种思想的影响。政治上要"考核名位",要"名检",研究人才是否称职,和职位是否相合;因而中国的文学批评也即沿着两条路线发展——一方面是论作家,研究其所长的文体和所具的才能;一方面即是辨析文体,研讨每一种文体的渊源性质和应用。从当时的观点说,文学也正如官位之必须合于职守一样,如果明白了某一职守的性质和作用，则官之是否称职，才之是否合位，便可"一目了然"了。同样的道理，如果能够确定了某种文体的标准是应该如何的，然后再来考核某一作家或作品是否合于此种体性的说明，则也必然地优劣自见了。如果我们认为诗的标准风格是缘情绮靡的，则说理咏物的当然不是好诗了。从这里不也可以表示出批评者的观点和批评的准绳吗？

曹丕《典论论文》云："夫文本同而末异，盖奏议宜雅，书论宜理，铭诔尚实，诗赋欲丽。此四科不同，故能之者偏也。唯通才能备其体。"这里所说的文体的性质分类，不就等于政治上的职守吗？一个作者之不能为通才，正如同普通官吏之不为圣人一样，那只是一个可能的理想；一般人则都是"能之者偏"的。所以"王粲长于辞赋"，陈琳、阮瑀长于章表书记，这都说明了他们的才能和那种文体的性质配合得很恰当；好像政治上的"任得其才，才堪其任"一样；因此才会有特殊的造诣和成就。《文心雕龙·体性篇》云："夫情动而言形，理发而文见；盖沿隐以至显，因内而符外者也。然才有庸俊，气有刚柔，学有浅深，习有雅郑。并情性所铄，陶染所凝；是以笔区云谲，文苑波诡者矣。故辞理庸俊，莫能翻其才；风趣刚柔，宁或改其气，事义浅深，未闻乖其学；体式雅郑，鲜有反其习；各师成心，其异如面。"梁刘孝绰《昭明太子集·序》云："窃以属文之体，鲜能周备。长卿徒善，既累为迟；少孺虽疾，俳优而已。子渊淫靡，若女工之蠹；子云侈靡，异诗人之则。孔璋词赋，曹祖劝其修今；伯喈笑赠，挚虞知其颇古。孟坚之颂，尚有似赞之讥；士衡之碑，犹闻类赋之贬。深乎文者，兼而善之。"这都说明了才性为天赋，而能之者偏的。作者想要兼而善之，若非通才，那是很困难的事情。所以如果能把所有文体的性质都辨析得很清楚，则普通作者既皆才能有偏,就可内审诸己,趋避所短,而发挥所长了。这样成就自然会大;学习也比较地容易,因为那里有前人底标准的典型。这种理论运用在文学批评上是否合理,那是一个价值问题。但中国文论之直接受这种理论的影响,却是一个存在的史实。清姚鼐《与陈硕士书》云:"作诗者苟天才与其体不近,不必强之。大抵其才驰骤而炫耀者,宜七言。深婉而澹远者,宜五言。虽不可尽以此论拘,而大概似之矣。"这说法的根据还是传统理论的演绎,可知其影响是很久远的。如果我们研究西洋文学批评时,知道每一种思潮的兴起,也都深深地受着当时社会和思想潮流的影响的情形,则这种现象也就不值得我们惊异了。本来这种文体辨析的研究,在文学理论的建树上,是不太占重要的地位;论文拘于形貌,所得自然有限。而且有才能的作家也能跳出普通体性的圈子以外,别有新的创造;但我们从历史上去考察,则中国文论之所以特别注意于这方面的辨析,从这里却得到了一个说明。

三

除了上述的原因以外,因了时代的进步,文章的日多,秘阁藏书,分部录簿,事实上也不能没有一个分类的办法和观念。而且各家的诗文既然日见其多,则阅者随其爱习,采摘钞录,也自然会促成总集的出现和分类的条贯。这些都是事实上的原因,使得人们对于种类繁杂的诗文,不得不去辨析他们的类别和体性。《隋书·经籍志总集后叙》云:"总集者,以建安之后,辞赋转繁,众家之集,日以滋广,晋代挚虞,苦览者之劳倦,于是采摘孔翠,芟剪繁芜,自诗赋下,各为条贯,合而编之,谓为《流别》。是后文集总钞,作者继轨,属辞之士,以为覃奥,而取则焉。"《四库提要总集类序》云:"文籍日兴,散无统纪,于是总集作焉。一则网罗放佚,使零章残什,并有所归;一则删汰繁芜,使莠稗咸除,菁华毕出。是固文章之衡鉴,著作之渊薮矣。'三百篇'既列为经;王逸所裒,又仅《楚辞》一家。故体例所成,以挚虞《流别》为始。其书虽佚,其论尚散见《艺文类聚》中,盖分体编录者也。"这些话对于总集兴起的时代和原因,都有具体的说明。为了网罗放佚,为了删汰繁芜,在文籍日兴,辞赋转繁的建安以后,分体编录一部总集,自然是时代的需要。但分体依照什么标准,去取之间又依何为则,便不能不辨析文体的类别和体性了。今挚虞《文章流别》佚文,严氏《全文》有辑录,即属于辨析文体的。

章实斋《文史通义·文集篇》云:"两汉文章渐富,为著作之始衰。然贾生奏议,编入《新书》;相如词赋,但记篇目,皆成一家之言,与诸子未甚相远,初未尝有汇次诸体,裒焉而为文集者也。自东京以降,讫乎建安、黄初之间,文章繁矣,然范、陈二史(《文苑传》始于《后汉书》),所次文士诸传,识其文笔,皆云所著诗赋碑箴颂诔若干篇,而不云文集若干卷,则文集之实已具,而文集之名犹未立也。自挚虞创为《文章流别》,学者便之,于是别聚古人之作,标为'别集',则文集之名,实仿于晋代。"从近代的观点看,《诗经》、《楚辞》其实都是"集",但《诗经》既列为经,自难并论;《楚辞》自阮孝绪《七录》,即收入集部。但范围性质既和后来的文集有别,所以《隋志》特立楚辞类,并总集、别集为三类,以后就成了定法。普通的文集则正如章氏所言,其"实"是具于建安、黄初之间;因为就作者或作品说,这时都繁富起来了。而文集正式的成立,则始于晋时。这也不是一个人的功绩,而是时代情势的要求。《晋书·挚虞传》云:"虞撰《文章志》四卷,注解《三辅决录》,又撰古文章,类聚区分为三十卷,名曰《流别集》,各为之论,辞理惬当,为世所重。"《晋书·杜预传》云:"当时论者谓预文义质直,世人未之重,唯秘书监挚虞赏之。"《隋志》著录有杜预《善文》五十卷,《史记·李斯传》集解引《辩士隐姓名遗章邯书》云:"在《善文》中";《圣贤群辅录》,章怀《后汉书·皇后纪注》,皆有征引,可知杜预和挚虞都是开始编创总集的人,但《善文》之书既早亡,且史传以事功掩其文德,所以不若挚虞之为人所知了。今知《善文》搜采甚广,且除选文外,尚涉及作者生平,与《流别集》大概是同时编纂的。此外如金谷、兰亭的诗集,也都成于晋时,其中作者也皆甚多。东晋时著作郎李充又有《翰林论》的编撰,《隋志著录》三卷,其书早亡,唯严辑"全文"有其佚文数则。知其除纂集外,对于文体和作者也有评述的地方,所以名为"论"。此外《隋志》有荀勖《杂撰文章家集叙》十卷,张湛《古今箴铭集》十四卷等,皆鲜可征引。宋齐之世,总集的裒纂更盛,隋志著录者甚多。如刘义庆《集林》,谢混《文章流别本》,谢灵运《诗集》、《赋集》,宋明帝《晋江左文章志》等。可知总集的兴起和发展,实在是作者繁多以后的时代风气的必然产物。而总集发展的时代,是恰好和文论发生和发展的时代相符合的。

四

　　古者以简牍编而为册,则于篇目的前后,自亦有一定的次第,不过难以详考罢了。汉时刘向刘歆父子总校群书,皆"条其篇目,撮其指意"(《汉志》),刘歆遂"总括群篇,奏其七略"(《七录序》),其中第四即《诗赋略》。东汉班固、傅毅等校书东观,亦依《七略》而为书部。魏世仍之。阮孝绪《七录序》云:"魏晋之世,文籍逾广,皆藏在秘书,中外三阁。魏秘书郎郑默,删定旧文,时之论者,谓为朱紫有别。"《隋志》亦言"郑默始制《中经》",但未言其体例,大概分类仍沿《七略》。其书也不见著录,大概不久荀勖簿行后,就废弃不用了。晋太康中,得汲冢古文竹书,以付秘书;遂诏荀勖撰次之。于是勖"因魏《中经》,更著新簿。虽分为十有余卷,而总以四部别之"。(《七录序》)自此遂变《七略》之体,分为甲乙丙丁四部,已为后来经史子集的权舆。《隋志》言其"至于作者之意,无所论辩"。知道簿中并无解题。而其次序也是子在史前,与后世略异。五胡之乱,书籍散失甚多。到东晋才又重加整理。《七录序》云:"江左草创,十不一存。后虽鸠集,淆乱已甚。及著作佐郎李充,始加删正。因荀勖旧簿四部之法,而换其乙丙之书。没略众篇之名,总以甲乙为次。自是厥后,世相祖述。"《文选·王文宪集序》注引臧荣绪《晋书》曰:"李充字弘度,为著作郎。于时典籍混乱,删除颇重,以类相从,分为四部,甚有条贯。秘阁以为永制。五经为甲部,史记为乙部,诸子为丙部,诗赋为丁部。"从此便确定了后来经、史、子、集的四部分类法。此后齐秘书丞王俭"又依别录之体,撰为《七志》"。(《七录序》)但《南齐书·王俭传》又言其撰定元徽四部书目,可知当时秘阁,仍以四部分类;《七志》只是他自己的一家之言。其中第三为《文翰志》,纪诗赋。《隋书·牛弘传》载其上表请开献书之路云:"故知衣冠轨物,图画记注,播迁之余,皆归江左。"但即南朝的书目,除王俭《七志》外,大致也都是用李充四部之法;史籍各传,多有记载。梁初"又《文德殿目录》。其术数之书,更为一部,使奉朝请祖暅撰其名。故梁有《五部目录》"。(《隋志》)普通中,处士阮孝绪始又斟酌刘歆、王俭之义例,撰成《七录》,分为内外篇;其序今存《广弘明集》卷三中。内篇五录,除经史子集外,加入术伎一录,即本文德殿书目之意。外篇则分佛法、仙道二录。孝绪自言总集宋齐以来众家之名簿,又言"若见若闻,校之官目",可知凡当时目录所有的书,虽未曾经他亲见,也都加以采辑,所以收罗特富。序中云:"王(俭)以诗赋之名,不兼余制,故改为文翰。窃以顷世文词,总谓之集。变翰为集,于名尤显。故序《文集录》为内篇第四。"《文集录》下分楚辞、别集、总集、杂文四部。已奠定后来集部内容分类的从属了。

从《诗赋略》到集部,便是刘彦和所谓"六义附庸,蔚成大国"。(《文心·诠赋篇》)但无论总集别集,既经编纂,则其次序类例,自然应该有一定的标准。这是一个事实的需要,正如同书有虞夏商周,诗有风雅颂,史有本纪表书世家列传,《说文》有部首一样,集也必须类例显明,部居井然;才能便于编纂,便于诵读。这样自然需要辨析文体的风格和性质了。郑樵《通志略·校雠一》云:"类例既分,学术自明,以其先后本末具在。"因为在卷帙浩繁的典籍中,非有纲领式的类别分部,是不能窥其涯涘的。《汉志》叙诗赋为五种,凡百六家千三百一十八篇,至《隋志》总集已包括二千二百一十三卷了;文集的增多固然是时代的进步,但对于各种文体需要有一个清楚的认识和观念,又何尝不是时代的要求。《隋志·总序》中抨击各家,推尊向、歆,就是因为刘向《别录》,各有叙录;刘歆《七略》,皆举指要。对于内容的性质指归,都有辨析。所以批评荀勖为"至于作者之意,无所论辩"。评江左各官撰书目为不能辨其流别,但记书名而已。评王俭《七志》为"不述作者之意,但于书名之下,每立一传,而又作九篇条例,编乎首卷之中。文义浅近,未为典则"。评阮孝绪《七录》为"分部题目,颇有次序,割析辞义,浅薄不经"。可知编纂书目,并不是仅记书名,更重要的还是要分析各家各类的流别指归,否则是一定浑漫无章的。这就是挚虞《流别》和李充《翰林》这些文论中为什么要注意于辨析各种文体底风格性质的理由。所以文论发展的时代恰好和集部成立的时代相吻合,实在是因为适应集部在分类编目时事实上的需要。

五

章学诚《文史通义·诗教下》云:"论文拘形貌之弊,至后世文集而极矣。盖编者之无识,亦缘不知古人之流别,作者之意指,不得不拘貌而论文也。集文虽始于建安,而实盛于齐梁之际;古学之不可复,盖至齐梁而后荡然矣。范陈晋宋诸史所载文人列传,总其撰著,必云诗、赋、碑、箴、颂、诔若干篇,而未尝云文集若干卷。则古人文字散著篇籍,而不强以类分可知也。……夫诸子专家之书,指无旁及,而篇次犹不可强绳以类例;况文集所衰,体制非一,命意各殊,不深求其意指之所出,而欲强以篇题形貌相拘哉!"同篇又论《文选》中所分各体云:"赋先于诗,骚别于赋。赋有问答发端,误为赋序,前人之议《文选》,犹其显然者也。若夫《封禅》、《美新》、《典引》,皆颂也;称符命以颂功德,而别类其体为'符命';则王子渊以圣主得贤臣而颂嘉会,亦当别类其体为'主臣'矣。班固次韵,及《汉书》之《自序》也;其云:'述《高帝纪》第一''述《陈项传》第一'者,所以自序撰书之本意,史迁有作于先,故已退居于述耳。今于史论之外，别出一体为'史述赞'，则迁书《自序》，所谓'作《五帝纪》第一''作《伯夷传》第一'者，又当别出一体为'史作赞'矣。汉武诏策贤良，即策问也；今以出于帝制，遂于'策问'之外，别名曰'诏'，然则制策之对，当离诸策而别名为'表'矣。贾谊《过秦》，盖《贾子》之篇目也；因陆机《辨亡》之论，规仿《过秦》，遂援左思'著论准《过秦》'之说，而标体为'论'矣。魏文《典论》，盖犹桓子《新论》，王充《论衡》之以论名书耳，《论文》其篇目也；今与《六代》《辨亡》诸篇同次于论，然则昭明《自序》所谓'老庄之作，管孟之流，立意为宗，不以能文为本'，其例不收诸子篇次者，岂以有取斯文，即可裁篇题论，而改子为集乎？《七林》之文，皆设问也；今以枚生发问有七，而遂标为'七'；则《九歌》《九章》《九辩》，亦可标为'九'，乎？《难蜀父老》，亦设问也；今以篇题为难，而别为'难'体，则《客难》当与同编，而《解嘲》当别为'嘲'体，《宾戏》当别为'戏'体矣。《文选》者，辞章之圭臬，集部之准绳，而淆乱芜秽，不可殚诘；则古人流别，作者意指，流览诸集，孰是深窥而有得者乎！集人之文尚未得其意指，而自哀所著为文集者，何纷纷耶！"从作品的内容性质去区分文体，看每一体的流别指归，以及和别种文体的主要不同，这当然是合理的；可以有文学理论的根据和表现。若仅只拘于表面形貌的差别，自必难免有淆乱芜秽的地方，章氏所举的《文选》编目分类的缺点，如果只从文体内容性质的差别看来，当然也是事实。但这个事实却是难以避免的；除非永远保留着像范、陈二史那样散著篇籍的办法，干脆不要文集。但这也同样是不可能的，因为作品的种类和篇数都日见增多，如果各史传都散著篇籍，势将连篇累牍，有失尚简之旨。同时读者也感到无纲领书目可资门径，自然不胜其烦。如《后汉书·蔡邕传》，于举其著述后，又谓："所著诗、赋、碑、诔、铭、赞、连珠、箴、吊、论议、《独断》、《劝学》、《释诲》、《叙乐》、《女训》、《篆势》、祝文、章表、书记，凡百四篇，传于世。"这种叙述够多么繁冗啰嗦，而后人著述的种类数量，较蔡邕多的人还很多，可知文集的兴起和成立，是一个时代和文化进步后的自然现象。文集既立，则每一篇都必须要编在一个适当的地位，那么在编纂时有时强以类分，也是不可避免的事情。当然编集时分类按部，能完全顾到内容性质，流别指归，这自然是最理想，最合理。但编集分类和研究文体的体性不同，不是可以任意区分的。有时候这一类的文章只有一篇，而那一类的却有数十篇，在学理的研究上也许这两类是平列的，有同等的重要；但在编集时却不能不顾到卷册的分配，体系的平匀完整，所以势须考虑到"量"的问题，于是就难免有合并和割裂的现象了。后来研究和辨析文体的人，其出发点完全是内容的体性风格，流别指归，注重在学理，注重在"质"；这当然是对的。但编集的人却事实上不能这么客观，有时虽明知其非，却不能不做以形貌区分的事实。这事实当然愈少愈好，但却很难完全避免的。正因为如此，所以许多以选家态度解释文体的人，例如挚虞、李充，对文学批评理论建树上的贡献，也就很少。

例如"七"这一体，枚乘初作，本也是设问铺陈的赋体，但后来作者太多了，选家遂不能不为之别立一体。《全晋文》卷四十六傅玄《七谟序》云："昔枚乘作《七发》，而属文之士，若傅毅、刘广世、崔骃、李尤、桓麟、崔琦、刘梁、桓彬之徒，承其流而作之者纷焉。《七激》、《七兴》、《七依》、《七款》、《七说》、《七蠲》、《七举》、《七设》之篇，于是通儒大才马季良、张平子亦引其源而广之；马作《七厉》，张造《七辨》。或以恢大道而导幽滞，或以黜瑰奓而托讽咏，扬辉播烈，垂于后世者，凡十有余篇。自大魏英贤迭作，有陈王《七启》,王氏《七释》,杨氏《七训》,刘氏《七华》,从父侍中《七诲》,并陵前而邈后,扬清风于儒林,亦数篇焉。"挚虞《文章流别论》云:"《七发》造于枚乘。……此因膏粱之常疾以为匡劝,虽有甚泰之辞,而不没其讽谕之义也。"后来既然事实上有了这么许多七体的文章,所以《流别》和《文选》都别立"七"体,《文心雕龙》则归之于杂文中,因为编集时是一定得设法立类容纳的。这当然是拘于形貌,但这种事实上的困难也是难以避免的。

但也并不是所有文集的分体都是如此,《文选》为现存总集之最古者,对文体的观念尚不若后人之清晰,所以淆乱的地方也比较多。但有些依照着内容的流别指归而分的,也自有他的道理;并非一例拘于形貌。例如诗中之有咏史,即是由汉末评论人物的风气发展下来的。原来士人们清议的目标只是"品核公卿,裁量执政";后来情势变了,现实的政治人物不便随意题拂了,于是便有的渐渐地由今人议论到古人;但背后还是有现实的事态作背景的。《后汉书·苏章传》有郭泰的《苏不韦方伍员论》,就是这种例子。魏明帝时朝臣集论周成汉高优劣,都可证明论人风气的由今及古。后来的史论及咏史诗,都可从这里找到了渊源。张玉榖《古诗赏析》论左思《咏史诗》云:"太冲咏史,初非呆衍史事,特借史事以咏己之怀抱也。或先述己意,而以史事证之;或先述史事,而以己意断之;或止述己意,而史事暗含;或止述史事,而己意默寓。"咏史诗都不是单纯地述古,都是以现实作背景的;所以《诗品》评左思诗得讽谕之致。诗中区出咏诗一类,实在是因为他的渊源和指归都自有特点;并非拘于形貌地臆立一目。

时代愈进步,作者与作品当然也愈多,于是文体的区分也愈复杂。想要使后世完全合于往古,如章实斋之说,是根本不可能的。

《四库提要》于《文苑英华》下云："此书所录，则起于梁末，盖即以上续《文选》，其分类编辑体例，亦略相同，而门目更为繁碎，则后来文体日增，非旧日所能括也。"文体日增是必然的现象，所以选家和目录家们就不得不辨析文体，研究其性质指归了。任昉有《文章始》一卷。今本易称《文章缘起》，乃后人辑补者，原序云："'六经'素有歌诗书诔箴铭之类；《尚书》帝庸作歌，《毛诗》三百篇，《左传》叔向贻子产书，鲁哀公孔子诔，孔悝鼎铭，虞人箴，此等自秦汉以来，圣君贤士，沿著为文章名之始。故因暇录之，凡八十四题，以新好事者之目云尔。"这是专门辨析文体的第一部书，从渊源上研究文体的性质和分类的。但任昉同时即是校定书目的人。《南史·任昉传》云："自齐永元以来，秘阁四部，篇卷纷杂；昉手自雠校，由是篇目定焉。"可知这时注重辨析文体的人，很多都是从选家和目录家的态度出发的。这就是这个时代大家都注意于辨析文体的原因；也就是辨析文体对于文学批评不能有什么太大的理论建树的道理。

六

以选家和目录家的态度去辨析文体，有时因了事实的困难，不能完全顾全每一文体的内容性质，流别指归；这种情形同样地可以从四部目录的类例之不能完全顾及学理，而不得不俯从事实中看出来。刘歆《七略》中无史类，只附于春秋；因为当时只有八家四百一十一篇，势难独立为一略。如以类例推之，史出于春秋，诗赋出于三百篇，则诗赋亦应附见。但"六艺诗"仅六家四百一十六卷，而

《诗赋略》即有五种百六家千三百一十八篇；末大于本，所以必须独成一略。这是篇卷多寡的事实问题，不能依据学理驳斥。郑樵《通志略·校雠一·编次不明论》云："汉志以《世本》、《战国策》、秦大臣奏事、汉著记为春秋类；此何义也！"即据后世史部独立的观念，不思当时事实来发论的。荀勖《中经》分为四部，其丁部中，诗赋图赞，仍与《汲冢书》并列。王鸣盛《十七史商榷》以为不可解，其实也是顾了事实上的困难的。《隋志》、《唐志》言荀勖《中经》皆十四卷，但《七录序》云："晋《中经簿》书簿少二卷，不详所载多少。"可知荀勖原书为十六卷，四部各有四卷，正是要配合得匀称。其中丙丁两卷数较少，所以附《皇览簿》入丙部，《汲冢书》入丁部，以求卷帙的整齐。因此他但以甲乙丙丁次之，而不名为经子史集，就是因为条例比较地含混。若据文集之例以斥《汲冢书》入丁部的不当，如王鸣盛所言，则又忽略了当时的事实问题了。南朝人呼四部即谓之甲乙丙丁，史传谓某人长于文笔，有时亦以长于丁部代之，可知经史子集的观念，实际上已经很普遍。《南史·何宪传》云："博涉该通，群集毕览，开阁宝秘，人间散逸，无遗漏焉。任昉、刘沨共执秘阁四部书，试问其所知，自甲至丁，书说一事，并叙述作之体，连日累夜，莫见所遗。"《南史·徐羡之传》附《徐君蒨传》云："幼聪朗好学，尤长丁部书。"可知四部之法，大家都已熟悉通用。王俭《七志》作于宋时，当时的官书仍分四部，王志是私人著述，并不按书编目，所以史书虽多，仍可附经；图谱虽少，亦可成志。没有实际的书籍，自然也没有事实上的困难；正如文学批评家之辨析文体，与选家和目录家的态度不同，是一样的。若实际上要按书来分类编目，就又行不通了。章学诚《校雠通义·宗刘篇》云："《七略》之流而为四部，如篆隶之流而为行楷，皆势之所不容已者也。史部日繁,不能悉隶以《春秋》家学,四部之不能返《七略》者一。名墨诸家,后世不复有其支别,四部之不能返《七略》者二。文集炽盛,不能定百家九流之名目,四部之不能返《七略》者三。钞辑之体,既非丛书,又非类书,四部之不能返《七略》者四。评点诗文,亦有似别集而实非别集,似总集而又非总集者,四部之不能返《七略》者五。凡一切古无今有、古有今无之书,其势判如霄壤。又安得执《七略》之成法以部次近日之文章乎!"这一段对于古今之变,和分类编目的事实问题,解释得最清楚。因为编目分类是为了收藏和检阅的方便,那里事实上有浩如烟海的书籍收藏陈设着,所以编目分类时绝不能不顾及卷册的多寡厚薄。但各类的实际数目相差甚巨,编目分类者既要顾到流别指归,又要计及收藏检查,有时是一定要顾此失彼的。后人如不考虑这种实际困难,空以学理相责难,如郑樵、焦竑等,当然是有话可说的。例如一部丛书,依理自然应该各本分开,各隶本门;但收藏时却势须置于一处。所以研究学术源流的分类列部,和目录家的态度便不同了;他可以不顾虑事实上收藏检查的诸问题。同样的道理,选家辨析文体的态度,也自然和文论家不同,他事实上不能不考虑到种种的限制。

四部之中,经史子的范围容易确定,而集部的种类却非常庞杂,内容也极繁富,所以分类编目也最费斟酌;很难找出一个比较合理的标准来。《文史通义·文集篇》云:"夫《楚词》,屈原一家之书也;自《七录》初收于集部,《隋志》特表楚词类,因并总集、别集为三类,遂为著录诸家之成法。充其义例,则相如之赋,苏李之五言,枚生之《七发》,亦当别标一目而为赋类、五言类、七发类矣,总集、别集之称何足以配之!其源之滥,实始词赋不列专家而文人有别集也。《文心雕龙》,刘勰专门之书也;自《集贤书目》收为总集,

《唐志》乃并《史通》、《文章龟鉴》、《史汉异义》为一类,遂为郑略马考诸子之通规。充其义例,则魏文《典论》,葛洪《史钞》,张骘《文士传》,亦当混合而入总集矣。史部子部之目何得而分之!其例之混,实由文集难定专门而似者可乱真也。著录既无源流,作者标题,遂无定法。郎蔚之《诸州图经集》,则史部地理而有集名矣;王方庆《宝章集》,则经部小学而有集名矣;玄觉《永嘉集》,则子部释家而有集名矣。百家杂艺之末流,识既庸暗,文复鄙俚,或钞撮古人,或自明小数,本非集类而纷纷称集者,何足胜道!"这段话可以说明集部诸书的难以安排的情形,因为内容的确是太纷乱繁杂,性质既难综合,又不能分得太琐碎,很难找出其中明确的界限。不像经史子三部的书部篇目,都比较地井然有条。集部的书目如此,每一部总集别集中的篇目也是如此。选编文集的人,要兼顾到合乎体性风格,流别指归,又要分得不至过于琐碎,都给安置在一个比较适当的类目中,同时还要顾到卷帙的分配,编纂的系统,那确乎是一件非常困难,甚至势难办到的事情。因为严格地从内容讲,我们甚至可以说每一篇文章都自成一体,将许多篇综合于一类,总多少有点勉强。集部的书籍固然种类庞杂,但集中的文篇却更其庞杂。所以辨体分类的工作,不只在文论发展的理论上有此趋势;不只由当时的学术思想出发,势必有此影响;更重要的,文章篇籍的增多,总集的成立和发展,事实上更迫切地不能不有此要求。这是时代的需要,正如同书目分类编目的进展一样,篇章多了,是势非如此不可的。所以此时辨析文体风气的盛行,固然是文论兴起后必然的现象,但同时也是与总集的发展有不可分离的关系的。挚虞、李充,都是以选家的态度,实用的目的来分析文体的。以至任昉,还是如此。

小说与方术

一

《汉书·艺文志》所录小说凡十五家，今已皆佚，惟据所录篇目的名字和次序看来，由伊尹说至黄帝说九家，皆称太古的人物，班固注已以"迂诞依托"目之。以下六家，封禅文说，虞初周说，班注皆云"武帝时"；待诏臣饶心术，颜师古引刘向《别录》云，饶是"武帝时待诏"；臣寿周纪，班注"宣帝时"；百家则据刘向《说苑叙录》："除去与《新序》复重者，其余者浅薄不中义理，别集以为百家。"待诏臣安成《未央术》一篇，应劭云："道家也，好养生事，为未央之术。"依次序看来，这六种当然全是汉人所作。前九种既为依托，最早也只能是战国末期的作品，其中自有不少出于汉人的。《四库提要·小说类序》云："张衡《西京赋》曰：小说九百，本自虞初，《汉书·艺文志》载虞初周说九百四十三篇，注称武帝时方士，则小说兴于武帝时矣；故伊尹说以下九家，班固多注依托也。"而且就所依托的人名如伊尹、黄帝等看来，和后面六种所说的封禅养生的内容，也是属于一类的；班注虞初周说下为"河南人"，武帝时以方士侍郎，号"黄车使者"，则张衡所言小说本自虞初的说法，也就是说小说本自方士。证以《汉志》所列各家的名字和班固的注语，知汉人所谓小说家者,即指的是方士之言;而且这和《后叙》中小说家出于稗官的说法,也并不冲突。汉魏六朝对于小说的观念和小说的内容,都和这起源有关系。

《后汉书·方术传序》云:"汉自武帝,颇好方术,天下怀协道艺之士,莫不负策抵掌,顺风而届焉。后王莽矫用符命,及光武尤信谶言,士之赴趣时宜者,皆驰骋穿凿,争谈之也。故王梁、孙咸名应图箓,越登槐鼎之任;郑兴、贾逵以附同称显,桓谭、尹敏以乖忤沦败,自是习为内学,尚奇闻,贵异数,不乏于时矣。"所谓方士就是方术之士,据《史记·始皇本纪》及《封禅书》等所载,秦汉时海上燕齐的方士甚多,汉武帝时李少君曾拜文成将军,栾大拜五利将军,贵震天下;此后也"不乏于时"。但方士本来的地位是很低的,为士流所不齿,所以《方术传序》说:"通儒硕生,忿其奸妄不经,奏议慷慨,以为宜见藏摈。"这正和小说家之厕于诸子略十家中,而谓"可观者九家",没有小说家的道理是一样的。吴薛综注张衡《西京赋》"小说九百,本自虞初"下云:"小说,医巫厌祝之术",厌祝是"定祸福决嫌疑"的方术,巫医是操这种方术的人;但虞初《汉书》明说是方士,足见方士是由巫医来的。巫是通于人神之间的人物,疫病是神加于人的惩罚,所以医者多以巫充之,因为他可以祝祷神明。因此在上古时,巫医是不分的。《论语》孔子说:"人而无恒,不可以作巫医。"《说文》酉部医字下云:"古者巫彭初作医。"周礼"夏官巫马"郑注:"知马祖先牧马社马祟之神者,马疾若有犯焉,则知之,是以使与医同职。"贾疏云:"巫知马祟,医知马病也。"《后汉书·费长房传》言其师奉壶中老翁后,翁与一符曰:"以此主地上鬼神",长房"遂能医疗众病,鞭笞百鬼"。可知巫医在古代本为一种人,他的职务是通于神明,因此能够如《后汉书·方术传序》所谓"定祸福,决嫌疑,幽赞于神明,遂知来物。"同书《华佗传》说他"精于方药",而荀彧即说"佗方术实工";足见巫医之术就是方术,所以方士即是由巫来的。而薛综以为小说是"医巫厌祝之术"的说法,也大致是适用于汉魏六朝这个时代的。

二

巫在社会上的地位很低,上引《论语》的话已是很好的说明。而且时代愈晚,人类的智力认识愈进步,巫的地位也就愈低。《太平御览》七三四引《东观汉记》云:"高凤年老,执志不倦,名声著闻,太守连召请,恐不得免,自言本巫家,不应为吏。"《晋书·王恭传》云:"淮陵内史虞珧子妻裴氏有服食之术,常衣黄衣,状如天师,(会稽王)道子甚悦之,令与宾客谈论,时人皆为降节。恭抗言曰:'未闻宰相之座有失行妇人。'坐宾莫不反侧。道子甚愧之。"因此由巫而来的方士底地位也是很低的(方士与巫有别,说详后)。《后汉书·郎颛传》云:"父宗,……善风角、星算、六日七分,能望气占候吉凶,常卖卜自奉。……后拜吴令……(上)以博士征之。宗耻以占验见知,闻征书到,夜悬印绶于县廷而遁去。"《后汉书·华佗传》云:"为人性恶难得意,且耻以医见业。"《晋书·葛洪传》后史臣曰:"夫语怪征神,伎成则贱,前修贻训,鄙乎兹道。景纯(郭璞)之探策定数,考往知来,迈京管于前图,轶梓灶于遐篆。而宦微于世,礼薄于时,区区然寄《客傲》以申怀,斯亦伎成之累也。"这虽是唐人所论,但确乎是事实。《宋书·范晔传》云:"初鲁国孔熙先博学有纵横才志,文史星算,无不兼善。""素善天文","善于治病,兼能诊脉。"及以谋逆伏诛后,文帝责前吏部尚书何尚之曰:"使孔熙先年将三十作散骑郎,那不作贼?"因为以方术知名的人,出身当然不高,在那个门阀势力笼罩下的社会中,是很难在政治上得意的。不只郭璞、孔熙先如此,即如通"图纬方伎"而位登台司的张华,也是"少孤贫,自牧羊"的,不过因了偶然的因缘,贾后"以华庶族,儒雅有筹略,进无逼上之嫌,退为众望所依",才"倚以朝纲"的。葛洪也是"少好学,家贫,躬自伐薪以贸纸笔"。(并见《本传》)因为如果他出身于名门大族,他就耻学方术了。

  但方术仍然有它深厚的社会基础,因为巫医之术本是盛行于民间的。《盐铁论·散不足篇》云:"世俗饰伪行诈,为民巫祝,以取厘谢。坚额健舌,或以成业致富。故惮事之人,释本相学;是以街巷有巫,闾里有祝。"《后汉书·第五伦传》云:"会稽俗多淫祀,好卜筮。民常以牛祭神,百姓财产以之困匮。"应劭《风俗通义》"城阳景王祠"条下云:"自琅邪青州六郡,及渤海都邑,乡亭聚落,皆为(汉朱虚侯刘章)立祠。造饰五二千石车,商人次第为之,立服带绶,备置官属;烹杀讴歌,纷籍连日。转相诳曜,言有神明,其遣问祸福立应,历载弥久,莫之匡纠。惟乐安太傅陈蕃,济南相曹操,一切禁绝,肃然政清。陈、曹之后,稍复如故。"而《后汉书·刘盆子传》言赤眉樊崇军中"常有齐巫鼓舞祠城阳景王以求福助。巫狂言景王大怒,曰:'当为县官,何故为贼?'有笑巫者辄病,军中惊动。"足见民间淫祠也都是有巫的。又《后汉书·宋均传》云:"调补辰阳长。其俗少学者而信巫鬼。"又云:"浚遒县有唐、后二山,民共祠之,众巫遂取百姓男女以为公妪,岁岁改易。"可知一切的淫祠都须以巫为媒介,而淫祠是普及于民间的。《史记·封禅书》说"长安置祠祝官女巫",下且分梁、晋、秦、荆等属,足见巫风是普行民间各地的。一般地说,巫术大致都属于鼓舞祠醮一类,是相当原始的。如果巫术能略加精到一点,就是说巫本身的知识略高一点,能用更多的迷惑来得到人的信仰,这便成了方术。《后汉书·徐登传》云:"徐登者,闽中人也。本女子,化为丈夫。善为巫术。又赵炳,字东阿,东阳人,能为越方。……共以其术疗病……但行禁架,所疗皆除。""越方"是指越之方术,其实也还是巫术。是见方术与巫医之术,正如方士与巫一样,是没有根本差别的。不过巫的知识低,所以书籍中只有别人关于巫的记载,没有巫自己写的书;他的受人信仰是直接的,感召的。方士虽出于巫,但他懂得多,可以凭借他的知识来自神其术,所以就有方士所作的书籍了。(《隋志》虽有《巫咸星经》一卷,但巫咸是《庄子》《离骚》中所言的古代神巫,这自然是后代方士所假托的。)

巫是一种职业,他的生活基础依附于民间;到成了方士以后,他自然就不满意于原有的地位;像经生、儒士一样,他也想干禄,想把生活的基础依附在帝王贵族间,这本是很自然的要求,即使是巫,像汉武帝时的巫蛊之祸,宋元凶劭因信惑女巫严道育的弑逆,也还是想乘机求腾达的;不过机会不多而已。到了知识高一筹的方术之士,虽然出身仍是低微,但抱负即随着增大了。《三国志·管辂传》注引《辂别传》云:"自言:'知我者稀,则我贵矣,安能断江汉之流,为激石之清?乐与季主论道,不欲与渔父同舟,此吾志也。'"管辂的父亲是琅琊即丘长,出身也是很寒微的。但普通一个人到以方术知名以后,就有两种情形,一种是耻以方术见长而改途的,如前面所举的郎宗,一种则是恃方术而干禄的,例如李少君栾大;事实上当然是后者的情形多,因为改途并不是件容易事,而且帝王贵族们也有对方术的要求。但真能像秦皇、汉武一样笃好神仙的君王,毕竟很少,因此以方术得志的实际例子,当然也不多。不过帝王们虽不笃信,却也愿这些人的方术能够有效验;因为长生先知,以及兴国广嗣等说法,都是他们所衷心祈求的。所以对于方士们虽不委予重任,但仍是加以招致收容的;不过地位不高而已。因此如何地想法来自神其术,来促进帝王贵族们像汉武帝一样地热心,便是方士们所积极企求的了。《三国志·华佗传》注引曹植《辩道论》云:"世有方士,吾王悉所招致,甘陵有甘始,庐江有左慈,阳城有却俭。始能行气导引,慈晓房中之术,俭善辟谷,悉号三百岁……自家王与太子及余兄弟咸以为调笑,不信之矣。然始知上遇之有恒,奉不过于员吏,赏不加于无功,海岛难得而游,六黻难得而佩,终不敢进虚诞之言,出非常之语。余常试却俭,绝谷百日,躬与之寝处,行步起居自若也。夫人不食七日则死,而俭乃如是。然不必益寿,可以疗疾而不惮饥馑焉。左慈善修房内之术,差可终命;然自非有志至精,莫能行也。甘始者,老而有少容,自诸术士共归之……始若遭秦始皇、汉武帝,则复为徐市、栾大之徒也。"魏晋间帝王们对待方士的态度,和曹操都差不多;但士大夫间笃行的人,却是很多的。同篇注又引曹丕《典论》云:"初、(却)俭之至市,伏苓价暴数倍,议郎安平李覃,学其辟谷餐伏苓,饮寒水,中泄利,殆至陨命。后(甘)始来,众人无不鸱视狼顾,呼吸吐纳,军谋祭酒弘农董芬,为之过差,气闷不通,良久乃苏。左慈到,又竞受其辅导之术,至寺人严峻,往从间受,阉竖真无事于斯术也。"这些方士们为了自身的利益,为了干禄,当然要自神其术,来适迎帝王贵族们的要求,因为这是有可能性的。因此方士们也常常挟神书异籍来自重,淮南王的枕中鸿宝秘书,就是例子。神仙思想本起于人类对自然力的幻想和个人欲望底无限制的延长,方士正是企图来为帝王贵族们解决这一问题的。

方术的发展后来便成了道教,所以道教的道术和企图,也是和方士一样的。《后汉书·襄楷传》云:"初、顺帝时,琅邪宫崇诣阙,上其师于吉于曲阳泉水上所得神书百七十卷,皆缥白素朱介青首朱目,号《太平清领书》。其言以阴阳五行为家,而多巫觋杂语。……后张角颇有其书焉。"《三国志·张鲁传》云:"祖父陵,客蜀,学道鹄鸣山中,造作道书以惑百姓。从受道者出五斗米,故世号米贼。"注引《典略》曰:"熹平中,妖贼大起,三辅有骆曜。光和中,东方有张角,汉中有张修。骆曜教民缅匿法,角为太平道,修为五斗米道……修法略与角同。……后角被诛,修亦亡。及(张)鲁在汉中,因其民信行修业,遂增饰之。"这以后就流为盛行于魏晋时的天师道;仅就其所奉神书的名字是"太平"看来,也可知道是为了备帝王采择的。《后汉书·襄楷传》章怀太子注引《太平经典·帝王篇》云:"真人问神人曰:'吾欲使帝王立致太平,岂可闻邪?'神人言:'但顺天地之道,不失铢分,则立致太平。'……理国之道,多人则国富,少人则国贫。"所以襄楷上疏说:"前者宫崇所献神书,专以奉天地顺五行为本,亦有兴国广嗣之术,其文易晓,参同经典;而顺帝不行,故国胤不兴。"可知方士一贯的最高理想,就是将方术卖与帝王家;而自己成为卿相公侯一流的人物。天师道盛行以后,主要的基础还是在民间,这和巫术流行在民间的道理是一样的。《晋书·孙恩传》云:"世奉五斗米道。恩叔父泰,字敬远,师事钱唐杜子恭。而子恭有秘术,尝就人借瓜刀,其主求之,子恭曰:'当即相还耳。'既而刀主行至嘉兴,有鱼跃入船中,破鱼得瓜刀。其为神效往往如此。子恭死,泰传其术。然浮狡有小才,诳诱百姓,愚者敬之如神。皆竭财产,进子女,以祈福庆。"后来孙恩起兵,"八郡一时俱起,杀长吏以应之,旬日之中,众数十万"。可知道教所恃的仍是方术,而在民间是有着深厚基础的。但有些知识或方术高一点的道士,却仍然和方士一样,是尽力想法来向上干政的。《晋书·周札传》云:"时有道士李脱者,妖术惑众,自言八百岁,故号李八百。自中州至建邺,以鬼道疗病,又署人官位,时人多信之。弟子李弘养徒灊山,云应谶当王。故(王)敦使庐江太守李恒告札及其诸兄子,与脱谋图不轨。"因此无论方士或道士,都是出身民间而以方术知名的人,他们为了想得到帝王贵族们的信心,为了干禄,自然就会不择手段地夸大自己方术的效异和价值。这些人是有较高的知识的,因此志向也就相对地增高了;于是利用了那些知识,借着时间空间的隔膜和一些固有的传说,援引荒漠之世,称道绝域之外,以吉凶休咎来感召人;而且把这些来依托古人的名字写下来,算是获得的奇书秘籍,这便是所谓小说家言。《汉志》叙小说家云:"小说家者流,盖出于稗官,街谈巷语,道听途说者之所造也。……闾里小智者之所及,亦使缀而不忘,如或一言可采,此亦刍荛狂夫之议也。"就巫与方术之盛行于民间说,"街谈巷语,道听途说"的话是并不错的;不过"稗官"不是如淳所谓"王者欲知里巷风俗,故立稗官使称说之",像采诗的王官而已。《文选》江文通杂体诗拟李都尉首,李善引桓谭《新论》说:"若其小说家合丛残小语,近取譬论,以作短书;治身理家,有可观之辞。"也和这情形相合;足见小说是"医巫厌祝之术"的观念,是通行于汉魏六朝这个时代的。《晋书·艺术传》序云:"详观众术,抑惟小道,弃之如或可惜,存之又恐不经。载籍既务在博闻,笔削则理宜详备。"这正是《汉书》诸子略序小说家的态度。本来巫医也是起源于对自然威力的疑惧和适应,和阴阳家有相同的地方,但如三统五德以及大九州之说,终算是给予了自然一种完成的解释,和街谈巷语道听途说的丛残小语不同,所以小说家便只能厕于九家之末。这情形正和儒者看不起巫与方士来是一样的,虽然他自己也未必全不相信。应劭《风俗通义》云:"武帝时迷于鬼神,尤信越巫,董仲舒数以为言。武帝欲验其道,令巫诅仲舒,仲舒朝服南面,诵咏经论,不能伤害,而巫者忽死。"这记载出于应劭,正是儒士们看不起方士,而他又未尝不相信方术的好例子;但也可以看出方士们社会地位的低微来。

三

《梁书·陶弘景传》云:"性好著述,尚奇异,顾惜光景,老而弥笃。尤明阴阳五行,风角星算,山川地理,方图产物,医术本草。"陶弘景是集道术大成的人物,从这里我们可以看出方士的大致种类来。(一)前知吉凶。《庄子·应帝王篇》云:"郑有神巫曰季咸,知人之生死存亡,祸福寿夭,期以岁月旬日若神。"《后汉书·方术传序》云:"占也者,先王所以定祸福,决嫌疑,幽赞于神明,遂知来物者也。"管辂、郭璞的占筮,全属于这一类。(二)医疗疾病。古代巫医不分,前已言及。因此后代方士也多精练医术,葛洪撰《金匮药方》一百卷,《肘后备急方》四卷(《晋书·葛洪传》),陶弘景撰《补阙肘后方》一百九卷(《隋志》),都是例子。这和前知之术本是互相关连的。《后汉书·华佗传》云:"又有疾者,诣佗求疗,佗曰:'君病根深,应当剖破腹。然君寿亦不过十年,病不能相杀也。'病者不堪其苦,必欲除之。佗遂下疗,应时愈,十年竟死。"(三)地理博物之学。中国古代的神话传说,以《山海经》一书中为最多,书中多记海内外山川异物及祭祀神祇等,而祀神之物多用糈,与巫术相合,所以鲁迅《中国小说史略》以为是古之巫书。《四库提要·山海经》下云:"书中序述山水,多参以神怪,故道藏收入太元部竟字号中,究其本旨,实非黄老之言。然道里山川,率难考据,案以耳目所及,百不一真;诸家并以为地理书之冠,亦为未允。核实定名,实则小说之最古者尔。"山川异域在交通不便的时代看来,具有很浓重的神秘性和伟大感,因之也是最合于神仙所居的假想地方。借了荒漠绝域的隔阂来自炫其术,又夸示珍物异宝以示其实有,所以博物地理便成了方士的专学了。《山海经》略显于汉而盛于魏晋,郭璞为作注文和图赞,后江灌亦有图赞,方士们常喜言及。因了人类的好奇心和难知底蕴的神秘感,地理博物的材料遂借着"奇"而变为方术了。张华的"多通图纬方伎之书",和"博物洽闻,世与无比",就是属于这一类。《晋书·张华传》云:"惠帝中,人有得鸟毛长三丈,以示华。华见,惨然曰:'此谓海凫毛也,出则天下乱矣。'"像这一类的例子很多,也是方术的一种。

上面所分的三种性质,其实是相通的。山川地理是神仙所居的地方,珍宝异物是神仙所用的东西,前知吉凶和治疗疾病是通于神仙和役使鬼物的结果。所以方术干脆就是通于鬼神之术。《宋书·二凶传》云:"有女巫严道育,本吴兴人,自言通灵,能役使鬼物……(元凶)劭等敬事,号曰天师。"神仙鬼道是中国很早就有的观念,道教正是继承着这一传统;只有因果轮回等说法,才是佛教输入后盛行的。神仙是实有的,而且是可以修炼得到的,葛洪《神仙传》中的许多人物,都是以前的名士和方士。一个人修成神仙以后,就可以长生不老,不食谷物,无忧无虑,云游仙山。这本是人类不满于现实生活的反映,神仙正是在幻想中对现实缺陷的弥补,所以神仙是不愁衣食和生死疾病的。这境界可以修炼得到,也正是使人发生信仰的基础。孙恩据会稽,"号其党曰长生人";后来投海自沉,同党即称之为"水仙"(《晋书·孙恩传》),因为它有一定的社会基础,所以"服药求神仙"的人还是很多的。

这些方术同样也迎合了帝王贵族们的需要,而这也正是方士们所渴望的。"王莽矫用符命,光武尤信谶言",对先知吉凶当然是很感兴趣的。《史记·封禅书》说:"天子病鼎湖甚,巫医无所不致。"《后汉书·华佗传》说:"(曹)操积苦头风眩,佗针,随手而差。"对医疗疾病也不会不需要。殊方异物,灵芝草,火浣布,以及封禅祈福等事,使地理博物之学也同样有用处。但更重要的是帝王也同样有成神仙的要求;这不仅因为可以"太平"或"兴国广嗣"等政治目的,最重要的还是在长生不死一点。《左传》昭公二十年云:"齐侯(景公)至自田,晏子侍于遄台。……饮酒乐,公曰:'古而无死,其乐若何!'"秦皇汉武的求不死之药,都是基于这种动机。曹植《平陵东行》云:"灵芝采之可服食,年与王父无终极。"王嘉《拾遗记》云:"灵帝初平三年,游于西园。……盛夏避暑于裸游馆,长夜饮宴。帝嗟曰:'使万岁如此,则上仙也。'"正是针对着这一要求说的。托名东方朔的《海内十洲记》,所记载的物产大部分是仙草灵药,例如"元洲,在北海中,地方三千里,去南岸十万里。上有五芝玄涧,涧水如蜜浆,饮之长生,与天地相毕。服此五芝,亦得长生不死,亦多仙家"。这都是为了迎合长生的要求的。

但"服药求神仙,多为药所误",方士修炼成仙的办法都是很好而且很慢的,所以叫做"苦修"。例如服食房中,行气导引,都需要极漫长的时间,而且随时可以出毛病;这对于帝王贵达们是很不耐烦的。但方士的最高理想又是卖给帝王家,所以后来便找出了一条捷径,就是炼丹。用这种方法有效时可以一举成仙,最低也可增寿若干年,是很爽快的办法。而且炼丹所需的钱极多,普通人无力办理;炼时又须方士亲自依方为之,这正是方士为帝王贵达们服务的好机会,而又为一般人所很难模仿的。《抱朴子·金丹篇》云:"昔左元放于天柱山中精思,而神人授之金丹仙经。……郑君以授余,……受之已二十余年矣。资无担石,无以为之,但有长叹耳。"《颜氏家训·养生篇》云:"人生居世,触途牵挈。幼小之日,既有供养之勤,成立之年,便增妻孥之累。衣食资须,公私劳役,而望遁迹山林,超然尘滓,千万不遇一耳。加以金玉之费,炉器所须,益非贫士所办。学如牛毛,成如麟角,华山之下,白骨如莽,何有可遂之理。"颜之推是信奉佛教的,不赞成修仙,但他说的也确乎是一般人所感到的困难。《南史·陶弘景传》云:"武帝既早与之游,及即位后,恩礼愈笃,书问不绝,冠盖相望。""弘景既得神符秘诀,以为神丹可成,而苦无药物。帝给黄金、朱砂、曾青、雄黄等。后合飞丹,色如霜雪,服之体轻。及帝服飞丹有验,益敬重之。每得其书,烧香虔受。""天监中,献丹于武帝。中大通初,又献二刀,其一名善胜,一名威胜,并为佳宝。"梁武帝对他的礼遇,正是因为他的方术。《南史·陶弘景传》又说:"国家每有吉凶征讨大事,无不前以咨询。月中常有数信,时人谓为山中宰相。"这正是一个方士所企求的理想结果。

佛教虽汉代已入中国,但在东晋以前,人们仅认为是方术的一种,而信仰佛教的人中,也有的为了还没有深刻的认识,或为了推广信徒,也寻常和方士来相比附。《后汉书·襄楷传》曾说他进过宫崇神书。但他又上桓帝疏说:"又闻宫中立黄老、浮屠之祠。此道清虚,贵尚无为,好生恶杀,省欲去奢。"黄老、浮屠既可并称而以"此道"概之,足见当时认为二者是并无区别的。晋法显《神僧传》说佛图澄"喜念神咒,能役使鬼物。以麻油杂烟灰涂掌,千里外事,皆彻见掌中,如对面焉。亦能令洁斋者见。又听铃音以言事,无不效验"。这不就是一个方士的描述吗?所以魏晋早期的小说中,也很少有佛教的影响。宋齐以下,佛法才大盛,于是和方士属于同样的动机,佛教徒也有用小说来阐明因果轮回等,以宣扬教法的。正像《弘明集》中所载的那些关于佛道的论争一样,在街谈巷语的小说里,也有了佛教和方术底内容的差异了。《宋书·宗室传》说临川王义庆晚节奉养沙门,颇致费损,义庆有《幽明录》三十卷,今佚;但类书中征引颇多,今鲁迅《古小说钩沉》中有辑录。下面一则,最可以表示出后来佛教也用小说来攻击道教方术,借以宣扬佛法的情形;但这是魏晋以后的作品了。

巴丘县有巫师舒礼,晋永昌元年病死,土地神将送诣太山。俗人谓巫师为道人,路过冥司福舍前,土地神问吏:"此是何等舍?"吏曰:"道人舍。"土地神曰:"是人亦道人,便以相付。"礼入门,见数千间瓦屋,皆悬竹帘,自然床榻,男女异处;有诵经者,呗偈者,自然饮食者,快乐不可言。礼文书名已至太山门,而身不至,推问土地神,神云:"道见数千间瓦屋,即问吏,言是道人,即以付之。"于是遣神更录取。礼观未遍,见有一人,八手四眼,提金杵,遂欲撞之,便怖走还出门;神已在门迎,捉送太山。太山府君问礼:"卿在世间,皆何所为?"礼曰:"事三万六千神,为人解除祠祀,或杀牛犊猪羊鸡鸭。"府君曰:

"汝佞神杀生，其罪应上热熬。"使吏牵著熬所，见一物，牛头人身，捉铁叉，叉礼著熬上宛转，身体焦烂，求死不得。已经一宿二日，备极冤楚。府君问主者："礼寿命应尽？为顿夺其命？"校录籍，余算八年。府君曰："录来。"牛首人复以铁叉叉著熬边。府君曰："今遣卿归，终毕余算；勿复杀生淫祠。"礼乃还活，遂不复作巫师。（录自鲁迅《古小说钩沉》中所辑《幽明录》）

四

正如儒家的称道尧舜一样，方士，后来的小说家，也需要举出一个帝王来做因信任方士而能够太平兴国的标准例子。黄帝天乙太遥远，而且已被传说和他们自己的附会给"神化"了；秦始皇国祚不长，自然是不吉祥的；因此最合标准的人物，便莫过于汉武帝了。西汉的太平盛世一直是后来帝王们所企羡的，而武帝正是这时期集中文治武功的英雄式的领袖。现在给他这太平治绩加一点解释，说是凭着"神助"；这样，既不损害现存帝王的面子，而这条路也是很容易模仿的，只要相信神仙和方士；于是汉武帝便自然成了小说家底理想聚积的目标了。其次便是淮南王刘安，《汉书·淮南衡山济北王传第十四》说他"招致宾客方术之士数千人，……言神仙黄白之术"。这当然是有可以凭借的线索的。这两个人都是所能找到的相信神仙的最好的例子，但并不是最理想的例子；因为他们的结果都没有成仙，是载于正史的。因此便不能不以小说或者说是逸史，来弥补这事实上的缺陷。《海内十州记》说西胡月支国遣使献香四两,以之烧于城内,其死未三月者皆活;但因武帝恨使者言不逊,欲收之,遂失使者及余香,后来"帝崩于五柞宫,已亡月支国人鸟山'震檀''却死'等香也。向使厚待使者,帝崩之时,何缘不得灵香之用邪?自合命殒矣。"这是说汉武帝相信神仙方士还不够虔诚,所以才会死的。《汉武故事》说:"时上年六十余,发不白,更有少容,服食辟谷,希复幸女子矣。……三月丙寅,上昼卧不觉;颜色不异,而身冷无气,明日色渐变,闭目。乃发哀告丧。未央前殿朝晡上祭,若有食之者。……常所御,葬毕,悉居茂陵园。上自婕好以下二百余人,上幸之如平生,旁人不见也。"《汉武内传》也于叙述了武帝死后的灵验后说:"按九都龙真经云:'得仙之下者,皆先死。过太阴中,炼尸骸,度地户,然后乃得尸解去耳。'且先敛经杖,乃忽显出,货于市中;经见山室,自非神变幽妙,孰能如此者乎!"这是说武帝并没有死,而是尸解成仙的。《抱朴子·论仙篇》云:"案《仙经》云:'上士举形生虚,谓之天仙;中士游于名山,谓之地仙;下士先死后蜕,谓之尸解仙。'"总之,这两种说法都是希图以小说来弥补历史事实,以便炫耀方术的。关于淮南王刘安的也是一样,《风俗通义》云:"俗说淮南王招致宾客方术之士数千人,作鸿宝苑秘枕中之书,铸成黄白,白日升天。"应劭据《汉书》辩之;结云:"安所养士,或颇漏亡,耻其如此(畏罪自杀),因饰诈说;后人吠声,遂传形耳。"可知这本是街谈巷语的"俗说",而是出于"耻其如此"的方士的。《神仙传》也记刘安白日升天事,后云:"汉史秘之,不言安得神仙之道恐后世人主,常废万机,而竞求于安道;乃言安得罪后自杀,非得仙也。"这是以史家讳言来解释与史不合的,但动机还是一样。所以又说:"(武)帝大懊恨,乃叹曰:'使朕得为淮南王者,视天下如脱屣耳。'"但这种弥补式的解释,总难免有漏洞,而且也很难得到别人的相信,所以就有了更巧妙的办法:凡是言汉事的,干脆就托名作者是班固和刘歆。这对于相信正史实录的人,也不容有所怀疑了。王谟跋汉魏丛书本《汉武内传》云:"右班固《汉武内传》一卷,《隋唐志》俱作二卷,不提撰人。而别有班固《汉武故事》二卷,杂记武帝旧事,及神怪之说;《通鉴》考异云:'此乃后人为之,托班固名,语多诞妄。'唐张柬之书《洞冥记》云:'《武帝故事》,王俭造,与《内传》自是两书'……大抵二书皆由后人见武帝惑于方士神仙之说,故祖述《穆天子传》会西王母事为之。而又以《汉书·武帝本纪》,多采《史记·封禅书》,故直托名班固;固实不容如此诞妄也。"又《西京杂记》后有葛洪跋云:"洪家有刘歆《汉书》一百卷,考校班固所作,殆是全取刘氏。有小异同,固所不取,不过二万许言;今钞取为二卷,名曰《西京杂记》,以补其阙。"宋晁伯宇《续谈助》中《洞冥记》后引张柬之云:"昔葛洪造《汉武内传》、《西京杂记》,虞义造王子年《拾遗录》,王俭造《汉武故事》,并操觚凿空,恣情迂诞,而学者耽阅,以广闻见,亦各其志,庸何伤乎!"可知《西京杂记》和《汉武内传》在唐时都有造于葛洪的传说。后人因葛洪自著《抱朴子》、《神仙传》等书,以为他的地位不必依托古人;又书中称刘向为家君,所以不信是葛洪所作。《四库提要》说:"作洪撰者,自属舛误……今姑从原跋,兼题刘歆、葛洪姓名,以存其旧。"其实只要明白了葛洪这个人和这一串背景,就知道方士著书的目的原在宣扬一种信仰或宗教,是有点只问效果不择手段的;因此即使是葛洪,托名刘歆也并不是可怪的事情。

尧舜为君,也需要稷契为辅的;有了汉武帝这样一个理想化的帝王自然还需要一个佐助他的方士。但这却更困难,武帝虽爱好神仙,但当时的方士却并找不到真正有奇迹和治术的人。李少君栾大虽然以方术显了名,但也以方术丧了身,后来的方士们只好认为他们是冒牌的败类。《神仙传》记刘安遇八公成仙事后,言武帝"遂便招募贤士,亦冀遇八公。不能得,而为公孙卿栾大等所欺。意犹不已,庶获其真者;以安仙去分明,方知天下实有神仙也。"《汉武故事》云:"栾大曰:'神尚清净'。……上恒斋其中(神室),而神犹不至,于是设诸伪使鬼语作神命云:'应迎神,严装入海。'上不敢去,东方朔乃言大之无状,上亦发怒,收大,腰斩之。"这样,理想的佐助武帝的方士,便只能落在东方朔身上了。《风俗通义》云:"俗言东方朔太白星精,黄帝时为风后,尧时为务成子,周时为老聃,在越为范蠡,在齐为鸱夷子皮,言其神圣,能兴王霸之业,变化无常。"足见在街谈巷语的"俗言"中底东方朔的地位。《汉书·东方朔传》赞曰:"朔之诙谐,逢占射复,其事浮浅,行于众庶,童儿牧竖莫不眩耀。而后世好事者因取奇言怪语附著之朔,故详录焉。"颜师古注云:"言此传所以详录朔之辞语者,为俗人多以奇异妄附于朔故耳。欲明传所不记者皆非其实也。"可知东方朔一直是奇言怪事附着的对象。这因为虽然他并不是方士,但他以"行于众庶"的浮浅事情,就得侍于武帝左右,宠锡有加,已经是很难得的事了;何况逢占射复也是属于先知性质、和方术有同类的性质呢!《三国志·管辂传》云:"馆陶令诸葛原迁新兴太守,辂往祖饯之。宾客并会,原自起,取燕卵、蜂窠、蜘蛛著器中,使射复。卦成,辂曰:第一物,含气须变,依乎宇堂,雌雄以形,翅翼舒张,此燕卵也。第二物,家室倒悬,门户众多,藏精育毒,得秋乃化,此蜂窠也。第三物,觳觫长足,吐丝成罗,寻网求食,利在昏夜,此蜘蛛也。举坐惊喜。"可知东方朔的行为本来有近于方士的地方,所以后来就成为理想化的标准人物了。《汉武内传》言:"其后东方朔一旦乘龙飞去,同时众人见从西北上冉冉,仰望良久,大雾复之,不知所适。"又《初学记》一引《汉武内传》云:"西王母使者至,东方朔死,上问使者,对曰,朔是木帝精,为岁星,下游人中,以观天下,非陛下臣也。"(今本无)《十洲记·序》说汉武帝既闻王母言巨海之中有十洲,始知东方朔非世常人,乃亲问十洲的所在及物名;东方朔云:"臣学仙者耳,非得道之人,以国家之盛美,将招名儒墨于文教之内,抑绝俗之道于虚诡之迹,臣故韬隐逸而赴王庭,藏养生而侍朱阙。"这显然是一种方士唯恐失志的口气。《四库提要·十洲记》下云:"其言或称臣朔,似对君之词;或称武帝,又似追记之文。又盛称武帝不能尽朔之术,故不得长生,则似道家夸大之语,大抵恍惚支离,不可究诘。"又《神异经》也是托名东方朔撰,开首即言东王公玉女事,多述各地异物,是仿《山海经》作的。汉魏丛书本王谟跋此二书云:"今考《汉书》、《艺文志》诸子杂家有东方朔二十篇,次吕览淮南鸿烈后,惜其书不传,而后世独流传此二书及灵棋经,甚矣人之好怪也。《文献通考》以二书入小说家,盖亦有见于此云。"可知小说就是方士的"夸大之语"。

《汉武洞冥记》四卷,题后汉郭宪撰。首有宪自序云:"汉武帝明俊特异之主,东方朔因滑稽浮诞以匡谏,洞心于道教,使冥迹之奥,昭然显著。今籍旧史之所不载者,卿以闻见,撰《洞冥记》四卷,成一家之书,庶明博君子该而异焉。武帝以欲穷神仙之事,故绝域遐方,贡其珍异奇物及道术之人,故于汉世盛于群主也。"卷四云:"武帝末年,弥好仙术,与东方朔狎暱。帝曰:'朕所好甚者不老,其可得乎?'朔曰:'臣能使少者不老。'帝曰:'服何药耶?'朔曰:'东北有地日之草,西南有春生之草。'"可知这也是托言于东方朔和汉武帝来宣扬方术的小说。郭宪事迹载《后汉书·方术传》,《四库提要·汉武洞冥记》下云:"考范史载宪初以不臣王莽,至焚其所赐之衣,逃匿海滨;后以直谏忤光武帝,时有关东觥觥郭子横之语,盖亦刚正忠直之士。徒以潠酒救火一事,遂抑之方术之中,其事之有无,已不可定;至于此书所载,皆怪诞不根之谈,未必真出宪手。又词句缛艳,亦迥异东京,或六朝人依托为之。"郭宪即非方士,这书也不是郭宪所作。不过因为范晔后来与方士孔熙先谋乱,所以对方术特别表扬;遂将郭宪也收入《方术传》中了。(案潠酒救火本是普通方术的一种,而且有迎合人类需要的实际价值,所以方士们常常喜欢称道。除了郭宪救齐国火以外,后汉栾巴曾潠酒救成都火,见葛洪《神仙传》,《后汉书·本传》章怀太子注亦引之。晋佛图澄曾潠酒救幽州火,见《晋书·艺术传》。都是同类的例子。)陈寅恪先生《天师道与滨海地域之关系》一文,考证范晔与天师道之关系甚详,中云:"又蔚宗之为《后汉书》,体大思精,信称良史。独《方术》一传,附载不经之谈,竟与《搜神记》、《列仙传》无别,故在全书中最为不类。遂来刘子玄之讥评。亦有疑其非范氏原文,而为后人附益者。其实读史者苟明乎蔚宗与天师道之关系,则知此传本文全出蔚宗之手,不必致疑也。"范氏后既信天师道,他写《方术传》的态度也就是方士做小说的态度;其中如壶公,蓟子训、刘根、左慈、甘始、封君达诸人的事迹,和葛洪《神仙传》中所载,大半相符,就是例证。所以当然不会没有凭借不实的地方。鲁迅《中国小说史略》云:"然《洞冥记》称宪作,实始于刘昫《唐书》,《隋志》但云郭氏,无名。六朝人虚造神仙家言,每好称郭氏,殆以影射郭璞,故有《郭氏玄中记》,有《郭氏洞冥记》。《玄中记》今不传。"《晋书·郭璞传》言璞"洞五行、天文、卜筮之术",所载方术灵验的事迹也很多,后且以巫术为王敦所杀。他曾注解《山海经》、《穆天子传》及

《楚辞》等,自然是方士中的上乘。而《文选》游仙诗第六首于列叙神仙后,也结以"汉武非仙才",和小说中的传说是相合的。所以方士每好称郭氏,除了因为他的"诗赋为中兴之冠",容易流传外,实在因为他本身也是方士出身,说法是可以相符的。小说书中的托名古人,都是这一类性质;是为了宣扬其中的神仙方术的。而且就他们原始的出发点说,也并不如我们所分析的那样,好像是专门为了骗人;这只是一种为社会所决定的发展倾向,在他们主观上,也许还存在着虔诚的信仰。这是宗教,态度可能是很严肃的。因此小说虽然是丛残小语,在作者也许相信它完全是实事和真理。这些事纵然是出于想象的创造,但基于宗教热诚的幻想,也可能使自己相信它是真实的。因此小说的发展和道教的盛行,存在着极密切的关系。而这些作者之托名古人,也只是为了宣扬宗教,自神其术,还存着一种信仰的虔诚,和后世文人的故意作伪欺世,动机是大不相同的。

五

此外如刘向《列仙传》,体式全仿《列女传》,但《汉志》未录;陈振孙《直斋书录》解题谓"不类西汉文字,必非向撰"。《四库提要》以为"或魏晋间方士为之,托名于向耶?"但《魏志》已著录东晋孙绰和郭元祖的《列仙传赞》,又葛洪《神仙传·自序》,言答弟子问仙人有无曰:"秦大夫阮仓所记有数百人,刘向所撰又七十余人;然神仙幽隐,与世异流,世之所闻者,犹千不得一者也。……今复钞集古之仙者见于仙经服食方及百家之书,先师所说,耆儒所论,以为十卷,以传知真识远之士。"又谓"刘向所述,殊甚简略"。可知这书也和托名秦大夫阮仓,以及《西京杂记》的托名刘歆一样,一定是魏晋方士所撰的。《隋志》又有《列异传》三卷,题魏文帝撰,今佚,但类书中常有引及,内容正如《隋志》所云,"以序鬼物奇怪之事",且杂有文帝以后之事迹。按《魏志·华佗传》注引魏文《典论》论郄俭等事云:"人之逐声,乃至于是。"又言:"刘向惑于《鸿宝》之说,君游眩于子政之言,古今愚谬,岂惟一人哉!"可知这书必非魏文帝所作,而且也没有托名魏文帝的必要,《隋志》当系误题。《两唐志》题张华撰,比较近理,一定是有所根据的。《搜神后记》之题陶潜撰,也是因为陶集中有《读山海经》等诗,而《桃花源记》又可附会于神仙,才有可以凭借的线索的。

现传本的六朝小说,和《隋唐志》的著录卷数,都不相合;内容零乱,全非完帙。很多都是缀合残文而加以傅丽补辑的;因此对于作者的疑问也就很多。这些作者本不是为了立言或不朽才著述的,因而所述的异闻奇事也就只注重在事情的性质和意义,而不注重在文辞结构或人物;这本是街谈巷语的东西,所以叫做"小说";是和成一家言的大人先生之说不同的。因为这样,文人名士们就不会怎样看重它,所谓"好奇之士,无所弃诸",就是说喜欢小说的人只是为了它的"奇",而不是为了它的"文"或"言"。而齐梁以后,不只佛教盛行,道教的一套体系也因受佛典的影响而臻于完整细密了,像陶弘景的真诰,便是例子。所以神怪鬼物的记载,也就不大容易引起人的兴趣,自然也就很难引起信仰了。六朝小说的残散失传,和这些都有关系。

王嘉《拾遗记》说张华"捃采天下遗逸,自书契之始,考验神怪,及世间闾里所说,造《博物志》四百卷,奏于武帝"。这故事的真实性当然有问题,但可证明现存《博物志》中所记的那些异境奇物和琐闻杂事,一部分就是"闾里所说"的内容,而这正是属于方士的知识。干宝《搜神记》的自序说是为了"发明神道之不诬"的,刘敬叔的《异苑》自然也是同类;这和葛洪撰《神仙传》的动机是一样的,都是属于侈谈神仙异闻的方士之言。(《搜神记》系据《四库》著录之《津逮秘书》二十卷本而言。另王谟所刊之汉魏丛书八卷本,中杂佛语甚多,与前者几全不相同。友人范宁君据《续高僧传》、《六释道辨传》,考定今八卷本〈搜神记〉乃赵宋以后人据北魏僧昙永所著之《搜神论》残卷而增补者,其说甚确。文名《八卷本〈搜神记〉考辨》,载一九四七年七月天津《民国日报》副刊"图书"。)体例比较奇特的是王嘉的《拾遗记》,今本附梁萧绮作论,命之曰录。(明胡应麟《笔丛》疑即萧绮所作,但不可从。)首有萧绮序云:"文起羲炎以来,事讫西晋之末,五运因循,十有四代。乃搜撰异同,而殊怪必举,纪事存朴,爰广向奇,宪章稽古之文,绮综杂编之部,《山海经》所不载,夏鼎未之或存,乃集而记矣。辞趣过诞,音旨迂阔,推理陈迹,恨为繁冗。多涉祯祥之书,博采神仙之事,妙万物而为言,盖绝世而宏博矣。"《晋书·王嘉传》云:"王嘉字子年,陇西安阳人也。……滑稽好语笑,不食五谷,不衣美丽,清虚服气,不与世人交游。隐于东阳谷,凿崖穴居,弟子受业者数百人,亦皆穴处。""苻坚累征不起,公侯已下咸躬往参诣,好尚之士无不师宗之。问其当世事者,皆随问而对。好为譬喻,状如戏调;言未然之事,辞如谶记","其所造《牵三歌谶》,事过皆验,累世犹传之。又著《拾遗录》十卷,其记事多诡怪,今行于世"。就《晋书·王嘉传》看来,王嘉当然是很标准的方士,而且就他的谶记能"累世犹传"说,简直像近代民间传说中的诸葛亮和刘伯温,是很有势力的;所以当时有数百弟子跟他受业。但更重要的是"苻坚累征不起",而且"好尚之士,无不师宗之",足见他并不只是一个普通方士,同时也是一代师宗。(那是在北方的苻坚,文化是比较落后的。)这样,在《拾遗记》中,他便把传说和历史来小说化了。因为他是方士,所以"殊怪必举","博采神仙之事"(《拾遗记·序》);因为他又是一代师宗,所以他能写得"事丰奇伟,辞富膏腴"。(《四库提要》语)文字写得绮丽,而且也有了人物和结构的雏型。但后人因为内容和史传不合,所以多斥他怪诞。《四库提要》云:"其言荒诞,证以史传皆不合。如皇娥谶歌之事,赵高登仙之说,或上诬古圣,或下奖贼臣,尤为乖迕。"汉魏丛书本王谟跋云:"昔太史公尝病百家言黄帝文不雅驯,而嘉乃凿空著书,专说伏羲以来异事;其甚者至以卫风桑中,托始皇娥为有淫泆之行。诬罔不道如此,其见杀于(姚)苌,非不幸也。"以史法和道德来绳方士之言,当然是不可能的;因为这本是街谈巷语的小说。而且照近代"小说"的观念说,这也许是魏晋时比较最接近"小说"的一种。

释慧皎《高僧传》叙录云:"宋临川康王义庆《宣验记》及《幽明录》,太原王琰《冥祥记》……陶渊明《搜神录》,并傍出诸僧,叙其风素,而皆是附见,亟多疏阙。"(按此亦《搜神后记》非渊明所撰之一旁证)《幽明录》前已言及,《宣验记》及《冥祥记》今不存,鲁迅《古小说钩沉》中有辑录。内容大致都是记载经象灵验和轮回报应的。这些本来全是宣扬佛教的书,但和方士写神仙怪异是属于同一的动机,所以后人也视为小说,和这同类性质的今尚存有颜之推的《还冤志》,是引经史来证明因果报应的。《四库提要·还冤志》三卷云:"自梁武以后,佛教弥昌,士大夫率皈礼能仁,盛谈因果。之推《家训》有《归心篇》,于罪福尤为笃信,故此书所述,皆释家报应之说。"除了这种完全辅教性质的书外,因为佛典的流行,齐梁人作的小说中也有受到佛经故事影响的;例如今存吴均续《齐谐论》中"阳羡许彦求寄鹅笼"的故事。本来小说的传统就注重在奇闻异事的广征博采,所以在佛典流行后,作者无意中就受到这些外来新奇故事的影响了。

前面提过东方朔"行于众庶"的事情,除了逢占射复以外,还有一种是"诙谐";《汉书·东方朔传》后赞说他"诙达多端,不名一行,应谐似优,不穷似智"。而作《拾遗记》的王嘉也是"滑稽好语笑","好为譬喻,状如戏调"的(《晋书·王嘉传》),可知诙谐也是方士行为的一端。这本是很古的传统。方士出于巫,而巫和优本来是不分的。王国维《宋元戏曲史》云:"《楚辞》之灵,殆以巫而兼尸之用者也。其词谓巫曰灵,谓神亦曰灵。……是则灵之为职,或偃蹇以象神,或婆娑以乐神,盖后世戏剧之萌芽,已有存焉者矣。"所以《三国志·王粲传》注引《魏略》说曹植对邯郸淳"诵俳优小说数千言讫,谓淳曰:'邯郸生何如邪!'"小说本来就和俳优有着血统的关系,而邯郸淳正是《笑林》的作者。《后汉书·孝女曹娥传》云:"孝女曹娥者,会稽上虞人也。父盱,能弦歌,为巫祝。汉建安二年五月五日,于县江泝涛迎婆娑神,溺死,不得尸骸。娥年十四,……遂投江而死。至元嘉元年,县长度尚改葬娥于江南道傍,为立碑焉。"章怀太子注引会稽《典录》说碑文是邯郸淳所作,可能邯郸淳和巫即存有相当的关系。而《王粲传》注又说他"博学有才章,又善苍雅虫篆,许氏字指",这和《晋书·郭璞传》说郭璞"博学有高才……好古文奇字"是完全相同的。因为魏晋时用字趋简易,所以古文奇字便只有注重奇异的方士们才能精通了。《文心雕龙·练字篇》所谓"自晋来用字,率从简易,时并习易,人谁取难。今一字诡异,则群句震惊,三人弗识,则将成字妖矣"。正可说明这情形。所以邯郸淳可能就是方士出身,他作的《笑林》也正是俳优小说的正统。曹子建诵的也许就是《洛神赋》、《七启》之类文字,较《笑林》是高出一筹的,因此可以自豪地说:"邯郸生何如邪!"《笑林》今佚,但由所存各条中,知道完全是属于俳谐的性质。如"人有和羹者,以杓尝之,少盐,便益之。后复尝之向杓中者,故云盐不足。如此数益,升许盐,故不咸,因以为怪"。(《太平御览》八六一引)此后《隋志》有《解颐》二卷,杨松玢撰《笑苑》四卷,不著撰人;《唐志》有《启颜录》二卷,侯白撰;今皆不存。但都是承着这一传统的。

六

《史通·采撰篇》云:"晋世杂书,谅非一族,若《语林》、《世说》、《幽明录》、《搜神记》之徒,其所载或诙谐小辩,或神鬼怪物。其事非圣,扬雄所不观;其言乱神,宣尼所不语。唐朝所撰《晋史》,多采以为书。……虽取悦小人,终见嗤于君子矣。"又说:"故作者恶道听途说之违理,街谈巷议之损实。"可知街谈巷议和道听途说的书原是属于"小人"的,这才是小说一词的社会性的意义。小人和君子是社会阶层的区别,不关道德的意义。方士和道教的信仰基础在民间,所以闾里传说是小说的真正原始的来源。正像今日民间故事中还含有一些迷信的和打诨的成分,初期小说的内容也是"或诙谐小辩,或神怪鬼物"的。但方士写书时已经加了一番创造整理的工夫,到影响于"君子"——社会上层的文士时,内容虽然还是注重在言行的奇特,但已显然高尚和雅驯了,《史通》所说的《语林》和《世说新语》,就是属于这一类。《语林》今不存,《世说新语·轻诋篇》注引《续晋阳秋》曰:"晋隆和中,河东裴启撰汉、魏以来迄于今时,言语应对之可称者,谓之《语林》。时人多好其事,文遂流行。后说太傅(谢安)事不实,……自是众咸鄙其事矣。"《世说新语》本文言:"于此《语林》遂废。今时有者,皆是先写,无复谢语。"但类书中仍有征引的,体例性质和世说的相同。《隋志》又有《郭子》三卷,东晋郭澄之撰,今佚,也是同性质的。《史通·杂述篇》云:"街谈巷议,时有可观。小说为言,犹贤于已。故好事君子,无所弃诸。若刘义庆《世说》,裴荣期《语林》,孔思尚《语录》,阳松玠《谈薮》,此之谓琐言者也。"又说:"琐言者,多载当时辨对,流俗嘲谑。"可知虽然像《世说新语》这样隽永瑰奇,也不过因为它是出于"好事君子"之手,来源和《笑林》还是一样的。

不但如此,《世说新语》也并没有完全摆脱了神怪的痕迹。思贤讲舍本《世说新语》清叶德辉后记云:"《世说新语》佚文,引见唐宋人类书者往往与《世语》相出入。按《世语》晋郭颁撰,见《隋志》杂史类。……又有与《幽明录》相出入者,《幽明录》亦临川撰,其中与《世说新语》互见之处如'折臂三公'及'雷震柏木'二事,均在今《术解篇》中。又各书引《世说新语》如……(所举甚多)之类,或错见《幽明录》。而各书标题有称《刘义庆世说》者,有注载'出《世说新语》'者,有直云'《世说》曰'者。疑临川著书时,颇涉神怪;久而析出,别为一书。诸书称引,犹称世说,盖从其朔也。又《御览》引'爱综梦得交州'条注云:'《幽明录》同';今《幽明录》反失载此事。是宋时所存二书,事本互见,其又非引者之误可知矣。"案今《世说新语·述解篇》中只有十条,其中即有四条是关于郭璞的,其余的也全是记载方术医理,和《幽明录》中多记轮回感应的不同。史称义庆"晚节奉养沙门,颇致废损",意谓《世说新语》初撰成时,本是人事与鬼道并重,叶德辉所疑甚是;后以《术解》一篇所收太多,义庆后来又信佛甚笃,遂出其有关灵验报应者,别为《幽明录》一书,而将关于方术的仍存在《术解篇》中。后来既分为二书,有几条自然也不妨两收。所以目录中向来以《世说新语》入小说类,是有道理的。梁时武帝曾敕殷芸撰《小说》三十卷,今不存,鲁迅《古小说钩沉》中有辑录,是杂采众说的性质;各条中关于人事和神怪的都有,这正是小说的本来面目,而《世说》和这是相合的。

至于《世说新语》所记各事可补史阙一点,并不妨碍它的小说性质;因为从来的小说都是依附于史的。张华《列异传》吴均《续齐谐记》等,《隋志》仍在史部杂传类;张华《博物志》在子部杂家类,到《新唐志》才都收入小说。《西京杂记》是托于刘歆《汉书》的,黄省曾序说《汉书》"不录之故,大约有四。则猥琐可略,闲漫无归,与夫杳昧而难凭,触忌而须讳者也"。而这些正是小说的性质。《史通·杂述篇》以《西京杂记》为逸事类,论云:"国史之任,记事记言,视听不该,必有遗逸,于是好奇之士,补其所亡。"小说的根据是传说,自然也是搜求遗逸,和历史的关系本来很密切。《四库提要》于小说家类杂事之属后云:"案纪录杂事之书,小说与杂史,最易相淆;诸家著录,亦往往牵混。今以述朝政军国者入杂史,其参以里巷闲谈词章细故者,则均隶此门。《世说新语》古俱著录于小说,其例明矣。"小说本出于方士对闾里传说的改造和修饰,所以即如洞冥拾遗,也是凭借于史的,《世说新语·排调篇》云:"干宝向刘真长叙其《搜神记》,刘曰:'卿可谓鬼之董狐。'"小说家正以为他写的奇闻异事也是史笔,是"书法不隐"的。只是到小说行到社会的上层,博雅君子也来写作的时候,神怪的分量自然就减轻了。因为这虽是传统的性质,但毕竟是"虽取说于小人,终见嗤于君子"的。

正因为史传和小说有这样密切的关系,所以私家著史的风气,先贤名士和高士孝子等杂传,以及家传别传等的写作风气,也都和小说同样地在魏晋时盛极一时。观《文选》注,《三国志》裴注,《世说新语》刘注,及各类书所引书目,传记类是非常之多的。(清孙志祖有《〈文选〉引用书目》,见《文选理学权舆》。赵翼有《〈三国志〉注引用书目》,见《二十二史札记》。叶德辉有《〈世说〉注引用书目》,见思贤讲舍本《世说新语》后。)这些传记的性质也同样注重在搜求遗逸,注重在"奇",而且在不少故事中也带有方术的性质;扩大一点看,也都可视为小说。《晋书·职官志》云:"魏明帝太和中,诏置著作郎,于此始有其官……著作郎一人,谓之大著作郎,专掌史任。又置佐著作郎八人。著作郎始到职,必撰名臣传一人。"又《隋书·百官志》云:"著作郎一人,佐郎八人,掌国史,集注起居。著作郎谓之大著作,梁初周捨、裴子野,皆以他官领之。又有撰史学士,亦知史书。佐郎为起家之选。"这是魏晋以来的史职,凡是以文义才学来进仕的寒士,起家多为佐著作郎;这是和名门子弟起家做散骑侍郎和秘书郎不同的。《晋书·王恭传》云:"起家为佐著作郎,叹曰:'仕宦不为宰相,才志何足以骋?'因以疾辞。俄为秘书丞。"所以像张华、郭璞、干宝、王隐等,都曾作过佐著作郎,这是寒士以文义进仕的阶梯。但最重要的,想要走这一条路的人,"必撰名臣传一人",就是说要有写作传记的本领;这样,自然会有很多人来学习作传了。这些人都是些寒士,出身低微,和方术关系自然也便密切;史传的重要特征又是人和事迹,所以杂传和小说便在同一的情形下而相互影响地发达起来了。(此段意见及例证,皆友人范宁君所提供,特此志谢。)

　　小说和史传最重要的不同点,就是小说注重在传说或事件本身的奇异性质,而史传却注重在这事件和传说中的人物。《史通·采撰篇》云:"后来穿凿,喜出异同,不凭国史,别讯流俗。及其记事也,则有师旷将轩辕并世,公明与方朔同时。尧有八眉,夔唯一足。乌白马角救燕丹而免祸;犬吠鸡鸣逐刘安以高蹈。此之乖滥,往往有旃。"流俗和国史的不同,也就是小说和史传的区别。因为小说注重在传说本身的奇异,所以常常有同一故事而记载中人物相异的情形;这在史籍中是最不许可的。《世说新语·品藻篇》言:"明帝问谢鲲:'君有谓何如庾亮?'答曰:'端委庙堂,使百僚准则,臣不如亮。一丘一壑,自谓过之。'"同篇另条云:"明帝问周伯仁:'卿自谓何如庾元规?'对曰:'萧条方外,亮不如臣;从容廊庙,臣不如亮。'"这当然是同一故事的传说异人。又《世说新语·文学篇》言:"阮宣子(修)有令闻,太尉王夷甫(衍)见而问曰:'老、庄与圣教同异?'对曰:'将无同?'太尉善其言,辟之为掾。世谓'三语掾'。"《晋书》四十九记此事作阮瞻答王戎语。又《世说新语·捷悟篇》"魏武帝尝过曹娥碑"条,记杨修解碑背所书乃"绝妙好辞",注引《异苑》谓解者乃祢正平。《世说新语·惑溺篇》"韩寿美姿容"条,记寿与贾充女通,充秘之,遂以女妻寿事;注言《郭子》谓与韩寿通者,乃是陈骞女。像这样的例子在神怪的故事中尤其众多,像葬后效龟息得生和卧冰求鱼等事,在记载中常常有好几个不同的人物;前面引的澩酒救火也是这一种。这就因为街谈巷语的小说是注重在传说本身的怪异,和史传的必须信而有征不同。所以《世说新语》一书虽然在内容上和《搜神记》、《博物志》等有别,但性质还是属于与方术有关的小说。

《四库提要》别小说为三派,其一叙述杂事,《西京杂记》、《世说新语》等属之。其一记录异闻,《山海经》、《搜神记》等属之。其一缀辑琐语,《博物志》、《述异记》等属之。推溯起来,这三派其实是同源的,都与方术有关。而《汉志》对于小说是"街谈巷语道听途说者之所造"的解释,桓谭的"丛残小语",薛综的"医巫厌祝之术",以及曹子建所说的"俳优小说"的说法,也都并不冲突;而且都道出了部分的历史的真实。

文人与药

一

《世说新语·文学篇》云:"王孝伯在京行散,至其弟王睹户前,问:'古诗中何句为最?'睹思未答。孝伯咏'所遇无故物,焉得不速老?'此句为佳。"这一条很可以透露出当时人服药之风的原因,而且可以给予当时诗文中表现的主要内容,以一种合乎实际生活的解释。

行散的"散"字是指寒食散,《世说新语》注引《秦丞相寒食散论》(当作秦丞祖,详姚振崇《隋书经籍志考证》)曰:"寒食散之方虽出汉代,而用之者寡,靡有传焉。魏尚书何晏首获神效,由是大行于世,服者相寻。"俞正燮《癸巳存稿》卷七云:"《通鉴》注言寒食散盖始于何晏,又云:炼钟乳朱砂等药为之,言可避火食,故曰寒食。按寒食,言服者食宜凉,衣宜薄,惟酒微温饮,非不火食。其方,汉张机制,在《金匮要略》中;发解制度备见隋巢元方《诸病源候》卷六所载皇甫谧语。"皇甫谧深受其毒,故知之最详。隋巢元方《诸病源候总论卷六·寒食散发候篇》云:"皇甫谧云:寒食药者,世莫知焉,或言华佗,或曰仲景(张机)。……及寒食之疗者,御之至难,将之甚苦。近世尚书何晏,耽好声色,始服此药;心加开朗,体力转强。京师翕然,传以相授,历岁之困,皆不终朝而愈。众人喜于近利者,不睹后患。晏死之后,服者弥繁,于时不辍。余亦豫焉。或暴发不常,夭害年命。是以族弟长互,舌缩入喉;东海王良夫,痈疽陷背;陇西辛长绪,脊肉烂溃;蜀郡赵公烈,中表六丧;悉寒食散之所为也。远者数十岁,近者五六岁。余虽视息,犹溺人之笑耳。而世人之患病者,由不能以斯为戒。失节之人,多来问余。乃喟然叹曰,今之医官,精方不及华佗,审治莫如仲景,而竟服至难之药,以招甚苦之患,其夭死者焉可胜计哉!"按就其服法说,名寒食散;就其原料说,又名五石散。唐孙思邈《千金翼方》有五石更生散之方,主要为紫石英、白石英、赤石脂、钟乳、石琉黄等五石。《本草》于钟乳,石英,石脂,皆云:"益精益气,补不足,令人有子,久服轻身延年。"《抱朴子·金石篇》也言五石,种类与此略异,但也说常服可长生不老。《抱朴子·仙药篇》云:"玉屑服之,与水饵之,俱令人不死。所以为不及金者,令人数数发热,似寒食散状也。"玉石同类,作用也相似。《全晋文卷二十六·王羲之帖》云:"服足下五色石膏散,身轻行动如飞也。"所言也即此。《艺文类聚卷七十五·晋嵇含寒食散赋》云:"余晚有男儿,既生十朔,得吐下积日,羸困危殆,决意与寒食散,未至三旬,几于平复。(以上序)何矜孺子之坎轲,在孩抱而婴疾。既正方之备陈,亦旁求于众术。穷万道以弗损,渐丁宁而积日。尔乃酌醴操散,商量部分,进不访旧,旁无顾问。伟斯药之入神,建殊功于今世,起孩孺于重困,还精爽于既继。"寒食散的用处虽在治病,但服药的人却都是常服,希图得到长寿延年的。服者称为服散或服食。《晋书》裴秀、贺循、王羲之诸传皆言之;药性外显时名叫散发。但也可以叫做"服石",散发亦可称为"石发"。《太平广记》卷二四七引《侯白启颜录》云:"后魏孝文帝时,诸王及贵臣多服石药,皆称石发。乃有热者,非富贵者,亦云服石发热,时人多嫌其诈作富贵体。有一人,于市门前卧,宛转称热,因众人竞看,同伴怪之,报曰:'我石发。'同伴人曰:'君何时服石,今得石发?'曰:'我昨在市得米,米中有石,食之乃今发。'众人大笑。自后少有人称患石发者。"按服散的风气,流传很久,唐时犹有"解散方",可知北朝所说的服石,也还是五石散;而且所写"石发"的情形,也和"散发"时完全一样。

"散"是一种毒性很重的药,服的时候如果措置失当,是非常危险的。《晋书·皇甫谧传》言其"初服寒食散,而性与之忤,每委顿不伦,常悲恚,叩刃欲自杀,叔母谏之而止。"武帝下诏征他出仕,他上疏自言"服寒食药,违错节度,辛苦茶毒,于今七年。隆冬裸袒食冰,当暑烦闷,加以咳逆,或若温疟,或类伤寒,浮气流肿,四肢酸重。于今困劣,救命呼嚕,父兄见出,妻息长诀。仰迫天威,扶舆就道,所苦加焉,不任进路,委身待罪,伏枕叹息。"《晋书·裴秀传》言其"服寒食散,当饮热酒而饮冷酒,泰始七年薨"。《晋书·哀帝纪》言帝"服食过多,遂中毒,不识万机"。《晋书·高崧传》言"哀帝雅好服食,崧谏为非万乘所宜"。《晋书·贺循传》言循"陈敏之乱……(循)又服寒食散,露发袒身,示不可用"。《全晋文卷二十三·王羲之帖》云:"服食故不可,乃将冷药,仆即复是中之者。"《宋书·吴喜传》载《宋明帝诏》云:"凡置官养士,本在利国。……譬犹饵药,当人羸冷,资散石以全身,及热势发动,去坚积以止患。岂忆始时之益,不计后日之损,存前者之赏,抑当今之罚。非忘其功,势不获已耳。"《南史·张孝秀传》言秀"服寒食散,盛冬卧于石上。"又《南史·张邵传》附《徐嗣伯传》云:"时直阁将军房伯玉服五石散十许剂,无益,更患冷,夏日常复衣。嗣伯为诊之,曰:'卿伏热,应须以水发之,非冬月不可。'至十一月,冰雪大盛,令二人夹捉伯玉,解衣坐石,取冷水从头浇之,尽二十斛。伯玉口噤气绝,家人啼哭请止。嗣伯遣人执仗防阃,敢有谏者挝之。又尽水百斛,伯玉始能动,而见背上彭彭有气。俄而起坐。曰:'热不可忍,乞冷饮。'嗣伯以水与之,一饮一升,病都差。自尔恒发热,冬月犹单裤衫,体更肥壮。"可知服散本身并不是一件舒服的事情,但在魏晋这种风气既是这样地普遍,而且都是富人贵族,则自然也有它风行的社会原因。鲁迅先生在《魏晋风度及文章与药及酒之关系》一文中,指出了这个现象,但为甚么在这时期会发生这个现象,以及它和当时的实际情况有怎样的关系,还有待于我们进一步地追索。

二

我们念魏晋人的诗,感到最普遍,最深刻,能激动人心的,便是那在诗中充满了时光飘忽和人生短促的思想与情感;阮籍这样,陶渊明也是这样,每个大家,无不如此。生死问题本来是人生中很大的事情,感觉到这个问题的严重和亲切,自然是表示文化的提高,是值得重视的。所以孔子叹息逝水,我们称赞他发现了时间永恒的伟大,这是人类切身的事情,自然也可以是诗底重要的题材。但这种感觉,也要文化到了一定的水准以后,才会意识到。原始人感不到死的悲哀,而且简直意识不到死的存在,这是人类学者已经证明了的;因此,自然也就不觉得死的可怕,和时光的无常。中国诗,我们在三百篇里找不到这种情绪,像《唐风·蟋蟀》中的"今我不乐,日月其除","今我不乐,日月其迈",虽然有点近似,但较之魏晋诗人,情绪平淡多了。《楚辞》里,我们看到了对社会现实的烦闷不满,但并没有生命消灭的悲哀。儒家对于这个问题采取了逃避的态度:"未知生,焉知死",以不解决为解决。在汉帝国的升平局面下,在儒家思想的统治下,把这个问题掩饰过去了;在富丽堂皇的赋底体裁里,是谈不到这样的事情的。我们看到了这种思想在文学里的大量浮出,是汉末的古诗。像"人生天地间,忽如远行客","人生寄一世,奄忽若飙尘","所遇无故物,焉得不速老","人生非金石,岂能长寿考","四时更变化,岁暮一何速","人生忽如寄,寿无金石固"(以上皆《古诗十九首》中句)这一类句子,表现了多么强烈的生命的留恋,和对于不可避免的自然命运来临的憎恨。这一方面自然是在汉帝国的崩溃过程中,政治社会都逐渐陷入一种无秩序的混乱状态,生命没有保障,人为的因素会不自然地带来了死亡,使人感到了前途的渺茫和悲哀;一方面也是汉末以来对儒家思想的反动已逐渐成熟,对谶纬等阴阳家之说亦同时发生怀疑,道家的学术思想逐渐抬起头来,因之从避而不谈的态度,引起了对生命的疑问。所以自建安以来,这种情绪即日渐浓厚,随便我们翻开哪一个人的作品,其中都有这种情绪的类似表现。

  道家思想对于一般人的印象,只是这个问题的提出,而非问题的解决;在现实生活中,人们即使懂了,也很难把"生"认为是"附赘悬疣",将"死"当作"决疣溃痈"的。由诗文史传的记载中可以看出,人们倒都是悦生恶死的;你说他"惑"也好,你说他"弱丧而不知归"也好,但实际上是不能那样"达"的。所以老庄思想中的生死观,和他们实生活的感受连接起来,只给人们带来了更多的生命的痛苦;他们知道死是不可避免的命运,而且认为"死"既是"决疣溃痈",自然也是"生"的整个结束。死后身名皆空,形神俱灭,眼看着一天天地接近到生命的那一边,怎么能不衷心地感到痛苦和悲哀呢!

　　牟子《理惑论》是中国人第一部宣扬佛法的书,里面都用"设问""解答"的体裁,当时佛教犹未得到一般人的信仰,所假设的问语,即当时一般人的意见,也即牟子所谓的"惑"。其中设问曰:"佛道言人死当得复生,仆不信此言之审也。"又"或曰:'为道亦死,不为亦死,有何异乎?'"(《弘明集》一)这都可代表当时人对生死的看法,也是佛教未流行前的一般看法。北齐时杜弼与邢邵议生灭,邢邵还坚持"人死还生,恐为蛇画足","死之言'澌',精神尽也",这正是传统的说法。所以当邢邵说"神之在人,犹光之在烛,烛尽则光穷,人死则神灭"之后,杜弼就说:"旧学前儒,每有斯语,群疑众惑,咸由此起。"(见《北齐书·杜弼传》)结果当然是"邢邵理屈而止",因为那时已经是北齐,佛教的势力已经很大了。梁天监中,范缜作《神灭论》,攻难并至;遗文还都存于《弘明集》中。这是思想史上的一件大事,范缜正代表汉末以来一般人的看法。王羲之是"雅好服食"的人,《兰亭序》即言"固知一死生为虚诞,齐彭殇为妄作",可知他对于"死"的悲观;清乔松年《萝藦亭杂记》以为此二句"非彼时之所贵也,故《文选》弃而不取",昭明太子是笃行佛法的,从这里也可以看到一点时代的变迁。陆机《大暮赋·序》云:"夫死生是失得之大者,故乐莫甚焉,哀莫深焉。使死而有知乎,安知其不如生?如遂无知邪,又何生之足恋?故极言其哀,而终之以达,庶以开夫近俗云。"(《全晋文》卷九十六)近俗的观点正是一般人的观点,他们只感到死的可哀,而并不能"达"。陆机自己已经有了一点怀疑的态度,在他以前,人家是确认为死后一无所知的,所以唯一的希望只是生命的延长。庄子所谓"大块劳我以生,息我以死"的达观,只能给人带来了更多的悲哀。针对着解决延长生命底要求的是道教;所以道教兴于汉末,实在有它客观上的必然原因。从开始起,服食(求生命的有限延长)、神仙(求生命的绝对延长)就和道教结了不可分离的关系。王充《论衡·自纪篇》云:"适辅服药引导,庶冀性命可延。"嵇康《养生论》云:"夫神仙虽不自见,然记籍所载,前史所传,较而论之,其有必矣;似特受异气,禀之自然,非积学所能致也。至于导养得理,以尽性命,上获千余岁,下可数百年,可有之耳。"所谓导养得理的主要方法之一,便是"服食",而其目的则在"长寿"。《晋书·郗愔传》言其"与姊夫王羲之、高士许询并有迈世之风;俱栖心绝谷,修黄老之术"。这些人都是信持天师道的,殷仲堪亦少奉天师道,"精心事神,不吝财贿"。(《晋书·殷仲堪传》)这就是当时的道教。孙恩起义时势力会蔓延得那么大,信仰的人会那么多,很借助于这种宗教力量。孙恩世奉五斗米道,据会稽后"号其党曰长生人"(《晋书·孙恩传》),"长生人"的确是当时最响亮最能吸引人的标语口号。所以不但徒众甚多,即"妇女有婴累不能去者,囊篅盛婴儿投于水,而告之曰,贺汝先登仙堂,我寻后就汝"。到他已经逼得赴海自沉了,尚"妖党及妓妾谓之水仙,投水死者百数"。(并见《本传》)可知他在当时的社会势力之大了。谢灵运《山居赋·序》云:"弱质难恒,颓龄易丧,抚鬓生悲,视颜自伤。承清口之有术,冀在衰之可壮,寻名山之奇药,超灵波而憩辕。"这是文人对生命的希望。《列子》一书,今已公认其成于晋时,内容便大半是涉及生死问题的。张湛序云:"其书大略明群有以至虚为宗,万品以终灭为验。"即言关于生死者。但其主用智慧解脱迷惘,所谓"若其不坏,则与人偕全,若其坏也,则与人偕亡,何为欣戚于其间哉!"已深受到佛义的影响。序中亦云"所明往往与佛经相参",所以内容并不讲导养服食;但像《杨朱篇》所表现的那种纵欲肆志的人生观,也还是由于对死的恐惧心理所产生的。篇中云:"杨朱曰:万物所异者生也,所同者死也。生则有贤愚贵贱,是所异也。死则有臭腐消灭,是所同也。……十年亦死,百年亦死,仁圣亦死,凶愚亦死。生则尧舜,死则腐骨;生则桀纣,死则腐骨;腐骨一矣,孰知其异!且趣当生,奚遑死后。"又云:"伏羲以来,三十余万岁,贤愚好丑,成败是非,无不消灭,但迟速之间耳。"这种对生命消灭的无名的恐惧和憎恨,自然会觉得这倏即逝去的目前时光是多么值得留恋和宝贵!《晋书·王羲之传》云:"又与道士许迈共修服食,采药石不远千里,遍游东中诸郡。穷诸名山,泛沧海,叹曰:'我卒当以乐死。'""修服食"和"采药石"是求生命的延长,是增加生命的长度的;"我卒当以乐死",是求生活的尽情享受,是增加生命的密度的;而其背景则和《杨朱篇》的完全一样,是由于认为死即形神俱灭的恐惧心理下产生的。可知这问题在当时人心目中的重要性了。释道安《二教论》即针对此点,攻难道教;言"灵飞羽化者,并称神丹之力;无疾轻强者,亦云饵服之功"。又云"道法以无我为真实,故服饵而养生";而难之云:"纵使延期,不能无死。"(《广弘明集》八)佛教能在中国社会上发生那么大的影响,绝不仅只是佛理可以与玄学相融,为当时名士所接受;更重要的,是它那一套神不灭的报应说,更比较能适合当时的需要,予当时人对于生命的无常以一种心理上的解脱。道教言神仙长寿,但无法证明其真实,所以向秀难嵇叔夜养生论云:"又云导养得理,以尽性命,上获千余岁,下可数百年。未尽善也,若信可然,当有得者,此人何在,目未之见。此殆影响之论,可言而不可得。"但佛教言涅槃常住,却不必要证明其真实,因为这是不可诉诸感觉的。所以佛教盛行以后,内容表现人生短促的诗文也就少了。

明白了这种情形,才能了解当时人的心境,才容易理解当时的作品。这是文学史上一个很重要的现象。我们试看一下十九首以后的著名的诗篇:

孔融《杂诗》:"人生有何常,但患年岁暮。"曹子建《送应氏》诗:"天地无终极,人命若朝霜。"《赠白马王彪》诗:"人生处一世,去若朝露晞。年在桑榆间,影响不能追。自顾非金石,咄唶令心悲。"又云:"虚无求列仙,松子久吾欺。变故在斯须,百年谁能持。"《箜篌引》云:"惊风飘白日,光景驰西流。盛时不可再,百年忽我遒。生存华屋处,零落归山丘。"《薤露行》:"天地无穷极,阴阳转相因。人居一世间,忽若风吹尘。"建安时代,大部分作品还都是乐府,即使诗也还显明地带着乐府的色彩,直抒胸臆比较地困难,但连雄才大略的曹操,也已大唱"人生几何"了。这是建安文学所以能开一代宗风的重要内容之一。这时诗文的感慨苍凉,所谓建安风骨,也正因为他有这样的内容。到了阮嗣宗的咏怀诗,则几乎每篇都有这样的感情,这就是"咏怀"。我们抄几段看看:

>朝为媚少年,夕莫成丑老。自非王子晋,谁能常美好!
>焉见王子乔,乘云翔邓林,独有延年术,可以慰我心。
>岂知穷达士,一死不再生。
>开轩临四野,登高望所思,丘暮蔽山冈,万代同一时。千秋万岁后,荣名安所之?乃悟羡门子,噭噭今自蚩。
>人生若尘露,天道邈悠悠。齐景升丘山,涕泗纷交流!孔圣临长川,惜逝忽若浮。去者余不及,来者吾不留。愿登太华

山,上与松子游。渔父知世患,乘流泛轻舟。

这种句子是不胜枚举的,阮籍当然还有他别的心境,所以才托旨玄远,使"百代之下难以情测",但他经常地表现这一种情感,用这种句子来宣泄他胸中的积郁,实在是当时的一种共同感觉。

在这以后,诗中这一类的情感还是很多。像陆机《长歌行》:"容华夙夜零,体泽坐自捐。兹物苟难停,吾寿安得延。"《门有车马客行》:"天道信崇替,人生安得长! 慷慨惟平生,俯仰独悲伤。"刘琨《重赠卢谌诗》:"功业未及见,夕阳忽西流。时哉不我与,去乎若云浮!"郭璞《游仙诗》:"借问蜉蝣辈,宁知龟鹤年?"、"采药游名山,将以救年颓。"钟嵘以为景纯仙篇,"乃是坎壈咏怀,非列仙之趣也",但借此以咏怀,也自有他的时代背景;延年不死,实是当时一般人同想追求的遐想。魏晋人士,尽管有相信神仙不死的,也有不相信的,如曹丕《典论》;曹植《辩道论》,皆辩其事。但他们对于一般的死底看法,都差不多。对于"延年"还都是大家所热心希企的事情。

我们再看一下一代大家的陶渊明,他处于晋宋易代之际,诗中的这一类表现仍然是很多的。《形影神》诗:"天地长不没,山川无改时。草木得常理,霜露荣悴之。谓人最灵智,独复不如兹!";"三皇大圣人,今复在何处? 彭祖寿永年,欲留不得住。老少同一死,贤愚无复数。"《归田园居》:"人生似幻化,终当归空无。"《九日闲居》:"世短意常多,斯人乐久生。"而《饮酒二十首》中,这类表现更多。第一首云:"衰荣无定在,彼此更共之。"三首云:"鼎鼎百年内,持此欲何成!"十一首云:"客养千金躯,临化消其宝。"十五首云:"宇宙一何悠,人生少至百。岁月相催逼,鬓边早已白。"渊明的感觉仍然是那个时代的共同感觉,他的解脱方法就是"达"。所谓"达人解其会,逝将不复疑。忽与一觞酒,日夕欢相持"(《饮酒》第一首),所谓"死去何所知,称心固为好"(《饮酒》第十一首),所谓"寓形宇内复几时,曷不委心任去留"(《归去来兮辞》),都是这一种办法。但在有了对于生命的那种认识以后,这种解脱方法实在是一种"无可如何"的方法,诗人心里固已经充满了忧患之感了。

这以后诗中的这种情绪就慢慢地少起来,但也不是就绝迹了,谢灵运《游南亭》云:"未厌青春好,已观朱明移。戚戚感物叹,星星白发垂。药饵情所止,衰疾忽在斯。"不也还是这种情感吗?但一般地说来,毕竟稀少得多了。因为东晋以后,佛教的势力已很普遍,南朝的名士世族,以至王家天子,都一例崇信佛法。至梁武帝时,京师寺刹已多至七百余。君臣经常于华林园讲经,梁武三度舍身同泰寺,与众为奴,群臣以一亿万钱奉赎(南齐时竟陵王子良亦曾舍身)。中大通元年为无遮大会,道俗会者五万。郭祖深舆榇上疏言:"僧尼十余万,资产肥沃。"又言:"天下户口,几亡其半","恐方来处处成寺,家家剃落,尺土一人,非复国有。"可知当时佛教盛行的情况了;而社会的一般情形也逐渐安定起来,因之人对"死"也便不像先前那样地恐惧;于是诗文中自然也就少有这种表现了。

佛教和道教对于人死后说法的最重要差别,就是轮回。王充《论衡·道虚篇》以辟谷养气神仙不死之术为道家,《无形篇》亦言"人恒服药固寿,能增加本性,益其身年也"。这已为后日天师道的萌始。《论衡·论死篇》云:"世谓死人有鬼,有知能害人。"又云:"死人不能假生人之形以见","未有以死身化为生象者也"。(鬼论起于汉末,《日知录》三十引证甚多。)后来道教也承认有鬼,且能具人之形状,但并没有说可以"轮回"。《论衡·恢国篇》即言:"世有死而复生之人,人必谓之神。"《论衡·论死篇》云:"天地开辟,人皇以来,随寿而死。若中年夭亡,以亿万数计。今人之数,不若死者多;如人死辄为鬼,则道路之上,一步一鬼也。人且死见鬼,宜见数百千万,满堂盈庭,填塞巷路,不宜徒见一两人也。"可知时人虽言有鬼,但并未说到轮回,不然则王充所举是不能成为理由的。《论衡·福虚篇》云:"世论行善者福至,为恶者祸来。"但所谓祸福也指降于己身或子嗣言之,所以王充可用实际情形辟之;但如佛教所言,则着重在"此生行善,来生受报",这在王充就无法证明其必无了。对于鬼,汉朝人,以及后来的道教,可用"阴阳"、"气"等解释,但都没有像佛教"精灵不灭"、"生死轮转"之说,所以从汉代起,这就成了佛教的重要信条。袁宏《后汉纪》卷十《明帝纪》云:"又以为人死精神不灭,随复受形。生时所行善恶,皆有报应。故所贵行善修道,以炼精神而不已,以至无为,而得为佛也。"又云:"所求在一体之内,而所明在视听之外,世俗之人,以为虚诞。然归于玄微深远,难得而测。故王公大人,观生死报应之际,莫不矍然自失。"《后汉书·西域传论》论佛道神化也云:"又精灵起灭,因报相寻,若晓而昧者,故通人多惑焉。"《牟子·理惑论》云:"魂神固不灭矣,但身自朽烂耳。身譬如五谷之根叶,魂神如五谷之种实。根叶生必当死,种实岂有终亡。"又云:"有道虽死,身归福堂;为恶既死,神当其殃。"《四十二章经》有云:"恶心垢尽,乃知魂灵所从来,生死所趣向,诸佛国土道德所在耳。"这是一种外来的新说法,所谓"若晓而昧"的道理,是佛教在中国得到流行的一个重要原因。晋时罗含作《更生论》中云:"又神之与质,自然之偶也。偶有离合死生之变也。质有聚散往复之势也。人物变化,各有其往,往有本分,故复有常物。散虽混淆,聚不可乱。其往弥远,故其复弥近。

又神质冥期,符契自合;世皆悲合之必离,而莫慰离之必合。皆知聚之必散,而莫识散之必聚。未之思也,岂远乎!"(《弘明集》五)这是佛教徒的生死观,给自己前面摆了一个"必聚必合"的希望和信仰,自然对死亡感不到恐惧了。释道安《二教论》云:"寿夭由因,修短在业。佛法以有生为空幻,故忘身以济物。道法以吾我为真实,故服饵以养生。"(《广弘明集》八)《南史》四十九载刘歊《革终论》云:"形者无知之质,神者有知之性。有知不独存,依无知以自立,故形之于神,逆旅之馆耳。及其死也,神去此馆。"而下文云:"世多信李、彭之言,可谓惑矣。余以孔、释为师,差无此惑。"所以佛教行后,服食的人就逐渐少了。死了可以轮回,自然使人有"过了二十年又是一条好汉"的感觉。但"寿夭由因,修短在业",自然同时要讲"报应";释慧远有《三报论》,见《弘明集》五,题下注明为"因俗人疑善恶无现验作",可知当时持怀疑态度的人还是很多的。《太平广记》卷三百八十二引《广异记》:"程道惠,字文和,武昌人也。世奉五斗米道,不信有佛",就是一个例子。《三报论》云:"经说业有三报。一曰现报;二曰生报;三曰后报。现报者,善恶始于此身,即此身受。生报者,来生便受。后报者,或经二生三生,百生千生,然后乃受。受之无主,必由于心;心无定司,感事而应;应有迟速,故报有先后。先后虽异,咸随所遇而为对;对有强弱,故轻重不同。斯乃自然之赏罚,三报之大略也。"他说人之所以不大相信,是"由世典以一生为限,不明其外;其外未明,故寻理者自毕于视听之内"。但报应不是视听所能感觉到的事,所以必须"合内外之道,以求弘教之情,则知理会之必同,不惑众涂而骇其异"。有了轮回报应之说,才给予了生死问题一个解脱。"长生"是不可能,"延年"也不必要,对死亡不必有所恐惧,因此也就不必感到威胁。而社会的局面比较安定了,"死"至少不会来得过分地"突然",于是这个问题,渐渐地便在人心目中失去重要性了。

但在东晋,毕竟是个过渡时代,佛教的势力还没有像后来那么普遍。所以晋哀帝、王羲之均雅好服食,羲之且为天师道,但均优礼僧人,交往佛徒。简文帝也是如此,一面虔礼名僧(如支道林,见《本纪》及《世说》),一面又事清水道师王濮阳,见道士许迈。(见《高僧传》后《比丘尼传》、《道容传》及《孝武文、李太后传》)最显著的是郗愔笃行天师道,而其子郗超奉佛(因为天师道多半是屡世信奉的,如王羲之、孙恩、沈约等家皆是)都可以看出佛教势力的逐渐抬头来。所以诗文中时光飘忽和生命短促的表现,与爱好服食的人,都一天天地少了。

当王孝伯行散时,一方面身体上感到不舒服(散的作用),一方面就自己想到"何必如此"的疑问;一路走着,就想起"所遇无故物,焉得不速老"的诗句来。这正是写自己,自己实生活的写照,所以觉得"此句为佳"了。王睹没有这一大串的背景,自然难以答出。但由此我们可以知道当时人所以服药底最重要的原因了。

三

首先提倡服散的何晏是怎样一个人呢?《魏志·曹爽传》注引《魏略》云:"晏尚主,又好色,……性自喜,动静粉白不去手,行步顾影。"《宋书·五行志一》:"魏尚书何晏好服妇人之服。"《世说新语·容止篇》云:"何平叔美姿仪,面至白,魏明帝疑其傅粉,正夏月,与热汤饼,既啖,大汗出,以朱衣自拭,色转皎然。"何晏尽管有他的长处,他对于学术的造诣,政治的抱负,非晋人所能一笔抹杀;但他这种行步顾影的爱美癖,却也是事实。因为不只何晏,这是魏晋名士一般的风气,大家视为当然的习尚,以此互相矜伐的。在别的时代,我们看史传记载,也有讲一个人的仪表的,但只说他仪容魁伟等罢了,换句话说,不过形容他是个堂皇庄严的男子;在魏晋,其风直至南朝,一个名士是要他长得像个美貌的女子才会被人称赞的。一般士族们也以此相高,所以有许多别的时代不会有,甚至认为相当可怪的故事流传着;病态的女性美是最美的仪容。这样,何晏的事也就不可怪了。《世说新语·容止篇》:"裴令公有俊容仪,脱冠冕,粗服乱头皆好,时人以为'玉人',见者曰:'见裴叔则如玉山上行,光映照人。'""王右军见杜弘治,叹曰:'面如凝脂,眼如点漆,此神仙中人。'""时人目王右军:飘如游云,矫若惊龙。"这种形容的句子,简直有点像《洛神赋》了,那里还像个男人呢!《晋书·卫玠传》言其"总角乘羊车入市,见者皆以为玉人,观之者倾都。"《世说新语·容止篇》:"骠骑王武子,是卫玠之舅,携爽有风姿,见玠辄叹曰:'珠玉在侧,觉我形秽。'""卫玠从豫章至下都,人久闻其名,观者如堵墙。玠先有羸疾,体不堪劳,遂成病而死,时人谓'看杀卫玠'","王夷甫容貌整丽,妙于谈玄,恒捉白玉麈尾,与手都无分别。""潘安仁、夏侯湛并有美容,喜同行,时人谓之'连璧'。"《晋书·王衍传》言衍"盛才美貌,明悟若神";此外庾亮、王蒙等,皆以美姿容见称。《晋书》言蒙"居贫帽败,自入市买之,妪悦其貌,遗以新帽"。《南史·谢晦传》言"晦美风姿,善言笑,眉目分明,鬓发如墨。……时谢混风华为江左第一,尝与晦俱在(宋)武帝前,帝目之曰:'一时顿有两玉人耳。'"社会的风气既已如此,貌美健谈,即可为人所称赞,因之雍容而至显位,自然大家也都注重于容貌的妍丽了。除去本来的状貌无法更改外，人为的修饰自然也为一般名士所考究；"傅粉"即其一例。"粉朱"本为女人饰物，男子唯皇帝左右之俳优弄臣施之，《汉书·佞幸传》言"孝惠时，郎侍中皆冠鵔鸃，贝带，傅脂粉"。至东汉末季，则士人也间有傅之者，《后汉书·李固传》言其"胡粉饰貌，搔头弄姿"；到魏晋，则此风已普遍于上层士族之间了。除何晏外，曹植也是傅粉的。《魏志·王粲传》注引《魏略》："植初得(邯郸)淳甚喜，延入坐，不先与谈。时天暑热，植因呼常从取水自澡讫，傅粉。遂科头拍袒，胡舞五椎锻，跳丸击剑，诵俳优小说数千言讫"。这种风气一直维持到齐梁，而且愈来愈甚。《颜氏家训·勉学篇》云："梁朝全盛之时，贵游子弟，多无学术，至于谚云，上车不落则著作，体中何如则秘书。无不熏衣剃面，傅粉施朱，驾长檐车，跟高齿屐，坐棋子方褥，凭斑丝隐囊，列器玩于左右，从容出入，望若神仙。"男子傅粉施朱，都是在崇拜男子的病态女性美底风气下产生的，这种化装的办法一定很多；其目的无非是想要把姿容弄得很美丽，像个小白脸，像个美貌女人一样地好看，上面所引的"熏衣剃面"，在当时也是很流行的。熏衣的目的在香，此风也远始于魏初。《魏志·朱建平传》："帝将乘马，马恶衣香，惊啮文帝膝"。《太平御览》九八一引魏武令："昔天下初定，吾便禁家内不得香熏，后诸女配，国家为其香，因此得烧香。吾不好烧香，恨不遂所禁。今复禁不得烧香，其以香藏衣着身亦不得。"可知熏香之风，当时已甚普遍。《晋书·贾谧传》："时西域有贡奇香，一著人则经月不歇。"也有佩戴香囊或麝腩的，其目的当然还是相同；《世说新语》载"谢遏年少时，好著紫罗香囊垂复手"，《南齐书·武十七王传》："遣人杀山沙于路，吏于麝腩中得其事迹。"这些都可以说明当时人是多么崇拜一个男子的女性美，和多么有意地去追求这种女性美。《世说新语·容止篇》言"刘尹道桓公,鬓如反猬皮,眉如紫石棱,自是孙仲谋司马宣王一流人"。桓温虽也善于清谈,但这条不能作为我们所论情形的反证。《晋书·王述传》云:"坦之为桓温长史,温欲为子求婚于坦之。及还家省父,而述爱坦之,虽长大,犹抱置膝上,坦之因言温意。述大怒,遽排下,曰:'汝竟痴邪! 讵可畏温面而以女妻兵也!'"《谢奕传》云:"与桓温善,温辟为安西司马,犹推布衣好。……尝逼温饮,温走入南康主门避之。……奕遂携酒就听事,引温一兵帅共饮。曰:'失一老兵,得一老兵,亦何所在'! 温不之责。"足见名士们仍然是以兵帅视桓温的。《世说新语·识鉴篇》云:"潘阳仲见王敦小时,谓曰:君蜂目已露,但豺声未振耳;必能食人,亦当为人所食。"这和刘惔评桓温是孙仲谋司马宣王一流人的情形是一样的;所以桓温称赞王敦是"可儿"。这些都是兵帅一流人,和文人名士间的标准是不同的。

关于这种重视仪容现象的解释,我们下面再加以说明。首先要注意的,就是服药一事,和这种风气有不可分离的关系。服药的一个用意是怕死,是为了长寿,这我们在上面已经有了说明。"长寿"这个目的是否可以达到,这要到将来才能得到证明;但服药后是有现实效力的,那就是他的面色比较红润了,精神刺激得比较健旺了,这都可以视为"长寿"的一种象征;至少就眼前的现象看起来,是更青春,更健康了。所以何平叔说:"服五石散非唯治病,亦觉神明开朗。"而这个目前所获得的效果,正是一个"美姿容"的必要条件。如果为了追求貌美容妍,可以"傅粉施朱",可以"熏衣剃面"的话,那么即使单纯地为了颜色红润;神明开朗,在那样热烈地追求"美"的风气下,为甚么还会想不到"服药"呢!《全三国文》卷三《魏武与皇甫隆令》云:"闻卿年出百岁,而体力不衰,耳目聪明,颜色和悦,此盛事也。所服食施行导引,可得闻乎?若有可传,想可密示封内。"耳目聪明,颜色和悦,正是魏武所极羡慕的事;皇甫隆所服的当然不一定是五石散,但何晏的服食是收了效力的。虽然他被人家杀了头,"长寿"一点无法证明;但就他"行步顾影"和"面至白"的漂亮情形,以及服散一事对于后来影响之大说,"颜色和悦"的结果,大概是不成问题的。所以即使单纯地为了"美姿容",也非吃药不可了。

我们不能以偏概全,魏晋名士中自然也有许多放浪形骸之外,不讲究姿容的人。即如竹林诸贤,《世说新语·任诞篇》载"阮步兵丧母,裴令公往吊之。阮方醉,散发坐床,箕踞不哭"。"诸阮皆能饮酒,仲容至宗人间共集,不复用常杯斟酌,以大瓮盛酒,围坐,相向大酌。时有群猪来饮,直接去上,便共饮之。"此外如刘伶、谢鲲以至王平子、胡毋彦国诸人,经常裸袒形体,不拘行迹。由这些人的行为看来,尽管他们在思想上都接近老庄,但和何晏诸人是截然异趋的。《南史·王思远传》云:"李珪之常曰:'见王思远终日匡坐,不妄言笑,簪帽衣领,无不整洁,便忆丘明士。见明士蓬头散带,终日酣醉,吐论从横,唐突卿宰,便复忆见思远。'言其两反也。"名士的风格自魏晋以来即有这两类,阮籍型的这一派人,都是大量地饮酒,不尚清谈,口不臧否时事人物,而以实际的日常行为来表示他们的任达、自然、不为礼法所束缚。他们不希求人为的长寿,所以刘伶使人荷铲自随,言"死便掘地以埋"(《世说新语·文学篇》注引《名士传》)。他们也不为自己的事业声名着想,张翰曾云:"使我有身后名,不如即时一杯酒。"在现存的记载中,我们找不到一个这样大量饮酒而又美姿容的人,也找不到这样一个任达的酒徒而又同时是服药的人。竹林诸贤中,唯嵇康讲求服食,《晋书·嵇康传》云:"常修养性服食之事,弹琴咏诗,自足于怀。以为神仙禀之自然,非积学所得,至于导养得理,则安期、彭祖之伦可及。"但叔夜即是七贤中最不善大量饮酒的一人,嵇康《家诫》云:"见醉熏熏便止,慎不当至困醉不能自裁也。"而且叔夜也是七贤中最讲究仪表的一人,《世说·容止篇》云:"嵇康身长七尺八寸,风姿特秀,见者叹曰:'萧萧肃肃,爽朗清举。'或云:'肃肃如松下风,高而徐引。'山公曰:'嵇叔夜之为人也,岩岩若孤松之独立;其醉也,傀俄若玉山之将崩。'"可知叔夜也是饮酒的,唯不沉湎如阮刘诸人罢了。因为这里有一个事实问题,就是饮酒的人并不一定要服药,而且终日沉湎的人,对于延年益寿和姿容秀美等亦无暇顾及,自然也不想服食;但服药的人却必须饮一点热酒,虽然不是大量。因为这样可以帮助散发,可以助成散的效力。《本草》云:"酒,味苦,甘辛,大热,有毒,主行药势。杀百邪,恶毒气。"唐孙思邈《千金翼方》二十二云:"凡是五石散,先名寒食散者,言此散言寒食,冷水洗取寒,惟酒欲清热饮之;不尔,即百病生焉。"隋巢元方《诸病源候论》引皇甫谧论服石节度之法,也说"酒必醇清令温"。当时普通饮酒都是冷饮,《抱朴子·酒诫篇》云:"似热渴之恣冷,虽适己而身危也。"又如阮咸以大瓮与群猪共饮,当然也是冷酒。裴秀服散后而饮冷酒,竟以致命。《世说新语·任诞篇》言"王大服散后已小醉,往看桓(玄)。桓为设酒,不能冷饮,频语左右:'令温酒来!'"可知普通待客都是冷饮;像阮宣子挂杖头钱,山秀伦造高阳池,这些有名的故事,饮的也当然都是冷酒,因为冷饮乃是社会一般的习惯;那么这些酒徒当然并不至同时服药了,不然是要致命的。

我们再看一下服药的这些人，没有一个有关于酒醉沉湎的故事。因为服药之风本来和道教有密切的关系，虽然这些人未必即严格地奉行道教的戒律；但当时的药方本身也许就有"不得多饮酒"的说明，因为这药方本是与道教有关系的。《三国志·张鲁传》裴注引《典略》：五斗米道"又禁酒"，《晋书·王羲之传》言"王氏世奉张氏五斗米道"，而羲之即是"雅好服食"的人；《化胡经》老子十二戒的第一戒就是"戒之不饮酒，常当莫念醉"。所以服药的人饮酒，其作用好像现在用"药引子"一样，是为了服药才饮酒的，因之自然不至有"大醉六十日"等的事情了。

他们之间的共同特点是爱漂亮，这和服散有不可分离的关系，上面已讲到。其次是善清谈，所谓正始之音即何晏、王弼、夏侯玄诸人所唱。王弼早岁而亡，史料简略，不得其详；夏侯玄却也是一位漂亮的贵公子，《世说新语·容止篇》言"魏明帝使后弟毛曾，与夏侯玄共坐，时人谓'蒹葭倚玉树'。"又言"时人目'夏侯太初朗朗如日月之入怀，李安国颓唐如玉山之将崩'。"《宋书·五行志》言邓飏"行步驰纵……坐起倾倚"。而那位最以貌美出风头的中朝名士卫玠，正是王敦许以"不意永嘉之末，复闻正始之音，何平叔若在，当复绝倒"的清谈家。所以魏晋名士，虽然都以老庄为宗，崇尚玄远，但由他们的行为看来，也有两派显然的不同。阮籍他们是以日常行为来表示他们的旷达和自然，不大尚玄谈，我们可以叫做饮酒派，或任达派；而何晏他们则正是清谈的祖师，有他们一定的"论题"，如"才性四本""圣人无情"等等，我们不妨称他们为服药派，或清谈派。依《世说新语》注《袁宏名士传》为例，大概正始名士后者多，竹林名士前者多，而中朝名士则兼而有之。当然，截然的分类是相当勉强的，只不过为便于说明罢了。大概到阮籍之时，已至易代前夕,清谈不易,生命无常,一腔忧愁,只好闷在心里,所以就"口不臧否人物",以"至慎"著名了。中朝则玄学已趋成熟,任达至于极端,遂引起崇有尚无,名教自然之争,故两派兼有,而且时有溶合的情形。

服药的一种作用是可以增加姿容的美丽,而这时的风气正是极端注重貌美,同时名士们也正是用各种方法来追求貌美的时候,所以服药的人自然就日见其多了。但大家为甚么会这样地注重一个男子的漂亮呢?这就需要我们另外去解释了。

大家注重仪表的原因之一是由于后汉以来底人物评论的余风;人伦识鉴本来是为了政治上"选官得才"的实用知识,但有"知人之鉴"的人,其价值就在他有先见之明,他能从一见的印象中就可给他以"题目";而这题目的好坏对于前途的仕进是有极大关系的。所以有许多人固请名人给他批评,以见自己的身价。从郭林宗、许子将起,既然要由初会的一刻中予以认识,像现在相面似的,自然就不能不从一个人的"仪表"观察;《后汉书·黄宪传》云:"郭林宗少游汝南,先过袁宏,不宿而退;进往从宪,累日方还。"所根据的自然也是"一见"的印象。因而即使"题目"一个名人,亦多由他的"风姿"着眼。《世说新语·赏誉篇》言"世目李元礼:'谡谡如劲松下风'",《吴志·虞翻传》言"山阴丁览,太末徐陵,或在县吏之中,或众所未识,翻一见之,便与友善,终成显名"。识鉴的妙处即在"一见便识",为了给别人一个好的印象,为了使人"一见即识",自然便不能不注重仪表。而且魏晋以来,行九品之制,所谓"台阁选举,徒塞耳目,九品访人,唯问中正"。而中正对于求仕的人并不熟悉,也只凭门阀声誉等定品。居选职的人亦然,史称"山涛居选职十有余年,每一官缺,辄启拟数人,……涛所奏甄拔人物,各为题目,时称'山公启事'"。(《晋书·山涛传》)"王衍有重名于世,尤重澄……有经澄所题目者,衍不复有言。"(《晋书·王衍传》)这种风气,一直在社会上流行不衰;因为它有它的历史基础(东汉以来的人物识鉴的理论)和政治基础(九品中正的选人制)。《世说新语·品藻篇》:"世论温太真,是过江第二流之高者,时名辈共说人物,第一将尽之间,温常失色。"可见到东晋依然是这样地受人重视。而且当时大家相信由形体的外部是可以认识到一个人的全体的,刘劭《人物志·八观篇》即有"观其感变",与"观其情机"两法,这都是可以"一见即识"的。所以魏世蒋济著论,谓观眸子可以知人。"潘阳仲见王敦小时,谓曰:'君蜂目已露,但豺声未振耳。必能食人,亦当为人所食。'""武昌孟嘉作庾太尉州从事,已知名。褚太傅有知人鉴,罢豫章还,过武昌,问庾曰:'闻孟从事佳,今在此不?'庾云:'卿自求之!'褚眄睐良久,指嘉曰:'此君小异,得无是乎?'庾大笑曰:'然。'于时既叹褚之默识,又欣嘉之见赏。"(并《世说新语·识鉴篇》)这都是由外形而识鉴一个人的全体的例子。《抱朴子·清鉴篇》云:"区别臧否,瞻形得神,存乎其人,不可力为。"这是讲瞻形得神的识鉴能力的。因此称赞一个人,也往往就他的仪表超众来说。《世说新语·赏誉篇》:"王戎云:太尉神姿高彻,如瑶林琼树,自然是风尘外物。""裴令公目夏侯太初,肃肃如入廊庙中,不修敬而人自敬。"何晏很懂得这套道理,所以他说:"服五石散非唯治病,亦觉神明开朗。""朗"是魏晋人物评论中常用的一个好字样,王军叹林公为"器朗神俊",正是由器朗见到神俊。"时人欲题目高坐而未能。桓廷尉以问周侯,周侯曰:'可谓卓朗'。桓公曰:'精神渊箸。'"(并见《世说新语·赏誉篇下》)"卓朗"由形说,"渊箸"由神说,从形观察到一个人的神,"朗"是最好意义的说明。"嵇康身长七尺八寸,风姿特秀。见者叹曰:'萧萧肃肃,爽朗清举。'"(《世说新语·容止篇》)也是用"朗"字来形容。杜弘治、卫玠都是最漂亮的人物,但桓伊以为"弘治肤清,卫虎奕奕神令"(《世说新语·品藻篇》)就因为卫玠不只外表漂亮,而且可由形观察到他的神,也即所谓"神明开朗"了。所以裴楷虽病,而"双目闪闪,若岩下电";苏峻乱后,陶侃欲诛庾亮,庾往见陶,"庾风姿神貌,陶一见便改观。谈宴竟日,爱重顿至。"(并见《世说新语·容止篇》)政治上有人伦识鉴的理论,社会上有重视风姿神貌的事实,大家都相信由外形可以看到一个人的全部(神),而且墨子已经说:"无故富贵,面目美好者也。"(《墨子·尚贤》下)这时既仕进选人皆有借于此,人物评论的风气又在士族名辈间盛行着,自然大家都愿意自己的形貌好,因为形貌好是神好的必要条件,是给别人赏识的具体根据。《世说新语·容止篇》言"有人叹王恭形茂者云:'濯濯如春月柳。'"固然形美也许只是"肤清",但肤清虽不一定就神清,还有待于"朗";但肤不清却神也绝不会清的,不然观人就失却根据了。《抱朴子》云:"令色警慧,有貌无心者,谓之机神朗彻。猝突萍鸷,骄矜轻倪者,谓之巍峨瑰杰。"葛洪便是根据这种风气而加以攻击的。因此为了给别人好的印象,为了自己的名誉前途,在这种社会风气下,除了完全以方外自居的任达之士外,谁又能摆脱他的影响呢!所以何晏说服散可使"神明开朗"一语,实在是五石散的最好而又最有效力的广告。

从另外一点来解释,这些追求貌美的名士,都是当时地位很高,很有钱的贵族,何晏是曹魏的女婿;夏侯玄是曹爽的姑子;卫洗、卫玠是晋佐命臣卫瓘之孙,王衍为尚书令司徒司空;不必一一钞下去,总之这些人都是政治社会地位极高,而又握有经济土地实权的贵族。他们自己私生活的奢汰豪侈,记载上可以找出来,想象上也不会有甚么错误。《晋书·食货志》云:晋初"世属升平,物流仓府,宫闱增饰,服玩相辉,于是王君夫、武子、石崇等更相夸尚,舆服鼎俎之盛,连衡帝室"。只有这些人才会想到长生,想到貌美,想到私生活的享受。《晋书·五行志》载:"惠帝元康中贵游子弟相与为散发倮身之饮,对弄婢妾。"后妃胡贵嫔传言武帝多内宠,"掖庭殆将万人",当时的大臣贵族们,家里的婢妾等也一定是很多。《世说新语·汰侈篇》言"石崇每要客燕集,常令美人行酒。客饮酒不尽者,使黄门交斩美人"。"武帝尝降王武子家,武子供馔,并用琉璃器。婢子百余人,皆绫罗绔袴,以手擎饮食。"《魏志·裴秀传》:"秀母贱,嫡母宣氏不之礼。"可知当时婢妾的数目甚多,而且纳妾的风气很普遍。《魏志·钟会传》注:"贵妾孙氏,摄嫡专家。"王僧孺《月夜咏陈南康新有所纳》云:"二八人如花,三五月如镜。开帘一种色,当户两相映。重价出秦韩,高名入燕郑。十城屡请易,千金几争聘。君意自能专,妾心本无竟。"观《世说新语·贤媛篇》络秀与周浚作妾事,则王僧孺所写重金纳妾情形,绝非始自南朝。到这里,我们对《魏略》所言何晏好色和好服妇人之服二事,可以得到实生活的解释了。他(其实不只他)生活在一个婢妾环绕的圈子里,过着被奢侈、荒淫包围了的贵族生活,他当然会想面貌的漂亮了。《魏志·曹爽传》注引《魏末传》云:"晏妇金乡公主,……谓其母沛王太妃曰:'晏为恶日甚,将何保身?'母笑曰:'汝得无妒晏耶!'"晏母笑公主妒晏,正是晏平日好色多嬖幸的说明。这样,他当然会要修饰姿容的。《世说·容止篇》载"潘岳妙有姿容,好神情,少时挟弹出洛阳道,妇人遇者,莫不连手共萦之。左太冲绝丑,亦复效岳遨游,于是群妪齐共乱唾之,委顿而返。"为了求放荡的生活,为了在女人圈子里博得欢心,当然也非讲姿容秀丽不可了。不要以为他们都是健清谈、讲玄学的名士,这并不冲突的;这都是当时这些贵族名士们生活的一面。我们再举一个例,《魏志》裴注引何劭《荀粲别传》云:"粲常以妇人者,才智不足论,自宜以色为主。骠骑将军曹洪女有美色,粲于是聘焉;容服帷帐甚丽,专房欢宴。历年后,妇病亡,未殡,傅嘏往唁粲,粲不哭而神伤。嘏问曰:'妇人才色并茂为难,子之娶也,遗才而好色。此自易遇,今何哀之甚?'粲曰:'佳人难再得!顾逝者不能有倾国之色,然未可谓之易遇。'痛悼不能已,岁余亦亡。"《世说新语·惑溺篇》云:"荀奉倩与妇至笃,冬月妇病热,乃出中庭自取冷,还以身熨之;妇亡,奉倩后少时亦卒。"这就是那个言尚玄远,以"识"胜人,主张六经为圣人糟粕的荀粲。这里我们并没有诽薄他的意思,因为这都是当时的实际情形。玄学和清谈本来是一般贵族名士们的东西,因为文化本来是在他们的手里;正因为他们有闲暇,所以可以把学问发展得很细微,然而离实生活也就愈远,健康性也就愈少。玄学这样,文学也是这样,这是六朝文化的基本特征。他们自己生活在一种病态的圈子里,为了享乐,为了适应他们的私生活,去追求一种病态的女性美,自然会成为一般的风尚的。

四

谈到这里,我们很容易解释服药的另外一种原因了,那就是服五石散后所得到的刺激性,有助于房中术,有助于他们性生活的享受。

房中术汉时方士已讲之,《汉书·艺文志》即有容成阴道等八家,其言曰:"房中者,情性之极,至道之际,是以圣王制外乐以禁内情,而为之节文。"《后汉书·方术列传》:"冷寿光、唐虞、鲁女生三人者,皆与华佗同时,寿光年可百五六十岁,行容成公御妇人法。"托名班固的《汉武故事》有云:"又起柏梁台……以处神君。……霍去病微时,数自祷神君。乃见其形,自修饰,欲与去病交接,去病不肯,神君亦惭……上(武帝)乃造神君请术,行之有效,人抵不异容成也。自柏梁烧后,神稍衰。东方朔娶宛若为小妻,生三子,与朔同日死。时人疑化去,弗死也。"这书是方士依托的作品,足见方士认为房中术也是方术的一种,而且和延年益寿是并不冲突的。方术后来便凝成了道教,由道教的记载中,知房中术与服食皆自始即为世人所信行者。《抱朴子·至理篇》云:"然行气……宜知房中之术。所以尔者,不知阴阳之术,屡为劳损,则行气难得力也。"《抱朴子·微旨篇》云:"凡服药千种,三牲之养,而不知房中之术,亦无所益也。"《抱朴子·释滞篇》又云:"房中之法十余家,或以补救伤损,或以攻治众病,或以探阴益阳,或以增年延寿,其大要在于还精补脑之一事耳。此法乃真人口口相传,本不书也。虽服名药,而复不知此要,亦不得长生也。人欲不可都绝,阴阳不交,则生致壅遏之病。故幽闭怨旷,多病而不寿也。任情肆意,又损年命。唯有得其节宣之和,可以不损。"可知房中术是认为和服食相辅而行的,都对于长寿有帮助。人服食后精神上当然要受到刺激,正如抽鸦片烟一样,性的要求当然也跟着强烈,在这些生活奢侈的人们,当然就想到施行房中术了,何况还对益寿有帮助。(至于事实上是否有帮助,那是以后的事情。)这又是佛教和道教的一大不同点;佛教力主人应克爱欲,《四十二章经》中的《沙门常行二百五十戒》中,大般言此。如"人系于妻子室宅之患,甚于牢狱桎梏。""爱欲莫甚于色,色之为欲,其大无外。"所以信奉者必须排除色欲,其结果必至视美人为髑髅,这与道教是最相抵触的。所以《太平经》卷百十七,有所谓"四毁之行,共污辱皇天之神道,不可以为化首,不可以为法师"。这四种人中的第一二种即"一为不孝,弃其亲。二为捐妻子,不好生,无后世"。这当然是指佛教而不蓄妻子一点,尤为道教徒所惊怪。释慧通《驳顾道士夷夏论》云:"老氏著文五千,而穿凿者众,或述妖妄以回人心,或传淫虐以振物性。故为善者寡,染恶者多矣。"(《弘明集》七)"传淫虐"是佛僧认为道教的罪恶之一,可知这是二教的一大异点。以事实论之,房中术自然不会没有流弊,正是为人攻击的口实。所以《魏书·释老志》记寇谦之改革道教,即摈弃此术。言太上老君谓谦之曰:"汝宣吾新科,清整道教,除去三张伪法,租米钱税,及男女合气之术。大道清虚,岂有斯事,专以礼度为首,而加之以服食闭炼。"从这里可以看出房中术实为道教的一大劣端,但后世医方道书,如孙思邈《外台秘要》,以及《玉房素女》诸书,仍不能完全摈弃。即《抱朴子》也并不认为房中术可单行致道,《抱朴子·微旨篇》云:"或问曰:'房中之事能尽其道者,可单行致神仙,并可以移灾解罪,转祸为福,居官高迁,商贾倍利,信乎?'抱朴子曰:'此皆巫书妖妄,过差之言。由于好事,增加润色,至令失实;或亦奸伪造作虚妄,以欺诳世人,藏隐端绪,以求奉事;招集弟子,以观世利耳。夫阴阳之术,高可以治小疾,次可以免虚耗而已。其理自有极,安能致神仙,及祛祸致福乎?'"其实对于当时这般服食的人,只要能够免虚耗,也就很心满意足了;何况还能治小疾呢!寒食散本来并不是房中的专药,但孙思邈《千金翼方》已云:"五石更生散,治男子五劳七伤,虚羸著床,医不能治,服此无不愈。"而又说:"或肾冷脱肛阴肿,服之尤妙。"这对于耽于色欲的人当然认为是对症的良药。《资治通鉴·晋纪》三十七胡三省注引苏轼曰:"世有食钟乳、乌喙而纵酒色以求长年者,盖始于何晏。晏少而富贵,故服寒食散以济其欲。"寒食散之方本来出于方士,自然也是后来道教徒所服食中的一种;那么由汉代方士传到后来道教的房中术,自然也同样会被这些服食的人所接受,何况二者皆不可单行致之呢!《抱朴子·微旨篇》云:"凡养生者,欲令多闻而体要,博见而善择,偏修一事,不足必赖也。"彼此既有连带的关系,而又同是达到延年益寿的一种方法,加上这些人生活的奢侈,药性的刺激,自然更不可分离了。

五

以上我们把魏晋名士们服食的原因,大致解释过了。关于服食以后所附带发生的现象,这里再说一点。第一是衣制,这是鲁迅先生已提到过的,我们这里补充一点材料。《晋书·五行志》:"晋衰皆冠小而衣裳博大,风流相放,舆台成俗。"《宋书·周朗传》:"凡一袖之大,足断为两,一裾之长,可分为二。"《颜氏家训·涉务篇》:"梁世士大夫皆尚褒衣博带,大冠高履。"《世说新语·企羡篇》:"王恭乘高舆,被鹤氅裘。"《南史·张融传》:"王敬则见融革带宽,殆将至髀,谓曰:'革带太急。'融曰:'既非步吏,急带何为?'"可知晋人一向是崇尚宽衣缓带的,就是因为服药后避免擦伤皮肤的缘故。嵇康《与山巨源绝交书》云:"危坐一时,痹不得摇,性复多虱,把搔无已,而当裹以章服,揖拜上官,三不堪也。"这也是服药后的确很难堪的实际情形。《世说新语·雅量篇》云:"顾和始为扬州从事,月旦当朝,未入顷,停车州门外,周侯诣丞相,历和车边,和觅虱,夷然不动。"《晋书·苻坚载记》附《王猛传》云:"桓温入关,猛被褐而诣之,一面谈当世之事,扪虱而言,旁若无人。"《北齐书·邢邵传》云:"士无贤愚,皆能顾接,对客或解衣觅虱。"因为服药后不敢常换新衣,所以就虱多了。另外是不著履而用屐,亦是同样的道理。《世说新语·雅量篇》:"王子猷子敬曾俱坐一室上,忽发火,子猷遽走避,不遑取屐。"《晋书·谢安传》:"不觉屐齿之折。"《宋书·武帝纪》:"性尤简易,常著连齿木屐"。《世说新语·简傲篇》:"王子敬兄弟见郗公,蹑履问讯,甚修外生礼,及嘉宾死,皆著高屐,仪容轻慢。"大概朝会正服,或觐见尊长,仍须著履。不过因为著屐很轻便舒服,所以平常居家,或简易轻慢不大在乎时,都以著屐为常了。这也和衣服一样,是服药之风盛行后,跟着彼此仿效,形成的一种社会风气。

另一点是服食后药性会影响得一个人的性格变得暴躁、狂傲,所以有许多忿悁得不大近情理的事情。顾恺之被人称作痴绝,大概也是服食的原因。(凡姓名末字为"之"字者,多为天师道,详见陈寅恪先生《天师道与滨海地域之关系》一文。)《世说新语·忿悁篇》:"王蓝田性急。尝食鸡子,以筋刺之,不得,便大怒,举以掷地。鸡子于地圆转未止,仍下地以屐齿蹍之,又不得,瞋甚,复于地取内口中,啮破即吐之。"又:"王大、王恭尝俱在何仆射坐。恭时为丹阳尹,大始拜荆州。讫将乖之际,大劝恭酒。恭不为饮,大逼强之,转苦,便各以裙带绕手。恭府近千人,悉呼入斋,大左右虽少,亦命前,意便欲相杀。何仆射无计,因起排坐二人之间,方得分散。"《世说新语·轻诋篇》:"苻宏叛来归国。谢太傅每加接引,宏自以有才,多好上人,坐上无折之者。适王子猷来,太傅使共语。子猷直孰视良久,回语太傅云;'亦复竟不异人!'宏大惭而退。"上面这些人,都是服散的,他们性格变得那么暴躁和高傲,实在是有药性刺激得生理上底变化的原因。所以不只是诗文,整个魏晋名士的生活都和药有不可分离的关系。过去一向为封建士大夫所景羡的那种所谓飘然的高逸风格,简傲的名士派头,所谓"魏晋风度",不营物务,栖心玄远,都可以在这里找到了他们一部分的根源。

文人与酒

一

提起了文人与酒的关系，自然使我们首先就想到了竹林七贤。以前人当然也饮酒，但在文人还没有显著的社会地位的时候，在文人还被视若俳优的时候，酒正如同其他饮食一样，还没有被当作手段似地大量醉酣的时候，酒在生活中并没有起很大的作用和影响；因而也就惹不起人们的注意。到了魏末的竹林名士，一方面他们在社会上有了特殊的地位，这是汉末以来处士横议的余风和文学观念发展的结果；一方面酒在他们的生活中也的确占据了极显著的地位，几乎是生活的全部；因而文人与酒的关系，也就不可忽视了。

当然，远在竹林诸贤以前，名士们也已经有常常饮酒的，例如孔融；而且差不多是因为酒送了命。《后汉书·孔融传》云："宾客日盈其门，常叹曰：'坐上客恒满，尊中酒不空，吾无忧矣。'"又云："时年饥兵兴，操表制酒禁，融频书争之，多侮慢之辞。"今融集有《难曹公制酒禁》二表，皆措辞激昂，为饮酒辩护，而且明指说："疑但惜谷耳，非以亡王为戒也。"积嫌成忌，终至枉状弃市。其实曹氏父子也是饮酒的，曹操《短歌行》言"何以解忧，唯有杜康"。《魏志·陈思王植传》言："植任性而行，不自雕励，饮酒不节。"《全三国文》卷八魏文帝《典论·酒诲》云"荆州牧刘表，跨有南土，子弟骄贵，并好酒。为三爵，大曰伯雅，次曰中雅，小曰季雅。伯雅受七升，中雅受六升，季雅受五升。又设大针于杖端，客有醉酒寝地者，辄以劖刺之，验其醉醒，是酷于赵敬侯以筒酒灌人也。大驾都许，使光禄大夫刘松，北镇袁绍军，与绍子弟日共宴饮。松尝以盛夏三伏之际，昼夜酣饮，极醉至于无知，云以避一时之暑，二方化之。故南荆有三雅之爵，河朔有避暑之饮。"刘表为八俊之一，汉末在荆州，为一时名士所归趋。袁绍丧母，归葬汝南，会者三万人，盛况不下于陈实。他们都是汉末的名士，其幕僚所聚，也都是一时俊乂，可见汉末的名士，早已与酒结了不解之缘了，虽然程度上还没有像竹林名士的那么沉湎。

为甚么饮酒之风到汉末特别盛起来了呢？正如我们在《文人与药》一文中所分析过的，是在于对生命的强烈的留恋，和对于死亡会突然来临的恐惧。这和《古诗十九首》以及建安以来的许多诗篇中所表现的时光飘忽和人生短促的思想，是一致的。由于社会秩序的紊乱会带给人不自然的死亡，也由于道家思想的抬头而带来了的对生命的悲观，从这时起，大家便都觉得生死问题在人生中的分量了。道教想用人为的方法去延长寿龄，佛教想用轮回的说法去解脱迷惘，都是针对着这一要求的。但佛教的普遍流行是在东晋以后，而道教的服食求神仙的办法，也很难让所有名士去接受，例如向秀《难嵇叔夜养生论》就说："又云导养得理，以尽性命，上获千余岁，下可数百年，未尽善也；若信可然，当有得者，此人何在，目未之见。此殆影响之论，可言而不可得。"但即使是这些不大愿意服食求长生的人，对生死的看法也还是和别人一样的；死是生的整个结束,死后形神俱灭。因为他们更失去了对长寿的希冀,所以对现刻的生命就更觉得热恋和宝贵。放弃了祈求生命的长度,便不能不要求增加生命的密度。《古诗十九首》说:"服食求神仙,多为药所误,不如饮美酒,被服纨与素。"范云《赠学仙者》诗云:"春酿煎松叶,秋杯浸菊花,相逢宁可醉,定不学丹砂。"《当对酒》诗云:"对酒心自足,故人来共持,方欲罗衿解,谁念发成丝。"这都可说明汉末魏晋名士们喜欢饮酒的动机。曹操《短歌行》叹息"对酒当歌,人生几何!"而办法即是"何以解忧,唯有杜康"。《世说新语·文学篇》言"刘伶著《酒德颂》,意气所寄",注引《名士传》说"常乘鹿车,携一壶酒,使人荷锸随之,云:'死便掘地以埋。'土木形骸,遨游一世。"对死的达观正基于对死的无可奈何的恐惧,而这也正是沉湎于酒的原因。阮籍与何晏、王弼年代相若,而《世说新语》注引袁宏《名士传》的体例,分为正始名士与竹林名士二者,正表明了这二种名士生活态度的不同。这"不同"不关时代阶级和思想,这些都是差不多的;而在对于这些背景的两种不同的反应。我们在《文人与药》一文中,称何晏他们是清谈派或服药派,阮籍这些人正是饮酒派或任达派。他们对生命的悲观更超过了服药的人,而且既然无论贤愚贵贱的结果都是一死,对事业声名也就无心追求了。《世说新语·任诞篇》云:"张季鹰(翰)纵任不拘,时人号为江东步兵。或谓之曰:'卿乃可纵适一时,独不为身后名邪?'答曰:'使我有身后名,不如即时一杯酒!'"另条云:毕茂世(卓)云:"一手持蟹螯,一手持酒杯,拍浮酒池中,便足了一生。"注引《晋中兴书》曰:毕卓"为吏部郎,尝饮酒废职。比舍郎酿酒熟,卓因醉,夜至其瓮间取饮之。主者谓是盗,执而缚之,知为吏部也,释之"。可知放浪形骸的任达和终日沉湎的饮酒,正是由同一认识导出来的两方面的相关的行为。

因为饮酒是为了增加生命的密度,是为了享乐,所以汉末以来,酒色游宴是寻常连称的。我们读《古诗十九首》中的"斗酒相娱乐,聊厚不为薄","不如饮美酒,被服纨与素",酒不正是一种生活的享受吗?曹植《箜篌引》云:"置酒高殿上,亲友从我游,……乐饮过三爵,缓带倾庶羞,主称千金寿,宾奉万年酬。"《名都篇》云:"归来宴平乐,美酒斗十千";《与吴质书》也云:"愿举泰山以为肉,倾东海以为酒,伐云梦之竹以为笛,斩泗滨之梓以为筝,食若填巨壑,饮若灌漏卮;其乐固难量,岂非大丈夫之乐哉!"都是这一种态度。《吴书·孙权传》云:黄武元年十二月"权使太中大夫郑泉聘刘备于白帝",下注引《吴书》曰:"郑泉字文渊,陈郡人。博学有奇志,而性嗜酒。其闲居每曰:'愿得美酒满五百斛船,以四时甘脆置两头,反复没饮之,惫即住而啖肴膳。酒有斗升减,随即益之,不亦快乎!'"饮酒只是为了"快意",为了享乐,所以酒的作用和声色狗马差不多,只是一种享乐和麻醉的工具。

《列子》一书,今已公认为成于晋时,其中大半是讲生死问题的。像《杨朱篇》中所写的那种对生命的绝望和纵欲肆志的人生态度,正可视为由汉末以来名士纵酒行为的一种理论的说明。篇中云:"杨朱曰:百年寿之大齐,得百年者,千无一焉。设有一者,孩抱以逮昏老,几居其半矣;夜眠之所弭,昼觉之所遗,又几居其半矣;痛疾哀苦,亡失忧惧,又几居其半矣;量十数年之中,逌然而自得,亡介焉之虑者,亦亡一时之中尔。则人之生也奚为哉!奚乐哉!为美厚尔,为声色尔。而美厚复不可常厌足,声色不可常玩闻,乃复为刑赏之所禁劝,名法之所进退,遑遑尔竞一时之虚誉,规死后之余荣。偊偊尔慎耳目之观听,惜身意之是非,徒失当年之至乐,不能自肆于一时。重囚累梏,何以异哉!"又设喻云:"子产相郑,专国之政三年,善者服其化,恶者畏其禁,郑国以治,诸侯惮之。而有兄曰公孙朝,有弟曰公孙穆。朝好酒,穆好色。朝之室也,聚酒千钟,积麹成封,望门百步,糟浆之气,逆于人鼻。方其荒于酒也,不知世道之安危,人理之悔吝,室内之有亡,九族之亲疏,存亡之哀乐也。虽水火兵刃交于前,弗知也。穆之后庭,比房数十,皆择稚齿婑媠者以盈之;方其聃于色也,屏亲昵,绝交游,逃于后庭,以昼足夜,三月一出,意忧未惬。乡有处子之娥姣者,必贿而招之,媒而挑之,弗获而后已。……子产用邓析之言,因间以谒其兄弟而告之曰:人之所以贵于禽兽者智虑,智虑之所将者礼义,礼义成则名位至矣。若触情而动,聃于嗜欲,则性命危矣。子纳侨之言,则朝自悔而夕食禄矣。朝、穆曰:'吾知之久矣,择之亦久矣。岂待若言而后识之哉。凡生之难遇,而死之易及,以难遇之生,俟易及之死。可孰念哉!而欲尊礼义以夸人,矫情性以招名,吾以此为弗若死矣。为欲尽一生之欢,穷当年之乐,唯患腹溢而不得恣口之饮,力惫而不得肆情于色,不遑忧名声之丑,性命之危也。且若以治国之能夸物,欲以说辞乱我之心,荣禄喜我之意,不亦鄙而可怜哉!'"这种为了"生之难遇而死之易及",于是尽量地把握住这现存的一刻,尽量地去享受的人生态度,正是汉末以来名士们喜欢饮酒的理论的说明。《世说新语·任诞篇》云:"王孝伯言:'名士不必须奇才。但使常得无事,痛饮酒,熟读《离骚》,便可称名士。'"痛饮酒是增加享受的,读《离骚》是希慕游仙的,这是当时名士们一般的心境;而其背景则正是时光飘忽和人生无常的感觉的反应。

二

　　饮酒之风的盛行虽始于汉末,但一直到竹林名士,酒才几乎成了他们生活的全部,生活中最主要的特征。不只在量上他们饮得多,沉湎的情形加深,而且流风所被,竞相效仿,影响也是很大的。《世说新语·任诞篇》云:"陈留阮籍,谯国嵇康,河内山涛,三人年皆相比,康年少亚之。预此契者:沛国刘伶,陈留阮咸,河内向秀,琅琊王戎。七人常集于竹林之下,肆意酣畅,故世谓'竹林七贤'。"注引《晋阳秋》云:"于时风誉扇于海内,至于今咏之。"《魏志·王粲传》注引《魏氏春秋》曰:"(嵇)康寓居河内之山阳县,与之游者,未尝见其喜愠之色。与陈留阮籍、河内山涛、河南向秀、籍兄子咸、琅琊王戎、沛人刘伶相与友善,游于竹林,号为七贤。"《世说新语·排调篇》云:"嵇、阮、山、刘在竹林酣饮,王戎后往。步兵曰:'俗物已复来败人意!'王笑曰:'卿辈意,亦复可败邪?'"《晋书·山涛传》云:"(涛)与嵇康、吕安善,后遇阮籍,便为竹林之交,著忘言之契。"《晋书·王戎传》:"尝经黄公酒垆下过,顾谓后车客曰:'吾昔与嵇叔夜、阮嗣宗酣畅于此,竹林之游亦预其末。自嵇、阮云亡,吾便为时之所羁绁。今日视之虽近,邈若山河!'"《晋书·阮咸传》:"咸任达不拘,与叔父籍为竹林之游。"《晋书·刘伶传》:"淡默少言,不妄交游,与阮籍、嵇康相遇,欣然神解,携手入林。"袁宏作《名士传》,亦以嵇、阮等七人列为竹林名士(见《世说新语·文学篇》注)。他们相聚的时间在魏末(嵇康诛于景元三年,时王戎已三十三岁,竹林之游,当在正始嘉平间),地点在山阳(《水经·清水注》

引郭缘生《述征记》云:"白虎山东南二十五里,有嵇公故居,以居时有遗竹焉。"《艺文类聚》六十四引《述征记》云:"山阳县城东北三十里,魏中散大夫嵇康园宅,今悉为丘墟,而父老犹谓嵇公竹林地,以时有遗竹也。"所言盖即此),而相聚后主要的事情便是肆意酣畅。他们都是能饮酒的,这成了他们共同的特点。《晋书·山涛传》言其"饮酒至八斗方醉"。《魏志·王粲传》注引《魏氏春秋》言阮籍"闻步兵校尉缺,厨多美酒,营人善酿酒,求为校尉,遂纵酒昏酣,遗落世事"。《世说新语·任诞篇》言"刘伶病酒,渴甚,从妇求酒。妇捐酒毁器,涕泣谏曰:'君饮太过,非摄生之道,必宜断之!'伶曰:'甚善。我不能自禁,唯当祝鬼神,自誓断之耳!便可具酒肉。'妇曰:'敬闻命。'供酒肉于神前,请伶祝誓。伶跪而祝曰:'天生刘伶,以酒为名,一饮一斛,五斗解酲。妇人之言,慎不可听。'便引酒进肉,隗然已醉矣。"《世说新语·容止篇》云:"山公曰:'嵇叔夜之为人也,岩岩若孤松之独立;其醉也,傀俄若玉山之将崩。'"(竹林诸贤中,叔夜比较最不善酒;其情形与他人略异,说详《文人与药》一文中)《世说新语·任诞篇》云:"诸阮皆能饮酒,仲容(咸)至宗人间共集,不复用常杯斟酌,以大瓮盛酒,围坐,相向大酌。时有群猪来饮,直接去上,便共饮之。"《晋书·王戎传》云:"尝经黄公酒垆下过,顾谓后车客曰,吾昔与嵇叔夜阮嗣宗酣畅于此。"《太平御览》四百九引向秀《别传》言秀:"与吕安灌园于山阳,收其余利,以供酒食之费。"可知饮酒实在是竹林名士生活的共同特征。至于为甚么要这样地终日昏酣呢?除了我们上面所叙述的汉末以来的一般原因外,自然还有别方面的背景。因为假若单纯地是为了享乐的话,声色狗马都可以作为工具,酒并不是唯一的。而且远在竹林名士以前,已经有过许多纵酒的人,而并没有像他们这样能够"风誉扇于海内",足见除了我们上面所述的一般背景以外,还有别的使名士们"肆意酣畅"的原因的,而这正是使魏晋文人和酒发生深的连系的根源。

三

《世说新语·任诞篇》云:"王佛大叹言:'三日不饮酒,觉形神不复相亲。'"又:"王卫军云:'酒正自引人箸胜地。'",这是名士们要大量饮酒的一个理由。甚么是形神相亲的胜地呢?《庄子·达生篇》云:"夫醉者之坠车,虽疾不死;骨节与人同,而犯害与人异,其神全也。乘亦不知也,坠亦不知也,死生惊惧,不入乎其胸中,是故遻物而不慴。彼得全于酒,而犹若是,而况得全于天乎?"照老庄哲学的说法,形神相亲则神全,因而可求得一物我两冥的自然境界,酒正是追求的一种手段。竹林诸人皆好老庄,饮酒正是他们求得一种超越境界的实践。《晋书·山涛传》言其"性好庄老",阮籍著有《老子赞》、《通老论》及《达庄论》。嵇康"好言老庄"(《魏志·王粲传》),刘伶"常以细宇宙齐万物为心"(《晋书·刘伶传》),向秀"雅好老庄之学。庄周著内外数十篇,历世才士虽有观者,莫适论其旨统也,秀乃为之隐解,发明奇趣,振起玄风,读之者超然心悟,莫不自足一时也。"(《晋书·向秀传》)钟会伐蜀,王戎对之言云:"道家有言,为而不恃,非成功难,保之难也。"可知笃信老庄也是他们之间的一个共同特征。他们不但相信,而且要实践。他们想要达到像阮籍《大人先生传》和刘伶《酒德颂》中所写的那样与造化同体的近乎游仙的境界。所谓"逍遥浮世,与道俱成";所谓"无思无虑,其乐陶陶,兀然而醉,慌尔而醒。"所以"名士不必须奇才。但使常得无事,痛饮酒,熟读《离骚》,便可称名士"(《世说新语·任诞篇》王孝伯语)。因为这是一种感觉上的境界,而不是一种智识。陶渊明《孟府君传》言"(桓)温常问君酒有何好,而卿嗜之?君笑而答之,明公但不得酒中趣耳。又问听妓丝不如竹,竹不如肉,答曰,渐近自然"。其实所谓酒中趣即是自然,一种在冥想中超脱现实世界的幻觉。这些人行为的特点是任诞不拘,忽忘形骸,饮酒的原因也与此一致。陶诗言酒中有真味,真即"任真"之真,也即自然。《老子》云:"道法自然"。《庄子·渔父篇》云:"真者所以受于天也,自然不可易也,故圣人法天贵真。"又云:"真者,精诚之至也,不精不诚,不能动人。故强哭者虽悲不哀,强怒者虽严不威,强亲者虽笑不和。真悲无声而哀,真怒未发而威,真亲未笑而和。真在内者,神动于外,是所以贵真也。其用于人理也,事亲则慈孝,事君则忠贞,饮酒则欢乐。"所以酒中趣正是任真地酣畅所得的"真"的境界,所得的欢乐。因此饮酒的趣味也即寄托在饮酒的本身,所谓"酒正自引人箸胜地";而"酒有何好"便成了无意义,同时亦不必有答案的问题。

这种境界的追求,又可以用音乐来说明。竹林名士中多半是嗜耽音乐的。阮籍著有《乐论》;能啸,善弹琴。嵇康著有《声无哀乐论》及《琴赋》:"弹琴咏诗,自足于怀抱之中。"(《魏志·王粲传》注引《嵇喜、嵇康传》)《世说新语·雅量篇》言"嵇中散临刑东市,神气不变。索琴弹之,奏《广陵散》。曲终曰:'袁孝尼尝请学此散,吾靳固不与,《广陵散》于今绝矣!'"阮咸著有《律议》;《晋书·阮咸传》言其"妙解音律,善弹琵琶"。"荀勖每与咸论音律,自以为远不及也。"阮嵇不只有音乐的技术和智识,而且有他的理论。从这理论中表现出他们对宇宙人生的态度,和对于自然的向往。阮籍《乐论》云:"夫乐者,天地之体,万物之性也。合其体得其性则和,离其体失其性则乖";"知圣人之乐,和而已矣。""乐者使人精神平和,衰气不入,天地交泰,远物来集,故谓之乐也。"他认为宇宙人生中最高的境界,是如同音乐般的"和"的境界,因为音乐本来是合乎天地万物的体性的。所以大人先生是他理想的人格,但主要地就在能"应变顺和"。音乐也是变的,所谓"礼与变俱,乐与时化,故五帝不同制,三王各异造,非其相反,应时变也"。但虽变而不能使其失和,所以至人要"应变顺和"。最好的乐只有和,乃不关人事,超乎人的好坏之上者。音乐最能表现自然之性,所以他所向往的自然底最完全的表现,即是像音乐的"和"的境界。嵇康《声无哀乐论》主旨与此相同,唯在说明声为天,哀乐为人心。声虽有节奏法度,而皆为自然之性底表现,超乎人事的。哀乐则只是人的感觉,乐不因之而变。所以说:"音声之作,其犹臭味在于天地之间,其善与不善,虽遭遇浊乱,其体自若而不变也。"他认为乐器不过是表现自然之音的工具,与乐本身没有大关系;人的哀乐亦然。所谓"音声有自然之和,而无系于人情"。所以音乐可使人"怀忠抱义而不觉所以然也"。"和心足于内,和气见于外。"他以为和的境界是合乎自然节奏的境界,所以能"应变顺和"的便是至人,便是大人先生。这是一种幻觉中的境界,阮、嵇都是诗人,音乐家,又都笃信老庄,因之也都向往这一种由老庄哲学出发的自然的艺术的和谐境界;同时他们也都努力创造和追求它。我们试看,饮酒所得到的形神相亲而接近自然的胜地,不正就是这里所描写的音乐的合乎自然的和谐境界吗?所以饮酒正是追求和享受这种境界的一种办法。可知他们都同时嗜酒耽音,笃信老庄,实在是因为有他们共同认识的必然理由。对于他们的任真自然,饮酒实在是一种很好的寄托和表现的方法。

四

但更重要的理由,还是实际的社会情势逼得他们不得不饮酒;为了逃避现实,为了保全生命,他们不得不韬晦,不得不沉湎。从上面看来,饮酒好像只是快乐的追求,而实际却有更大的忧患背景在后面。这是对现实底不满和迫害的逃避,心里是充满了悲痛的感觉的。当时政治的腐化黑暗,社会的混乱无章,而且属于易代前夕,和孔融以前的处境完全相似;一个名士,一个士大夫,随时可以受到迫害。由他们的处境说,如果不这样消极的话,只有两条路可走;一条是如何晏、夏侯玄似地为魏室来力挽颓残的局面,一条是如贾充、王沈似地为晋作佐命功臣,建立新贵的地位。但司马昭之心;路人皆知。何晏为魏之姻戚,夏侯玄为宗室,自当知其不可为而为之;竹林诸人明知其不可为,而魏的政治情形也并不能满足他们的理想,那又何必如此呢! 至于贾充、王沈,则自和竹林名士是两种人;司马氏虽然希望他们这样,他们却当然是不屑为的。但这时是政治迫害最严重的时候,曹操可以诛孔融、杨修,甚至荀彧,司马氏也是一样;嵇康、吕安就是例子。处在这种局势下,不只积极不可能,单纯地消极也不可能,因为很可能引起政治上的危害。那么最好的办法是自己来布置一层烟幕,一层保护色的烟幕。于是终日酣畅,不问世事了;于是出言玄远,口不臧否人物了。《全梁文》卷二十九沈约《七贤论》云:"嵇生是上智之人,值无妄之日,神才高杰,故为世道所莫容。风邈挺特,荫映于天下;言理吐论,一时所莫能参。属马氏执国,欲以智计倾皇祚,诛鉏胜己,靡或有遗。玄伯太初之徒并出,嵇生之流,咸已就戮。嵇审于此时,非自免之运。若登朝进仕,映迈当时,则受祸之速,过于旋踵。自非霓裳羽带,无用自全。故始以饵术黄精,终于假途托化。阮公才器宏广,亦非衰世所容。但容貌风神,不及叔夜,求免世难,如为有途。若率其恒仪,同物俯仰,迈群独秀,亦不为二马所安。故毁形废礼,以秽其德;崎岖人世,仅然后全。仲容年齿不悬,风力粗可,慕李文风尚,景而行之。彼嵇、阮二生,志存保己,既托其迹,宜慢其形。慢形之具,非酒莫可。故引满终日,陶瓦尽年。酒之为用,非可独酌;宜须朋侣,然后成欢。刘伶酒性既深,子期又是饮客,山王二公,悦风而至;相与莫逆,把臂高林。徒得其游,故于野泽衔杯,举樽之致,寰中妙趣,固冥然不睹矣。"这一段解释竹林名士以酒为慢行之具的理由,非常透彻。而且依照他们自己的说法,"天地四时,犹有消息"(山涛对嵇绍语,见《世说新语·政事篇》)。那么黑暗也不会这样永久地延长下去,于是使只有静以俟命了。《庄子·缮性篇》云:"不当时命而大穷乎天下,则深根宁极而待,此存身之道也。"他们想存身,那么在这时期最好的慢形之具,最好的隔绝人事的方法,自然莫如饮酒。因为即使说错了一句话,做错了一件事,也可以推说醉了,请别人原谅的。所以他们的终日饮酒,实在是一件最不得已的痛苦事情。

《晋书·阮籍传》言"籍本有济世志,属魏晋之际,天下多故,名士少有全者,籍由是不与世事,遂酣饮为常。"嵇康《与山巨源绝交书》称"阮嗣宗口不论人过,吾每师之而未能及";但"(王)戎自言与康居山阳二十年,未尝见其喜愠之色"(《晋书·嵇康传》),则嵇康也够谨慎的了,但仍不免于祸;一定要像阮嗣宗样地至慎,才能苟免,这处境也真太困难了。《魏志·李通传》注引李秉《家诫》述司马文王曰:"天下之至慎,其惟阮嗣宗乎!每与之言,言及玄远,而未尝评论时事,臧否人物,真可谓至慎矣。"阮籍的韬晦竟然博得了司马氏的称赞,这也真够至慎了。嵇康虽也"性慎言行",但孙登评其"性烈而才俊"(《晋书·嵇康传》),他在《与山巨源绝交书》中也自云"吾以不如嗣宗之资,而有慢弛之阙,又不识物性,暗于机宜。无万石之慎,而有好尽之累;久与事接,疵衅日兴。虽欲无患,其可得乎!"真可谓有自知之明。《魏志·王粲传》注引郭颁《世语》言"毋丘俭反晋,康有力焉,且欲出兵应之。以问山涛,涛止之,俭亦已败。",这是很可能的,叔夜心理上当然还是倾向魏室,而且与魏宗室婚。《世说新语·德行篇》注引《文章叙录》曰:"康以魏长乐亭主婿,迁郎中";同时又是性烈的人,自然很难永久沉沦下去;遂因钟会之谮,竟至被诛。可知在这时处事接物,是很困难的事情。阮籍不也是"礼法之士,疾之若仇"吗!所以阮籍的"时率意独驾,不由径路。车迹所穷,辄恸哭而反"(《晋书·阮籍传》),实在是自己找不到出路的一种内心悲哀底流露。《世说新语·文学篇》注引《竹林七贤论》,言刘伶"尝与俗士相忤,其人攘袂而起,欲必筑之。伶和其色曰:'鸡肋岂足以当尊拳!'其人不觉废然而返"。这种自甘受辱而不欲忤人的态度,不也是这种环境下面所产生的吗?

然而把饮酒当作麻醉自己和避开别人的一种手段,毕竟是有些效果的。《晋书·阮籍传》云:"文帝初欲为武帝求婚于籍,籍醉六十日,不得言而止。钟会数以时事问之,欲因其可否而致之罪,皆以酣醉获免。"《晋书·阮裕传》云:"大将军王敦命为主簿,甚被知遇。裕以敦有不臣之心,乃终日酣畅,以酒废职。敦谓裕非当世实才,徒有虚誉而已,出为溧阳令,复以公事免官。由是得违敦难,论者以此贵之。"《晋书·顾荣传》云:"齐王冏召为大司马主簿。冏擅权骄恣,荣惧及祸,终日昏酣,不综府事。……与州里杨彦明书曰:'吾为齐王主簿,恒虑祸及,见刀与绳,每欲自杀,但人不知耳。'"《南史·衡阳文王义季传》云:"自彭城王义康废后,遂为长夜饮,略少醒日。……成疾以至于终。"《梁书·谢朏传》云:"为征虏将军、吴兴太守受召便述职。时(齐)明帝谋入嗣位,朝之旧臣皆引参谋策。朏内图止足,且实避事。弟瀹时为吏部尚书。朏至郡,致瀹数斛酒,遗书曰:'可力饮此,勿豫人事。'"可知酒从来一直就被人视为一种方法,一种手段,来躲避政治上的迫害和人事上的纠纷的;而且有些人的确是收得了预期的效果。但既有迫害的危险,则饮者内心的痛苦可知;所谓"见刀与绳,每欲自杀",则其饮酒时的悲痛心境,也就可想而知了。

竹林名士的行为,表面上都很任达放荡,自由自在地好像很快乐,实际上则都有这样忧患的心境作背景,内心是很苦的。山涛"介然不群",阮籍"任情不羁",嵇康"高亮任性",刘伶"放情肆志",向秀"清悟有远识"、阮咸"任达不拘",王戎"短小任率,不修威仪"(并见各传),"任达"也是他们之间的共同特点,但实在是不得已才如此的。他们不但对现实不满,对别人不满,即对自己也不满。《世说新语·任诞篇》云:"阮浑长成,风气韵度似父,亦欲作达。步兵曰:'仲容已预之,卿不得复尔。'"注引《竹林七贤论》曰:"籍之抑浑,盖以浑未识己之所以为达也。"正是未识其"所以为达",不知其找不到出路和办法的内心苦闷,而只以饮酒狂放为高,阮籍自然不愿意。他对自己的行为也并不满意,并不希望人效法,不过只好如此而已。嵇康也是这样,看他《家诫》一文中所写的应该持的行为,和他自己简直全不相像。对于饮酒,《家诫》云:"不须离楼强劝人酒,不饮自己。若人来劝己,辄当为持之,勿请勿逆也。见醉熏熏便止,慎不当至困醉不能自裁也。"这不也与竹林风格完全相反吗?所以阮、嵇实在是竹林名士最好的代表;不只他们在文学艺术上的造就大,而且他们也的确明了他们之所以为达。他们不愿如此,而又不得不如此。所以竹林名士的终日酣畅,实在也是一种麻醉性的逃避方法。

胡仔《苕溪渔隐丛话》引《石林诗话》云:"晋人多言饮酒,有至沉醉者。此未必意真在于酒,盖时方艰难,人各惧祸,惟托于醉,可以粗远世故。盖陈平曹参以来用此策。《汉书》记陈平于刘吕未判之际,日饮醇酒戏妇人,是岂真好饮邪?曹参虽与此异,然方欲解秦之烦苛,付之清净,以酒杜人,是亦一术。不然,如蒯通辈无事而献说者,且将日走其门矣。流传至嵇、阮、刘伶之徒,遂全欲用此为保身之计,此意惟颜延年知之。故《五君咏》云:'刘灵善闭关,怀情灭闻见。鼓钟不足欢,荣色岂能眩。韬精日沉饮,谁知非荒宴。'如是饮者未必剧饮,醉者未必真醉也。后世不知此,凡溺于酒者,往往以嵇、阮为例,濡首腐胁,亦何恨于死邪!"嵇、阮以后,饮酒的流风影响却并不佳,很多效法的人,都只知道沉湎任达,而不知其所以为达。竹林名士中,王戎已略逊一筹了;阮、嵇的养生保身,是为了"俟命",至少前边还有一个光明局面的向往。不然学贾充、王沈,不也可以保全生命吗?那是司马氏非常欢迎的事情。这当然还有一点东汉以来高风亮节的士风底传统。但到了王戎,时异境迁了,已变成了一个单纯地饮酒任诞的晋朝名士。史称其位居司徒,"苟媚取容,属愍怀太子之废,竟无一言匡谏"。又云:"戎以晋室方乱,慕蘧伯玉之为人,与时舒卷,无謇谔之节;自经典选,未尝进寒素,退虚名,但与时浮沉,户调门选而已。"而又"积实聚钱,不知纪极"。(均见《晋书·王戎传》)这比山公启事的望旨选人,又逊一筹。《晋书·山简传》言其"镇襄阳。于时四方寇乱,天下分崩,王威不振,朝野危惧。简忧游卒岁,唯酒是耽。诸习氏,荆土豪族,有佳园池,简每出游嬉,多之池上,置酒辄醉,名之曰高阳池。"从阮籍、嵇康变成了王戎、山简,酒的麻醉性便发挥到了极致;痛苦的背景没有了,光明的向往取消了,饮酒的原因只剩下了如《列子·杨朱篇》中所说的那种纵欲式的享乐,于是酒便变成了生活的麻醉品,变成了士大夫生活中享受的点缀。因为以市朝显要而酣畅任达,其势自必变为空虚浮沉,不负责任,以至骄逸汰侈。这种流风效者愈多,每下愈况。《晋书·戴逵传》载戴安道论隐遁云:"故乡原似中和,所以乱德;放者似达,所以乱道。然竹林之为放,有疾而为颦者也,元康之为放,无德而折巾者也。可无察乎!"《世说新语·德行篇》注引王隐《晋书》曰:"魏末阮籍,嗜酒荒放,露头散发,裸袒箕踞。其后贵游子弟阮瞻、王澄、谢鲲、胡毋辅之之徒,皆祖述于籍,谓得大道之本。故去巾帻,脱衣服,露丑恶,同禽兽。甚者名之为通,次者名之为达也。"此外《晋书》中所载张翰、毕卓、庾敳、光逸、阮孚等,也大致如此。无怪乎乐广讥为"名教中自有乐地,何为乃尔也!"但这些人无论就文章辞采,或清谈名理说,都没有很高的成就。饮酒任达,已经到了末途。东海王越兵败,庾敳、胡毋辅之、郭象、阮修、谢鲲等,皆在军中,与王衍同为石勒所执。这些都是纵酒放荡,崇尚玄虚,不以世务婴心的名士;石勒以为"此辈不可加以锋刃",遂夜使人排墙杀之。原来阮籍等所以纵酒任诞的环境,已经不存在了;晋朝饮酒的名士都是市朝显达,失去了忧患心境的背景。而阮籍所信仰所向往的"真"的"和"的境界,也没有人想去追求了。剩下的便只是单纯的增加享受快乐的纵酒任达。于是饮酒就只成了士大夫生活中的一种高尚点缀。这是时代的变迁,实际政治社会情况的变迁。《晋书·阮籍传》言"当其得意,忽忘形骸",是因为"得意"才"忽忘形骸"的;但到后来的名士们,则既不求"意",便只剩尽量地"忽忘形骸"了。但他们却还不像汉末以来名士们对饮酒态度的坦白,不直接说饮酒是娱乐,快意,是"大丈夫之乐";虽然事实上也已一样变成了纯粹的麻醉性的享乐,但表面上却还挂着一块"谓得大道之本"的通达自然的招牌。

五

梁昭明太子《陶渊明集·序》云:"有疑陶渊明诗篇篇有酒。吾观其意不在酒,亦寄酒为迹焉。"陶渊明所处的时代,又是晋宋变易的时候;政治社会的情况,与孔融之在汉末,阮、嵇之在魏末,大略相似。政治上是"巨猾肆威暴,钦鸡违帝旨"(《读山海经》第十一首。陶澍云:"此篇为宋武弑逆作也"。陈祚明《古诗选》曰:"不可如何,以笔诛之;今兹不然,以古征之。人事既非,以天临之。");社会上是"闾阎懈廉退之节,市朝驱易进之心"(《感士不遇赋》序);一般士人是"终日驰车走,不见所问津"(《饮酒诗》第二十首);那么渊明自己呢,只有叹气饮酒了。"理也可奈何,且为陶一觞。"(《杂诗》第八首)所以陶渊明的饮酒,也并不是那么绝对地"悠然"。但时代毕竟变易了。篡位窃国的事也不只一次了;而渊明自己的身份地位也和孔融、阮、嵇不同;以前虽也"历从人事",但"皆口腹自役"的卑职,现在则已隐居躬耕了,所以对于政治的关系也毕竟要淡薄些。孔融、阮、嵇诸人对政治固不能积极为力,但即想消极也很困难;陶渊明则归田隐论,是比较没有甚么麻烦的。所以他的态度较之阮、嵇,就平淡得多了。但也决没有平淡到完全超于现实情况以外,同时这也是不可能的。除前引之《读山海经》第十一首外,著名之《述酒诗》,虽言辞隐晦,但自汤汉注解以迄今日,原意已渐明,是叙述晋宋易代的政治事情的。"流泪抱中叹,倾耳听司晨",渊明也寄托了不少愤激的感情。茅鹿门云:"先生岂盼盼然歌咏泉石,沉冥麴糵者而已哉!吾悲其心悬万里之外,九霄之上,独愤翩之絷而蹄之蹶,故不得已以诗酒自溺,踯躅徘徊,待尽丘壑焉耳。"渊明虽无功名事业表现于当世,但他确是一个诗人,由诗中我们可以看出他的感情思想来。无论就所处的政治社会环境说,或就其思想情况说,渊明都和阮嗣宗有相似处;平淡虽然是比较平淡,但这只是程度上的差异。到陶渊明,我们才给阮籍找到了遥遥嗣响的人;同时在阮籍身上,我们也看到了陶渊明的影子。明潘聪刊阮陶合集,实在是有眼光的。《宋书·陶潜传》言"潜不解音声,而蓄素琴一张,无弦。每有酒适,辄抚弄以寄其意"。可知渊明也是和阮、嵇一样地向往着那音乐的"自然""和"的境界的。既然有这许多的相似处,无怪乎渊明"性嗜酒"(《五柳先生传》)了。求仕是为了"公田之利,足以为酒"(《归去来兮辞》序);乞食也是要"觞至辄倾杯"(《乞食诗》)的。酒成了陶渊明生活中最重要的事情,于是诗中也"篇篇有酒"了。

我们在《文人与药》一文中讲过,陶诗中也有许多时光飘忽和人生短促的感觉;《形影神》诗:"天地长不没,山川无改时。草木得常理,霜露荣悴之。谓人最灵智,独复不如兹。""三皇大圣人,今复在何处？彭祖寿永年，欲留不得住；老少同一死，贤愚无复数。"《归田园居》："人生似幻化，终当归空无。"像这一类的思想在诗中是很多的，但陶渊明虽然"性嗜酒"，却并不像汉末和竹林名士们的那样"昏酣"。《饮酒诗》序云："既醉之后，辄题数句自娱"，他饮酒后还可以作诗；"一觞虽独进，杯尽壶自倾"，他饮酒是有量的节制的。苏东坡云："但恐多谬误，君当恕罪人'，此未醉时说也，若已醉，何暇忧误哉！"所以虽然"酒中有深味"，也绝不会有昏酣少醒的情形。这不仅因为他知道"应尽便须尽，无复独多虑"（《神释诗》）；更重要的，是因为他并没有完全放弃了对于延年益寿的追求。《九日闲居诗》序云："余闲居爱重九之名，秋菊盈园，而持醪靡由；空服九华，寄怀于言。"九久谐音；九华言九日之黄华，指菊。《艺文类聚》四引魏文帝《九日与钟繇书》云："岁往月来，忽复九月九日，九为阳数，而日月并应，俗嘉其名，以为宜于长久。……至于芳菊纷然独荣，……辅体延年，莫斯之贵；谨奉一束，以助彭祖之术。"所以诗中说："世短意恒多，斯人乐久生"；又说"酒能祛百虑，菊解制颓龄"。《饮酒诗》说"采菊东篱下，悠然望南山"，又说"秋菊有佳色，裛露掇其英。泛此忘忧物，远我遗世情。"《离骚》言"夕餐秋菊之落英"，足见他采菊是为了服食的，而其目的是在"乐久生"。《西京杂记》云："汉人采菊花并茎叶，酿之以黍米，至来年九月九日，熟而就饮，谓之菊花酒。"《续事始》引《续齐谐记》云："汝南桓景随费长房游，长房谓景曰：九月九日，汝家当有灾厄，急令家人作绛囊，盛茱萸，悬臂登高，饮菊花酒，此祸可消。"《太平御览》五十四引《风俗通》云："南阳郦县有甘泉，谷水甘美，云其山上有菊花。水从山中流下，得其滋液。谷中三十余家，不复穿井。仰饮此水，上寿者一百二十，中者百余岁。"《水经注·湍水注》云："湍水又南，菊水注之。水出西北石涧山芳菊溪,亦言出析谷,盖溪涧之异名也。源旁悉生菊草,潭涧滋液,极成甘美。云此谷之水土,餐挹长年。司空王畅,太傅袁隗,太尉胡广,并汲饮此水,以自绥养。"真浩说太元玉女有八琼九华之丹,足见"菊解制颓龄"是很流行的说法。渊明《和郭主簿诗》云:"春秫作美酒,酒熟吾自斟。"《宋书·陶潜传》言为彭泽令,"公田悉令吏种秫稻,妻子固请种秔,乃使二顷五十亩种秫,五十亩种秔"。又言"值其酒熟,取头上葛巾漉酒,毕,还复著之"。可知渊明是经常自己酿酒的,而采得的菊英也正是要制菊花酒,要服食的。渊明既然没有完全放弃了对久生长寿的企求,自然对死的恐惧也就相对减轻了。在这点上,倒是和嵇康很相像。阮籍虽也说"独有延年术,可以慰我心"(《咏怀》十),但又有"人言愿延年,延年将焉之?"(《咏怀》五十五)所以他是不讲求服食长寿之道的。渊明在这点上和阮籍不大同,因此他纵酒的程度也就不像竹林名士那么"肆意酣畅"了。

但陶渊明最和前人不同的,是把酒和诗连了起来。即使阮籍,"旨趣遥深,兴寄多端"(沈德潜《古诗源评》)的咏怀诗底作者,也还是酒是酒,诗自诗的;诗中并没有关于饮酒的心境底描写。但以酒大量地写入诗,使诗中几乎篇篇有酒的,确以渊明为第一人。在阮嗣宗,酒只和他的生活发生了关系,所以饮酒所得的境界也只能见于行为;所以我们只看见了任达。虽然生活还会影响到诗,但毕竟是间接的。但陶渊明,却把酒和诗直接连系起来了,从此酒和文学发生了更密切的关系。饮酒的心境可以用诗表现出来,所以我们有了"笃意真古,辞兴婉惬"(钟嵘语)的陶诗。杜甫可惜诗云:"宽心应是酒,遣兴莫过诗。此意陶潜解,吾生后汝期。"文人与酒的关系,到陶渊明,已经几乎是打成一片了。

除了上面所说的菊花酒以外,陶诗中写饮酒时的心境,我们也可以举例说明。《饮酒诗》第十四首云:"不觉知有我,安知物为贵。悠悠迷所留,酒中有深味。"第七首云:"一觞虽独进,杯尽壶自倾。日入群动息,归鸟趋林鸣。啸傲东轩下,聊复得此生。"这和竹林名士一样,是用酒来追求和享受一个"真"的境界的,所谓形神相亲的胜地。陶集有《形影神》诗,谓"结托既喜同,安得不相语"。正是明形神必须相亲的。《饮酒诗》第二十首云:"但恨多谬误,君当恕醉人。"第十三首云:"一士常独醉,一夫终年醒。醒醉还相笑,发言各不领。"这是借酒来韬晦免祸的。即使别人对自己有迫害或劝仕的意思,但自己既然常独醉,自然彼此无法畅谈,只有"发言各不领"了。这本是一件事情的两方面,阮籍这样,陶渊明也是这样。他们的环境和思想皆相似,自然饮酒的动机和向往的境界亦相似。但陶渊明的身份地位毕竟和阮籍不同,他的悲痛只是内心的,受到实际政治迫害的机会比较少,所以陶诗中写后一种心境的诗不如写前一种的多,如"中肠纵遥情,忘彼千载忧"(《游斜川》);"何以称我情,浊酒且自陶"(《己酉岁九月九日》);"忽与一觞酒,日夕欢相持"(《饮酒》第一首)等等。阮、陶的差别是时代的差别,也是社会地位的差别。但到陶渊明,把酒和诗密切地连了起来,却确乎是件不平常的事情;对于后来的影响很大。像唐朝的很多诗人,特别是李太白,我们念他们的诗,自然会想到陶渊明。

六

其次还需要说明一点的,是饮酒的量的问题。竹林诸贤中,山涛饮至八斗方醉,刘伶五斗解醒;阮籍母死,犹一饮二斗;阮咸以大盆盛酒,与宗人相饮。此外如卢植、周颉,都能饮一石;南齐沈文季饮五斗,陈后主与子弟日饮一石;而汉时于定国能饮至数石不乱。宋沈括《梦溪笔谈》云:"汉人有饮酒一石不乱,予以制酒法较之,每粗米二斛,酿成酒六斛六斗。今酒之至醨者,每秫一斛,不过成酒一斛五斗,若如汉法,则粗有酒气而已。能饮者饮多不乱,宜无足怪。然汉之一斛,亦是今之二斗七升,人之腹中,亦何容置二斗七升水邪?或谓:'石乃钧石之石,百二十斤。'以今秤计之,当三十二斤,亦今之三斗酒也。于定国饮酒数石不乱,疑无此理。"如果我们将"斗"当作"权""量"谷物的单位计算,结果一定是两无所合的。斗本是一种大型的饮器,《诗·大雅·行苇》:"酌以大斗",斗是指爵樽一类的饮具。《小雅·大东》:"维北有斗,不可以挹酒浆。"左思《吴都赋》云:"仰南斗以斟酌",五臣翰注,"南斗星将仰取以酌酒也"。酒器的斗本是肖斗星的,有柄,所以叫作"斗"。《晋书·韩伯传》:"至太寒,母方作襦,令伯捉熨斗。"熨斗的形状也是肖斗星,现在乡间还有用这种老样子的,所以也叫作斗。《三国志·姜维传》注引《世语》曰:"维死时,见剖胆如斗大",杨恽《报孙会宗书》言"烹羊炮羔,斗酒自劳";斗即指通行的酒器。曹操《祭乔玄墓》文,言"斗酒双鸡,过相沃酹";古诗说"斗酒相娱乐,聊厚不为薄";斗酒的意思和后人称杯酒差不多。饮器中最小的是升,樽爵是通称,斗大概是最大的。酌酒时用樽杓,所以叫做斟酌。用斗饮酒,好像用碗饮,是取其容量大的意思。《世说新语·方正篇》云:"王恭欲请江卢奴为长史,晨往诣江,江犹在帐中。王坐,不敢即言。良久乃得及,江不应。直唤人取酒,自饮一碗,又不与王。"又《世说新语·排调篇》言王导与朝士共饮酒,举琉璃碗嘲周颉。《三国志·甘宁传》云:"宁乃料赐手下百余人食。食毕,宁先以银碗酌酒,自饮两碗。……持酒,通酌兵各一银碗。"《宋书·刘湛传》言庐陵王义真谓之曰:"旦甚寒,一碗酒亦何伤!"这都是饮量大的例子,一碗正像阮籍、刘伶们的一斗。量小的人即只能用升饮,《三国志·韦曜传》言"曜素饮酒,不过二升"。《晋书·陆晔传》言桓温"饮三升便醉",陆纳"素不善饮,止可二升"。二升好像现在的两小杯。《西京杂记》说"韩安国作几赋不成,罚三升";这和石崇金谷的罚酒三斗,《兰亭禊集》的罚三觚,取意完全相同。升斗觚虽有大小之别,但都是酒器,和杜诗的"百罚深杯亦不辞"中说杯是一样的。一石数石都是循着权量的习惯说的,意思就是十斗数十斗;所以最不能饮酒的人也能饮二升,而多的可以到数石。唐宋以下,以斗做权量的单位,饮酒改用杯盏,所以饮量很少能有到一斗的。李白斗酒诗百篇,杜诗"速令相就饮一斗",已经都是极言其多了。明道《杂志》云:"平生饮徒,大抵止能饮五升已上,未有至斗者。……晁无咎与余酒量正敌,每相遇,两人对饮,辄尽一斗,才微醺耳。"五升已是大量,普通人只能从杯盏计算,但杯盏也和汉魏人的升斗差不多。否则像阮籍的"举声一号,吐血数升",如果拿权量的单位计算,是绝无可能的。这样,他们一饮数斗,也就并不可怪了。

论希企隐逸之风

一

《后汉书·逸民列传序》分析隐逸之士的动机说:"或隐居以求其志,或曲避以全其道,或静己以镇其躁,或去危以图其安,或垢俗以动其概,或疵物以激其清。然观其甘心畎亩之中,憔悴江海之上,岂必亲鱼鸟乐林草哉?亦云性分所至而已。"《后汉书》之有《逸民列传》,不但是因为"汉室中微,王莽篡位,士之蕴借义愤甚矣;是时裂冠毁冕,相携持而去之者,盖不可胜数",而且更主要的,经过了三国两晋,到范蔚宗的时代,希企和崇拜隐逸的风气,已经很普遍,很坚固地树立在士大夫和文人们的一般心理上了。这只要看看魏晋人的诗文,和考察一下他们的生活,就知道他们是多么地希企这样一种人格,但他们自己却仍然在从仕。

范蔚宗也知道隐居本身在物质享受上并不是一种舒服的事情,遂结论为"性分所至",那就是说这是他个人愿意这样做。是的,隐居自然是一种个人行动,无论就上面的那一类动机说,都是一种"独善其身"的逃避办法。逃避自然是对现实不满,而又无力改革,或不愿改革的行为,所以多半发生于社会不安定的时候。本来当社会情形混乱或不能满人意时,人们除了适应所谓"滔滔者天下皆是也"的人外,比较有认识的知识者群,如果他们不愿适应时,当然也只有两条路可走:所谓"隐居以求其志,行义以达其道";所谓"穷则独善其身,达则兼济天下"。但行义达道以济天下的路,不但是很难,而且也很危险;而这些人,在封建社会里的知识者群,所谓士大夫阶层,本质上是避难趋易,明哲保身的。而且在一个以农业经济为主的社会里,人和人的关系不像工商业社会那么密切,"甘心畎亩"本来是一般农民的共同生活状况,所以隐逸的事情是很容易成功的。而且除了与荣利隔绝之外,生活也不至比别的人民更苦;所以在社会混乱不安定的时候,隐逸之士自然就多起来了。

原则上说,隐士如果完全是遗世的,那就应该没有事迹流传下来;正因为他们对现实不满,才有了逃避的意图,但"不满"本身不就表示他们对现实的关心吗?真正遗世的人对现实应该是无所谓"满"与"不满"。因为不满才隐逸的人,实际上倒是很关怀世情的人,所以"身在江海之上,心居魏阙之下",并不是一件可怪的事情。不然,即使楚狂接舆,又何必歌而过孔子呢!因为如果没有社会生活的刺激,现实的原因,如范晔所说的那些,人们就根本没有隐逸的要求,自然也就没有这样的行为了。但社会上既有了使人不满意的事实,而又不愿意同流合污,则"微子去之,箕子为之奴,比干谏而死",实在是仅有的两条路。于是这些洁身自好的逃避者,为了辩护自己的行为是最清高而又最适当的办法,便慢慢地把这种行为来加以理论化了。《庄子·缮性篇》云:"古之所谓隐士者,非伏其身而弗见也,非闭其言而不出也,非藏其知而不发也,时命大谬也。当时命而大行乎天下,则反一无迹;不当时命而大穷乎天下,则深根宁极而待。此存身之道也。"存身以待时命,是隐士的主要动机;所以"存身"或"独善其身",都说明了隐居的出发点是个人的。《庄子·刻意篇》云:"就薮泽,处闲旷,钓鱼闲处,为无(二字原倒,奚侗云:"当作为无。《说文》:无,亡也;亡,逃也;'为无'犹言为逃也。"今从正)而已矣。此江海之士,避世之人,闲暇者之所好也。"《庄子·在宥篇》云:"故贤者伏处大山嵁岩之下。"这说明了隐士的态度是逃避的。但如果假定所有的人都采取这一种消极的态度,天下不也就大治了吗? 这就是绝圣弃知的无争态度,这就是小国寡民的理想社会。这种消极的由个人出发的逃避态度底理论化,就是道家哲学的基本出发点。《庄子·达生篇》云:"祝宗人元端以临牢笑,说彘曰:'汝奚恶死? 吾将三月豢汝,十日戒,三日斋,借白茅,加汝肩尻乎雕俎之上,则汝为之乎?'为彘谋曰,不如食以糠糟,而错之牢笑之中。自为谋,则苟生有轩冕之尊,死得于腞楯之上,聚偻之中,则为之。为彘谋则去之,自为谋则取之,所异彘者何也?"所以王先谦说:"余观庄子甘曳尾之辱,却为牺之聘,可为尘埃富贵者也。"从这里隐士的行为变成了理论,给逃避行为树立了哲学的基础。以前隐士是为了对现实的不满,即使孔子也承认"贤者避世,其次避地"的。但到隐士的行为普遍以后,道家的思想盛行以后,已经无所谓"避"的问题,而只是为隐逸而隐逸,好像隐逸本身就有它的价值与道理,懂得这道理的就是高士;而且又创造出许多著名高士如巢父许由等的故事来。所以就"尧称则天,不屈颍阳之高;武尽美矣,终全孤竹之节"(《后汉书·逸民列传序》)。所以就"不事王侯,高尚其事"了。这套理论盛行以后,隐士地位的崇高,就得到了社会的承认。而且不论社会情形是否令人满意,隐士始终是怀道的,高尚的。于是出处问题就成了士大夫们自己所不能不经常考虑的问题,因而隐逸的希求和文学,也就结了不解之缘了。

　　如果因为不满现实才不出仕,则隐士的关怀世情,实在是无可责备的事情。所以齐宣王时,"谈说之士,期会于稷下",他们并未出仕,而也并不以关怀世情为耻。但到隐士行为底理论化建立以后,隐士的崇高无条件地得到了承认,则就不必再考察他的动机,"隐"本身就是好的。于是自然就有了许多为隐而隐的人。以前隐逸的动机尽管是由个人出发的逃避,但还都带有几分反抗气,表示着对统治者不满的抗议,人们也自然敬佩他的气节。但到了为隐而隐的时候,这点反抗气已消得干干净净了,单剩着个人的矫厉的清高,于是自然就不便再关怀世务了。君主们对于这样的隐士,是相当欢迎的,因为他们并没有反抗或不满的意图。如果可能征他出仕的话,是可以表示当局搜扬仄陋底苦心的;如果他们还坚持想作"草莽臣"而不愿屈节的话,当局也不妨成其清,这是可与唐虞盛德媲美的。这样,隐士便不但失去了他反抗的意义,而且变为升平的点缀品了。一个时代有这样多的清高的逸民,且表示了统治者的仁德广施,泽被天下的治绩。因为他们的行为已成了与别人毫无关系的矫厉的清高,当局是可以宽宏大量地容忍的。

　　但隐居生活的物质享受总要差一点,这是许多人所不能轻于尝试的。而且,如果隐逸的目的只是单纯地为了避世全身,则只要能够避世全身,就可以叫做"隐"了,并不必实际就住在山林里。《补史记·滑稽列传》云:"(东方)朔行殿中,郎谓之曰:'人皆以先生为狂。'朔曰:'如朔等,所谓避世于朝廷间者也。古之人,乃避世于深山中。'时坐席中,酒酣,据地歌曰:'陆沉于俗,避地金马门,宫殿中可以避世全身,何必深山之中,蒿庐之下。'"东方朔《诫子》亦云:"明者处世,莫尚于容,优哉游哉,与道相从。首阳为拙,柱下为工。饱食安步,以仕代农。依隐玩世,诡时不逢。是故才尽者身危,好名者得华,有群者累生,孤贵者失和,遗余者不匮,自尽者无多。圣人之道,一龙一蛇,形见神藏,与物变化,随时之宜,无有常家。"在封建社会里,士农工商是职业划分的类型,士大夫的出路除了仕以外,只有隐之一途;所以出处问题是士大夫切身的问题。隐是高尚的,但如果隐的用处只在避世全身的话,则宫殿中也可以"形见神藏",朝廷中也可以避世的。既有了"隐"的好处,而又可以饱食安步;这样,仕与隐就没有矛盾了,出处问题就在这"以仕为隐"上求得了解决。从有隐逸的行为到有了隐逸的理论,再从这理论来否定了隐逸存在的必要,所剩下的便只有优哉游哉的明哲保身论了。中国的隐士便一直在这个圈子里打转着。

汉帝国和战国时的情况不同,社会安定了,而且相当繁荣,仕进既有利禄可享,而实际上是没有甚么危险的。社会思想统一于儒术,士大夫自然也都抱着积极的态度。社会现象既然不必逃避,道家的思想又抬不起头来,而且隐居本身又的确是一种枯槁憔悴的生活,那么大家并不怎样地希企隐逸,像东方朔一样地唱"以仕为隐"的论调,自然也就不可怪了。楚辞淮南小山《招隐士》一文,极言山泽淹留之苦,而结以"王孙兮归来,山中兮不可以久留"。但到陆机、左思的招隐诗,则又变成赞美隐士了。这实在是一个时代的变迁,社会现实情况的变迁。隐逸思想之所以在魏晋诗文中大量地浮出,是随着汉末以来社会的动荡不安和道家思想的抬头而出现的。他们之所以那样地以隐为高,那样地希企索居,是有他的社会思想根源的。

二

汉末连年灾旱,又经黄巾起义与董卓之乱,人民丧亡流徙,中原人口,万不一存。《魏志·杜畿传》言杜恕上疏云:"大魏奄有十州之地,而承丧乱之弊,计其户口不如往昔一州之民。"《张绣传》言"是时天下户口减耗,十裁一在"。以前人口多聚于中原,桓灵以后数十年间,天灾人祸,人民除丧亡外,多向四方流徙。《后汉书·刘焉传》言黄巾与董卓之乱,"南阳、三辅民数万户流入益州"。名士法正许靖等皆是。刘虞为幽州牧,《后汉书·刘虞传》言"青、徐士庶避黄巾之难,归虞者百余万口,皆收视温恤,为安立生业,流民皆忘其迁徙"。《魏志·胡昭传》言其"辞袁绍之命,……转居陆浑山中,躬耕乐道,以经籍自娱。闾里敬而爱之"。《魏志·田畴传》言畴避董卓之乱,"遂入徐无山中,营深险平敞地而居,躬耕以养父母。百姓归之,数年间至五千余家"。陶渊明《拟古》云:"辞家夙严驾,当往至无终。问君今何行?非商复非戎。闻有田子泰(畴字子泰),节义为士雄。斯人久已死,乡里习其风。生有高世名,既没传无穷。不学狂驰子,直在百年中。"流风是一直为后人所希企仰慕的。辽东太守公孙度,独据海隅,往依避难的人也很多。《魏志·管宁传》云:黄巾之乱,"与(邴)原及平原王烈等至于辽东,(公孙)度虚馆以候之。既往见度,乃庐于山谷。时避难者多居郡南,而宁居北,示无迁志,后渐来从之"。羁旅辽东三十七年。"中国少安",以魏黄初四年诏归。"太尉华歆逊位让宁",不就,当世无不服其盛德高行。《魏志·邴原传》云:"黄巾起,原将家属入海,住郁州山中……原在辽东,一年中往归原居者数百家,游学之士,教授之声,不绝。"积十余年,乃遁归国土。原博学洽闻,与郑玄齐名,故青州称邴、郑之学。孙氏据江东,秩序安谧,往依者也甚多。《魏志·华歆传》注引华峤《谱叙》云:"策遂亲执子弟之礼,礼(歆)为上宾。是时四方贤士大夫避地江南者甚众,皆出其下,人人望风。"当时东吴人才如张昭、诸葛瑾等,皆流徙而来。此外最为名士们所归依的是荆州,《魏志·卫觊传》载觊与荀彧书云:"关中膏腴之地,顷遭荒乱,人民流入荆州者十万余家。"《后汉书·刘表传》云:"关西、兖、豫学士归者盖有千数,表安慰赈赡,皆得资全。"这种流浪逃难的生活当然是很苦的,《意林》引《傅子》云:"汉末有管秋阳者,与弟及伴一人避乱俱行,天雨雪粮绝,谓其弟曰,今不食伴,则三人俱死;乃与弟共杀之,得粮达舍,后遇赦无罪。"可见当社会混乱,生命无保障的时候,士大夫出仕是很困难的事情,不但忠于汉室不大可能,因为各地方势力都有他自己强大的部曲和掾属;即仕于各州牧也很危险,如陈琳之事袁绍,王粲之依刘表,都其势不能不变节。最安全而又最保险的办法,莫如像管宁、田畴、胡昭等隐居起来,躬耕待时。所以汉末的大乱,实在是隐逸之风兴起的最大原因。《后汉书·郭太传》载太答友劝仕进者云:"吾夜观乾象,昼察人事,天之所废,不可支也",遂并不应。郭太处于党锢之际,以知人见机著称,眼看到汉帝国行将崩坏的末运,为了明哲保身,自以不仕为佳。这说明了汉末以来隐士的社会背景。《晋书·袁宏传》载其《三国名臣颂》云:"夫时方颠沛;则显不如隐;万物思治,则默不如语。"这是士大夫们一般的看法。魏晋隐逸风气之盛,实在是因为"时方颠沛"的缘故。《魏志·何夔传》注引孙盛《魏氏春秋》评曹公掾属往往加杖,何夔畜毒药,誓死无辱云:"然士之出处,宜度德投趾;可不之节,必审于所蹈。故高尚之徒,抗心于青云之表,岂王侯之所能臣,名器之所羁绁哉!自非此族,委身世涂,否泰荣辱,制之由时,故箕子安于紧戮,柳下夷于三黜,萧何、周勃亦在缧绁,夫岂不辱,君命故也。爇知时制,而甘其宠,挟药要君,以避微耻。《诗》云:'唯此褊心',何爇其有焉。放之,可也;宥之,非也。"这说明了士大夫的出身只有隐仕两途,如果不能抗志尘表,那就只有忍辱从仕,没有第三条路可走的。于是当这"时方颠沛"的时候,许多名士便高蹈栖遁,以免辱害了。《世说新语·言语篇》云:"南郡庞士元闻司马德操在颖川,故二千里候之。至,遇德操采桑,士元从车中谓曰:'吾闻丈夫处世,当带金佩紫,焉有屈洪流之量,而执丝妇之事。'德操曰:'子且下车,子适知邪径之速,不虑失道之迷。昔伯成耦耕,不慕诸侯之荣;原宪桑枢,不易有官之宅。何有坐则华屋,行则肥马,侍女数十,然后为奇。此乃许、父所以慷慨,夷、齐所以长叹。虽有窃秦之爵,千驷之富,不足贵也!'"刘注引司马徽《别传》曰:"居荆州。知刘表性暗,必害善人,乃括囊不谈议时人。有以人物问徽者,初不辨其高下,每辄言佳。其妻谏曰:'人质所疑,君宜辨论,而一皆言佳,岂人所以咨君之意乎?'徽曰:'如君所言,亦复佳。'其婉约逊遁如此。"可知司马徽实是阮嗣宗一流人物,他的隐居,自然也是因为"时方颠沛",虑及失道之迷了。阮嗣宗《咏怀诗》言"驱马舍之去,去上西山趾,一身不自保,何况恋妻子",正是此意。

不只汉末的董卓之乱如此,以后接着来的三国鼎立,司马篡位,八王之乱,永嘉南渡,"五胡乱华",南北分裂,充满了魏晋这个时代底纷乱黑暗的政治社会背景,都是使士大夫们希企避世存身的根本原因。《晋书·何遵传》云:"永嘉之末,何氏灭亡无遗焉。"

《晋书·苏峻传》云："永嘉之乱,百姓流亡,所在屯聚,峻纠合得数千家,结垒于本县。于时豪杰所在屯聚,而峻最强。"《晋书·庾衮传》云："齐王冏之唱义也,张泓等肆掠于阳翟,衮乃率其同族及庶姓保于禹山。"《晋书·郗鉴传》云："鉴得归乡里。于时所在饥荒,州中之士素有感其恩义者,相与资赡。鉴复分所得,以恤宗族及乡曲孤老,赖而全济者甚多,咸相谓曰:'今天子播越,中原无伯,当归依仁德,可以后亡。'遂共推鉴为主,举千余家俱避难于鲁之峄山。"《晋书·祖逖传》言其讨诸屯坞之未附者,"诸坞主感戴,胡中有异谋,辄密以闻"。可知当战祸频仍,兵乱连接的时期,入深山大泽去避难的人,一定是很多的。不过因为有些人与政治关系浅鲜,所以史籍记载不详。陈寅恪先生著《桃花源记旁证》一文,说桃花源记是寓意之文,也是纪实之文。所纪乃北方人避苻秦淫虐时所筑之坞壁,论证甚详。诗人固可以有理想的寄托,但也绝脱离不了社会现实情况的影响;陶渊明渴望一个桃花源式的社会,是他已经听说过可能有这样一个类似的环境。魏晋文人在诗文中处处表示他们的希企隐逸也是一样,是因为在那个不安定的社会里,的确已经有过许多避世存身而得到了善果的事实。正因为有这些事实作根据,才会被诗人加以理想和感情,表现在文学作品里的。

除过兵祸战乱,政治迫害的频仍也是使士大夫们希企遁世的现实原因。上边引的司马徽的事迹,已说明他的隐居是为了知道"刘表性暗,必害善人"。嵇康于缧绁中作《幽愤诗》云："性不伤物,频致怨憎。昔惭柳惠,今愧孙登。"《世说新语·栖逸篇》注引王隐《晋书》云："孙登即阮籍所见者也。嵇康执弟子礼而师焉。魏、晋去就,易生嫌疑,贵贱并没,故登或默也。"可知孙登的隐居也是为了避免政治上的嫌疑和迫害,而嵇康之所以"今愧孙登",也正如他在《述志诗》中所谓"岩穴多隐逸,轻举求吾师",自惭蹈祸之故是因为未能及早隐居所致。明张溥《谢康乐集·题辞》云:"予所惜者,涕泣非徐广,隐遁非陶潜,而徘徊去就,自残形骸,孙登所谓抱叹于嵇生也。"也是叹息谢灵运未能隐遁,以致就戮的。明白了这些现实的社会背景,才能了解魏晋文人为甚么那样地希企着隐逸的生活。

三

魏晋文人希企隐逸之风,也深受着当时玄学的影响。玄学标榜老庄,而老庄哲学本身就是由隐士行为底理论化出发的。玄者玄远,宅心玄远则必然主张超乎世俗,不以物务营心;而同时既注重自然,则当然会希求隐逸。所以魏晋士大夫的行径虽各有不同,而都有这种故为高远的思想。《文选》张平子《归田赋》云:"谅天道之微昧,追渔父以同嬉;超尘埃以遐逝,与世事乎长辞。"已就表示了这种思想的萌芽,而张衡同时也是《思玄赋》的作者。王弼是魏晋玄学的开始者,其《注易·遁上九爻辞》"肥遁,无不利"云:"最处外极,无应于内,超然绝志,心无疑顾。忧患不能累,矰缴不能及,是以肥遁,无不利也。"就是着重在超然和避患的。建安诸文士中,魏文帝称徐干有箕山之志,《魏志·王粲传》注引《先贤行状》言:"干清玄体道,六行修备,聪识洽闻,操翰成章,轻官忽禄,不耽世荣。"阮瑀起初也是不愿出仕的。同篇注引《典略》及挚虞《文章志》,言"瑀建安初辞疾避役,不为曹洪屈"。到玄风大炽以后,这种以隐逸为高的思想,更普遍于士大夫间。石崇《思归引序》云:

"晚节更乐放逸,笃好林薮。遂肥遁于河阳别业。"又云:"出则以游目弋钓为事,入则有琴书之娱。""困于人间烦黩,常思归而永叹。"连石崇这样豪奢汰侈的人,都也有这样闲情逸致。《晋书·谢安传》言其"寓居会稽,与王羲之及高阳许询,桑门支遁游处,出则渔弋山水,入则言咏属文,无处世意。……尝往临安山中,坐石室,临濬谷,悠然叹曰:'此去伯夷何远!'",这些人既以这种超脱的人生态度为高,所以谢万"叙渔父、屈原、季主、贾谊、楚老、龚胜、孙登、嵇康四隐四显为《八贤论》,其旨以处者为优,出者为劣,以示孙绰。绰与往返,以体公识远者则出处同归。"(《晋书·谢万传》)出处同归是一种理想,是想说明仕隐之间并无轩轾,来调和二者的矛盾的。《抱朴子·任命篇》云:"君子藏器以有待也,畜德以有为也,非其事不见也,非其君不事也。穷达任所值,出处无所系。其静也,则为逸民之宗;其动也,则为元凯之表。或运思于立言,或铭勋乎国器。殊涂同归,其致一焉。"《抱朴子·逸民篇》云:"在朝者陈力以秉事,山林者循德以厉贪,清浊殊涂同归。"但让别人都承认自己是"体公识远",是不大可能的,那只是一种理想;因此"出处同归"便也是很难做到的事情了。《高僧传·支遁传》言遁由京师还东山,上书告辞,中有云:"昔四翁赴汉,干木蕃魏,皆出处有由,默语适会。今德非昔人,动静乖理。游魂禁省,鼓言帝侧,将困非据,何能有为!"《全晋文》卷三十三石崇《许巢论》云:"巢许则元凯之俦,大位已充,则宜敦廉让以励俗,崇无为以化世;然后动静之教备,显隐之功著。故能成巍巍之化,民莫能名,将何疑焉。"他们以为只有像巢许四皓的情形,才够得上"体公识远","出处同归";这当然不是一般人所能做到的,那只是一个假设的理想。所以《晋书·皇甫谧传》言"或劝谧修名广交,谧以为'非圣人孰能兼存出处,居田里他在《述志诗》中所谓"岩穴多隐逸,轻举求吾师",自惭蹈祸之故是因为未能及早隐居所致。明张溥《谢康乐集·题辞》云:"予所惜者,涕泣非徐广,隐遁非陶潜,而徘徊去就,自残形骸,孙登所谓抱叹于嵇生也。"也是叹息谢灵运未能隐遁,以致就戮的。明白了这些现实的社会背景,才能了解魏晋文人为甚么那样地希企着隐逸的生活。

三

魏晋文人希企隐逸之风,也深受着当时玄学的影响。玄学标榜老庄,而老庄哲学本身就是由隐士行为底理论化出发的。玄者玄远,宅心玄远则必然主张超乎世俗,不以物务营心;而同时既注重自然,则当然会希求隐逸。所以魏晋士大夫的行径虽各有不同,而都有这种故为高远的思想。《文选》张平子《归田赋》云:"谅天道之微昧,追渔父以同嬉;超尘埃以遐逝,与世事乎长辞。"已就表示了这种思想的萌芽,而张衡同时也是《思玄赋》的作者。王弼是魏晋玄学的开始者,其《注易·遁上九爻辞》"肥遁,无不利"云:"最处外极,无应于内,超然绝志,心无疑顾。忧患不能累,矰缴不能及,是以肥遁,无不利也。"就是着重在超然和避患的。建安诸文士中,魏文帝称徐干有箕山之志,《魏志·王粲传》注引《先贤行状》言:"干清玄体道,六行修备,聪识洽闻,操翰成章,轻官忽禄,不耽世荣。"阮瑀起初也是不愿出仕的。同篇注引《典略》及挚虞《文章志》,言"瑀建安初辞疾避役,不为曹洪屈"。到玄风大炽以后,这种以隐逸为高的思想,更普遍于士大夫间。石崇《思归引序》云:

"晚节更乐放逸,笃好林薮。遂肥遁于河阳别业。"又云:"出则以游目弋钓为事,入则有琴书之娱。""困于人间烦黩,常思归而永叹。"连石崇这样豪奢汰侈的人,都也有这样闲情逸致。《晋书·谢安传》言其"寓居会稽,与王羲之及高阳许询,桑门支遁游处,出则渔弋山水,入则言咏属文,无处世意。……尝往临安山中,坐石室,临濬谷,悠然叹曰:'此去伯夷何远!'",这些人既以这种超脱的人生态度为高,所以谢万"叙渔父、屈原、季主、贾谊、楚老、龚胜、孙登、嵇康四隐四显为《八贤论》,其旨以处者为优,出者为劣,以示孙绰。绰与往返,以体公识远者则出处同归。"(《晋书·谢万传》)出处同归是一种理想,是想说明仕隐之间并无轩轾,来调和二者的矛盾的。《抱朴子·任命篇》云:"君子藏器以有待也,畜德以有为也,非其事不见也,非其君不事也。穷达任所值,出处无所系。其静也,则为逸民之宗;其动也,则为元凯之表。或运思于立言,或铭勋乎国器。殊涂同归,其致一焉。"《抱朴子·逸民篇》云:"在朝者陈力以秉事,山林者循德以厉贪,清浊殊涂同归。"但让别人都承认自己是"体公识远",是不大可能的,那只是一种理想;因此"出处同归"便也是很难做到的事情了。《高僧传·支遁传》言遁由京师还东山,上书告辞,中有云:"昔四翁赴汉,干木蕃魏,皆出处有由,默语适会。今德非昔人,动静乖理。游魂禁省,鼓言帝侧,将困非据,何能有为!"《全晋文》卷三十三石崇《许巢论》云:"巢许则元凯之俦,大位已充,则宜敦廉让以励俗,崇无为以化世;然后动静之教备,显隐之功著。故能成巍巍之化,民莫能名,将何疑焉。"他们以为只有像巢许四皓的情形,才够得上"体公识远","出处同归";这当然不是一般人所能做到的,那只是一个假设的理想。所以《晋书·皇甫谧传》言"或劝谧修名广交,谧以为'非圣人孰能兼存出处,居田里之中亦可以乐尧舜之道,何必崇接世利,事官鞅掌,然后为名乎?'"圣人并不是一切人都可以做到的,这是魏晋玄学和后来宋明理学的一大异点。所以就一般人说,自然隐胜于显,"处"较"出"优了。《世说新语·排调篇》云:"谢公始有东山之志,后严命屡臻,势不获已,始就桓公司马。于时人有饷桓公药草,中有'远志',公取以问谢:'此药又名小草,何一物而有二称?'谢未即答。时郝隆在坐,应声答曰:'此甚易解:处则为远志,出则为小草。'谢甚有愧色。桓公目谢而笑曰:'郝参军此过乃不恶,亦极有会。'"可知以隐为高的思想,是普遍地存在于一般士大夫间的。孙绰"居于会稽,游放山水,十有余年,乃作《遂初赋》以致其意。尝鄙山涛,而谓人曰:'山涛吾所不解,吏非吏,隐非隐,若以元礼门为龙津,则当点额暴鳞矣。'"(《晋书·孙绰传》)其实山涛虽位居显职,也是希企隐逸的,但其为兴公所鄙,更可看出当时崇尚隐逸的风气。这些人都是认为隐逸本身就是高尚的,是一种合乎自然的逍遥的人生,并不必包有其他的原因。所以不但没有含着不满和反抗现实的意味,而且好像简直就与现实无关;连存身待命的功利思想也没有了,只单纯地剩下了追求玄远,重视超脱。《世说新语·栖逸篇》:"阮光禄在东山,萧然无事,常内足于怀。有人以问王右军,右军曰:'此君近不惊宠辱,虽古之沈冥,何以过此?'"只要能"内足于怀",就是合乎理想的了。《晋书·郗超传》言其"性好闻人栖遁,有能辞荣拂衣者,超为之起屋宇,作器服,畜仆竖,费百金而不吝"。自己不能摆脱世情,但却愿别人如此,重视隐逸的风气,可见一斑了。而且所以重视,是因为隐逸本身就是理想的,高尚的,并没有甚么明哲保身一类的外在目的。《世说新语·言语篇》云:"刘真长为丹阳尹,许玄度出都就刘宿。床帷新丽,饮食丰甘。许曰:'若保全此处,殊胜东山.'刘曰:'卿若知吉凶由人,吾安得不保此!'王逸少在坐曰:'命巢、许遇稷、契,当无此言.'二人并有愧色。"因为隐的目的即寄托于隐的本身,所以隐士不但对统治者失去了反抗和不合作的意义,而且反成了政治升平的点缀。有这么许多高士在统治的境内栖遁,而且又允许他们自由自在地逍遥,实在是有点"唐虞盛德"之风的。《晋书·孙惠传》言其,"诡称南岳逸士秦祕之,以书干(东海王)越"。因为托名隐士,说话才有效力,统治者才耐心听。《弘明集》六载释道恒《释驳论》,是因为秦主姚兴敕其还俗,乃遁迹琅琊山中,遂为此论,中有云:"国家方上与唐虞竞巍巍之美,下与殷周齐郁郁之化,不使箕颍专有傲世之宾,商洛独标嘉遁之客;甫欲大扇逸民之风,崇肃方外之士。"这几句话就说明了为甚么统治者欢迎隐士的情形和原因。《晋书·桓玄传》云:"玄以历代咸有肥遁之士,而己世独无,乃征皇甫谧六世孙希之为著作,并给其资用,皆令让而不受,号曰高士。时人名为'充隐'。"这和后来的"终南捷径"式的求仕方法,实在是由两方面出发,而属于同一性质的笑话。《续世说》载隋时"杜淹与韦嗣福为莫逆之交,相与谋曰:'上好嘉遁,苏威以幽人见征,擢居美职',遂共入太白山,扬言隐逸,实欲邀求时誉。隋文帝闻而恶之,谪戍江表。"这些事实都是在极端崇拜隐士的风气下,才会产生的。

这种风气一直盛行不衰,《南史·王弘之传》载谢灵运《与庐陵王义真笺》曰:"会境既丰山水,是以江左嘉遁,并多居之。至若王弘之拂衣归耕,逾历三纪,孔淳之隐约穷岫,自始迄今。阮万龄辞事就闲,纂戎先业,既远同羲、唐,亦激贪厉竞。若遣一个有以相存,真可谓千载盛美也。"《南史·何胤传》云:"初,胤二兄求、点并栖遁,求先卒,至是胤又隐,世号点为'大山',胤为'小山',亦曰

'东山'。兄弟发迹虽异,克终皆隐,世谓何氏三高。"这种风气发展下去,隐士日渐增多,君主们则求幽之诏屡下,蒲轮安车时发,而事实上是更帮助着这种风气的增长。但人是很难摆脱现实生活的,特别是一个名士;所以由隐而仕的也大有人在。例如诸葛亮,便是由卧龙冈散淡的人而变为蜀丞相的。谢安也是有所谓"此人不出,如苍生何"的说法,因而由隐出仕的。也有虽未出仕,而已与实际政治发生接触的;最显明的是梁时的陶弘景,隐于茅山,武帝每有征讨吉凶大事,无不咨询,时人谓为山中宰相。但照传统的说法,隐士既然贵在不以俗务撄心,其极端势必至如巢父之洗耳,当然不能只以居住山泽,即可谓真隐。所以梁阮孝绪作《高隐传》,以"言行超逸,名氏弗备"为第一篇;"始终不耗,姓名可录"为第二篇;而以"挂冠人世,栖心尘表"为第三篇。现在既然隐逸的目的即在于隐逸本身的意义,则只要能"得意",即使身在朝市,也可不失为隐逸了。魏晋玄学重意的理论,其势必然要发展到这一点,于是就有所谓朝隐的说法了。

魏晋名士的人生观既重在得意,则其希企隐逸,也应该是希企其心神底超然无累。正如同在日常行为上"得意"并不一定要"忽忘形骸"一样,所以乐广说"名教中自有乐地";因为注重的并不一定是任达的形迹。对于隐逸的态度也必然会发展到如此,只要能得其意,则朝隐也可,市隐也可,并不一定要栖遁山泽。何劭《赠张华诗》云:"奚用遗形骸,忘筌在得鱼",如此则自可身在庙堂之上,心无异于山林之中。所以从淮南小山的《招隐士》到陆机、左思的《招隐诗》是一个变迁,但到王康琚的《反招隐诗》,又从得意的观点上把隐显问题统一起来了。所谓"小隐隐陵薮,大隐隐朝市,伯夷窜首阳,老聃伏柱史"。这样,仕与隐并不如形迹上所想象的那样矛盾与冲突了。莲社《高贤传·周续之传》云:"或问身为处士,时践王廷,何也?答曰:心驰魏阙者,以江湖为桎梏,情致两忘者,市朝亦岩穴耳。时号通隐先生。"《晋书·刘惔传》载孙绰为其作诔云:"居官无官官之事,处事无事事之心","时人以为名言"。又《邓粲传》云:"(粲)少以高洁著名,与南阳刘驎之、南郡刘尚公同志友善,并不应州郡辟命。荆州刺史桓冲卑辞厚礼请粲为别驾。粲嘉其好贤,乃起应召。驎之、尚公谓之曰:'卿道广学深,众所推怀,忽然改节,诚失所望。'粲笑答曰:'足下可谓有志于隐而未知隐。夫隐之为道,朝亦可隐,市亦可隐。隐初在我,不在于物。'尚公等无以难之,然粲亦于此,名誉减半矣。"邓粲的理论是当时公认的看法,但为甚么会名誉减半呢?因为出处的行为是一观即知的,但得意与否却不然;因此"朝隐"也就常常是人们引为出仕解嘲的护符。《晋书·嵇绍传》附《嵇含传》云:"时弘农王粹以贵公子尚主,馆宇甚盛,图庄周于室,广集朝士,使含为之赞。含援笔为吊文,文不加点。"其序有云:"画真人于刻桷之室,载退士于进趣之堂,可谓托非其所,可吊不可赞也。"但像嵇含这样杀风景的事,普通是很少的。而直后来的帝王们聪明了,也提倡这种理论,来为他的士大夫们辩护;一面又表示自己的盛德和风雅。《全梁文》十七梁元帝《全德志论》云:"物我俱忘,无贬廊庙之器;动寂同遣,何累经纶之才。虽坐三槐,不妨家有三径;接五侯,不妨门垂五柳。但使良园广宅,面水带山,饶甘果而足花卉,葆筊篁而玩鱼鸟。九月肃霜,时飨田畯,三春棒茧,乍酬蚕妾。酌升酒而歌南山,烹羔豚而击西缶,或出或处,并以全身为贵;优之游之,咸以忘怀自逸。若此众君子,可谓得之矣。"这样,士大夫也不必以出仕为耻了。隐逸生活本来是很枯槁的,这一方面固然是经济的来源有限,一方面也是他们愿意借此来表现他们心安理得的态度。《晋书·孙登传》言其"于郡北山为土窟住之",而"夏则编草为裳",举一可概其余,这种生活当然是不大舒适。他们一般的经济来源是"躬耕",从许由、接舆到胡昭、陶渊明皆如此(见《高士传》);其次便是"开讲授徒",管宁、霍原、杨轲,宋纤即皆以此为生(见《三国志·晋书》各传)。所以尽管时代风气使得一般士大夫们都希企隐逸,但一个"心迹双寂寞"的真正隐士底枯槁憔悴生活,却不是生活在富贵汰侈圈子里的一般名士们和门阀子弟们所能忍受的。所以"朝隐"的理论固然为他们所接受,而朝隐的事实则更为他们所欢迎,所愿意躬行实践的。因为"得意"究竟是属于精神状态的事,只要不营世务,风神散朗,也就可以为人所称道了。《南史·王僧祐传》言其为司空祭酒,"谢病不与公卿游。齐高帝谓王俭曰:'卿从可谓朝隐。'答曰:'臣从非敢妄同高人,直是爱闲多病耳。'"《南史·王秀之传》云:"(秀之父)瓒之为五兵尚书,未尝诣一朝贵。江湛谓何偃曰;'王瓒之今便是朝隐。'及柳元景、颜师伯贵要,瓒之竟不候之。"《南史·袁粲传》云:"粲负才尚气,爱好虚远,虽位任隆重,不以事务经怀。独步园林,诗酒自适。家居负郭,每杖策逍遥,当其意得,悠然忘反。……尝作五言诗,言'访迹虽中宇,循寄乃沧州'。盖其志也。"这些都是朝隐的例子。生活上既然如此,则在诗文中表现希企隐逸的志向怀抱,便自然无足怪异了。

重视隐逸既着重在心神超然的行为,着重在得意,则此种风气与当时的佛教不但在义理上可以相融,而且沙门居于山林,屏绝俗务,在行为上就是一个隐士。所以佛教在晋时的盛行,名士与名僧间来往的频繁,都与这种风气有关。晋末的庐山莲社,就是一个包括僧儒道俗的一百多人的隐士大集团,而是以名僧慧远为首的。《陶渊明集》圣贤群辅录以董昶、王澄、阮瞻、庾敳、谢鲲、胡毋辅之、沙门于法龙及光逸为晋中朝八达。孙绰作《道贤论》,以七名僧与竹林七贤相比拟。以竺法乘拟王浚冲,竺法护拟山巨源,于法兰拟阮嗣宗,于道邃拟阮仲容,帛法祖拟嵇叔夜,竺道潜拟刘伯伦,支道林拟向子期。名士与沙门已相提并论,共入一流了。梁宝唱《名僧传》言于法兰于道邃师生皆"性好山泉,多处岩壑",均列之于《隐道篇》(《宗性名僧传抄》)。可知名僧与名士间的行为宗尚也是一致的。《世说新语·言语篇》注引《高坐别传》云:"和尚天姿高朗,风韵遒迈。丞相王公一见奇之,以为吾之徒也。周仆射领选,抚其背而叹曰:'若选得此贤,令人无恨。'"王导、周颛如此崇敬僧人,其他名士可知了。谢安、王羲之等寓居会稽,支遁亦预其游,见《晋书》谢王各传。《世说新语·雅量篇》云:"支道林还东,时贤并送于征虏亭。蔡子叔前至,坐近林公。谢万石后来,坐小远。蔡暂起,谢移就其处。蔡还,见谢在焉,因合褥举谢掷地,自复坐。谢冠帻倾脱,乃徐起振衣就席,神意甚平,不觉瞋沮。坐定,谓蔡曰:'卿奇人,殆坏我面。'蔡答曰:'我本不为卿面所计。'其后,二人俱不介意。"崇奉名僧的风气,到此可谓已臻极峰。就因为名僧们的意趣风格,是合乎名士的理想的。名僧谈玄虚,游方外,实际就是一个高尚的隐士。《世说新语·言语篇》云:"竺法深在简文坐,刘尹问:'道人何以游朱门?'答曰:'君自见其朱门,贫道如游蓬户。'"这和通隐先生周续之的说法,不是一样吗?所以名士们是将沙门和隐士当作一样看待的,因此僧人才会那样地受到崇高的尊礼。

但隐既可朝隐,但求得意,非关形迹;则其结果必然会推至信佛也并不一定要出家,否则便是执着形迹。《世说新语·轻诋篇》

言王坦之著《论沙门不得为高士论》,"大略云:'高士必在于纵心调畅,沙门虽云俗外,反更束于教,非情性自得之谓也。'"所论即根据这一点。晋张君祖《答康僧渊诗》云:"冲心超远寄,浪怀邈独往,众妙常所希,维摩余独赏(维摩居士未出家)。"他以为崇信佛法只是为了超然妙谛,并不一定要执着形迹,落发出家;徒得邈似而不能神会。这就说明这些名士们并不将佛法当作宗教,而是只将佛理当作玄学,沙门视为隐士的。当时名士们对佛法的看法,都是如此。《广弘明集》四载释彦琮《通极论·叙》云:"原夫隐显二途,不可定荣辱;真俗两端,孰能判同异!所以大隐则朝市匪喧,高蹈则山林无闷。空非色外,天地自同指马;名不义里,肝胆可如楚越。或语或默,良逾语默之方;或有或无,信绝有无之界。若夫云鸿振羽,孔雀谢其远飞;净名现疾,比丘惮其高辩。发心即是出家,何关落发?弃俗方称入法,岂要抽簪!"这样,僧俗的差别正如同隐显一样,也用"得意"的论旨统一起来了。下面说"虽复俱有抑扬,终以道为宗致"。他以为虽身在方内,也可会佛理之趣;正如虽在朝市,也可绝物务之累一样。所以晋人崇信佛法,交接名僧,也是与希企隐逸之风同样的一种表现。

四

潘岳《闲居赋》云:"身齐逸民,名缀下士。"又言"仰众妙而绝思,终优游以养拙。"序中言其"览止足之分,庶浮云之志"。当然也是一种希企隐逸的思想。但元遗山《论诗》绝句三十首中有云:"心画心声总失真,文章宁复见为人,高情千古闲居赋,争信安仁拜路尘?"《晋书·潘岳传》云:"岳性轻躁,趋世利,与石崇等诣事贾谧,每候其出,辄望尘而拜。构愍怀之文,岳之辞也。"元遗山当然是以他一生的行为来批评的;但这些人既以为隐逸可"为隐而隐",没有其他的外在目的,则他们在诗文中所表现的希企隐逸的思想,也仅只表示一种对于隐逸的歌颂。我们不但能用史实来证明这些作者们没有做到这样超脱,甚至他也根本就没有想尝试地这样去做。因为这种思想既然是当时的主要潮流,作者自会受到社会思想的影响,而且大家既都视此为高,则即使做不到,也无妨想一想。顾炎武《日知录》云:"末世人情弥巧,文而不惭,固有朝赋采薇之篇,而夕有捧檄之喜者,苟以其言取之,则车载鲁连,斗量王蠋矣。"这是从来如此的实情,在魏晋时期,我们也只能说诗文中的思想和作者平生的行为大半不符合;但若由此便断定他们做文章时是故意说谎话,却也不见得。《朱子语录》云:"晋宋人物,虽曰尚清高,然个个要官职。这边一面清谈,那边一面招权纳货。陶渊明真个能不要,此所以高于晋宋人物。"陶渊明不但希企隐逸,而且实际上归田躬耕了,这当然不是一般名士所能做到的。但我们所论的是一般的希企隐逸之风,这些名士们的主要矛盾虽是言行不符,但他们底希企隐逸在主观上却还是衷心的。他们不满意自己现实的生活,怕不能常保,怕名高祸至,因而想要摆脱;当然也不过只是想想而已,并没有真正来尝试解脱。这就是他们生活中的矛盾——现实与想象的矛盾,所以嵇康临刑时,又想到"今愧孙登"了。这种表现在诗文里的希企隐逸的思想,虽然和他们一生的事迹格格不入,但这企求还是由他们的生活和思想中产生的。他们并不是说假话,的确是有这样的想法,由当时一般的社会思想情形,可以得到说明。这些人一面在行为上贪求着荣利,一面却又在思想上想要摆脱,这就是从他们生活中所产生的矛盾。

魏世王何,开始谈玄,王何与阮嵇生年相若,但辅嗣平叔皆早死,故文学方面无大贡献。阮嗣宗是正式光大五言诗的人,《咏怀诗》中即有许多希企隐逸的表现。例如:

> 驱马舍之去,去上西山趾。一身不自保,何况恋妻子!
> 膏火自煎熬,多财为患害。布衣可终身,宠禄岂足赖?
> 宁与燕雀翔,不随黄鹄飞。黄鹄游四海,中路将安归?
> 愿登太华山,上与松子游。渔父知世患,乘流泛轻舟。

嵇康的诗中也有同样的表现:

> 岩穴多隐逸,轻举求吾师。晨登箕山巅,日夕不知饥。
> 玄居养营魄,千载长自绥。(《述志诗》)
> 岂若翔区外,餐琼漱朝霞。遗物弃鄙累,逍遥游太和。
> 结友集灵岳,弹琴登清歌。有能从此者,古人何足多!
> (《答二郭》)

但阮、嵇的诗中还充满着忧患的不满现实的感觉,特别是阮嗣宗;所以希企隐逸实在是想着逃避,是抱着痛苦的心情的。到太康诗人就不大相同了:

> 散发重阴下,抱杖临清渠。属耳听莺鸣,流目玩鲦鱼。
> 从容养余日,取乐于桑榆。(张华《答何劭诗》)

> 达人知止足,遗荣忽如无。抽簪解朝衣,散发归海隅。
> (张协《咏史诗》)
> 高尚遗王侯,道积自成基。至人不婴物,余风足染时。
> (张协《杂诗》)
> 养真尚无为,道胜贵陆沈。游思竹素园,寄辞翰墨林。
> (张协《杂诗》)
> 至乐非有假,安事浇淳朴。富贵苟难图,税驾从所欲。
> (陆机《招隐诗》)
> 秋菊兼餱粮,幽兰闲重襟。踌躇足力烦,聊欲投吾簪。
> (左思《招隐诗》)

这些人所写的则多半着重在隐逸生活的描述,说明这种生活是崇高的,快乐的,值得欣羡的。与阮嗣宗的看法已不同了。郭璞《游仙诗》首云:"京华游侠窟,山林隐遁栖。朱门何足荣,未若托蓬莱。"也是对栖遁生活的高尚表示企羡的。晋代诗文中,大致如此。至如陶渊明,他所写的与其说是隐逸生活的希求,毋宁说是隐逸生活的本身。他自己过的已经是隐逸的生活了;钟嵘《诗品》他评为"古今隐逸诗人之宗",确是一点也没有夸张。

在这以后,谢灵运的山水诗里,几乎每首都要插入两句希企嘉遁的句子。《山居赋》序云:"言心也,黄屋实不殊于汾阳;即事也,山居良有异乎市廛。"所以谢诗的希羡隐逸,也是羡慕隐逸本身的逍遥的。《斋中读书》诗云:"昔余游京华,未尝废丘壑。矧乃归山川,心迹双寂寞。"他的希羡隐逸,是由心与迹的分家(朝隐),求心与迹的合一的。至于"心"一方面的超然物外,大概是自审已达了。所以说"偶与张邴合,久欲还东山"。(《还旧园作》)"平生协幽期,沦踬困微弱。久露干禄请,始果远游诺。"(《富春渚》)"庐园当栖岩,卑位代躬耕。顾已虽自许,心迹犹未并。"(《初去郡》)都是表示自己不但对隐逸企羡,而且久已得其意了;现在所要追求的,只是心与迹的合并。这比以前诗中的表现法,又进一步了。而且这也可以表示他自己对所谓"朝隐"也有所不满,或觉得自以为"得意"有点惭愧,因而才有这样希企的。到后来的齐梁诗人,像沈约的"从宦非宦侣,避世不避喧"(《和谢宣城》),袁粲的"访迹虽中宇,循寄乃沧洲"(见《南齐书·高帝纪》),庾信的"方垂莲叶剑,未用竹根丹。一知悬象法,谁思垂钓竿。"(《正旦上司宪府》诗)则都自居"朝隐"不疑,连谢康乐这点自惭的表现也没有了。谢朓也是这样,《观朝雨》诗云:"动息无兼遂,歧路多徘徊。方同战胜者,去剪北山莱。"已感到隐与仕的冲突和矛盾,但又不能不承认隐胜于仕,所以只好给前面摆设了一个未来的空的计划。这种表现,倒是当时士大夫的衷心话,比较自然多了。《郡内登望》诗云:"谁规鼎食盛,宁要狐白鲜。方弃汝南诺,言税辽东田。"所写的也是这种心境,我们也在诗中看出了他内心的矛盾与冲突,读起来实在觉得比大谢真实得多。《敬亭山》诗云:"我行虽纡组,兼得寻幽蹊。"《之宣城出新林浦向板桥》诗云:"既欢怀禄情,复协沧州趣。嚣尘自兹隔,赏心于此遇。虽无玄豹姿,终隐南山雾。"在这里把隐与仕的矛盾找到了一个妥协,于是"言税辽东田","去剪北山莱",都成了空头支票了。这本是当时士大夫们的一般心境,玄晖如实写来,倒使人觉得自然真实;比沈休文的自居"从宦非宦侣"要好些。

可知即使在诗中所表现的隐逸底希求,也有一个时代的差别。慢慢地把隐逸的忧患背景取消了,单纯地成了对隐逸生活的逍遥超然的欣羡。又慢慢地认为自己目前的从仕,早已然获得了这种抗志尘表的意境,所差少的只是居住山泽的形迹。于是就有的还要再求心迹的合一;有的就认为"迹"是不重要的,干脆便不要迹了;这样就变成了单纯的"朝隐"——"仕"的代名词。这当然是时代的变迁,也是社会情势的变迁。于是不但隐逸成了太平政治的点缀,同时隐逸的希企也成了士大夫生活的点缀了。

  以前东方朔的以仕为隐,是因为朝中也可以"形见神藏","避世全身";还坦白地承认希企隐逸仅只是为了明哲保身。经过了魏晋玄学的洗礼,由抗志尘表的高士又回到了朝隐,虽然也还是以仕为隐,但除避世全身的消极意义外,又加上了所谓"崇高怀道"、"心神超越"的追求。所以如果他们的从仕都是"不营物务"的话,在东方朔还是"不敢"或"不愿",恐怕"才尽者身危",心里也许还有一点自惭;但在后来朝隐的人看来,却是"不屑",心里正是"心安理得"的。所以王徽之为车骑桓冲骑兵参军,"冲尝谓徽之曰:'卿在府日久,比当相料理。'徽之初不酬答,直高视,以手版拄颊曰:'西山朝来致有爽气耳。'"(《晋书·王徽之传》)。《梁书·何敬容传》云:"自晋、宋以来,宰相皆文义自逸,敬容独勤庶务,为世所嗤鄙。"这样,文人名士们的出处问题,便又在"得意"的口号下,用"朝隐"来重新统一了。

拟古与作伪

一

近代研究文学历史的人,一篇作品一定要还它一个本来的作者与时代;于是经过许多考订辨伪的工夫,发现了好些托名古代的赝品。这些文字从内容风格或史料的证明,有很多都可以断定是魏晋时人所拟作的;于是大家都认为魏晋人喜好托古作伪,好像明末的风气一样。清王士禛《居易录》云:"万历间学士多撰伪书以欺世,如天禄阁外史之类,人多知之。"但魏晋间的士风实与明末不同,一般名士并不专务于盗名欺世的事情。而且他们的拟作是经过现代的辨证才知道了的,有一些又是他们已经自言为拟古,算不得作伪的,所以并不像明末的作伪,是"人多知之";当然原来的目的也就并不一定在故意欺世。但魏晋人的有这种风气,自是事实,那么这种情形究竟是在什么样的动机下产生的呢?我们不妨先找几篇实在的例子来讨论一下。

元陈仁子《文选补遗》,以为《文选》录诸葛亮《出师表》,不当删去后表;但"后"字本后人所加,《三国志》本传仅载前疏,惟注引《汉晋春秋》中有此后表。裴松之按云:"此表亮集所无,出张俨《默记》。"张俨吴人,《隋志》有《默记》三卷,是后表为张俨所拟作。

《史通·杂说篇》云:"《李陵集》有《答苏武书》,辞采壮丽,音句流靡。观其文体,不类西汉人,殆后来所为,假称陵作也。缺而不载,良有以焉。迁《史》编于李传中,斯为谬矣。"苏轼《答刘沔书》云:"梁萧统《文选》,世以为工,以轼观之,拙于文而陋于识者,亦莫统若也。李陵苏武赠别长安,而有江汉之语;及陵与苏武书,辞句儇浅,正齐梁间小儿所拟作,决非西汉人,而统不悟。刘子玄独知之真,识真者少,盖从古所痛也。"梁章巨《文选旁证》引翁方纲曰:"李陵《答苏武书》,后人谓非陵作,又云马迁代作,今按其文,排荡感慨,与西京风气迥别,是固不待言。抑又有说者,中间一段,叙战事极详,按武在匈奴十九年,常与陵往来,其败其降,先后原委,岂有不洞然胸中者;乃必待前书未尽,始复畅所怀乎?陵在匈奴,虽痛汉之负己,然观其与武引酒,自谓罪通于天;及置酒贺武,惟自痛不能类武;比立政等至匈奴招陵,陵止以再辱为懼,未有他语,岂在匈奴时反无一语及汉之过,而于书中必相责望耶!且陵即怨汉,不过及武帝一身,与诸帝何与?而乃称引韩彭诸往事!虽当盛怒,然亦曾臣汉,何至弃绝一至于此乎!揣陵之心,其将欲以此速子卿之祸欤?况汉之族陵家,本以陵教单于为兵备汉故耳;非因其降也。今谓'厚诛陵以不死',亦与本事相乖。此时田千秋为丞相,桑宏羊为御史大夫,霍子孟、上官少叔用事,霍与上官故善陵,乌睹所谓'妨功害能之臣,尽为万户侯;亲戚贪佞之类,悉为廊庙宰'者哉!况武与陵称凤善,杨恽以《南山》诗句贻孙会宗,遂至大戮,而会宗亦坐免官。今连篇怨望,万里相赠,其谁不知?幼主在上,可为寒心,武独不一思乎!是此书必不作于西汉,若作于西汉时,吾知子卿得书,且投之水火,泯其踪迹,必不传至今日矣。第前后布置,于当日情事,段段取用,此正作者善以假为真处;故自昭明选后,鲜不以为陵作,而卒难欺诸千百年后也。至以此为司马代之辨白,此又非也。子长于陵事,于任益州一书,痛自称述,不必再为剖白。况被刑以后,此事亦不复深言,作《李陵传》,草草点次便止;今复撰此书,其意何居?将示时人乎,则一之为甚,不得复自招尤。将示后人乎,取拟笔之书,贻之千百年后,信不信未可知,何益之有!或云六朝高手所为,想是明眼也。"按此书非李陵所作,已无疑义,惟以情理推之,若是齐梁人所作,则萧统绝不至于不知,何焯《义门读书记》言此"似亦建安才人所作,若西京断乎无是"。《御览》四八九引此书,谓出《李陵别传》。别传之体,盛行于魏晋间,《三国志》裴注及《世说新语》刘注,征引最多,可知此文也是魏晋人所拟作的。另《艺文类聚》三十也引一《李陵与苏武书》,多丽辞骈语,与此文不同。又《文选》注屡引《李陵与苏武书》,且均不见于以上二文,可知当时拟作此题的文章很多,唐时犹多残留下来的。《文选旁证》又引林茂春云:"唐人省试诗题,有李都尉重阳日得苏属国书",由此可以推知以这题材拟作文章的人,可能有过很多。

《南齐书·陆厥传》云:"《长门》、《上林》,殆非一家之赋。"顾炎武《日知录》亦以《长门赋》首称孝武皇帝陈皇后,"相如以元狩五年卒,安得言孝武皇帝。"梁章巨《文选旁证》言"(五臣)济注陈皇后复得亲幸,按诸史传并无此文"。《史记索隐》十四云:"相如作颂以奏,皇后复亲幸,作颂有之,复亲幸恐非实。"何义门《读书记》云:"此后人所拟,非相如作;其辞细丽,盖张平子之流也。"可知《长门赋》也是汉末魏晋人所拟作的。

《文选》傅毅《舞赋》,序楚襄王既游云梦,与宋玉答问之辞,王世贞《艺苑·卮言》云:"武仲有舞赋,皆托宋玉为襄王问对,及阅《古文苑》宋玉《舞赋》,所少十分之七,而中间精语,如"华袿"飞髻,而杂纤罗,大是丽语,至于形容舞态,如罗衣从风,长袖交横,骆驿飞散,飒沓合并,绰约闲靡,机迅体轻,又回身还入,迫于急节,纤形赴远,灌以摧折,纤縠蛾飞,缤焱若绝。此外亦不可多得也。岂武仲衍《玉赋》以为己作耶？抑后人节约武仲之赋,因序语而误以为玉作也。"章樵《古文苑》宋玉《舞赋》注云:"后之好事者,以前有楚襄宋玉相唯诺之词,遂指为玉所作,其实非也。"梁章巨《文选旁证》云:"按《文选·舞赋》,傅武仲全文也。《艺文类聚》卷四十三《舞门》所载,删节之文也。《古文苑》录自《类聚》,而改易后汉傅毅为宋玉,非也。"今按《后汉书·边让传》载其《章华台赋》,序语也是托叙楚灵王和伍举的故事,可知赋中假托古人,本是常事,但若不幸而那作者的姓名失传了的话,自亦难免被后人就文中语气,而定为所托之人的原作。《古文苑》中宋玉的各赋和其他许多篇,都可作如是观。如枚乘《梁王菟园赋》,章樵注已疑不类乘作,盖乘死后,其子皋所为;其实并不一定即是枚皋所作,只知它是后人假托古人的拟作罢了。如《文选》谢惠连《雪赋》也是托于"梁王不悦,游于菟园",命司马相如作的。"梁王菟园"是个有名的故事,自然有人追慕拟托。《西京杂记》载"梁孝王游于忘忧之馆,集诸游士,使各为赋。枚乘为《柳赋》,……路乔如为《鹤赋》,……公孙诡为《文鹿赋》,……邹阳为《酒赋》,……公孙乘为《月赋》,……羊胜为《屏风赋》……；韩安国作《几赋》,不成,邹阳代作。……邹阳安国罚酒三升,赐枚乘、路乔如绢人五匹"。这种传说中的盛况自然会引起后人的拟托,即《西京杂记》之书及其中所言之各赋,也皆为魏晋间人所拟托；但这些拟托的人和《梁王菟园赋》的原作者,其动机情形和谢惠连正是属于同一的,不过这些人的名字没有流传下来而已。又如司马相如《美人赋》,自托于容体之都冶,也不类相如的其他作品；而相如之有《美人赋》，也是首见于《西京杂记》，可知这也是魏晋人所拟作的。又《文选》谢庄《月赋》，托以"陈王初丧应刘，端忧多暇"，而与仲宣唯诺之辞。顾氏《日知录》论此云："王粲以建安二十一年从征吴，二十二年道卒。徐、陈、应、刘，一时俱逝，亦是岁也。至明帝太和六年，植封陈王。古人为赋，多假设之词，岂可掎摭史传，以议其不合哉！"但我们若假设希逸此赋《文选》不录，史传未涉，而又失传了作者的姓氏，则后人当然会根据文中语气，定为王粲所作；那时顾氏所引的论据，正是证明其为后人依托的好材料；正如他辨证《长门赋》时是一样的道理。可知许多托词古人或拟作的作品，从历史上虽然可以考定不是现在题名的作者所作的，但原作的那人却并不必是作伪欺世。

诗也有同样的情形，钟嵘《诗品》言陆机所拟《古诗十四首》，几乎一字千金，今《文选》中存十二首。这种拟作诗的风气，当时也同样盛行。《文选》中所录即甚多，陶渊明、袁淑、鲍照等都有；江淹且有杂体诗三十首，分拟诸家。这本是当时盛行的风气，如果喜欢以前的或同时代的一篇作品，就可以仿效着去习作。但若因时代久远，致拟作者的姓名失传，或与所拟原作者的姓名混淆时，则自也难免为后人所误会。因为拟作的理想本来是要"逼真"，则"逼真"到了"乱真"的程度，自然也是有的。例如江文通的《拟陶征君田居》"种苗在东皋"一首，李公焕本即次于陶集《归田园居》之下，且注有"六首"二字。苏东坡的和陶诗，也据而和之。设此诗《文选》不录，而由后人考证为江淹所作，则《文通》自然也难免作伪之消。陈正敏《遁斋闲览》云："《文选》有文通《拟古诗》三十首，如《拟休上人闺情诗》云：'日暮碧云合，佳人殊未来。'今人遂用为休上人诗故事。又《拟陶渊明〈归田园诗〉》云：'种禾在东皋，苗生满阡陌。'

今此诗亦收在《陶渊明集》中,皆误也。"(胡仔《若溪渔隐丛话》引)《文选》不是僻书,我们自然容易知道,但今传汉魏人的集子中,类似这种的混淆情形,为我们所未知的,一定还有很多。如果我们知道了当时拟作之风的盛行,知道了他们属文的态度和观念跟我们不同,就可以解释这一现象,而不至于斥古人为作伪欺世了。

二

他们为什么喜欢拟作别人的作品呢?因为这本来是一种主要的学习属文的方法,正如我们现在的临帖学书一样。前人的诗文是标准的范本,要用心地从里面揣摩,模仿,以求得其神似。所以一篇有名的文字,以后寻常有好些人底类似的作品出现,这都是模仿的结果。以前有《诗经》,以后不但有类似的四言诗,而且束晳有《补亡诗》。《世说新语·文学篇》云:"夏侯湛作《周诗》成,示潘安仁。安仁曰:'此非徒温雅,乃别见孝悌之性。'潘因此遂作《家风诗》。"注引《文士传》言湛"文章巧思,善补雅词",又云"湛《集》载其《叙》曰:'《周诗》者,《南陔》、《白华》、《华黍》、《由庚》、《崇丘》、《由仪》六篇,有其义而亡其辞。湛续其亡,故云《周诗》也。'"可知夏侯湛作的原也是补亡诗,而《世说新语》记为"作《周诗》",潘岳且因之作家风诗,则"补"或"拟"在当时和"作"的界限,原是不存在的。从"拟"或"补"来入手,正是学习"作"的方法。《楚辞》中所收的汉人作品,又何尝不是习作的结果。《汉书·扬雄传》说雄"又旁(仿)《离骚》作重一篇,名曰《广骚》;又旁(仿)《惜诵》以下至《怀沙》一卷,名曰《畔牢愁》"。又云:"先是时,蜀有司马相如,作赋甚弘丽温雅,雄心壮之,每作赋,常拟之以为式。"这种"拟以为式"就是文人学习属文的主要方法。以后也一直相沿不衰。《北堂书钞》卷一五五引有傅玄《拟天问》佚文,又卷一三二引有傅玄《拟招魂》佚文,都是把《楚辞》来"拟以为式"的例子。枚乘有《七发》,本来只是一篇赋,但后来学习模仿的人太多了,《文选》乃分立"七"之一体。《全晋文》四十六傅玄《七谟序》云:"昔枚乘作《七发》,而属文之士若傅毅、刘广世、崔琦、李尤、桓麟、崔骃、刘梁、桓彬之徒,承其流而作之者纷焉:《七激》、《七兴》、《七依》、《七款》、《七说》、《七蠲》、《七举》、《七设》之篇。于是通儒大才马季长、张平子亦引其源而广之。马作《七厉》,张造《七辨》,或以恢大道而导幽滞,或以黜瑰姿而托讽咏,扬辉播烈,垂于后世者,凡十有余篇。自大魏英贤迭作,有陈王《七启》,王氏《七释》,杨氏《七训》,刘氏《七华》,从父侍中《七诲》,并陵前而邈后,扬清风于儒林,亦数篇焉。"《文心雕龙·杂文篇》亦云:"自《七发》以下,作者继踵。""傅毅《七激》,会清要之工;崔骃《七依》,入博雅之巧;张衡《七辨》,结采绵靡;崔瑗《七厉》,植义纯正;陈思《七启》,取美于宏壮,仲宣《七释》,致辨于事理。自桓麟《七说》以下,左思《七讽》以上,枝附影从,十有余家。"可知当时模仿学习的作者之众多了。又《全晋文》四十六傅玄《连珠·序》云:"所谓连珠者,兴于汉章帝之世。班固、贾逵、傅毅三子,受诏作之,而蔡邕、张华之徒又广焉。"陆机有《演连珠》五十首,庾信有《拟连珠》四十四首,都是模拟的结果。陆机又有《遂志赋》,序云:"昔崔篆作诗,以明道述志,而冯衍又作《显志赋》,班固作《幽通赋》,皆相依仿焉。张衡《思玄》,蔡邕《玄表》,张叔《哀系》,此前世之可得言者也。崔氏简而有情,《显志》壮而泛滥,《哀系》俗而时靡,《玄表》雅而微素。《思玄》精练而和惠,欲丽前人,而优游清典,漏幽通矣。班生彬彬,切而不绞,哀而不怨矣。崔、蔡冲虚温敏,雅人之属也。衍抑扬顿挫,怨之徒也。岂亦穷达异事,而声为情变乎!余备托作者之末,聊复用心焉。"所谓"用心"当然是指"相依仿焉"的。又如陶渊明《闲情赋》序云:"初张衡作《定情赋》,蔡邕作《静情赋》,检逸辞而宗淡泊,始则荡以思虑,而终归闲正。将以抑流宕之邪心,谅有助于讽谏。缀文之士,奕代继作,并因触类,广其辞义。余园间多暇,复染翰为之,虽文妙不足,庶不谬作者之意乎!"清河倬注云:"赋情始楚宋玉、汉司马相如、平子、伯喈继之,为定静之辞。而魏则陈琳、阮瑀作《止欲赋》,王粲作《闲邪赋》,应瑒作《正情赋》,曹植作《静思赋》,晋张华作《永怀赋》,此靖节所谓'奕世继作,并因触类,广其辞义'者也。"可知张蔡的定静之辞,也是后来文人的一个范本,所以才有"奕世继作"的现象。梁昭明太子《陶渊明集序》言"白璧微瑕者,惟在《闲情》一赋,扬雄所谓劝百而风一者,卒无风谏,何足摇其笔端?惜哉!无是可也!"后人对此颇有不同的看法,实则昭明只是说这赋不合传统的标准,也就是说不像范本,是篇不成熟的习作而已。渊明自己也说"文妙不足,庶不谬作者之意乎!"可知原来只是为了练习属文而拟作的,大概是早期的作品。

这种风气既盛,作者也想在同一类的题材上,尝试着与前人一较短长,所以拟作的风气便越盛了。追踪张班,左思有《三都赋》;张载有《拟四愁诗》。王粲、曹植、陶渊明的集中皆有《咏三良》诗,都是这种风气下的产物。因之较量作者们才能的高下,或当作露才扬己的方法,也常有数人同时就一个题目作文的情形。曹魏时的命题共作,就是例子。《初学记》十引《魏文帝集》曰:"为太子时,北园及东阁讲堂,并赋诗,命王粲、刘桢、阮瑀、应瑒等同作。"又

《文选》潘岳《寡妇赋》注引魏文帝《寡妇赋序》曰："陈留阮元瑜与余有旧,薄命早亡,每感存其遗孤,未尝不怆然伤心,故作斯赋以叙其妻子悲苦之情,命王粲并作之。"魏文帝《玛瑙勒赋序》云："玛瑙,玉属也。出自西域,文理交错,有似马脑,故其方人因以名之。或以系颈,或以饰勒。余有斯勒,美而赋之,命陈琳、王粲并作。"这就是当建安诸子群集邺下时所产生的一种命题共作的风气;魏文帝《又与吴质书》所谓"昔日游处,行则连舆,止则接席,何曾须臾相失?每至觞酌流行,丝竹并奏,酒酣耳热,仰而赋诗,当此之时,忽然不自知乐也。"就是指的这一种生活。现在有遗文可见的诗赋,还有很多。如魏文帝及曹植、应玚、王粲、徐干皆有《车渠椀赋》,曹植、刘桢、王粲、陈琳、繁钦皆有《大暑赋》。又如曹植、王粲、阮瑀之皆有《七哀诗》,曹植、王粲、刘桢、阮瑀、应玚之皆有《公讌诗》,都是在这种"命题共作"的情形下产生的。这种风气一直为以后的文人所景慕,所以谢灵运的集中还有《拟魏太子邺中集》七首。后来的曲水游宴,兰亭禊集,都是承此的流风余韵。裴子野《雕虫论·序》云："宋明帝博好文章,才思朗捷,常读书奏,号称七行俱下。每有祯样及行幸宴集,辄陈诗展义,且以命朝臣。其戎士武夫,则托请不暇,因于课限,或买以应诏焉。于是天下向风,人自藻饰,雕虫之艺,盛于时矣。"《南史·文学传论》云："自中原沸腾,五马南渡,缀文之士,无乏于时。降及梁朝,其流弥盛。盖由时主儒雅,笃好文章,故才秀之士,焕乎俱集。于是武帝每所临幸,辄命群臣赋诗,其文之善者赐以金帛。是以缙绅之士,咸知自励。"可知这种风气是六代以来相沿不衰的。这就是为什么我们现在读他们的集子时,常有同一类的题目的原因。这种情形自然容易区别出作者们才力的高下,于是自然也更影响了作者们写作时要求揣摩和模拟前人的动机,想试着衡量一下自己和前人成功作品之间的轻重。如张载的《拟四愁诗》,袁淑的《拟白马篇》,鲍照的《学刘公干体》,都是这种例子。潘岳《寡妇赋》自言"昔阮瑀既殁,魏文悼之,并命知旧作寡妇之赋,余遂拟之。"陶渊明《感士不遇赋》自序为慨于"昔董仲舒作《士不遇赋》,司马子长又为之"而作,都是基于这种模仿要求的拟作。这样自然会流传着许多同一类题目的文字,也自然会有许多设身处地于古人古事的文字。但他们原来的目的却最多只是文字技术上的"逼真",并没有一定想传于后世,自然更没有企图于历史意义的"乱真"。所以虽然蔚为风气,却仅只是拟古,而不能说是作伪;是当时很正常的一般情形,自然也谈不到盗名或欺世。

三

其次是当时人对历史和文学的观念和我们不同,譬如赋中假托古人一事,在他们看起来,赋中言宋玉、司马相如或枚乘、曹植,其意义和言乌有先生亡是公(《子虚赋》),或楚太子吴客(《七发》),并没有什么显著的分别。清姚鼐《古文辞类纂》序目曰:"余尝谓渔父,及楚人以弋说襄王,宋玉对王问遗行,皆设辞无事实,皆词赋类耳。太史公刘子政不辨,而以事载之,盖非是。"可知词赋中设辞假托,本是很早的传统,不能据为史实的。《魏志·邯郸淳传》注引《魏略》云:"(曹)植初得淳甚喜,延入坐,不先与谈。时天暑热,植因呼常从取水自澡讫,傅粉。遂科头拍袒,胡舞五椎锻,跳丸击剑,诵俳优小说数千言讫。"浦江清先生以为所谓"俳优小说"就是《洛神赋》、《七启》之类文字,诚是确见。《汉书·枚皋传》言其自言"为赋乃俳,见视如倡"。《东方朔传》言朔"与枚皋、郭舍人俱在左右,诙啁而已";赞许其"应谐似优,不穷似智",可知辞赋之士起始即是俳优式的人物。《后汉书·蔡邕传》载其上封事陈政要七事之五有云:"夫书画辞赋,才之小者;匡国理政,未有其能。陛下即位之初,先涉经术,听政余日,观省篇章,聊以游意,当代博弈,非以教化取士之本。而诸生竞利,作者鼎沸。其高者颇引经训风喻之言;下则连偶俗语,有类俳优;或窃成文,虚冒姓氏。臣每受诏于盛化门,差次录第,其未及者,亦复随辈皆见拜擢,既加之恩,难复收改,但守奉禄,于义已弘,不可复使理人及仕州郡。"(《通典》十六引《张衡论贡举疏》,除一二字外,文义次序皆与伯喈此文相同。疑本为蔡文,《通典》误题。)蔡邕是著名的文人,但对于受帝王宠幸的辞赋之士的看法,实在是当时一般的情形。《后汉书·杨赐传》载其书对上问亦云:"今妾媵嬖人阉尹之徒,共专国朝,欺罔日月,又鸿都门下,招会群小,造作赋说,以虫篆小技见宠于时。"作赋的人底地位是属于妾媵嬖人一类,所以扬雄"辍不复为"的主要动机,实在是因为"又颇似俳优淳于髡、优孟之徒,非法度所存"(见《汉书·扬雄传》)。这是文人不甘于俳优地位的一种心理上的反应。但我们若记得司马相如因狗监得进与东方朔和侏儒争宠的故事,就知道实际上并不只东方朔、枚皋如此,司马相如、枚乘的作品虽然比较高级一些,但赋本身最初即是属于俳优性质的,是供帝王消遣的东西。所以作者们在铺张那些夸饰的言辞时,也常常假设客主,互相唯诺,使它带有故事的性质。中国"小说"一词的意义本来很广,《汉志》所谓"街谈巷语,道听途说者之所造",自然亦可包括乌有先生和亡是公问答的赋体。而且如《西京杂记》、《博物志》、

《世说新语》等书，传统皆认为是小说，则赋的内容实际还要比较更接近些。所以在当时人的眼中看起来，赋中所托的古人本来即不必实有其事，自然在叙述中也不必力求其与史传相合，这只是一种"俳优小说"，并不是历史的实录。

　　赋是这样，诗亦可以如此。晋时文人乐府中的就古题咏古事，就是例子。陆机的《婕好怨》，是咏班婕好的事，傅玄的《秋胡行》，是咏秋胡的事，都是托古人说话的。又如鲍照有《代陈思王京洛篇》，闻人倓云："今曹植集无此诗，乐府亦但载魏文帝一首。"子建的原诗也许是佚了，"代"的意思有时和"拟"是同义的；但用"代"字亦可能就是因为子建原没有此作，而为之"补"的。"补"或"拟"在当时原没有什么界限或区分的必要，但由"代"字我们也可以知道托古事说话或代古人属文，都是可以的；而且也都是习见平常的事情，正不必用近代的观点去苛责。《文选》有《李少卿与苏武诗》三首，又有《苏子卿古诗》四首，这也和《李陵与苏武书》是属于同样的情形，是后人代拟的。《太平御览》五八六引颜延之《庭诰》云："李陵众作，揔杂不类，是假托，非尽陵制。至其善篇，有足悲者。"前引苏轼《答刘沔书》中也言其伪。《文选旁证》引翁方纲曰："自昔相传苏、李河梁赠别之诗，苏武四章，李陵三章，皆载《昭明文选》。然《文选》题云：'苏子卿古诗四首'，不言与李陵别也。李诗则明题曰《李少卿与苏武诗》三首，而其中有'携手上河梁'之语，所以后人相传为苏、李河梁赠别之作。今即以此三诗论之，皆与苏、李当日情事不切。史载陵与武别，陵起舞作歌，径万里兮五句，此当日真诗也；何尝有携手上河梁之事。即以河梁一首言之，其曰：'安知非日月，弦望自有时'；此谓离别之后或尚可冀其会合耳。不思武既南归，即无再北之理；而陵云丈夫不能再辱，亦自知决无还汉之期;此则日月弦望为虚词矣。又云:'嘉会难再遇,三载为千秋';苏、李二子之留匈奴,皆在天汉初年,其相别则在始元五年,是二子同居者十八、九年之久矣,安得仅云三载嘉会乎?就此三首,其明题为苏武者,而语意尚不合如此,况苏四诗之全不与李相涉者乎?艺林相传苏、李河梁之别,盖因李诗有携手河梁之句,可谓言情叙别之故实。犹之许彦周诗话云'燕燕于飞一篇,为千古送行之祖也。'而苏、李远在异域,尤动文人感激之怀,故魏晋以后,遂有拟作《李陵答苏武书》者。若准本传岁月证之,皆有所不合。而词场口熟,亦不必一一细绳之矣。"按《古文苑》所载李陵诗共六篇,又佚句六,《文选》注皆屡引之;此外所引李陵诗而不见于《古文苑》者,尚有多处。可知苏、李诗也和苏、李来往的书信一样,是曾经有过很多篇的拟作的。所谓"苏、李远在异域,尤动文人感激之怀",正说明了后来文人们所以拟作的动机。

其实即当时人对历史上某些真实的事件的看法,也并不像我们现在这样认真,至少有一些属文之士是这样。如当时流行的咏史诗,其基本性质和另外一种游仙诗,实在没有什么分别;张玉谷《古诗赏析》论左思咏史诗云:"太冲咏史,初非呆衍史事,特借史事以咏己之怀抱也。"至郭璞游仙诗,《诗品》已言其"乃是坎壈咏怀,非列仙之趣也"。陈祚明《古诗评选》中论郭璞的《游仙诗》云:"《游仙》之作,明属寄托之词,如以'列仙之趣'求之,非其本旨矣。"作者所要说的是自己的感怀,并不是史实的考证,则他对于历史上某些事件的看法,也只是那些事件中底人的活动;就是说他常常会情不自已来设身处地在古人的地位里,所谓"思古之幽情",在他们是特别浓厚的。这从当时著述的史传后面的"论"或"赞"的内容看来,也很明显;他们赞赏或惋惜古人的意思,流露得非常多。

而史实中所最使他们感动不已的,一种是那些事实本身即富有可歌可泣或传奇式的性质,也就是富有戏剧性或小说性的故事;一种即是和他们自己的现实生活有关的,足以引起他们对当前各种现象的感怀的材料。属于后者的,咏史诗以及如魏文帝时文学诸儒讨论孝文、贾谊优劣,魏明帝时朝臣集论周成、汉高优劣,都是例子。诸葛亮的自比于管仲、乐毅,自然也是这一类。属于前者的如现在流传下来的《汉武故事》,和《汉武内传》,以及李陵苏武的故事等,都属于这一类。(《汉武故事》据晁公武《读书志》,谓出于齐王俭,《汉武内传》据《四库提要》考证,断为魏晋间文士所为。)李陵苏武的故事本来是极富于戏剧性的,由《李陵与苏武书》之出于《李陵别传》,我们可以推知别传中所记的故事,一定比汉书本传更加戏剧化和传奇化了。那么读史的人,或说是为这个故事所感动的人,想设身处地来代古人修书或作诗,在当时的观念下,不也是很自然的事吗?宋晁伯宇《续谈助》卷四,梁殷芸《小说》中有《鬼谷先生与苏秦张仪书》,及《苏秦张仪答书》各一通;并有《张子房与四皓书》,及《四皓答书》各一通,《小说》一书是杂采众籍的,所收魏晋人的作品甚多;这两事前者谓出《鬼谷先生书》,后者谓出《张良书》,当然亦都是魏晋人所作的。作这些书信的人和作《李陵与苏武书》的情形,完全是一样的;可知这风气在当时很普遍。其实不只这一件事实,许多历史的故事都被传说给戏剧化了,《三国志》注与《世说新语》注所引的一些别传之类的记载,常常有夸大失实的地方。例如《世说新语·文学篇》注引左思《别传》各事,严可均辑《全晋文》附考证云:"《别传》失实,《晋书》所弃,其可节取者仅耳",就是一个例子。所以在对历史上某些事件发生兴味时,设身处地,幽然思古,试着想弥补一些历史的缺憾,给它多增加一点完满性和戏剧性,于是来拟托古人作一点诗文,是当时极流行而并不可怪的事情。他们哪里会想到时代久远后,会混淆了历史的真实呢!

古代流传下来的作品,要想知道它们究竟出于何人之手,是很多都有问题的。先秦诸子的典籍已只能明其为某家或某派弟子所作,《诗经》及汉乐府,甚至《楚辞》中的许多篇,我们都已不能确切地考出作者的姓名。这不仅只是因为作者的声名不显,或时代久远的关系,实在因为在早期封建社会的生活中,个人意识并不似后来之强烈,他们注意的只是"言"或"文"的本身,而并不一定特殊注意于立言或属文的"人"。魏晋是个人意识开始逐渐抬头的时期,"人"的观念已经比以前显明多了,但其与现在有显著的不同,是可断言的。所以有很多文章的写作动机,最初也许是为了设身处地的思古之情,也许是为了摹习属文的试作,也许仅只是为了抒遣个人的感怀,初无传于久远之意,自然也就并不一定要强调是自己作的了。钟嵘《诗品》言《古诗》为"旧疑是建安中曹王所制",又说"人代冥灭,而清音独远",就是说虽然大概知道这些作者们是属于那一个时代,而作者的姓氏并没有流传下来,于是所谓《古诗》,便成了这些无名氏们的诗总集了。

四

当然依托别人的事情也并不是绝对没有,但大都限于立一家言的子史等著作(包括小说家言,详《小说与方术》一文。且小说多托为逸史),文笔诗赋是很少有的。即如古文《尚书》,其伪已毫无疑义,但究系何人所作,王肃还是梅赜,现在似尚难成定说;孔安国《尚书序》,昭明亦采之入选,但据陈梦家先生《古文尚书作者考》一文,以为"即在东晋晚叶,会稽孔安国侍中推造古文《尚书》二十五篇,又作《尚书序》,又为古今文五十八篇及书序作传注。此书似奉晋孝武帝诏而作,主旨在缀集古义,而作者以今推古,于传注之外增益古文。书出,徐邈注音,范宁变隶古定为今字。东晋之末行于民间,齐时已立为学官,此后南朝盛行,隋初始入河朔,唐为立官学。"因为后来"陆德明、孔颖达和《隋书》作者把西汉孔安国的古文《尚书》和东晋孔安国的古文《尚书》混而为一,故以梅赜所奏上的古文《尚书》即孔传本"。(原文见《北平图书馆图书季刊》)如此则所谓作伪和依托的情形,便很有问题。而且更可证明许多所谓伪作的原作者的动机,并不一定是故意作伪欺世。其他属于立言性质的子史等著作,是这时期人所依托的,当然还有很多。例如《孔子家语》、《列子》、《西京杂记》,以及前所引的《汉武故事》、《汉武内传》等,虽然都标明是先秦或西京人所作,但经过后人严密的考证,知道这些都是魏晋间人所依托的作品。我们现在也并不是想作翻案文章,这些当然都是事实,但他们所以要依托古人作伪的动机,却并不是如我们所想象的盗名欺世,其出发点仍然是可以解释的。

　　王柏《家语考》云:"《家语》乃王肃取《左传》、《国语》、《荀》、《孟》、《二戴记》,割裂织成之。"张湛《列子序》,托《列子》原为王粲、王弼家中藏书,经永嘉之乱以后,在江南搜求全备者。《西京杂记》托汉刘歆,书后有葛洪的跋文,旧即题晋葛洪撰。《汉武故事》和《汉武内传》皆题汉班固撰。像这类的依托的书还很多,例如《燕丹子》三卷,《四库提要》已考证其时代在唐之前,而在应劭、王充之后，则当然也是魏晋间人所作的。这一类的书虽然很多，但却都不属于文笔诗赋的范围，在依托的人看起来，都是可以传于后世的一家之言。在当时人的看法，"言"本身的重要远超过于立言的"人"，而且如果自己确信所持的理是"合于"或"近于"所依托的古人的话，则对于古人之言是有发扬的作用的，更谈不上是盗窃。其动机正如近代人对古书的辑佚工作，是对于流传和对于原作者有功劳的。他们的历史观念当然与近代人不同，没有近代治学方法的客观，但他们的依托和作伪在心理上却是一种"补亡"的工作（包括辑佚），他们相信这对于流传和对于原作者也是一样有功劳的。近代人的研究古代是理智的，而他们的思古却是感情的。《庄子》是魏晋人"人手一编"的书，《庄子》书中所屡引孔子的故事和言语，那些话当然都不是孔子所说的，只是所谓"无端厓之辞"，不过所持的理却也近于孔子所说，这在以老庄与圣教"将无同"的魏晋人看来，是可以当作是孔子所说的。至于事实上究竟孔子是否曾说过这一段话，这并不是要紧的事情。"言"只是为了表"意"的，只要"意"是近于孔子的，就很够了。所以魏晋人所依托的古人，都是他自己所崇拜的，也是他自己认为很了解其思想的人，他的撰作只是托其身分而为之代言，是"补亡"的性质；其作用如束皙之"补亡诗"，是可以发扬光大古人之言的。《世说新语·文学篇》言"何平叔注《老子》，始成，诣王辅嗣。见王《注》精奇，乃神伏曰：'若斯人，可与论天人之际矣！'因以所注为《道德二论》"。注《老子》是为的发扬老子之言，只要这个目的达到了，古人的道理发扬了，自然可以神伏，并不一定要表现自己。魏晋人依托古人的动机，大都如此。在他们主观上是既非盗名，又不欺世的。

自己相信这种道理，自然希望别人也相信；为了书传于后，使得这种"言",可以流传,可以发挥他的价值,自然也有依托古人的必要。这种动机又完全是为了著作的流传着想,是由爱护这道理而出发的。《文选》曹元首《六代论》一首,是论封建诸侯之利的,李注引《魏氏春秋》曰:"曹冏,字元首,少帝族祖也。是时天子幼稚,冏冀以此论感悟曹爽,爽不能纳。"何焯《义门读书记》引段成式《语资篇》载元魏尉瑾曰:"九锡或称王粲,六代亦言曹植。"《晋书·曹志传》云:"曹志……魏陈思王植之孽子也。……(武)帝尝阅《六代论》,问志曰:'是卿先生所作邪?'志对曰:'先王有手所作目录,请归寻按。'还奏曰:'按录无此。'帝曰:'谁作?'志曰:'以臣所闻,是臣族父冏所作;以先王文高名著,欲令书传于后,是以假托。'帝曰:'古来亦多有是。'顾谓公卿曰:'父子证明,足以为审,自今以后,可无复疑。'"《六代论》虽见录于《文选》,实际上是针对当时政治情况的政论,与诗赋等不同;为了想让这种议论"书传于后",遂托名于曹植,是他对这议论(即所立之言)的相信和忠诚。很多依托古人的作品也同样是出于这种动机,是为了书的流传,也就是"言"的流传才依托的,并不是为了名或人的流传。

所以无论就诗赋书表等文章,或子史政论等成一家言的作品说,就现在考证所得,魏晋间人诚有许多依托或作伪的情形,但其动机实在主要还是为了拟古和补亡,并不是故意作伪欺世的。

曹氏父子与建安七子

一

沈约《宋书·谢灵运传论》云:"至于建安,曹氏基命,三祖陈王,咸蓄盛藻,甫乃以情纬文,以文被质。"建安文学是由两汉转变到魏晋的历史转关,曹氏父子实在是当时的领袖人物。除明帝时代较后,且成就略差外,《诗品》即言"叡不如丕,亦称二祖",操、丕、植三人都是领导当时风气的人物;而所谓建安诸子,也完全是曹氏父子的幕僚和羽翼。他们凭借着政治上的领袖地位和文学的卓越才能,大胆地运用着新体乐府,奠定了五言诗的基础。而且当时所有的著名文士,几乎皆收罗在他们幕下,风云所会,公宴唱和,才歌咏出了慷慨苍凉的人生调子,放出了文学史的奇葩。所以讲到建安文学,绝不能忽略了曹氏父子的领导作用。曹操在当时本是反传统的人物,他自己出身不高,但在汉末的大乱中,终于由豪右变成了军阀,而且逐渐地统一了中原,巩固了新的政权;所以他虽然已成了政治上的领袖,但仍和东汉以来的名门士族间,存在着若干对立的矛盾。他在各种设施上的改变传统,如用人唯才的诏令,屯田制,户调的新税制等,都可视为对名门势力的一种摧抑。这一方面因为他出身浊流,受到过去士族的传统影响比较少,一方面政治上的成功和利害，又使他故意地瞧不起那些士族的传统。在政治设施上是如此，在文学作风上也是如此。东汉以来的传统的文人是不敢这样大胆利用新的形式和歌咏新的内容的，例如同时代的蔡邕。而建安文学的光辉，却就植基于曹氏父子底这种新的尝试和提倡，配合了那个动乱时代经过颠沛流离的文人生活，所以才会在文学史上放一异彩的。

《魏志·武帝纪策一》注引《魏书》云："（太祖）御军三十余年，手不舍书，昼则讲武策，夜则思经传，登高必赋，及造新诗，被之管弦，皆成乐章。"他不只造新诗，而且更特殊地爱好音乐；裴注又引《曹瞒传》云："太祖为人佻易，无威重，好音乐，倡优在侧，常以日达夕。"《宋书·乐志》云，汉世有相和歌，本出于街陌讴谣，而吴歌杂曲，始亦徒歌。复有"《但歌》四曲，出自汉世。无弦节，作伎，最先一人倡，三人和。魏武帝尤好之"。所以他可以自由地充分地利用乐府的形式来做诗。"蒿里""薤露"是汉时的挽歌，他可以用来咏怀时事；"陌上桑"是汉时的艳歌，他可以用以歌咏神仙。曹氏父子的乐府，都是如此。《文心雕龙·乐府篇》云："魏之三祖，气爽才丽，宰割辞调，音靡节平，观其北上众引，秋风列篇，或述酣宴，或伤羁戍，志不出于淫荡，辞不离于哀思。"就是说他们用乐府的体裁可以自由咏怀，不受原题原意的限制。清王士禛《古诗选·五言诗凡例》云："至曹氏父子兄弟，往往以乐府题叙汉末事，遂谓之古诗亦可。"清方东树解子建《箜篌引》云："此不必拘乐府解题，曹氏父子皆用乐府题目自作诗耳。"传说的辞赋不能满足他们所要表现的内容了，他们开始在乐府的形式里求尝试；以前的各种曲调，四、五、六、七的各种句法，都试着用过了，才奠定了后来五言诗的基础。在当时，这种尝试是大胆的，也是反传统的。《南齐书·文学传论》

云:"魏文之丽篆,七言之作,非此谁先。"以前如汉《郊祀歌》,虽也有连用七言至十几句的,但通篇七言的作品,自以曹丕的《燕歌行》二首为最先,可知他也是同样努力作着新文体的尝试。陈寿于《魏志·文帝纪》评曰:"文帝天资文藻,下笔成章,博闻强识,才艺兼该。"《文心雕龙·才略篇》评其"乐府清越,《典论》辩要"。可知他在文学方面才能的特出。而曹子建对于五言诗的奠定和贡献,更有他文学史上不可磨灭的地位。他们一家在政治地位上是领袖,在实际的文学才能上也配得上是领袖,于是自然就会开一代宗风了。《宋书·臧焘传》论云:"自魏氏膺命,主爱雕虫,家弃章句,人重异术。"《文心雕龙·时序篇》云:"自献帝播迁,文学蓬转。建安之末,区宇方辑。魏武以相王之尊,雅爱诗章;文帝以副君之重,妙善辞赋。陈思以公子之豪,下笔琳琅,并体貌英逸,故俊才云蒸。"《诗品·序》云:"降及建安,曹公父子,笃好斯文;平原兄弟,郁为文栋;刘桢、王粲,为其羽翼。次有攀龙讬凤,自致于属车者,盖将百计。彬彬之盛,大备于时矣。"曹植《与杨德祖书》也于叙述诸作者后云:"吾王于是设天网以该之,顿八纮以掩之,今悉集兹国矣。"这就是后世盛称的邺下文风。这种盛况的形成和建安文学的贡献,自不能不归功于曹氏父子的领导作用,和他们自己对乐府新形式的大胆尝试。

二

　　向来讲建安文学的,都注重叙述所谓"建安七子"。七子之名,源于曹丕的《典论论文》,他说:"今之文人,鲁国孔融文举,广陵陈琳孔璋,山阳王粲仲宣,北海徐干伟长,陈留阮瑀元瑜,汝南应玚德琏,东平刘桢公干。斯七子者,于学无所遗,于辞无所假,咸以自骋骥骡于千里,仰齐足而并驰,以此相服,亦良难矣。"照中国文学史发展的情形说,同时代的文人们常常在生活和作风上,都形成一个集团;所以作品风格间的差异,也是时代的因素远超过于作者个性的因素;因为如此,所以传统的这些"建安七子"、"竟陵八友"、"唐初四杰"、"大历十才子"等的名称,实在是一种最方便和最简单取巧的办法。它有它存在的根据,如上所说;但也自然有它的毛病,因为历史毕竟不是数学,选出几个人很难代表当时文人的全部;而这几个人当中也常常情形各不相同。《典论论文》虽然是一篇著名的文学批评的文字,但曹丕论述的对象既是他的幕僚们,文中避免叙述到曹氏父子,则所谓七子对于时代的代表性,已有缺憾;而七子间的情形也并不尽同,例如把孔融列在里面,便是件很不调和的事情。从年代说,孔融诛于建安十三年(208),年五十六,比曹操还大两岁。时曹丕只二十二岁,其余诸人皆三十余岁(王粲三十二岁,徐干三十八岁)。阮瑀卒于建安十七年,王粲、徐干、陈琳、应玚、刘桢皆卒于建安二十二年,是七子并列,孔融较其余六人显为长者,并非同侪。魏文帝《与吴质书》所谓"昔日游处,行则连舆,止则接席,何曾须臾相失"的,也只是指徐、陈、应、刘诸人。《魏志·王粲传》言:"始文帝为五官将,及平原侯植皆好文学,粲与北海徐干字伟长、广陵陈琳字孔璋、陈留阮瑀字元瑜、汝南应玚字德琏、东平刘桢字公干并见友善。"陈寿评曰:"昔文帝、陈王以公子之尊,博好文采,同声相应,才士并出,惟粲等六人最见名目。"曹丕以建安十六年春正月始为五官中郎将,同年植封平原侯,而孔融已于建安十三年被诛,远在诸子共集邺下之前;所以就史实上考察,陈寿所言甚确,其中不能包括孔融。《谢康乐集》有《拟魏太子邺中集诗八首》,也只有丕植兄弟及其余六人,并无孔融。从作风说,孔融文多范蔡邕,不作五言诗,仍是东汉以来的传统风格,所以《文选》只录其书表。《文心雕龙·诔碑篇》言"孔融所创,有慕伯喈",其实并不只碑文如此。又《文心雕龙·才略篇》云:"孔融气盛于为笔;祢衡思锐于为文,有偏美焉。"《典论论文》言"孔融体气高妙,有过人者,然不能持论,理不胜词,……及其所善,扬、班俦也"。都说明他的文体和慷慨骋辞的建安作风有别。《后汉书·孔融传》云:"魏文帝深好融文辞,每叹曰:'扬、班俦也。'募天下有上融文章者,辄赏以金帛。"可知曹丕将孔融列于七子之首,只是为了他自己的特殊爱好。孔融实际上是不能和其余诸人并论的。

但当时的著名文士,也并不以此六人为限。《文心雕龙·时序篇》所评列,除此六人外,即尚有"文蔚、休伯之俦,于叔、德祖之侣"二句,指路粹、繁钦、邯郸淳、杨修四人。《魏志·王粲传》亦云:"自颍川邯郸淳、繁钦、陈留路粹、沛国丁仪、丁廙、弘农杨修、河内荀纬等,亦有文采,而不在此七人之列。"可知建安七子的代表性也是有限的。如果说曹氏父子是尽了对于建安文学的提倡和领导作用,则"建安七子"这一词的用处就在它可以表示出当时邺下文风的盛况来。它虽不十分妥贴,但的确可给我们一种"彬彬之盛,大备于时"的感觉。如果真要找出两个当时最好的代表人物,自然还是曹植和王粲。这里我们所谓最好的代表有两层意思,一是他的作品在同辈中成就最高,一是在他的作品中最容易看出一般的共同时代特征。在这两重意义上,曹子建和王仲宣都是适合的;特别是曹子建。所以《诗品·序》说,子建"为建安之杰",《文心雕龙·才略篇》说:"仲宣溢才,捷而能密,文多兼善,辞少瑕累,摘其诗赋,则七子之冠冕乎！"可知曹、王是当时最特出的人物。《宋书·谢灵运传论》云："自汉至魏，四百余年，辞人才子，文体三变。相如巧为形似之言，班固长于情理之说，子建、仲宣以气质为体，并标能擅美，独映当时。是以一世之士，各相慕习。"可知他们也是最能代表当时风气的人物。所以我们不妨将他们来讨论一下，以便具体地说明建安文学的一般特征。

三

　　曹子建的成就，在于他是中国文学史上第一个给五言诗奠定基础的文人。五言诗本出于乐府，但经过了他的手，诗和乐府的界限几乎没有了。黄侃《诗品讲疏》说："详建安五言，毗于乐府，魏武诸作，慷慨苍凉，所以收束汉音，振发魏响。文帝兄弟所撰乐府最多，虽体有所因，而词贵新创，声不变古，而采自己舒。其余杂诗，皆崇藻丽。故沈休文曰：'至于建安，曹氏基命，三祖陈王，咸蓄盛藻。甫乃以情纬文，以文被质。'言自此以上，质盛于文也。""词贵新创"和"采自己舒"就是说他们所作的乐府的内容和辞藻，都是创造的；而其内容的一个特点，就是抒情的成分加多了。所谓"以情纬文，以文被质"，这些不都是五言诗的特征吗？
　　中国诗底发展的主流，是由"言志"到"缘情"，而建安恰是从"言志"到"缘情"的历史的转关。乐府源出民间，其初当然以叙事为主，由叙事到抒情，是从内容方面说明了由乐府到诗的进展。建安文学的特点在这里，曹子建的成就也在这里。魏文帝《与吴质书》，称赞刘桢说"公干五言诗之善者，妙绝时人"，是第一次正式品评到五言诗;知诗人已都在试作缘情的五言诗了。《诗品》认为曹子建的诗是"譬人伦之有周孔",推崇到了极点,但看他所说的"骨气奇高,词采華茂,情兼雅怨,体被文质",主要地也还是说明子建的诗确实做到了"缘情"的工夫,并不"质木无文。"

为了说明的方便和具体,我们不妨在曹集里选一首诗来讲起。

薤露行

> 天地无穷极,阴阳转相因。人居一世间,忽若风吹尘。愿得展功勤,输力于明君。怀此王佐才,慷慨独不群。鳞介尊神龙,走兽宗麒麟。虫兽犹知德,何况于士人。孔氏删诗书,王业粲已分。骋我径寸翰,流藻垂华芬。

这是一首乐府,崔豹《古今注》说"'薤露''蒿里',并丧歌也",郭茂倩《乐府诗集》入"相和歌辞",但我们说过,这些都并不相干。曹氏父子的很多乐府,我们都只能当作五言诗读。这一首《薤露行》就是一个具体的例子,里面所讲的与乐府原题并不相干,完全是一首自抒胸臆的五言诗。我们选出这一首诗来讲,是因为从"知人论世"说,它最可以帮助我们了解曹子建这个人;同时也可以由此来引申地说明一些建安文学的特征。这是一首最富于作者和时代底双重色彩的诗。

这首诗中说"怀此王佐才,慷慨独不群",是说一个人的志向的,但建安诸子诗文中,用到"慷慨"的字样很多,而以"慷慨"来形容建安文学的特征的,也由来已久;前面引过的《诗品讲疏》说"魏武诸作,慷慨苍凉",就是一个例。《文心雕龙·明诗篇》云:"暨建安之初,五言腾踊。文帝、陈思,纵辔以骋节;王、徐、应、刘,望路而争驱;并怜风月,狎池苑,述恩荣,叙酣宴,慷慨以任气,磊落以使才;造怀指事,不求纤密之巧;驱辞逐貌,惟取昭晰之能,此其所同也。"《文心雕龙·时序篇》于历叙曹氏父子及建安诸子后,也总括说:"观其时文,雅好慷慨。良由世积乱离,风衰俗怨,并志深而笔长,故梗概而多气也。"(梗概慷慨,声同通用,袁宏《咏史诗》"周昌梗概臣",梗概即读为慷慨。)曹子建自己也说:"余少而好赋,其所尚也,雅好慷慨,所著繁多,虽触类而作,然芜秽者众。"(《艺文类聚五十五》引《陈思王前录序》)可知"雅好慷慨"是建安诸子的共同趋向,而"慷慨"也因之是建安诗文的特征。我们平常又常言建安风骨,《文心雕龙·风骨篇》纪昀评云:"气即风骨",这话是对的。文气说本始于魏文帝,其实这是建安文人的一般看法。《文心雕龙》说"慷慨以任气",又说"梗概而多气",可知慷慨是与风骨同义的。具体一点说,在内容方面,因为建安是乱世,文人饱尝流离,生活的感触多,把这种感触表现在诗里,就多了一层"情"的成分,这就是"以情纬文,以文被质";也就是"风骨"、"慷慨"和沈约所说的"子建仲宣,以气质为体"。《文心雕龙·时序篇》所解释的"良由世积乱离,风衰俗怨,并志深而笔长,故梗概而多气也",正是这一层意思。在形式方面,乐府源出民间,而这时的五言诗还未完全脱离了乐府的性质,所以不只是在表现上如乐府一样地富于社会性,而且句法辞采也还是质朴有力,不像后来的雕镂纤巧;比较自然,比较真实。黄侃《诗品义疏》论建安五言诗云:"若其述欢宴,愍乱离,敦友朋,笃匹偶,虽篇题杂沓,而同以苏李古诗为原;文采缤纷,而不离闾里歌谣之质。故其称物则不尚雕镂,叙胸情则唯求诚恳,而又缘以雅词,振其美响。斯所以兼笼前美,作范后来者也。"这就说明建安诗虽然经过了文人"雅词"的修饰,但并没有失去它的乐府性。这种"时代的"和"社会的"两重内容和形式上的特征,就构成了建安文学的"以气质为体"的"慷慨"。想努力地把这种特征来表现出来的,就是曹子建所谓的"雅好慷慨"。

《薤露行》中以慷慨形容人格,这是一个比德龙鳞而怀才不遇的士人(自然就是曹子建自己)。他心里有点哀怨,而又不愿和一般人合流,自然也相当高傲;这种情感要求他急迫地在事业上有所表现,这就是所谓"慷慨"的气质。所以朱嘉徵解这首诗说"思乘时立业也",其实不仅只"思",而且思得很迫切,很强烈。曹集中别处用到"慷慨"字样的也很多。《赠徐干诗》云:"薇藿弗充虚,皮褐犹不全。慷慨有悲心,兴文自成篇。"这是写一个过枯槁的隐士生活而孜孜作"成一家言"的《中论》者底情感的。《箜篌引》云:"秦筝何慷慨,齐瑟和且柔。"《弃妇诗》云:"搴帷更摄带,抚节弹素筝。慷慨有余音,要妙悲且清。"(此诗本集未载,见《玉台新咏》)这是用"慷慨"来比拟音乐中的筝声的。它是那样悲凉,那样高逸,绝不像琴瑟似地和柔细腻。《情诗》云:"眇眇客行士,遥役不得归。始出严霜结,今来白露晞。游子叹黍离,处者歌式微。慷慨对嘉宾,凄怆内伤悲。"这种悲凉清越的慷慨情绪,实在是建安文人的生活特征,因而也就成了建安诗文的时代特征了。曹子建是这样,别人也是这样。乐府本由民间来,所以它的社会性大,即使抒情咏怀的五言诗,也还没有完全脱去了这种性质。而文人们所过或所见的颠沛流离的生活,又使他们的感触增多了,这也是当时的共同情形。因此便形成了慷慨苍凉的悲壮情调;所谓建安文学的特质,就植基于这种时代的和社会的因素上。曹子建因了他个人政治上的失意,屡经瘠土的困苦生活,和所看到小国边郡的民间疾苦,再加上他自己内心的郁结和文学的表现天才,所以成就特高,而且也最足以表现出建安文学的精神来。

四

我们还想藉着《薤露行》这首诗来说明曹子建底"人"的方面。中国历来评诗文的人,都喜欢因文而及人;因为喜欢作品,便连带地硬把一些传统的道德标准来加给作者,证明他的一切为人也都是合乎典型的标准。屈原的字字忠贞,杜甫的每饭不忘君,固已成为定型的说法,对别家也是如此。陶渊明自《宋书》言其"耻复屈身后代"以来,历代发挥其忠于晋室的议论,非常之多。就连谢灵运那样"浮躁不羁"的人(南宋葛立方语),明张溥《谢康乐集·题辞》也以为其仕宋乃"形迹外就,中情实乖。"曹子建的历史身份应该是最明确的了,但也同样有种种的说法。文中子《事君篇》说"陈思王可谓达理者也,以天下让,时人莫之知也"。前引《情诗》"游子叹黍离,处者歌式微"一首,历来解者都以为《毛诗·黍离小序》是"闵宗周也",遂定此诗是子建不忘汉室之意。但谢灵运的《拟魏太子邺中集诗》,序平原侯植却只说"公子不及世事,但美遨游,然颇有忧生之嗟"。清陈朝辅《建安七子集序》云:"文中子谓子建以天下让,固予之太过,乃考《魏志·苏则传》,禅代事起,子建发服悲泣,是殆司马孚一流人,系心汉室者;康乐谓公子不及世事,但美遨游,岂其然乎!上表求试,亦或假擒吴馘蜀之名,以自掩其不忘故国之心;而所云取齐者田族非吕宗,分晋者韩魏非姬姓,则明知司马氏篡夺之祸,而痛切语之,是其识尽魏室诸人所不逮,何谓文章之士哉!"丁晏《东阿怀古诗》(《曹集诠评》后)云:"东阿发丧哭汉主,诗追麦秀哀殷朝。当时子建若得立,刘氏天家仍世及。干父之蛊盖前愆,不使老瞒成汉贼。"要想了解作品,则对作者的生活和思想,当然需要理解清楚;但我们以为要懂得一个作者,最好还是客观地从史传记载和诗文内容来着手,比较近实一点。也更容易帮助我们来了解作品。

《魏志·陈思王植传》云:"植既以才见异,而丁仪、丁廙、杨修等为之羽翼。太祖狐疑,几为太子者数矣。而植任性而行,不自雕励,饮酒不节。文帝御之以术,矫情自饰,宫人左右,并为之说,故遂定为嗣。"子建是一个好大喜功的人,不甘于默默无闻,看他的《求自试表》和许多诗中的表现,可以知道;但和文帝争宠的失败,已注定了他一生的抑郁。以后君臣分隔,藩国屡迁,而且求试不用,不听朝聘,设防辅监国之官以伺察之;他过的是"块然独处,左右惟仆隶,所对惟妻子"的孤寂生活(见《求存问亲戚疏》),名为王爵,而寄地千里之外,所属只有老兵百余人,而且法制峻切,过恶日闻,连想做匹夫都不可能的烦闷生活。和文帝之间,自然有不少情感上和心理上不可抑制的冲突。《魏志·苏则传》虽有"闻魏氏代汉,皆发服悲哭"的记载,但裴注《魏略》即言"临菑侯植自伤失先帝意,亦怨激而哭"。则其泄愤的对象主要还是文帝,因为从此就更明显地注就他的悲惨前途了。陈寿评他为"不能克让远防,终致携隙",裴注引鱼豢曰:"假令太祖防遏植等,在于畴昔,此贤之心,何缘有窥望乎?"可知"窥望"倒是我们这位英雄型的作家的本来面目,似乎谈不到以天下让人;至于系心汉室,似乎也不是一个想自己窥望神器的人的想法。但竞争的失败已成定局,则怨激的一哭也是情理中的事情,此时心理上以为还不如维持汉室,也是可能的;但实在谈不上甚么"不忘故国"。《情诗》中歌咏黍离,黄节《曹子建诗注》似韩诗说释之,认为乃与《赠白马王彪》同时作,是伤任城王之死的。举证确凿,似可成为定说。丁晏《曹集诠评》于《送应氏诗》第一首云:"孙月峰谓诗伤汉室,此言得之;时董卓迁献帝于西京,洛阳焚烧,故言之沉痛。若此黍离麦秀之感,恻然伤怀。"但此诗系作于应场为平原侯庶子之时,子建封平原侯在建安十六年,则诗中所言的正是"旧京空虚,数百里无烟火"的洛阳,与后来的禅代毫无关系;倒是属于谢灵运说的"颇有忧生之嗟"的那一类。《泰山梁甫行》言"剧哉边海民,寄身于草野。妻子像禽兽,行止依林阻。柴门何萧条,狐兔翔我宇。"里面和《送应氏诗》所言的是一种情感,朱嘉徵评为"触目作忧勤语",正是"颇有忧生之嗟"的意思。本集《迁都赋序》云:"余初封平原,转出临菑,中命鄄城,遂徙雍丘,改邑浚仪,而末将适于东阿。号则六易,居实三迁,连遇瘠土,衣食不继。"这种连遇瘠土的观感,增加了这位贵公子诗中许多忧生慷慨的气氛。又按子建卒于明帝太和六年,时司马懿只为骠骑将军,权位不重,懿之功绩显著,都是子建死后的事情;其把握大权的转关在受明帝遗诏辅政,那时子建已经死去七年了。所以他虽然不满于当时法制对藩国的峻切,但也无缘预知司马氏篡夺之祸,这种推许都是远超过事实的。看起来谢灵运倒的确是个诗人,他懂得诗人的心境。子建早年的"任性而行,不自雕励,饮酒不节",和许多诗篇中所言的饮宴远游等,还不就是"不及世事,但美遨游"的一位贵公子吗?但不幸后一半的生活太不得意,遂致"常汲汲无欢",发疾而死了。

曹子建是位自负很高的人物,几乎有点夸大的英雄狂,但政治的竞争既已惨败,立功业的机会就再也找不到了。《求自试表》言"必效须臾之捷,以灭终身之愧;使名挂史笔,事列朝荣,虽身分蜀境,首悬吴阙,犹生之年也"。这是衷心的好大喜功的流露,但却并不能得到满足。而且时怀恐惧,汲汲无欢,于是这种心理和要求,便只能在诗文上求点满足了。《薤露行》这首诗就是一个自白的说明。开头几句表示生命短促,是建安时代的共同感觉,《古诗十九首》中便有很多。正因为身体的存在有限,所以"名挂史笔"的要求也更迫切;自己又是一个怀有王佐才的出类拔萃的人物,自然不肯"忽然与万物迁化"。但立功业的机会既然无法求得满足,便只有著于文章之一途了。"骋我径寸翰,流藻垂华芬",是他所剩下来的唯一的道路,虽然在他是条不得已的道路。

普通以为子桓、子建兄弟对文学的看法不同,因为曹丕《典论论文》认为文章是"经国之大业,不朽之盛事",而曹植《与杨德祖书》中却说"辞赋小道,固未足以揄扬大义,彰示来世也。昔扬子云,先朝执戟之臣耳,犹称壮夫不为也。吾虽德薄,位为藩侯,犹庶几戮力上国,流惠下民,建永世之业,流金石之功,岂徒以翰墨为勋绩,辞赋为君子哉!若吾志未果,吾道不行,则将采庶官之实录,辩时俗之得失,定仁义之衷,成一家之言"。表面上看起来,这两种论调完全不同,但细细分析,他们对文学的看法和意见,还是一致的;不同的只是政治地位和文章的口气而已。曹丕的论述对象是建安诸子,是他的掾属,所以在"今之文人"下,绝不述及曹氏人物;是以一种居高临下的带教训的口吻说的。这些人的地位自然难建立永世的大功业,但为了"年寿有时而尽",想求"名挂史笔"的另一方面的不朽,却是大家一致的要求;于是劝他们做文章好了,这就可以不朽,也可以帮他经国;所以把文章的地位抬得特别高。其实大家都是想要"声名自传于后"的,而且都以为立功业的名会更大一点,不过曹丕大权在握,要做即能做,所以不必再有此要求了。而且站在领袖地位,也得遏制一点别人进取名利的欲望,所以他的说法自然和曹子建的不同了。子建既在政治上没有那样欲为即为的地位,他自然以建立功业为"名挂史笔"的最好方法,而且那篇文章又是一封私人书信,是向知己表白自己的口气;借扬雄的地位来说明如果还有一点建立功业的地位和机会,是绝不自甘于翰墨的。在属文中,子建以为"成一家言"的学说,其不朽的程度较辞赋为高;其实曹丕也是这样看法,所以他特别推崇著《中论》的徐干。所举的"西伯演易"和"周旦制礼"的例子,也并不是诗赋。一个时代对文学的观念,总比较有个一般的尺度,这时大家对于不朽的要求太强烈,但对文学的看法却还是一致的。不幸的是子建始终没有找着"建永世之业"的机会,于是最后也只好以"骋我径寸翰,流藻垂华芬"来自慰了。《薤露行》这首诗就可以表示出曹诗是在甚么情况下产生的,和包括着些什么样的内容。曹子建文学上的成功,正是植根于他生活和政治上的抑郁失意的。

五

我们再看王粲。曹植《王仲宣诔》云:"文若春华,思若涌泉。发言可咏,下笔成篇。"《魏志·王粲传》言其"善属文,举笔便成,无所改定,时人常以为宿构,然正复精意覃思,亦不能加也"。从史传记载和作品内容看来,《文心雕龙》评王粲为"七子之冠冕"的说法,是不错的。汉赋注重体物,所以趋于敷陈繁重;和诗的发展相类似,仲宣的赋也是清深遒逸,加重了抒情的成分的。《文心雕龙·诠赋篇》云:"仲宣靡密,发端必遒。"曹丕诸文中也屡称道他善于辞赋;皆指他这方面的成就。可惜他的赋传世不多,除《文选》之《登楼赋》外,严辑《全文》所录虽有二十余篇,但都不完整。他亦工诗,惟今传只五言诗十五首,四言三首。《诗品》列粲于上品,言其"在曹、刘间别构一体。方陈思不足,比魏文有余。"《文心雕龙》说他"文多兼善",可知他的诗赋在当时都是特出的。

但王粲所以能有这样高的成就,除了他的才思卓越而外,和曹子建一样,主要还是因为他有一段漫长的流离抑郁的生活经验;而这正是所谓慷慨苍凉的建安风骨的来源。《魏志·王粲传》言其"年十七,司徒辟,诏除黄门侍郎,以西京扰乱,皆不就。乃之荆州依刘表"。他的曾祖王龚,祖父王畅,都做过三公;父亲王谦是大将军何进长史,所以他是一位标准的名门公子。王畅是汉末名士,为八俊之一,刘表曾从他受学;而荆州在当时又是未遭兵乱的乐土,去避乱的人很多,所以仲宣去依投他。途中作《七哀诗》云:"西京乱无象,豺虎方遘患。复弃中国去,委身适荆蛮。亲戚对我悲,朋友相追攀。出门无所见,白骨蔽平原。路有饥妇人,抱子弃草间。顾闻号泣声,挥涕独不还。'未知身死处,何能两相完?'驱马弃之去,不忍听此言。南登灞陵岸,回首望长安。悟彼下泉人,喟然伤心肝。"这就是沈约所举的"先士茂制,讽高历赏"的"仲宣灞岸之篇",可以看出这位十七岁的贵公子底流离逃难的心境。从初平四年到建安十三年曹操破荆州(193—208),仲宣留荆州凡十五年。这期间的生活因不为刘表所重,也同样是不得意的。《魏志·王粲传》言"表以貌寝而体弱通侻,不甚重也。"《魏志·钟会传》注引《博物记》云:"初,王粲与族兄凯俱避地荆州,刘表欲以女妻粲,而嫌其形陋而用率,以凯有风貌,乃以妻凯。"可知刘表只以文义之士待之,并不借重。(粲有《荆州文学记官志》一文,记刘表修儒术事。)所以曹植《王仲宣诔》也说他"翕然风举,远窜荆蛮。身穷志达,居鄙行鲜。振冠南岳,濯缨清川。潜处蓬室,不干势权",在政治事业上是很不得意的。这种情绪在《登楼赋》中也可以看出来,像"遭纷浊而迁逝兮,漫逾纪以迄今。情眷眷而怀归兮,孰忧思之可任",和"悲旧乡之壅隔兮,涕横坠而弗禁",这一类句子,并不仅仅只表示思乡怀归的情绪,同时也寄托着强烈的政治事业上的抑郁和失意;所以又说"惧匏瓜之徒悬兮,畏井渫之莫食"。《七哀诗》第二首言"荆蛮非我乡,何为久滞淫?"也是这时作的。梁元帝《金楼子·杂记篇十三上》云:"王仲宣昔在荆州,著书数十篇。荆州坏,尽焚其书。今存者一篇,知名之士咸重之。见虎一毛,不知其斑。"《魏志·王粲传》言粲"著诗、赋、论、议垂六十篇",则梁元帝所指在荆州留存的一篇,盖即《登楼赋》。所以昭明辑选,对于以辞赋擅长的王粲,也只录了这一篇赋。这篇当然是他的代表作,不仅完整,而且也充满了慷慨伤感的情绪。他和曹子建一样(其实当时的文士都如此),对政治是有抱负的;并不甘于只作一个文士。但这种志向受到了时代和环境的阻碍,得不到适意的发展,于是便有了不满和怨愤。所以曹操入荆州后,辟粲为丞相掾,赐爵关内侯,置酒汉滨,粲即奉觞贺曰:"方今袁绍起河北,仗大众,志兼天下,然好贤而不能用,故奇士去之。刘表雍容荆楚,坐观时变,自以为西伯可规。士之避乱荆州者,皆海内之俊杰也。表不知所任,故国危而无辅。明公定冀州之日,下车即缮其甲卒,收其豪杰而用之,以横行天下;及平江、汉,引其贤俊而置之列位,使海内回心,望风而愿治,文武并用,英雄毕力,此三王之举也。"(《魏志·王粲传》)王粲在这里一方面固然对曹操的兴复汉室寄托了希望,像许多当时的名士一样;但他最满意的还是"引贤俊而置之列位"一点,因为在这里他找到了他发展个人抱负的机会,可以稍舒一下很久的抑郁和怨愤。

但十五年并不是一段短的时光,而且又在从十七岁到三十二岁的壮年;事业上的失意正构成了他文学上成功的条件,这些年流离生活的感触对他是宝贵的。谢灵运《拟魏太子邺中集八首》序王粲云:"家本秦川贵公子孙,遭乱流寓,自伤情多。"《诗品》言"其原出于李陵。发愀怆之词,文秀而质羸"。而《诗品》评李陵诗又云:"其原出于《楚辞》。文多悽怆怨者之流。陵名家子,有殊才,生命不谐,声颓身丧。使陵不遭辛苦,其文亦何能至此!"这里的一部分说明正可移用于王仲宣。流离生活的痛苦和贵公子失意的郁结,使他的作品里充满了慷慨凄凉的调子,这就是他之所以为七子冠冕的主要原因。徐桢卿《谈艺录》云:"仲宣流客,慷慨有怀"。陈祚明《采菽堂古诗选》云:"王仲宣诗如天宝乐工,身经播迁之后,作雨淋铃曲,发声微吟,觉山川奔逆,风声云气,与歌音并至;只缘述亲历之状,故无不沉切。"这都是从生活经历方面来说明了他作品成功的原因。

实际上,这并不只是他个人生活的经历,也代表了当时文人们所共同遭遇的命运。"白骨蔽平原"是当时战乱灾祸下的普遍景象;"驱马弃之去"是文人们流离播迁的一般情形;至少也得找寻一个可以依附的对象。这样,或多或少的,处在那个时代,谁没有一点辛醉的流寓经历?谁能看不见一点民间的疾苦?这样,在乐府,或充满了乐府精神的诗赋里表现出来,便自然地加多了抒情的成分。这"情"不是无病呻吟,而是实地从生活感受中得来的,这就形成了充满着慷慨之音的建安风骨。曹子建、王仲宣的文学才能也许比别人高,经验和痛苦比别人深,所以作品的成就也比较大;但其所遭遇的基本情况还是当时政治社会的一般情势。因此他们作品中所表现的特征,也仍然是建安文学的一般特征。

六

刘师培《中国中古文学史》论汉魏之际文学变迁云:"建安文学,革易前型,迁蜕之由,可得而说:两汉之世,户习《七经》,虽及子家,必缘经术。魏武治国,颇杂刑名,文体因之,渐趋清峻。一也。建武以还,士民秉礼。迨及建安,渐尚通侻;侻则侈陈哀乐,通则渐藻玄思。二也。献帝之初,诸方棋峙,乘时之一,颇慕纵横,骋词之风,肇端于此。三也。又汉之灵帝,颇好俳词,下习其风,益尚华靡;虽迄魏初,其风未革。四也。"他这种看法是根据各种文体的现象来和两汉比较说的。清峻和通脱都是由于曹操反传统的政治作风对文学所生的影响。"清峻"指论说奏议各体文字的注重简约严明;"通脱"指由偏狭的清节和道德观念解放出来的士风对诗赋内容所产生的抒情咏怀的影响。这些变化都可由当时的政治社会情况中得到了说明。刘氏又云:"魏文与汉不同者,盖有四焉。书檄之文,骋辞以张势,一也。论说之文,渐思校练名理,二也。奏疏之文,质直而无华,三也。诗赋之文,益事华靡,多慷慨之音,四也。"可知他是分别各种文体来说明和以前不同的现象的。"骋辞"是指如陈琳、阮瑀等的繁富铺张的书檄公文;华靡是指多慷慨之音的诗赋。但诗赋之欲丽和绮靡,主要还是由于慷慨缘情的内容决定的,并非专由灵帝的提倡。这种群雄割据的纵横之局和世积乱离的慷慨之音,都是当时社会的实际情形,刘氏指出了这些文学史上的现象,原可宝贵;但我们上面所述的建安文学的基本特征,却并不简略;这因为我们现在既不注重分别文体来说明,而这些现象之所以存在,又都可从前面的分析中得到了它的解释。

潘陆与西晋文士

一

西晋凡五十二年(265—316),在这样一个脆弱的短促的统一局面下,贾充、杨骏、八王之乱,外戚宗室间的执政起伏和兵戎倾轧,政治上始终没有一点升平统一的气象;属于士大夫阶层的文士们,也就自然更显出了他们的依从性和可怜相了。他们不能单纯地只忠于皇室,更得在权臣中找寻他们底依附的目标;这样,随着政治上权力的起伏,文人的生活也在不断地改变其所依附的人物;自然也就有不少人因而丧失了地位和性命(潘、陆皆然),也自然就有不少的应时的适应政治的作品(如潘岳的《构怀愍文》)。西晋的文士们,就在这样的政治漩涡中寄存着。

贾充是晋室的佐命功臣,自武帝泰始八年(272)太子衷立贾充女为妃,至太康二年(281)充卒,十年当中,文士如荀颛、荀勖、冯统、成公绥等,都依附于贾氏门下。到了贾谧预政,更几乎收罗尽了当时的文士。《晋书·贾谧传》言其"好学有才思,既为充嗣,嗣佐命之后,又贾后专恣,谧权过人主,……或著文章称美谧,以方贾谊"。所以他不只是在做政治的领袖,而且也想做文学的领袖。"开阁延宾,海内辐凑",有所谓二十四友之号。陆机、陆云、潘岳、左思、石崇、欧阳建、挚虞、刘琨等,皆在其内。《晋书·潘岳传》说"岳性轻躁,趋世利,与石崇等谄事贾谧,每候其出,与崇辄望尘而拜。构愍怀之文,岳之辞也。谧二十四友,岳为其首。谧《晋书》限断,亦岳之辞也。"当时除张华、裴頠等尚能与时卷舒外,一时文人几尽依附于权门。王戎在杨骏执政时,是太子太傅,贾谧预政时,他和贾郭通亲,元康七年(297)王戎为司徒,《晋书·王戎传》说他"以王政将圮,苟媚取容",又说"以晋室方乱,慕蘧伯玉之为人,与时舒卷,无蹇谔之节。自经典选,未尝进寒素,退虚名,但与时浮沉,户调门选而已。"但当他做司徒时,一般名士如阮庾、阮脩、王衍、王澄、乐广、胡母辅之、谢鲲、王尼、毕卓等,也都依其门下。所以西晋的文士们,大半都是过着一种寄于外戚权臣的依附生活。

永康元年(300)赵王伦诛贾后,接着便是所谓八王之乱,宗室间的互相杀伐。潘岳便是当赵王伦执政时,孙秀诬以谋奉淮南王允、齐王冏为乱,与石崇、欧阳建同被诛杀的。连数诮他"尔当知足,而乾没不已乎?"的老母和族人等,也一同被害。这样,属于依附阶层的文人们,便又跟着在得势的宗室间讨生活了。永宁元年(301)齐王冏、成都王颖讨赵王伦,自为大司马,于是一般文士如刘殷、曹摅、江统、张翰、陆机、陆云等,又都附于齐王门下。次年(泰安元年)冬,河间王颙使长沙王乂杀齐王冏,于是这些文士也都四散了。我们要谈的陆机虽然不满齐王冏"矜功自伐,受爵不让",作过《豪士赋》以刺之,但却委身于成都王颖,参大将军军事,平原内史;后来并且以心腹来做后将军河北大都督,督二十万人讨长沙王乂,终至被人猜忌,连性命也送掉了。到永兴元年,东海王越征成都王颖,后又奉惠帝东还,自为太傅,这时外患也已严重,北方渐不可维持,当时以王戎为首的一般名士如庾敳、胡母辅之、郭象、阮修、谢鲲等,又都随着王衍,集于东海王越门下。其后接着就是"永嘉之乱",怀愍被弑,于是西晋文士的生命,除过少数过江的而外,也就随着政治的生命而结束了。西晋的文士,在这短短的五十年中,就在这种辗转依附中扮演着他们的悲剧。

二

沈约《宋书·谢灵运传论》云:"降及元康,潘、陆特秀,律异班、贾,体变曹、王,缛旨星稠,繁文绮合。缀平台之逸响,采南皮之高韵,遗风余烈,事极江右。"这一段话说明了两件事,一是西晋文学的特点是"缛旨星稠,繁文绮合",这是和汉魏都不相同的。一是潘、陆可以说是西晋文学的代表人物。从作品上看是如此,从文人生活上看也是如此。潘岳的谄事贾谧,陆机的委身于成都王颖,终致杀身的结果,都给西晋文士辗转于外戚宗室间争权的生活,画出了一个有代表性的轮廓。所以向来论西晋文学的皆以潘、陆为首。《晋书·潘岳传》史臣曰:"机文喻海,韫蓬山而育芜;岳藻如江,灌美锦而增绚。"《世说新语·文学篇》注引《续晋阳秋》云:"自司马相如、王褒、扬雄诸贤,世尚赋颂,皆体则《诗》、《骚》,傍综百家之言。及至建安,而诗章大盛。逮乎西朝之末,潘、陆之徒虽时有质文,而宗归不异也。"当然,西晋时著名的文士尚多,绝不止于潘、陆,但讲西晋一般的文学作风和作者,潘、陆是有其完满的代表性的。《文心雕龙·时序篇》云:"逮晋宣始基,景、文克构,并迹沉儒雅,而务深方术。至武帝维新,承平受命,而胶序篇章,弗简皇虑,降及怀、愍，缀旒而已。然晋虽不文，人才实盛。茂先摇笔而散珠，太冲动墨而横锦，岳、湛曜联璧之华，机、云标二俊之采，应、傅三张之徒，孙、挚成公之属，并结藻清英，流韵绮靡。前史以为运涉季世，人未尽才，诚哉斯谈，可为叹息！"这段开首说明西晋文学并没有能得到帝王的奖掖和提倡，所以不能像建安或元嘉一样，得到它应有的发展；文人们自身的仕途和命运也不能够顺利和安定，只有在外戚宗室争权的漩涡中讨寄生的生活，所以使后人有"运涉季世，人未尽才"的感觉。所举文士除潘、陆外，尚有张华、左思、夏侯湛、陆云、应贞、傅玄、三张（张载及其弟协、协弟亢）、孙楚、挚虞、成公绥诸人。《才略篇》所举尚多曹摅、张翰、刘琨、卢谌四人。《诗品·序》也说"太康中，三张二陆，两潘一左，勃尔复兴，踵武前王，风流未沬，亦文章之中兴也"。西晋著名的文士，大致如此。《文心雕龙》在分述各体时也多引他们的作品做说明；在这些文士中，潘、陆是最足以代表当时一般的作风的。

潘岳、陆机二人的风格和特点，并不相同，但却都可代表当时一般作风的趋向。《南齐书·文学传论》云："潘、陆齐名，机、岳之文永异。"所以后来批评的人，也常以潘、陆作比较。《文心雕龙·体性篇》云："安仁轻敏，故锋发而韵流；士衡矜重，故情繁而词隐。"《诗品》评潘岳诗云："其原出于仲宣。《翰林》叹其翩翩然如翔禽之有羽毛，衣服之有绡縠。犹浅于陆机；谢混云：'潘诗烂若舒锦，无处不佳；陆文如披沙简金，往往见宝。'嵘谓益寿（混小字）轻华，故以潘为胜；《翰林》笃论，故叹陆为深。余常言：陆才如海，潘才如江。"《世说新语·文学篇》引谢混所云作孙兴公。另条又云："孙兴公云：'潘文浅而净，陆文深而芜。'"《太平御览》引《抱朴子》云："欧阳生曰，张茂先、潘正叔、潘安仁文，远过二陆，二陆文词源流，不出俗检。"后世论及西晋诗文的,也多着重于比较潘、陆的高下。《诗源辨体》卷五云:"安仁体制既亡,气格亦降,察其才力,实在士衡之下。"黄子云《野鸿诗的》云:"安仁情深而语冗繁。唯《内顾诗》'独悲'云云一首,《悼亡诗》'曜灵'云云一首,抒写新婉,余罕佳构。昔人谓之潘江,过矣。"这是贬潘申陆的。又如陈祚明《采菽堂古诗选》卷十一云:"安仁情深之子,每一涉笔,淋漓倾注,宛转侧折,旁写曲诉,刺刺不能自休。夫诗以道情,未有情深而语不佳者;所嫌笔端繁冗,不能裁节,有逊乐府古诗含蕴不尽之妙耳。安仁过情,士衡不及情;安仁任天真,士衡准古法。夫诗以道情,天真既优,而以古法绳之,曰未尽善,可也。盖古人之能用法者,中亦以天真为本也。情则不及,而曰吾能用古法;无实而袭其形,何益乎?故安仁有诗而士衡无诗。钟嵘惟以声格论诗,曾未窥见诗旨,其所云'陆深而芜,潘浅而净',互易评之,恰合不谬矣。不知所见何以颠倒至此!"这是褒潘贬陆的。我们现在并不想给潘、陆评定高下,那是会由于批评的标准和论点而异的。我们只想从这些话语中和他们作品的本身来说明一些特点和风格,藉以了解西晋文学的一般情况。

三

西晋文学与以前不同的第一个现象,就是沈休文所说的"缛旨星稠,繁文绮合"。潘、陆以及其他作者的一般作风,都是如此;而以陆机为尤甚。《文心雕龙·情采篇》云:"昔诗人什篇,为情而造文;辞人赋颂,为文而造情,何以明其然?盖风雅之兴,志思蓄愤而吟咏情性,以讽其上,此为情而造文也。诸子之徒,心非郁陶,苟驰夸饰,鬻声钓世,此为文而造情也。故为情者要约而写真,为文者淫丽而烦滥;而后之作者,采滥忽真,远弃风雅,近师辞赋;故体情之制日疏,逐文之篇愈盛。故有志深轩冕,而泛咏皋壤;心缠几务,而虚述人外,真宰弗存,翩其反矣。"我们借这一段话说明西晋文学和以前建安文学的不同,最为明显。在建安时代,就是文人所作的五言诗,也还没有完全失去了它的乐府性(民间的和社会的性质),曹氏父子原来的态度本是反传统的,他们敢于尝试着用乐府的体裁来作诗,又加上汉末群雄割据和文人辗转流离的时代背景,于是便产生了所谓建安风骨。到了西晋,这些基本的特质已经都不存在了。即如《古诗十九首》,本来也是属于乐府的谣谚之类,沈德潜以为"大率逐臣弃妻,朋友阔绝死生新故之感;中间或寓言,或显言,反复低徊,抑扬不尽。使读者悲感无端,油然善入,此国风之遗也"。这段话最为中肯,因为它是产生于"男女有所怨恨,相从而歌,饥者歌其食,劳者歌其事"的情境下的(《公羊宣十四年传》注语)。但到了陆机的拟古诗,虽然名重当时,但却只能做到《文心雕龙》所谓"为文而造情"。王船山《古诗评选》云:"平原拟古,步趋如一。"李重华《贞一斋诗说》云:"陆士衡《拟古诗》,名重当世,余每病其呆板。"陈祚明《采菽堂古诗选》卷十云:"士衡诗束身奉古,亦步亦趋,在法必安,选言亦雅,思无越畔,语无溢幅。"这些批评都说明了陆诗仅只是在修辞上有所成就,是刘勰所谓"逐文之篇",而不是"体情之制"。陆云《与兄平原书》有云:"此是情文,但本少情,而颇能作氾说耳。""氾说"实在包有现在所谓"无病呻吟"的意思。所以到了西晋,五言的诗体定型了,辞赋是传统的文体,这些都是士大夫间运用的固定形式;而这些人又生活在外戚宗室的卵翼下，事实上是属于"心非郁陶，苟驰夸饰"的心境的；自然也就只能"逐文之篇愈盛"了。于是大家都在词藻排偶上用工夫，乐府的朴素一天天冲淡，而辞赋习用的丽辞却日渐加浓了。《文心雕龙·丽辞篇》云："至魏晋群才，析句弥密，联字合趣，剖毫析厘，然契机者入巧，浮假者无功。"这种风气虽建安已肇始，但西晋却益趋繁密了。如陆士衡的《豪士赋序》，裁对隶事的繁多和工整，以及语句间长短的相间，已俨然是完整的四六骈体。"笔"是这样，诗也如此。《文心雕龙·明诗篇》云："晋世群才，稍入轻绮。张、潘、左、陆，比肩诗衢。采缛于正始，力柔于建安；或析文以为妙，或流靡以自妍，此其大略也。"所以到了西晋，整个文学是向着轻绮繁缛的路上走，这一方面是由建安以来发展的积累，一方面是这些文人们自身的生活使他们也只有在这方面来表现才华。其中陆机尤其是最显著的例子。

陆机向以繁缛著称，《文心雕龙·才略篇》云："陆机才欲窥深，辞务索广，故思能入巧而不制繁。"《文心雕龙·镕裁篇》云："至如士衡才优，而缀辞尤繁；士龙思劣，而雅好清省；及云之论机，亟恨其多，而称清新相接，不以为病。"此见于陆云《与兄平原书》，书中又有云："兄文方当日多，但文实无贵于多，多而如兄文者，人不厌其多也。"《世说新语·文学篇》注引《文章传》曰："机善属文，司空张华见其文章，篇篇称善，犹讥其作文太冶。谓曰：'人之作文，患于不才，至子为文，乃患太多也。'"《文心雕龙·哀吊篇》云："陆机之吊魏武，序巧而文繁。"这些都可说明陆氏诗文的繁缛。但繁缛实在是注重轻绮和过分追求辞采的必然结果，而这又是西晋文人的普遍风气。所以别人和他的差别，也仅只是程度上的浅深而已。《文选·文赋》李注引臧荣绪《晋书》评陆机云："天才绮练，当时独绝。""绮练"其实即是西晋文人共同追求的标准。即如潘岳,《世说新语·文学篇》注引《晋阳秋》云:"夙以才颖发名。善属文,清绮绝世。"又引《续文章志》曰:"岳为文选言简章,清绮绝伦。"《文选·籍田赋》注引臧荣绪《晋书》评潘岳为"总角辩慧,摛藻清艳"。所谓"清绮"或"摛藻清艳"和陆机绮练的不同,最多也是修辞上的一清一缛而已;这是他们之间的差别,但这差别也不过是程度上的浅深。《文心雕龙·才略篇》云:"潘岳敏给,辞自和畅,钟美于西征,贾余于哀诔,非自外也。"《文心雕龙·体性篇》也云:"安仁轻敏,故锋发而韵流。"所以潘、陆间的不同,只是因为安仁敏给,所以辞就止于"和畅",而不致流于"繁缛"罢了。

潘岳最特长的一种文体是哀诔,《文心雕龙·诔碑篇》云:"潘岳构意,专师孝山(苏顺),巧于序悲,易入新切。"《文心雕龙·哀吊篇》云:"建安哀辞,惟伟长差善,《行女》一篇,时有恻怛。及潘岳继作,实踵其美观。其虑善辞变,情洞悲苦,叙事如传,结言摹诗,促节四言,鲜有缓句,故能义直而文婉,体旧而趣新,金鹿、泽兰,莫之或继也。"《晋书·潘岳传》云:"辞藻绝丽,尤善为哀诔之文。"可知这是潘岳最特长的一种文体。但如陆机的《愍怀太子诔》及《吊魏武文》等,也都算当时的佳作,不过正如《文心雕龙·哀吊篇》所云:"奢(应作夸)体为辞,则虽丽不哀。"所以以繁缛著称的陆氏,就不如潘岳"巧于序悲"了。

明张溥《陆平原集题词》云:"陆氏为吴世臣,士衡才冠当世,国亡主辱,颠沛图济,成则张子房,败则姜伯约,斯其人也。俯首入洛,竟縻晋爵,身事仇雠,而欲高语英雄,难矣。太康末年,衅乱日作,士衡豫诛贾谧,佹得通侯,俗人谓福,君子谓祸。赵王诛死,羁囚廷尉,秋风蓴鲈,可早决儿,复恋成都活命之恩,遭孟玖青蝇之潛,黑貆告梦,白帢受刑,画狱自投,其谁戚哉。张茂先博物君子,昧于知止,身族分灭,前车不远,同堪痛哭。"这是论陆士衡一生的事迹的,唐太宗的《晋书·陆机传论》也同样对陆氏一生的遭遇,寄与了同情和悲哀;其实不止张华、陆机,这正说出了处在"衅乱日作"时代的西晋文士们的共同悲哀。他们的身份和生活使他们不能"知止",结果便只有在外戚宗室争权的漩涡中讨寄生的生活。陆机是这样,潘岳也是这样;李义山说"今人若读《闲居赋》,不信当年拜后尘"。元遗山说"高情千古《闲居赋》,争信安仁拜路尘"。正说明了这些文士们的实际生活和他们希求隐逸棲遁的遐想间的矛盾。在升平时代,这种矛盾也许并不太显著,但这时却难免有"身族分灭"的遭遇了;潘岳、陆机的结果,都是这样。西晋的文士们,就在这种环境中现出了他们的悲哀。

四

《文心雕龙·通变篇》云:"魏、晋浅而绮"。"浅"和"绮"是魏晋文学的两个特点,到西晋则更为显著。前面所说的轻绮繁缛的作风,是说明"绮"一方面的;至于"浅",是指属文时用字平易说的。《文心雕龙·练字篇》云:"自晋来用字,率从简易,时并习易,人谁取难。今一字诡异,则群句震惊,三人弗识,则将成字妖矣。"《颜氏家训·文章篇》引沈约云:"文章当从三易:易见事,一也;易识字,二也;易读诵,三也。"到西晋时,字体已臻划一,文人知古训者不多,所以用字趋于平易,是自然的趋势。以前西汉时作辞赋的文人,同时也就是小学家,如司马相如作《凡将篇》,扬雄作《训纂篇》;因为那时字体字义尚未固定,识字是属文的基本工夫。到了后来,这种情势逐渐变了,而且又受到乐府中口语的影响,所以通古训识古字的人逐渐少了,因而诗文中的用字,也就渐趋平易了。《文心雕龙·练字篇》言"陈思称扬、马之作,趣幽旨深,读者非师传不能析其辞,非博学不能综其理,岂直才悬,抑亦字隐。"《颜氏家训·书证篇》云:"吾昔初看《说文》,蚩薄世字,从正则惧人不识,随俗则意嫌其非,略是不得下笔也。"可知这原是自然演进的趋势,因此也成了这时文学的一个特点。其次,因为受了清谈的影响,文中的风流隽语,逐渐加多;又因为追求绮丽,隶事用典也逐渐加富,这都是西晋文学的特点。比较言之,潘文中隽语颇多。《世说新语·文学篇》言"乐令善于清言,而不长于手笔。将让河南尹,请潘岳为表。潘云:'可作耳。要当得君意。'乐为述己所以为让,标位二百许语。潘直取错综,便成名笔。时人咸云:'若乐不假潘之文,潘不取乐之旨,则无以成斯矣。'"这可证明清谈的出语隽永对于文学所生的影响。张戒《岁寒堂诗话》引《文心雕龙·隐秀篇》云:"情在词外曰隐,状溢目前曰秀。"也是受到清谈影响后对于文学的要求;西晋文学,已有此特点。关于隶事用典的风气,可谓至陆机才工整繁富,西晋诸人,也都倾向于这方面的发展。

在建安时代,诗和乐府的界限还很密切,很多乐府也可以看作是五言诗。但到了西晋,诗和乐府的界限,却显明地分开了。这时的"文人乐府"虽然也很多,但即使是乐府题目,也已经失去了它的民间性和社会性了。建安的文人乐府,只袭用旧的题名,所叙还都是当时情事,个人感怀。到了西晋,文人乐府便只在就古题咏古事了;如陆机的《婕妤怨》和石崇的《王明君辞》,诗中叙述得也是班婕妤和王昭君的故事。还有便是仍然在原题中沿述古意,如陆机的《燕歌行》全袭用魏文帝原意,傅玄《艳歌行》全袭古乐府《陌上桑》的意思。这样,文人所能表现的,最多也不过是修辞的技巧。黄子云《野鸿诗的》云:"平原……五言乐府,一味排比敷衍,间多硬句,且踵前人步伐,不能流露性情,均无足观。"其实不只陆机,这正是西晋一代的风气。时代和社会的因素都跟建安不同了,这些人的生活和身份使他们只有在技巧上求表现。沈德潜《古诗源》云:"士衡以名将之后,破国亡家,称情而言,必多哀怨。乃词旨敷浅,但工涂泽,复何贵乎?"因为他虽然破国亡家,却并没有实际上感到了破国亡家的痛苦;他又变成了洛阳的新贵,交游于权贵之间,参预了政治上的倾轧;他是并不甘于只作一个文人的。很多的人都是如此,因此乐府的性质便和以前不同了。他们如有赠答述怀,即运用五言的诗体,虽然诗也并不一定有情,但总可说两句自己的话,因此乐府和诗的界限,也就远隔了。西晋的一般情形,都是如此。

五

《晋书·张亢传》云:"亢字季阳。才藻不逮二昆,亦有属缀,又解音乐伎术。时人谓载、协、亢、陆机、云曰'二陆''三张'。"《诗品》评张华诗云:"其体华艳,兴讬不奇,巧用文字,格为妍冶。虽名高曩代,而疏亮之士,犹恨其儿女情多,风云气少。"这批评不也正是陆机的风格吗?刘师培《中古文学史》案:"晋代之诗如张华、张载之属,均与士衡体近。"因为这实在是时代风气,张华以及三张、二陆都是属于类似的风格的。譬如对陆机的批评,最致推崇的是葛洪,而葛洪即是学陆机的。《北堂书钞·论文篇》引《抱朴子》佚篇曰:"吾见二陆之文,犹元圃积玉,方之他人,若江汉之与潢汙;及其精处,妙绝汉魏之人也。"《北堂书钞·叹赏篇》引《抱朴子》云:"每读二陆之文,未尝不废书而叹,恐其卷尽。"又曰:"陆子十篇,词之富者,虽覃思不能损。"葛洪虽然不仅只是文人,但即就《抱朴子》中排偶繁缛的文字,也可以看出他的作风似陆。不过因为他不满意于只作文人,所以要立言传后。《抱朴子·应嘲篇》云:"非不能属华艳以取悦,非不知抗直言之多咎,然不忍违情曲笔,错滥真伪,欲令心口相契,顾不愧景,冀知音之在后也。"可知他如果专门属文,也是专学陆机作风的。这本是当时一般的倾向,所以《诗品·序》说"陆机为太康之英,安仁、景阳为辅"。到后来时代变了,情形不同了,所以后世批评的人,对于陆机的评价,便不但不如葛洪那样推崇,而且极下贬辞了。胡应麟《诗薮外编》云:"钟记室以士衡为晋代之英,严沧浪以士衡独在诸公之下,二语虽各举所知,咸自有谓。"这话说得最公道,所以到了后代,便很少推崇陆机的了。许子夷《诗源辨体》云:"士衡五言,声韵粗悍,复少温厚之风。"黄子云《野鸿诗的》云:平原"当日偶为茂先一语之褒,故得名驰江左。昭明喜平调,又多采录。后因沿袭而不觉,实晋诗中之下乘也"。其实都是因为后来时代变了,所以看法也就不同了。由当时一般的趋势和标准看来,陆机的确是地位很高的人物。而且别人和他的差别,也只是程度上的不同。若专由后人的批评看,整个的西晋文学,其实也可以说是"下乘"的。由这点说,讲西晋文士,陆机仍然是有其颇为完满的代表性的。

和潘岳作风类似的文士也有,如夏侯湛。其实后来的南朝的文士如谢朓、江淹等,也都是学潘的。《晋书·文苑传序》云:"潘夏连辉,颢颖名辈。"又《文苑传论》云:"孝若挟蔚春华,时标丽藻;安仁思绪云骞,词锋景焕。夏论政范,源王化之幽赜;潘著哀词,贯天人之情性。"《世说新语·文学篇》注引《文士传》云:"湛字孝若,……有盛才,文章巧思,善补雅辞,名亚潘岳。"《晋书·夏侯湛传》亦云:"湛幼有盛才,文章宏富,善构新词,而美容观,与潘岳友善,每行止同舆接茵,京都谓之'连璧'。"可知潘、夏在当时是为人所连称的。他们的作风也的确有类似的地方。又如石崇,在当时不但与潘岳是好友,他的《思归引》和金谷中的赋诗,都可证明其作风和潘岳的相近。所以向来的潘、陆并称,是很有道理的;不但是说他们的作品好,而且在西晋一代中,他们也是有其比较完满的代表性的。

当然,这种说法也只是相对的,因为这时并没有像后来所谓诗派或文派的存在,所以也仅只是指时代的一般趋向而已。跟他们作风不大同的作者,自然也还是有的。例如左思的诗,《诗品》评为"文典以怨,颇为精切,得讽谕之致。虽野于陆机,而深于潘岳"。其与潘、陆不同者,就因为他还有一些要讽谕的怨思。《晋书·左思传》言其"父雍,起小吏,以能擢授殿中侍御史"。等到泰始八年他妹妹左芬做了修仪,才移家京师,求为秘书郎。出身既非高门,仕途也不很得意。所以陆机斥为伧父,而《三都赋》虽已成,"时人未之重",还要赖于皇甫谧等的延誉。他虽也预于贾谧二十四友之列,但《晋书·左思传》说"秘书监贾谧请讲《汉书》",可知关系是相当疏远的。《世说新语·文学篇》注引《左思别传》中云:"皇甫谧西州高士,挚仲治宿儒知名,非思伦匹。"严可均辑《全晋文》虽考证《别传》为"道听途说,无足为凭",但左思在当时地位之卑下和不为人重,却是事实。所以他做《三都赋》的动机,也未尝不是为了出身寒素,藉以求干禄之阶。这样的人,还没有登入了像潘、陆一样的生活圈子,自然和他们的作风也就不同了。《咏史诗》之二云:

"郁郁涧底松，离离山上苗，以彼径寸茎，荫此百尺条。世胄蹑高位，英俊沉下僚。地势使之然，由来非一朝。金张藉旧业，七叶珥汉貂。冯公岂不伟，白首不见招。"像这样的不满现状的怨思，潘、陆等文士们自然是没有的；因而他们的作风也就不同了。但在当时，左思的诗并不能像潘、陆之享有盛名，所以《诗品》说"陆机为太康之英，安仁、景阳为辅"。这就是因为当时的一般文士们都已经登入了那个高贵的士大夫圈子里的缘故。到了近代，历史的背景失去了，就诗论诗，于是对左思的评价也就跟着增高了。王船山《古诗评选》卷四云："三国之降为西晋，文体大坏，古度古心，不绝于来兹者，非太冲其焉归？"陈祚明《采菽堂古诗选》卷十一云："太冲一代伟人，胸次浩落，洒然流咏。似孟德而加以流丽，傲子建而独能简贵。创成一体，垂式千秋。其雄在才，而其高在志。有其才而无其志，语必虚矫；有其志而无其才，音难顿挫。钟嵘以为'野于陆机'；悲哉，彼安知太冲之陶乎汉、魏，化乎矩度哉？"黄子云《野鸿诗的》云："太冲祖述汉、魏，而修词造句，全不沿袭一句。落落写来，自成大家，视潘、陆诸人，何足数哉！"沈德潜《古诗源》卷七亦云："钟嵘评左诗，谓'野于陆机，而深于潘岳'，此不知太冲者也。太冲胸次高旷，而笔力又复雄迈，陶冶汉、魏，自制伟词，故是一代作手，岂潘、陆辈所能比埒！"就诗本身说，左思的作风是与潘、陆们不同；而且现在看来，的确因为其中有了这点不满现状的怨思，比潘、陆他们的雕章琢句要好得多；因此这些批评都可说是很中肯的。但就文学史说，当时所公认的好的标准，是轻绮巧丽，而不是如左思的"得讽谕之致"。因为文学毕竟是脱不开生活的，而当时过着高贵豪奢的士大夫生活的文士们，是只能欣赏技巧，也只能向排偶绮丽上去用功夫的。

玄言·山水·田园

——论东晋诗

一

钟嵘《诗品·序》云:"永嘉时贵黄、老,稍尚虚谈。于时篇什,理过其辞,淡乎寡味。爰及江表,微波尚传,孙绰、许询、桓庾诸公,诗皆平典似《道德论》,建安风力尽矣。"《文心雕龙·明诗篇》云:"江左篇制,溺乎玄风;嗤笑徇务之志,崇盛亡机之谈。袁、孙已下,虽各有雕采,而辞趣一揆,莫与争雄;所以景纯仙篇,挺拔而为俊矣。"《文心雕龙·时序篇》云:"自中朝贵玄,江左称盛,因谈余气,流成文体。是以世极迍邅,而辞意夷泰;诗必柱下之旨归,赋乃漆园之义疏。故知文变染乎世情,兴废系乎时序,原始以要终,虽百世可知也。"永嘉以后的玄言诗,现在虽然流传下来的很少,但确乎是当时文学的一个主潮,由各种记载都可以看出来。我们很同意刘勰的"文变染乎世情,兴废系于时序"两句话,所以我们企图用世情和时序来解释永嘉以后以至晋末宋初的一百余年间玄言诗的流行情形。

《宋书·谢灵运传论》云:"有晋中兴,玄风独振,为学穷于柱下,博物止乎七篇,驰骋文辞,义单乎此。自建武暨乎义熙,历载将百,虽缀响联辞,波属云委,莫不寄言上德,托意玄珠,遒丽之辞,无闻焉尔。"《世说新语·文学篇》注引《续晋阳秋》曰:"(许)询有才藻,善属文。自司马相如、王褒、扬雄诸贤,世尚赋颂,皆体则《诗》、《骚》,傍综百家之言。及至建安,而诗章大盛。逮乎西朝之末,潘、陆之徒,虽时有质文,而宗归不异也。正始中,王弼、何晏好《庄》、《老》玄胜之谈,而世遂贵焉。至江左李充尤盛。故郭璞五言始会合道家之言而韵之。询及太原孙绰转相祖尚,又加以三世之辞,而《诗》、《骚》之体尽矣。询、绰并为一时文宗,自此学者悉体之。至义熙中,谢混始改。"据檀道鸾此说,则郭璞实是玄言诗的导始人。但钟嵘《诗品》于叙述孙、许诗"平典似《道德论》"后,接言"先是郭景纯用俊上之才,变创其体;刘越石仗清刚之气,赞成厥美;然彼众我寡,未能动俗。"则似乎以郭璞、刘琨为永嘉后想变创玄言诗体的人;虽然并未成功。按郭璞卒于太宁二年(324),刘琨卒于建武元年(317),与潘、陆年皆相若,则《诗品》之说,似难成立;应以檀说为是。《晋书·孝愍帝纪论》言"学者以老庄为宗而……黜《六经》,谈者以虚荡为辨而贱名检。行身者以放浊为通而狭节信,进仕者以苟得为贵而鄙居正,当官者以望空为高而笑勤恪。"《乐广传》言"天下言风流者,以王乐为称首"。《晋书·卫玠传》言"(王)敦谓(谢)鲲曰:昔王辅嗣吐金声于中朝,此子复玉振于江表,微言之绪,绝而复续。不意永嘉之末,复闻正始之音"。《晋书·庾敳传》言"郭象善《老》《庄》,时人以为王弼之亚。"《晋书·裴楷传》言裴𬴊"善言玄理,音词清畅,泠然若琴瑟。尝与郭象谈论,一座嗟服"。这就是所谓永嘉之风。当时的士大夫们皆祖述老庄,他们谈论文笔,以至写作诗文,都不离此理。《世说新语·文学篇》注引晋《诸公赞》曰:"自魏太常夏侯玄、步兵校尉阮籍等,皆著《道德论》。"《世说新语·文学篇》又云"何平叔注《老子》始成,诣王辅嗣,见王《注》精奇,乃神伏曰:'若斯人,可与论天人之际矣。'因以所注为《道德二论》。"可知所谓《道德论》,即老庄的注疏,是发挥老庄的哲学道理的。"因谈余气,流成文体",由清谈的题材影响到文章的内容,而且已经普遍地成了一般的风气,自然篇什都"理过其辞,淡乎寡味"了。从建安到太康,虽作风各有不同,但大致都是"诗缘情而绮靡"的。王何的玄学在当时也并未立刻影响到诗文中来。但到了玄言诗,则诗只成了老庄的注疏,所以钟嵘叹为"建安风力尽矣"。风力即风骨,《文心雕龙·风骨篇》云:"是以怊怅述情,必始乎风,沉吟铺辞,莫先于骨。"即表明诗应该是缘情的,而现在却变成说理的了,自然"建安风力尽矣";自然"遒丽之辞,无闻焉尔"了。当时著名的玄言诗人是孙绰、许询、袁宏诸人,观《宋书·谢灵运传论》"缀响联辞,波属云委"之说,则到齐梁时玄言诗流传的还很多;孙、许既为一代文宗,而且学者悉体之,则他们的作品也一定很多,但到现在则差不多都失传了。

郭璞是玄言诗的导始者,因为他"会合道家之言而韵之",刘勰亦云"景纯仙篇,挺拔而为俊矣"。《文心雕龙·才略篇》又云"景纯艳逸,足冠中兴"。《诗品》列之为中品,评云:"宪章潘岳,文体相辉,彪炳可玩,始变永嘉平淡之体,故称中兴第一;《翰林》以为诗首。但《游仙》之作,辞多慷慨,乖远玄宗。其云'奈何虎豹姿',又云'戢翼栖榛梗',乃是坎壈咏怀,非列仙之趣也。"《文选》李善注亦云:"凡游仙之篇,皆所以滓秽尘网,锱铢缨绂,餐霞倒景,饵玉玄都。而璞之制,文多自叙,虽志狭中区,而辞无俗累,见非前识,良有以哉。"这都说明景纯的游仙诗不合于游仙这一体的正规,而是着重在慷慨咏怀的。但游仙诗中所表现的也是老庄的思想,像"漆园有傲吏,莱氏有逸妻","啸傲遗世罗,纵情在独往"这一类句子;所以他可以说是玄言诗的导始者。他之乖远玄宗,只是因为他表现的方法与别人不同,并不是主旨思想的不同。陈祚明评选云:"景纯本以仙姿游于方内,其超越恒情,乃在造语奇杰,非关命意。游仙之作,明属寄托之词,如以列仙之趣求之,非其本旨矣。"这一段话最为中肯;玄言诗的毛病就在"理过其辞",不像一首诗,这并不是说诗不能表现道理,而是要把理来通过作者的思想感情,用文学的语言表现出来,这才是诗。所以刘熙载《艺概》云:"郭景纯亮节之士,游仙诗假栖遯之言,而激烈悲愤,自在言外。"可知游仙诗之所以挺拔,正是因为他能写出情感来,因此才不至于淡乎寡味。

《诗品》言"世称孙、许弥善恬淡之词"。《世说新语·品藻篇》言抚军问孙兴公:"卿自谓何如?曰:下官才能所经,悉不如诸贤。至于斟酌时宜,笼罩当世,亦多所不及。然以不才,时复托怀玄胜,远咏老庄,萧条高寄,不与时务经怀,自谓此心无所与让也。"又云:"支道林问孙兴公,君何如许掾?孙曰:高情远致,弟子蚤已服膺;一吟一咏,许将北面。"观此,知兴公尤为当时所推服,他也很自许。《隋书·经籍志》有晋卫尉卿《孙绰集》十五卷,晋征士《许询集》三卷。但皆已失散,流传下来的极少。今录其《秋日》一首,以见一斑。《文选》载有江文通《张廷尉杂述诗》,所谓"太素既已分,吹万著形兆"者,也可知其大概。《秋日诗》云:

萧瑟仲秋日,飙唳风云高。山居感时变,远客兴长谣。疏林积凉风,虚岫结凝霄。湛露洒庭林,密叶辞云条。抚菌悲先落,郁松羡后凋。垂纶在林野,交情远市朝。淡然古怀心,濠上岂伊遥!

这诗主旨在怀心濠上，当然是玄言诗的一般的主旨。但我们相信孙、许诸人的诗既大半失散，则流传下来的诗，一定是从后人的眼光中认为比较好一点的诗，就是比较不太"淡乎寡味"的诗；但同时也就是最不足以代表孙、许玄言诗底真象的诗。例如江文通的《张廷尉杂述诗》，就比这首更玄虚多了，那才更能代表玄言诗。一定要巧陈要妙，像偈语似地说理，才是当时的好诗。许询也是当时文宗，与孙绰并称。《世说新语·赏誉篇》云："许掾尝诣简文，尔夜风恬月朗，乃共作曲室中语。襟怀之咏，偏是许之所长。辞寄清婉，有逾平日。简文虽契素，此遇尤相咨嗟。不觉造郲，共叉手语，达于将旦。既而曰：'玄度才情，故未易多有许。'"《世说新语·文学篇》云："简文称许掾云：'玄度五言诗，可谓妙绝时人。'"江文通《杂拟》也有许征君《自序》一首。这些诗大概都是千篇共旨，远咏老庄；言志缘情之道都尽，讽咏比兴也谈不上，只剩下单纯地叙述哲理了。然而在当时，却因风会所趋，仿效的甚多，居然成为一时的主流。

《文心雕龙·明诗篇》虽以袁、孙并提，但《文心雕龙·才略篇》即言"袁宏发轸以高骧，故卓出而多偏"。《诗品》云："彦伯《咏史》，虽文体未遒，而鲜明紧健，去凡俗远矣。"《诗纪别集》四引《续晋阳秋》曰："虎（宏小字）少有逸才，文章绝丽，曾为咏史诗，其风情所寄。在运租船中讽咏，声既清会，辞亦藻拔，即咏史之作也。"今传彦伯《咏史》二首，所谓"周昌梗概臣，辞达不为讷"，及"无名困蝼蚁，有名世所疑"者，王船山评为"先布意深，后序事蕴借，咏史高唱，无如此矣。"我们细读其诗，虽主旨也不脱当时一般崇尚，但确乎辞采挺拔，鲜明有力，不能与孙、许诸人相提并论。至于《诗品》所举之桓温、庾亮，生平俱不以诗显，流传的作品也绝少。所以

"蔚为一代文宗"的玄言诗作者,自然仍以孙、许为首了。

檀道鸾言"过江佛理尤盛",孙、许且"加以三世之辞",但玄言诗中,仍以咏老庄为主,涉及佛理的很少。这并不一定是因为咏三世之辞的失散了,没有流传下来,而是当时这些名士虽也崇信佛教,但对佛理并不像对老庄玄学那么熟悉。《弘明集》载孙绰《喻道论》云:"夫佛也者,体道者也。道也者,导物者也。应感顺通,无为而无不为者也。无为故虚寂自然,无不为故神化万物。"也还只是将佛教比附老庄哲理。《世说新语·文学篇》言绰与支道林见王羲之,支论《逍遥游》,作数千言,才藻新奇,花烂映发。可知名士名僧间的交往,也还是以谈老庄为常。孙绰《道贤论》以支遁方向子期,论云:"支遁、向秀,雅尚老庄,二人异时,风好玄同矣。"也是欣赏其"雅尚老庄"的。许询曾在永兴山阴立寺奉法,详见《建康实录》。《世说新语·文学篇》云:"支道林、许掾诸人共在会稽王斋头。支为法师,许为都讲。支通一义,四坐莫不厌心。许送一难,众人莫不抃舞。但共嗟咏二家之美,不辩其理之所在。"由此也可知当时人只注重在清谈本身,一般名士对佛理并未尽解。王羲之奉天师道,但也与支遁、孙许诸人游处。当时名士只是喜谈玄虚的哲理,而佛法是玄虚的;名僧又很像一般的隐士,这已经很够他们彼此接近了。所以佛教虽盛,而在玄言诗中所表现的却依然还是老庄思想。

永嘉之乱不但使西晋的国祚复灭,而且是北方社会经济及文化的总崩溃。刘曜陷洛阳,诸王公百官以下士民死者三万余人。《晋书·食货志》云:"至于永嘉,丧乱弥甚。雍州以东,人多饥乏,更相鬻卖,奔迸流移,不可胜数。幽、并、司、冀、秦、雍六州大蝗,草木及牛马毛皆尽。又大疾疫,兼以饥馑,百姓又为寇贼所杀,流尸满河,白骨蔽野。刘曜之逼,朝廷议欲迁都仓垣,人多相食,饥疫总至,百官流亡者十八九。"又云:"怀帝为刘曜所围,王师累败,府帑既竭,百姓饥甚,比屋不见火烟,饥人自相啖食。愍皇西宅,馁馑弘多,斗米二金,死者太半。刘曜陈兵,内外断绝,十耕之曲,屑而供帝,君臣相顾,莫不挥涕。"可知当时社会情况的一般。洛阳是三国以来的中国文化中心,正始之际,名士们曾盛集洛下;但刘曜陷后,纵兵大掠,以后晋室南渡,洛阳号称荒土。梁阮孝绪《七录·序》言惠怀之乱,魏晋典籍皆尽。文化也同样遭受到惨重的损失。《文心·时序篇》言"世极迍邅,而辞意夷泰",就表示在这样一个国破家败,经济文化总崩溃的局面下,江左草创,士族苟安,而诗文里不但没有一点表现,反而歌咏起空虚的玄言诗来。这就是当时的风气,当时的世族和名士。

当然,这种风气也还是有他底社会根源的。这些人虽对现实也有一些烦闷与不满,但本身的生活和意识却使他们没有勇气去正视现实。王衍自谓少不豫事,因劝石勒称尊号;王浚以女妻鲜卑务勿尘,并谋僭逆;这都是当时的名士。因而这些苟安江左的人,遂企图竭力逃避现实,在精神境界里麻醉自己,来求一种自我的主观上的满足。因此便形成了一种心理上的变态和精神上的麻醉。后来桓温议迁都洛阳,玄言诗人孙绰上疏非之,谓"校实量分,不得不保小以固存。自丧乱已来六十余年,苍生殄灭,百不遗一,河洛丘墟,函夏萧条,井堙木刊,阡陌夷灭,生理茫茫,永无依归。播流江表,已经数世。存者长子老孙,亡者丘陇成行。虽北风之思感其素心,目前之哀实为交切"。(《晋书·孙绰传》)他只是想在一个苟安的小圈子里,做遂初赋,自言见止足之分(《世说新语·言语篇》)。于是他们便追求老庄玄学,作玄言诗了。所以虽然世极迍遭,但可以闭着眼睛不管他,于是诗中就"辞意夷泰"了。这种恬淡之言,玄妙之理,正是这种人排除忧患,消遣岁月的上等娱乐品;于是玄言诗就仿者弥众,蔚为风气了。

文学史上一种文体和流派的兴起和没落,都不是突然的事情;总有他底前趋和对后来的影响的。在孙、许以前,远咏老庄的诗句已经有了,只不过还没有成为大家普遍宗尚的目标罢了。我们这里举一首兴公之祖孙楚的《征西官属送于陟阳侯作诗》:

> 晨风飘歧路,零雨被秋草。倾城远追送,饯我千里道。三命皆有极,咄嗟安可保。莫大于殇子,彭祖犹为夭。吉凶如纠缠,忧喜相纷扰。天地为我炉,万物一何小!达人垂大观,诫此苦不早。乖离即长衢,惆怅盈怀抱。孰能察其心,鉴之以苍昊;齐契在今朝,守之与偕老。

这不就是"寄言上德,托意玄珠"的玄言诗吗?如果要在一首诗中只找寻一两句玄言的句子,我们甚至可以推到阮嗣宗。所以一种风气的形成,实在是"来之有渐"的。不但这样,我们再举一首风华清靡的陶诗,渊明的《五月旦和戴主簿》:

> 虚舟纵逸棹,回复遂无穷。发岁始俛仰,星纪奄将中。明两萃时物,北林荣且丰。神渊写时雨,晨色奏景风。既来孰不去,人理固不终。居常待其尽,曲肱岂伤冲?迁化或夷险,肆志无窊隆。即事如已高,何必升华嵩!

这不也有点像"漆园义疏"吗?显然地这是受了玄言诗的影响;虽

然陶集中这样的诗很少。所以一种风气虽然好像过去了,但他的影响还会在较长时期发生一定的作用;因为历史本来是延续的。

二

《文心雕龙·明诗篇》云:"宋初文咏,体有因革。庄老告退,而山水方滋;俪采百字之偶,争价一句之奇,情必极貌以写物,辞必穷力而追新:此近世之所竞也。"《宋书·谢灵运传论》云:"仲文始革孙、许之风,叔源大变太元之气。"《续晋阳秋》亦云玄言之风"至义熙中谢混始改"。可知接着玄言诗起来的是山水诗,而他的先导者是殷仲文和谢混;其实孙、许也是爱好山水的,孙绰便是掷地作金石声的《天台山赋》底作者。《世说新语·栖逸篇》言"许掾好游山水,而体便登陟。时人云:'许非徒有胜情,实有济胜之具。'"可知他们都是爱山水,喜游览的,只是没有把山水当作诗的主要描写对象。《全晋文》六十一孙绰《三月三日兰亭诗·序》云:"情因所习而迁移,物触所遇而兴感。故振辔于朝市,则充屈之心生;闲步于林野,则辽落之志兴。仰瞻羲唐,邈已远矣;近咏台阁,顾深增怀。为复于暧昧之中,思萦拂之道,屡借山水,以化其郁结,永一日之足,当百年之溢。"山水林野本来是自然的一部分,《庄子·知北游篇》即云"山林与,皋壤与,使我欣欣然而乐焉"。《外物篇》也言"大林丘山之善于人也……",这本是由道家思想推衍下来的必然结果,所以这些玄言诗人也自然会借他来陶醉自己。《晋书·王羲之传》云:"会稽有佳山水,名士多居之,谢安未仕时亦居焉。孙绰、李充、许询、支遁等皆以文义冠世,并筑室东土,与羲之同好。"《孙绰传》亦言其"居于会稽,游放山水,十有余年"。因为他们游放山水的逃避现实的态度,和山水本身即是自然美的表现的道家理想,都和他们的生活思想合拍;所以游览山水便和他们底生活结了不可分离的关系。魏末西晋,文士多集洛下,北方平原,缺少像会稽、永嘉般的美丽风景,所以这种风气不大显著。但竹林名士所聚集的地方,不也是一个幽美的风景区吗?《晋书·阮籍传》即言其"或登临山水,经日忘归"。又《晋书·羊祜传》云:"祜乐山水,每风景,必造岘山置酒言咏,终日不倦。尝慨然叹息,顾谓从事中郎邹湛等曰:'自有宇宙,便有此山。由来贤达胜士,登此远望,如我与卿者多矣!皆湮灭无闻,使人悲伤。如百岁后有知,魂魄犹应登此也。'"羊祜也是作过《老子传》的人。他在西晋之初,已是这样地爱好山水,因为他是在襄阳。按照玄学的理论,结果必然要发展到爱好山水的人生态度。只是当文化中心和名士生活还滞留在北方黄土平原的时期,外间风景没有那么多的美丽的刺激性,能够使他们终日在"荒丘积水"畔逗留徘徊,所以这种情形便不显著。中国诗从三百篇到太康永嘉,写景的成分是那样少,地理的原因不能不说是一个重要的因素。而《楚辞》诗篇之所以华美,沅澧江水与芳洲杜若的背景,也不能不说有很大的帮助。永嘉乱后,名士南渡,美丽的自然环境和他们追求自然的心境结合起来,于是山水美的发现便成了东晋这个时代对于中国艺术和文学的绝大贡献。抱着爱好自然的主观思想,面对着应接不暇的美丽山水景色,自然会对艺术有所创造。《世说新语·言语篇》云:"顾长康从会稽还,人问山川之美,顾云:千岩竞秀,万壑争流,草木蒙笼其上,若云兴霞蔚。"又"王献之云:从山阴道上行,山川自相映发,使人应接不暇。若秋冬之季,尤难为怀"。这种深入山水,对自然景色的欣赏态度,就是中国许多山水诗和山水画底意境的创造根据。《世说新语·言语篇》言"王右军与谢太傅共登冶城。谢悠然远想,有高世之志"。"王司州至吴兴印渚中看,叹曰:'非唯使人情开涤,亦觉日月清朗。'""简文入华林园,顾谓左右曰:'会心处不必在远。翳然林水,便自有濠、濮间想也。觉鸟兽禽鱼,自来亲人。'"他们不只把山水当作一种客观的欣赏对象,而且把自己与山水同样地都当成了自然的表现。《世说新语·文学篇》云:"郭景纯诗云:'林无静树,川无停流。'阮孚云:'泓峥萧瑟,实不可言,每读此文,辄觉神超形越。'""神超形越"四字,就写出了当时这般人欣赏山水时所感到的心境和满足。

从另外一方面说,他们之所以作玄言诗,是想用语言来表现老庄哲学的道理,现在既然在生活的感受中知道了山水是最能表达自然的,那么便把山水当作诗的题材,一种较单纯说明的语言更适当的导体,来表现他们的思想,不是更能"尽意"吗?由玄言诗到山水诗的变迁,所谓"老庄告退而山水方滋",并不是诗人们底思想和对宇宙人生认识的变迁,而只是一种导体,一种题材的变迁。

这种情形又可以在山水画的发展中得到了说明。中国画开始于人物,一直到三国时的作品如《玄女御授黄帝兵符图》和《卞庄子刺虎图》,也都还是以人物为主。绘画中没有山水,正如同文学中缺少风景描写是一样的道理。到顾恺之作《云霄望五老峰图》和《云台山图》,才开始了山水画的发展。但顾恺之即是认为画人最佳的人,《世说新语·巧艺篇》云:"顾长康画人,或数年不点目精。人问其故,顾曰:四体妍蚩,本无关于妙处,传神写照,正在阿堵中。"以前的人物画只注重在外貌的征象,现在却注重在传神写照;而由于这时一般的爱好山水的风气,品藻人物也往往以山水的气象作喻。《晋书·王衍传》言顾恺之作画赞,"称衍岩岩清峙,壁立千仞"。《晋书·裴楷传》言其有知人之鉴,目"山涛若登山临下,幽然深远"。《世说新语·容止篇》言"见裴叔则如玉山上行,光映照人"。如此则好像最能表现人物的精神的,倒是山水气象。那么人物画既着重在传神写照,何不直接便画山水!《世说新语·品藻篇》言"明帝问谢鲲:'君自谓何如庾亮?'答曰:'端委庙堂,使百官准则,臣不如亮。一丘一壑,自谓过之。'"《世说新语·巧艺篇》云:"顾长康画谢幼舆在岩石里。人问其所以?顾曰:'谢云:一丘一壑,自谓过之。此子宜置丘壑中。'"这是由人物画的注重传神,而过渡到山水画的说明。所以"谢太傅云:'顾长康画,有苍生来所无。'"(《世说新语·巧艺篇》)就是因为他找出了另外一种新的题材——山水——更能发挥他绘画的目的。《宋书·宗炳传》言其"好山水,爱远游,西陟荆、巫,南登衡岳,因而结宇衡山,欲怀尚平之志。有疾还江陵,叹曰:'老疾俱至,名山恐难遍睹,唯当澄怀观道,卧以游之。'凡所游履,皆图之于室。谓人曰:'抚琴动操,欲令众山皆响。'"《全宋文》二十宗炳《画山水序》云:"于是画象布色,构兹云岭。夫理绝于中古之上者,可意求于千载之下;旨征于言象之外者,可心取于书策之内。况乎身所盘桓,目所绸缪,以形写形,以色貌色也。"又言"山水以形媚道而仁者乐","余复何为哉,畅神而已"。宗炳自己是山水画家,他欣赏山水的目的在"澄怀观道";因为"山水以形媚道",是表现道的最好导体。这不和山水诗的发展是一个理由吗?由人物画的求"传神写照"到山水画的兴起,正是"老庄告退而山水方滋"的诗底作风变迁的说明。这些名士们生活在江南的美丽的新环境里,当作社会统治者的生活地位使得他们可以尽情地享受,文学艺术又都掌握在他们手里,于是便尽量地使其向着超现实的方面发展。一面又和他们的主观哲学相结合，于是他们发现以玄言来说理，反不如用山水来表理更好，更有文学的效用。因此山水诗便兴起了。"老庄"其实并没有"告退"，而是用山水乔装的姿态又出现了。

三

我们说山水诗的先导者是殷仲文和谢混。但他两人并无大的成就。《南齐书·文学传》论云："仲文玄气，犹不尽除，谢混清新，得名未盛。"这批评是很确当的。殷诗像"四运虽鳞次，理化各有准"，仍然保留着很浓重的玄言作风。谢混诗倒有点清新的风格，与玄言诗不同。像他《游西池》一诗中的"惠风荡繁囿，白云屯曾阿。景昃鸣禽集，水木湛清华"这一类句子，的确当得起"大变太元之气"的评语。他之得名未盛，恐怕是作品不多的缘故。但真正大量写山水诗而的确有贡献的诗人，自然是谢灵运。

山水诗不只在题材上和以前的玄言诗不同，而且在诗的写作技巧上也有新的成就。所谓"情必极貌以写物，辞必穷力而追新"。而真能达到这种情形的，自然也以谢灵运为最。和灵运同时齐名的，有颜延之。《宋书·谢灵运传》论云："爰逮宋氏，颜、谢腾声。灵运之兴会标举，延年之体裁明密，并方轨前秀，垂范后昆。"《宋书·颜延之传》云：延之"文章之美，冠绝当时。"与"谢灵运俱以词采齐名"，"江左称颜、谢焉。"《诗品·序》云："谢客为元嘉之雄，颜延年为辅。"可知颜谢并称，由来已久，都是钟嵘所谓"五言之冠冕，文词之命世也"。但《诗品》列谢为上品，颜为中品，《诗品·序》又言:"元嘉中,有谢灵运,才高词盛,富艳难踪,固已含跨刘、郭,凌轹潘、左。"则在钟嵘眼光中的地位高下,也是很显然的。

谢诗之所以特有成就,主要还是因为他写的对象是山水,题材新颖,自易有所表现。《宋书·谢灵运传》言其"出为永嘉太守,郡有名山水,素所爱好,遂肆意游遨,遍历诸县,动逾旬朔。民间听讼,不复关怀。所至辄为诗咏,以致其意焉"。又言其"寻山陟岭,必造幽峻;岩嶂千重,莫不备尽。"他所写的对象既是新的,而且过去文学作品里又缺少写景的传统,那么他就不能不有更多的创造,来刻画描写这美丽的山水。《南齐书·文学传》论言"在乎文章,弥患凡旧。若无新变,不能代雄"。新变就是谢诗的最大贡献,而这贡献是由他所写的题材决定的。他要描写入微,使人神往,就不能不"情必极貌以写物";而要达到这种成功,自然须"辞必穷力而追新"。于是由诗底内容的改换,也影响到诗底形式技巧的考究,因此大家便都"俪采百字之偶,争价一句之奇"了。

这种影响的第一点就是诗的形象化,诗中运用譬喻状词的增多。《文心雕龙·物色篇》云:"自近代以来,文贵形似。窥情风景之上,钻貌草木之中;吟咏所发,志惟深远;体物为妙,功在密附。故巧言切状,如印之印泥,不加雕削,而曲写毫芥;故能瞻言而见貌,即(原作印,从黄校改。)字而知时也。"《诗品》言谢诗"故尚巧似",颜诗"尚巧似",鲍照"善制形状写物之词",都是指善用譬喻状词等说的。写一种新鲜的山水景色,自然需要很多的状物喻形的形象的语言,这就是这种风气形成的重要原因。《文镜秘府》论曰:"形似体者,谓貌其形而得其似,可以妙求,难以粗测者是。"即指创造体物切状的新的譬喻,可以曲写入微,使人得到感受,如入真境。《诗品》言谢诗出于陈思,杂有景阳之体;曹植的诗既是"词采华茂","体被文质",而张协即"巧构形似之言","或流调达","词彩葱菁"的。都说明山水诗于"极貌写物"方面创造的特点。冯时可云:"康乐设奇托怪,钩深抉隐,穷四时之变,极万物之情。"陈祚明评选云:"谢康乐诗,如湛湛江流,源出万山之中,穿岩激石,瀑挂湍回,千转百折,歘为洪涛。及其浩漾澄湖,树影山光,云容花色,涵徹洞深。盖缘派远流长,时或潏为小涧,亦复摇曳澄濛,波荡不定。"这都是说明写景时在状物喻形的表现上的成功的。《诗品》言谢诗"颇以繁富为累",而《文心雕龙·体性篇》论八体中的第五体就是"繁缛",论云:"繁缛者,博喻酿采,炜烨枝派者也。"可知繁缛这体正以多用譬喻状词为征,而这实在是描写山水的必要条件。《文心雕龙》又言"情在辞外曰隐,状溢目前曰秀"。(张戒《岁寒堂诗话》引)山水诗的最大成功就在他能含着隐秀。

其次是偶句和声色的讲求。焦竑《谢康乐集题辞》云:"弃淳白之用,而竞丹臒之奇;离质木之音,而任宫商之巧。岂非世运相乘,古始易解,即谢客有不得而自主者耶?"《文心雕龙·声律篇》云:"是以声画妍蚩,寄在吟咏;吟咏滋味,流于字句。"因为山水本身即是富有声色的自然景物,要写得像,写得极貌逼真,则诗中的讲求声色是必然的。谢诗中如"白云抱幽石,绿篠媚清涟"。(《始宁墅》)"崖倾光难留,林深响易奔。"(《石门新营所住》)所以写得好,也是因为声色运用的得当。《诗品》称其"富艳难踪",也就是声色讲求得多的意思。这当然是文学描写技巧的进步,诗句受了赋的影响,用铺陈的俪典新声来写诗,所谓"世运相乘";但主要还是因为写的是新的山水题材的关系。声色字句既然要调整和谐,于是排偶的句子也必须跟着增多;而且因为写的是山水景色和游览者的观感,谢诗中如"上句写山,下句写水","上句写闻,下句写见"

的例子,也特别多;这不是天然的对偶吗?《文心雕龙·丽辞篇》言"心生文辞,运裁百虑,高下相须,自然成对"。偶句本来是美丽的藻饰,而山水诗即是要表现自然底美丽的,则诗句间"俪采百字之偶",也是必然的情势。谢灵运《登池上楼》诗云:

  潜虬媚幽姿,飞鸿响远音。薄霄愧云浮,栖川怍渊沉。进德智所拙,退耕力不任。徇禄反穷海,卧疴退空林。衾枕昧节候,褰开暂窥临。倾耳聆波澜,举目眺岖嵚。初景革绪风,新阳改故阴。池塘生春草,园柳变鸣禽。祁祁伤《豳歌》,萋萋感《楚吟》。索居易永久,离群难处心。持操岂独古?无闷征在今。

这首诗除过"衾枕昧节候,褰开暂窥临"二句外,全诗都是偶句。这种例子很多,也是山水诗影响到诗歌形式的一方面。

  我们说山水诗是玄言诗的改变,毋宁说是玄言诗的继续。这不只是诗中所表现的主要思想与以前无异,而且即在山水诗中也还保留着一些单讲玄理的句子。谢诗中如"矜名道不足,适己物可忽。"(《游赤石进帆海》)"万事难并欢,达生幸可托。"(《斋中读书》)"怀抱既昭旷,外物徒龙蠖。"(《富春渚》)等,都是这种例子。不过通过了山水的实景,能够情景相洽,即与玄言诗不同了。王船山《古诗评选》卷五云"谢诗有极易入目者而引之益无尽,有极不易寻取者而径遂正自显然。顾非其人,弗与察尔。言情则于往来动止、缥缈有无之中,得灵蚃而执之有象;取景则于击目经心、丝分缕合之际,貌固有而言之不欺。而且情不虚情,情皆可景;景非滞景,景总含情。神理流于两间,天地供其一目,大无外而细无垠;落笔之先,匠意之始,有不可知者存焉"。这就是山水诗能够情景交融地表现的好处。《诗品》言灵运"兴多才高,寓目辄书,内无乏思,外无遗物"。"外物"与"内思"都可以直接表现出来,即谢诗的特长。沈约评灵运以"兴会标举",李善注《文选》,释兴会为"情兴所会也",引郑玄《周礼注》,言"兴者,托事于物也",也是言情物的交融的。《诗品》引汤惠休言"谢诗如芙蓉出水",虽言其天然艳丽,不假雕饰,其实也即是说情景相合,兴会标举的;不过一用说明,一用譬喻而已。《石林诗话》云:"汤惠休称谢灵运为初日芙蓉,最当人意。初日芙蓉,非人力所能为,而精彩华妙之意,自然见于造化之外。"白香山《读谢灵运诗》云:"谢公才廓落,与世不相遇。壮士郁不用,须有所泄处。泄为山水诗,逸韵谐奇趣。大必笼天海,细不遗草树。岂惟玩景物,亦欲摅心素。往往即事中,未能忘兴谕。因知康乐作,不独在章句。"可知山水诗的内容,绝不只是写景,而更着重在由景以抒情,使情景交融起来。

当然,因为写诗既是"寓目辄书",山水又使人"应接不暇",写的时候又要"博喻酿采,炜烨枝派",于是篇章字句的结构就难免有点不大紧凑完密。《诗品》言谢诗"颇以繁芜为累",梁简文帝《与湘东王书》云:"学谢则不届其精华,但得其冗长。"《南齐书·文学传》论云:"今之文章,作者虽众,总而为论,略有三体。一则启心闲绎,托辞华旷,虽存巧绮,终致迂回。宜登公宴,本非准的。而疏慢阐缓,膏肓之病,典正可采,酷不入情。此体之源,出灵运而成也。"《南史·武陵昭王晔传》言其"性刚颖俊出,与诸王共作短句诗,学谢灵运体,以呈高帝。帝报曰:'见汝二十字,诸儿作中,最为优者。'但康乐放荡,作体不辨有首尾,安仁、士衡深可宗尚,颜延之抑其次也"。可知向来认为词句繁芜和结构疏慢,是谢诗的通病。这一方面当然是由于山水题材的"美不胜收",但一方面也正是当时普遍的通病。因为一般的作风既注重到刻画形似,于是赋的写法便影响到了诗;体物浏亮的铺陈写法被一般所采用了,便自然难免失于繁冗。《文心·才略篇》言"陆机才欲窥深,辞务索广,故思能入巧而不制繁"。可知由太康以来已在渐变。《诗品》言颜延之诗"一句一字,皆致意焉。又喜用古事,弥见拘束"。陈祚明云:"延年束于时尚,填缀求工。曲阿后湖之篇,诚擅密藻;其他繁挦之作,间多滞响。"可知延之也是以繁芜为累的,因为这实在是当时一般的情况。所以《诗品·序》言用典云:"颜延、谢庄,尤为繁密,于时化之。故大明泰始中,文章殆同书抄。"灵运虽也同有此累,但钟嵘评为"譬犹青松之拔灌木,白玉之映尘沙,未足贬其高洁也"。他所以高洁的理由,实在因为他写的是新鲜题材的山水诗;诗的内容既然新颖,词句即使略嫌繁芜,也以瑜掩瑕了。此后写山水的诗人,像王籍、谢朓,以及唐朝的王、韦、孟、柳诸人,虽然都受到康乐的影响,但词句结构则逐渐省净严密了。

四

　　至于也产生在义熙永初间的陶渊明底田园诗,与山水诗可以说是平行的发展。渊明的年代虽较康乐略前,但山水诗的酝酿已久,只是到谢诗才达到高峰。渊明自然也受到了这种时代的影响。不过陶、谢二人因了地位环境的差别,彼此成就的方向也各有不同。谢灵运的山水诗以浙江的会稽永嘉为主,因了自然景色的艳丽,所以诗境也富华莹澈。而陶渊明所写的环境,却大半限于江西庐山周围,是"暧暧远人村,依依墟里烟"的江南农村。栗里上京,柴桑彭泽,他所经常走动的范围,也很少超过百里;彭泽令解职以后,又只过着"相见无杂言,但道桑麻长","晨兴理荒秽,带月荷锄归"的田园生活,这自然就构成他那样"文体省净","笃意真古"的田园诗了。陶、谢诗境作风的差别,同样也是二人生活地位的差别。灵运凭祖父之资,车服鲜妍,器物珍异,而游放山水,也是凿山浚湖,穿池植援,山入群从,结队惊众。屈柄笠,谢公屐,豪华远达朝廷,邻郡疑为山贼,这岂是渊明所可比况的。渊明不但"幼稚盈室,缾无储粟","夏日抱长饥,寒夜无被眠",而且竟然"行行至斯里,叩门拙言辞"地乞食了。他对生活的希望很低,"岂期过满腹,但愿饱粳粮,御冬足大布,粗绤以应阳。"但连这个都很难满足,他后来的生活只是一个普通农民的生活,是无法可与谢灵运相比的。这样,他的生活感受,他所写的题材对象,自然决定了他那自然朴素的作风了。许彦周《诗话》云:"陶彭泽诗,颜、谢、潘、陆皆不及者,以其平昔所行之事,赋之于诗,无一点愧辞,所以能尔。"《沧浪诗话》云:"谢所以不及陶者,康乐之诗精工,渊明之诗质而自然耳。"陶谢对于自然景物虽然都很爱好,但因为生活行为的差异,诗境作风竟完全两样了。渊明的写田园,他自己就是躬耕的实践者,所以即使写景也写得自然亲切;如"平畴交远风,良苗亦怀新。"(《癸卯岁始春怀古田舍》)"采菊东篱下,悠然见南山。"(《饮酒》)"露凝无游氛,天高肃景澈"(《和郭主簿》)这一类句子,都有一种单纯自然的美丽。谢灵运则不然,他结队群从,像是要以英雄的姿态来征服山水似的,所以处处把山水当作欣赏和作诗底对象。如"溟涨无端倪,虚舟有超越"(《游赤石进帆海》);"鸟鸣识夜栖,木落知风发。异音同至听,殊响俱清越"(《夜宿石门》);"既及泠风善,又即秋水驶。江山共开旷,云日相照媚。景夕群物清,对玩咸可意"(《初往新安桐庐口》);这些诗当然是气象壮阔的,但谢对自然的态度只是观赏,而陶却是感受,这说明陶、谢风格的不同是由他们底生活决定的。因为他们地位心境不同,写作的对象态度也不同,所以谢诗精工,而陶诗则以自然胜了。黄山谷《跋渊明诗卷》云:"谢康乐、庾义城之诗,炉锤之功不遗余力。然未能窥彭泽数仞之墙者,二子有意于俗人赞毁其工拙,渊明直寄焉。持是以论渊明,亦可以知其关键也。"这种情形就是由于两人社会地位底差别形成的。

"平淡自然"是陶诗的最大特点,历代皆以相推许。钟嵘评为"文体省净,殆无长语;笃意真古,辞典婉惬"。朱子云:"渊明诗所以为高,正在不待安排,胸中自然流出。"又云:"陶渊明平淡出于自然,后人学他平淡,便相去远矣。"《敖陶孙诗评》云:"陶彭泽,如绛云在霄,舒卷自如。"都是赞赏他的这一特点的。但陶诗之所以"平淡自然",实在是因为他以实际农村生活的感受,来写他所耳经目击的田园景象和生活的缘故。像"暧暧远人村,依依墟里烟,狗吠深巷中,鸡鸣桑树颠。"(《归田园居》)四句,东坡许为"大匠运斤,无斧凿痕",所写岂不即是眼前实景?又如"茅茨已就治,新畴复应畲。"(《和刘柴桑》);"弱子戏我侧,学语未成音。"(《和郭主簿》);"相见无杂言,但道桑麻长。"(《归田园居》);这一类句子,都是家常话,但写来非常自然亲切。不只写景的如此,就是抒写情感的也因为那情感即是由目前现实生活中来,所以也同样地真实动人。田园生活本身即是"平淡自然"的,如何能够用富艳雕琢的笔调来写呢?所以决定诗的风格形式的,主要还是那诗里表现的内容。但"平淡"过度即未免流于"枯槁","自然"太甚也难免失于"质木",陶诗的佳处即在能免除此弊。苏东坡云:"渊明作诗不多,然其诗质而实绮,癯而实腴,自曹、刘、鲍、谢、李、杜诸人,皆莫及也。"又云:"所贵于枯淡者,谓外枯而中膏,似淡而实美,渊明子厚之流是也。若中边皆枯,亦何足道。"陈善《扪虱新话》云:"乍读渊明诗,颇似枯淡,久久有味。东坡晚年酷好之,谓李、杜不及也。"钟伯敬云:"陶诗闲远,自其本色,一段渊永淹润之气,其妙全在不枯。"这些都说明陶诗"平淡自然"的结果,并没有落于"枯槁质木";这就是陶诗的艺术特点。由玄言诗起,东晋一百多年中所产生的好诗极少;陶渊明的出现,才给我国中古文学史树立了一个显明的标记,才有了不同于当时一般作风的富有鲜明个性和艺术特色的诗篇。

隶事·声律·宫体

——论齐梁诗

一

严羽《沧浪诗话》论诗体,谓以时而论,则有"永明体""齐梁体"等,自注永明体云:"齐年号,齐诸公之诗。"注齐梁体云:"通两朝而言之"。我们要注意的是永明体和齐梁体这种说法并不是严羽首创的,而他以为这两体的分别仅只是指时间的长短也是错误的。这两个词都是传统的名词,其含义的分别完全在内容性质的不同。《南齐书·陆厥传》云:"永明末,盛为文章。吴兴沈约、陈郡谢朓、琅邪王融以气类相推毂。汝南周颙善识声韵。约等文皆用宫商,以平上去入为四声,以此制韵,不可增减,世呼为'永明体'。"可知永明体是指符合当时提倡的声律的诗体;至于齐梁体,其意义约略相当于所谓宫体,是指内容的轻艳说的。《梁书·简文帝纪》云:"雅好题诗,其序云:'余七岁有诗癖,长而不倦。'然伤于轻艳,当时号曰'宫体'。"宫体之名虽始于此时,但宫体诗所指的内容性质实在是齐梁诗人的一般趋向。姚范《援鹑堂笔记》格诗条谓称永明体者,系指其诗中音律之特征而言;称齐梁体者,又就其绮艳及咏物之纤丽而言。这话是很对的。两体所指时代的久暂虽有不同,但这样的区分并不必要;其主要分别是在永明体注重说明诗底形式的音律的成分,而齐梁体则指其内容题材的性质。但这两者本来是不可分离的,而且是相互影响的;都是当时文人们追求的目标。我们要明了这种诗体的发展情形,必须由山水诗以后的齐梁诗人的一般趋向,作一考察;才能予以适当的说明和解释。

　　《文心雕龙·明诗篇》说"晋世群才,稍入轻绮,……采缛于正始,力柔于建安。"从西晋起,诗的作风便是向着这个方向的直线型的发展;除东晋经过了一阵玄言诗的淡乎寡味的诗体外,一般地说,诗是逐渐由稍入轻绮而深入轻绮了;"采"是一天天地缛下去,"力"是柔得几乎没有了。追求采缛的结果便发展凝聚到声律的协调,这就是永明体;力柔的结果便由慷慨苍凉的调子,逐渐软化到男女私情的宫体诗。士大夫的生活由逃避而麻醉,而要求刺激,一天天地堕落下去,文学的发展也自然变成了内容的空泛病态和形式的堆砌浮肿了。由玄言诗到山水诗,在文人们逃避现实和追求玄远的过程中,还找到了大自然中底新的题材和内容的刺激;在这以后,一方面是文人们生活的堕落不再满足于山水自然的内容了,左思《招隐》诗云:"何必丝与竹,山水有清音",但到了局限于宫廷和奢侈生活圈子里的文人们,堕落的生活要求着浓郁的强烈的刺激,便不能再满足于所谓"清音"了。另一方面是山水题材的单纯性在普遍发展上也有它的限度,而又难找到新的代替的东西,于是第一步的变化便在字句本身的形式上求超越前人的工夫了;南朝诗的初期几乎用全力来努力于裁对隶事的工整,便是这种情形下的结果。本来从山水诗起,已经是"俪采百字之偶,争价一句之奇"了,这种发展也同样是直线型的。我们可以这样说,对偶和数典用事的追求,是要求一种建筑雕刻式的美;辞采声色和永明声律的调谐,是追求一种图画音乐式的美;而题材逐渐转换到宫闱私情,则是追求一种戏剧式的美。虽然这种美都是浮肿的,贫血的,堆砌的,和病态的;但却都是宫廷士大夫生活堕落的象征和自然表现。他们要求刺激,但也要求在这里能显示出他们的风流高贵和学问渊博。这样,正如同魏晋以后政治上的逐渐萎缩一样,文学的发展也是直线型的堕落,"采缛"和"力柔",都在急剧的量变;从这些地方来观察,永明体和宫体的出现,不都是很自然的现象吗?

二

钟嵘《诗品·序》云:"颜延、谢庄,尤为繁密,于时化之。故大明泰始中,文章殆同书抄。近任昉、王元长等,辞不贵奇,竞须新事,尔来作者,寖以成俗。遂乃句无虚语,语无虚字,拘挛补衲,蠹文已甚。"评颜延之诗言"一诗一句,皆致意焉。又喜用古事,弥见拘束",这种风气从颜延之开始,下至齐梁,愈来愈趋极端。张戒《岁寒堂诗话》云:"诗以用事为博,始于颜光禄。"《南史·任昉传》云:"晚节转好著诗,……用事过多,属辞不得流便,自尔都下士子慕之,转为穿凿。"《诗品》评任昉诗亦云:"任昉博物,动辄用事,是以诗不得奇。"其实不只任昉如此,《南齐书·文学传》论所谓"缉事比类,非对不发,博物可嘉,职成拘制。"实在是当时一般文人共同的风气。《南史·王僧孺传》云:"其文丽逸,多用新事,人所未见者,时重其富博。"《陈书·姚察传》云:"每有制述,多用新奇,人所未见,咸重富博。"当时对于文人的评价是以富博为高,文人当然也以富博自矜,因为这可以表现他们的高贵风雅,也可对仕途有助;

而文学底内容的空虚,又亟须一种浮肿的形式的繁缛华丽来装璜,那么诗文中的唯以数典用事为工,自然会蔚为风气了。史称沈约"博物洽闻,当世取则",崔慰祖称刘孝标为"书淫",都是指他们在这方面的努力。

另外一种现象可以说明这种风气的,是当时文人们聚会时的互相隶事。《南齐书·竟陵文宣王子良传》云:"子良少有清尚,礼才好士,居不疑之地,倾意宾客,天下才学皆游集焉。善立胜事,夏月客至,为设瓜饮及甘果,著之文教。士子文章及朝贵辞翰,皆发教撰录。"在这种盛聚的情形下,自是文人们炫耀才能的好场面。《南史·王摛传》云:"尚书令王俭尝集才学之士,总校虚实,类物隶之,谓之隶事,自此始也。俭尝使宾客隶事多者赏之,事皆穷,唯庐江何宪为胜,乃赏以五花簟、白团扇。坐簟执扇,容气甚自得。摛后至,俭以所隶示之,曰:'卿能夺之乎?'摛操笔便成,文章既奥,辞亦华美,举坐击赏。摛乃命左右抽宪簟,手自掣取扇,登车而去。"《南史·刘显传》云:"(沈约)于坐策显经史十事,显对其九。约曰:'老夫昏忘,不可受策;虽然,聊试数事不可至十。'显问其五,约对其二。陆倕闻之击席喜曰:'刘郎子可谓差人,虽吾家平原诣张壮武,王粲谒伯喈,必无此对。'"又《南史·刘峻传》云:"(梁)武帝每集文士策经史事,时范云、沈约之徒皆引短推长,帝乃悦,加以赏赉。会策锦被事,咸言已罄,帝试呼问峻,峻时贫悴冗散,忽请纸笔,疏十余事,坐客皆惊,帝不觉失色。自是恶之,不复引见。"《梁书·沈约传》云:"约尝侍谶,值豫州献栗,径寸半,帝奇之,问曰:'栗事多少?'与约各疏所忆,少帝三事。出谓人曰:'此公护前,不让即羞死。'帝以其言不逊,欲抵其罪,徐勉固谏乃止。"又《梁书·张率传》云:"直文德待诏省,敕使钞乙部书。又使撰妇人事二十余条,勒成百卷,使工书人琅邪王深、吴郡范怀约、褚洵等缮写,以给后宫。"从这些例子,我们可以知道当时的文人们是如何地重视数典隶事的富博,而一些有权势的人如梁武帝王俭等,又是如何有意地去奖励和提倡这一种风气。因为当知识被当作囤积对象的时候,一条条的典故正像货品一样,是文人们企图占有和累积的目标。占有得数量多的人自然会得到一般人的重视,他自己也以此自矜,更从而提倡和鼓励这种风气的增长,这都是当然的现象。当文学只为这些人服务,文学属于他们所专有的时候,诗文中的以数典为工,富博为长,专求形式的堆砌的美,不也是很自然的事吗?朱自清先生《文选序事出于沉思,义归乎翰藻说》一文,考证其义即"善于用事,善于用比"之意,这是萧统选文的标准,也是由颜延之以来追求形式美的累积的结果。当社会没有根本变革,士族生活一天天地堕落腐化的情形下,这种拘挛补衲的风气自然会寖以成俗;自然于时化之,文章殆同书钞了。

但人类的记忆力毕竟是有限度的,正如同货物囤积多了必须有保管的仓库一样,这些知识也同样需要分类地去保管。只有这样才可以用起来方便,节省记忆的功夫;齐梁时编纂类书的盛行,便是适应着这一要求的。

类书起于魏文帝时撰集的皇览,原来主要是为了博览检阅的方便来编纂的,但后来却成了属文时取材的宝库。《魏志·文帝纪》云:"初帝好文学,以著述为务,自所勒成垂百篇,又使诸儒撰集经传,随类相从,号曰皇览。"《魏志·刘劭传》云:"黄初中,……受诏集五经群书,以类相从,作《皇览》。"《魏志·曹爽传》注引《魏略》云:"桓范,字元则,……延康中,为羽林左监,以有文学,与王象等典集皇览。"又《魏志·杨俊传》注引《魏略》云:"王象字羲伯……建安中，与同郡荀纬等俱为魏太子所礼待。及王粲、陈琳、阮瑀、路粹等亡后，惟象才最高。魏有天下，拜象散骑侍郎，迁为常侍、封列侯，受诏撰《皇览》，使象领秘书监，象从延康元年始撰集，数岁成，藏于秘府；合四十余部，部有数十篇，通合八百余万字。"本来邺下风流就是后来帝王和文人们企羡的对象，而《皇览》这书又对他们底以数典用事为工的属文努力有帮助，则类书的编纂自然也会引起他们的模仿和注意。正如《四库提要·类书类序言》所云："此体一兴，而操觚者易于检寻，注书者利于剽窃，转辗裨贩，实学颇荒。"为了转辗裨贩，《皇览》这书就成了文人们的至宝了。《隋志》子部杂家类有《皇览》一百二十卷，注谓"缪卜等撰，梁六百八十卷。梁又有《皇览》一百二十三卷，何承天合；《皇览》五十卷，徐爰合；《皇览》目四卷；又有《皇览抄》二十卷，梁特进萧琛抄。亡。"（缪卜为缪袭之误，《魏志》附于《刘劭传》，言"同时东海缪袭，亦有才学，多所述叙，官至尚书光禄勋。"《皇览》本为诸儒共同撰集，参预者人数必甚多。）何承天、徐爰俱宋代文人，萧琛为齐竟陵王西邸八友之一，足见这书所受到后来文人们重视的情形。

随着数典用事之风的流行，齐梁时编纂类书的风气也盛极一时，都是为了适应文人们隶事属对之助的。《南齐书·竟陵文宣王子良传》云："移居鸡笼山邸，集学士钞《五经》、百家，依《皇览》例为《四部要略》千卷。"《梁书·刘峻传》云："安成王秀好峻学，及迁荆州，引为户曹参军，给其书籍，使抄录事类，名曰《类苑》。"《梁书·安成王秀传》言"招学士平原刘孝标，使撰《类苑》，书未及毕而已行于世"。刘之遴《与峻书》中称道《类苑》"括综百家，驰骋千载"；方法是"义以类聚，事以群分"，功用是"为之者劳，观之者逸"。这是那位号称书淫的人底贡献。又《南史·刘峻传》言梁武帝恶刘峻："及峻《类苑》成,凡一百二十卷,帝即命诸学士撰《华林遍略》以高之。"《南史·何思澄传》云:"天监十五年,敕太子詹事徐勉举学士入华林撰《遍略》,勉举思澄、顾协、刘杳、王子云、钟屿等五人以应选。八年乃书成,合七百卷。"这是《华林遍略》撰集的经过。又《梁书·简文帝纪》所载著述中有《长春义记》一百卷,《法宝连璧》三百卷,也都是诸儒纂集的类书。《梁书·许懋传》云:"中大通三年,皇太子召诸儒参录《长春义记》。"《陈书·沈文阿传》云:"梁简文在东宫,深相礼遇,及撰《长春义记》,多使文阿撮异闻以广之。"《南史·陆杲传》附《子罩传》云:"初,简文在雍州,撰《法宝联璧》,罩与群贤并抄掇区分者数岁。中大通六年而书成,命湘东王为序。其作者有侍中国子祭酒南兰陵、萧子显等三十人,以比王象、刘劭之《皇览》焉。"现在原序尚存于《广弘明集》卷二十三中,称其对于般若涅槃之旨,"无不酌其菁华,撮其旨要",自然也是类书性质,不过内容只限于佛典而已。由以上这些记载,可知齐梁时这种风气之盛了。欧阳询《艺文类聚·序》言"《皇览》、《遍略》,直书其事",足见类书对于文人的主要用途,即在属文时隶事数典的方便。它是知识的仓库,可以任人随时检用,来炫耀自己的富博和才能;因为在那个生活圈子里,无论属文或日常应世,这些知识都是高贵的文人们所不可缺少的啊!

三

顺着这种极端追求形式的方向发展,在内容的贫乏和单调的情形下,和数典隶事的风气完全属于同一的原因和要求,如果有别的方法也可以增加形式底华美的话,自然也是会为这些文人们所接收和追求的。这一方面因为堆砌典故的建筑式的浮肿的美,也有它发展的限度,这限度就是"文章殆同书抄";但追求的动机并不会因此停止下来,于是,很自然地,顺着山水诗以来"极貌写物"的注意声色的方向,进一步便凝聚到了永明体的声律说。这种追求音乐式的调谐的美,正和追求数典隶事是属于同一的动机,虽然是转变了角度。这些都是属于形式的美,它发展的最高峰便是后来的四六文和近体诗。在那里,这种直线型的进展才凝固成了一种固定的格式;隶事代语和平仄的韵脚等,都是多少年来追求结果的累积。永明体在追求诗底声律的调谐的过程中,是文人们意识地和自觉地强调这方面特点的一个标记,因而也是由古诗到近体诗的一座重要的桥梁。这桥梁有它必须经过的历史发展的背景,但它底屹然存在却也显然是一些人底有意努力的结晶。在文学史上讲,永明声律说是重要的,但其出现的原因和时间性,却并不是偶然的。

《南史·庾肩吾传》云:"齐永明中,王融、谢朓、沈约文章始用四声,以为新变,至是转拘声韵,弥为丽靡,复逾往时。"永明体所追求的,即是形式上的丽靡。"新变"是新声巧变的意思,是指诗文中音乐的成分。《汉书·李延年传》说"延年善歌,为新变声",可知这词原是从音乐来的。如把意义推广一点说,新变也可指"俪典新声"的巧变,则其意义已包括隶事声律两者,这进展的过程正是由丽典到新声。《南齐书·文学传》论云:"在乎文章,弥患凡旧。若无新变,不能代雄。"萧子显的论调正是齐梁人对文学的一般看法,其作风当然是要丽靡的。

永明声律说的特点是什么呢?这最好用沈约自己的话来说

明。《宋书·谢灵运传论》云:"夫五色相宣,八音协畅,由乎玄黄律吕,各适物宜。欲使宫羽相变,低昂互节,若前有浮声,则后须切响。一简之内,音韵尽殊;两句之中,轻重悉异。妙达此旨,始可言文。"声律说的原则是"宫羽相变,低昂互节",方法即是所谓四声八病的规律。以前人虽也讲声音的美,譬如陆机的《文赋》,但所言都是自然的音调,即钟嵘所谓"清浊通流,口吻调利"。但到了沈约、王融诸人,却是有意地根据了音韵学的原则,来规定了许多积极地应当符合,和消极地应当规避的规律。这个努力是意识的,这种规定是人为的,所以可以夸口说"自灵均以来,此秘未睹"(沈约语);但这又实在是历来追求形式的声音美的累积,所以也可以说"历代群贤,似不都闻此处。"(陆厥语)这种努力恰好在这时凝聚成了四声八病的规律,除了上述自然演进的原因以外,音韵学的发达,文人们对于音乐声律的爱好,以及如陈寅恪先生所说"中国文士依据及摹拟当日转读佛经之声,分别定为平上去之三声,合入声共计之,适成四声,于是创为四声之说"(《清华学报》九卷二期,四声三问),都是促成当时四声八病各种规律凝聚的因素。这些规律成立以后,就可使文字发生"宫羽相变,低昂互节"的音乐效果。

《南史·陆厥传》云:"约等文皆用宫商,将平上去入四声,以此制韵,有平头、上尾、蜂腰、鹤膝。五字之中,音韵悉异,两句之内,角徵不同,不可增减。世呼为'永明体'。"唐《封演闻见记》云:"周颙好为韵语,因此切字皆有纽,皆有平上去入之异。永明中,沈约文辞精拔,盛解音律,遂撰《四声谱》。时王融、刘绘、范云之徒,慕而扇之,由是远近文学,转相祖述,而声韵之道大行。"以平上去入制韵而应用于文辞,是积极性的应当符合的四声。至于八病,则是指消极的应该忌避的规律;《陆厥传》所言平头、上尾、蜂腰、鹤膝便是其中最重要的四病,其余四病,《文镜秘府论》即云:"但须知之,不必须避。"此处我们也不拟详论。四声八病,传统皆以为是定于沈约。唐卢照邻《南阳公集·序》云:"八病爰起,沈隐侯永作拘囚;四声未分,梁武帝长为聋俗。"皎然《诗式》云:"沈休文酷裁八病,碎用四声。"宋王应麟《困学纪闻》云:"案《诗苑类格》沈约曰,诗病有八,平头、上尾、蜂腰、鹤膝、大韵、小韵、旁纽、正纽。惟上尾鹤膝最忌,余病亦通。"钟嵘《诗品》云:"至平上去入,则余病未能,蜂腰鹤膝,闾里已具。"王通《中说·天地篇》称李伯药《说诗》云:"上陈应刘,下述沈谢,四声八病,刚柔清浊,各有端序。"阮逸注云:"四声韵起自沈约,八病未详。"大致讲来,四声的说法比较简单,因为它已确为后人所采用,所以容易理解。八病的歧说就多了,因为这只是永明体应当忌避的规则,而永明体又是从古诗到近体的桥梁;到后来这桥梁的作用失去了,这便成了古诗不必讲求,律诗又不成问题的规律;而沈约诸人对于八病的详细诠释,又没有流传下来,所以便众说纷纭了。我们这里并不想一一诠释,只须知道八病的用意是在尽量趋避十字内声调及双声叠韵等音韵上相同的因素,使音声的变化繁多错综而已。所谓"五字之中,音韵悉异,两句之内,角徵不同。"便可以说明音律错综变化的情形,到近体诗成立以后,八病便不必再讲求了;譬如平头上尾,是八病中最重要的二病,但五言律诗的调协平仄的方法确定之后,两句诗中头尾二字同声的毛病,自然不会有了;但这在齐梁却是必须忌避的,因为永明体的声律说还没有发展凝聚到了顶峰。《史通·杂说篇》云:"自梁室云季,雕虫道长,平头上尾,尤忌于时";这正是齐梁诗的趋向。沈约《答陆厥书》有云:"十字之文,颠倒相配,字不过十,巧历已不能尽。"可知永明体所着眼的问题,正是两句十字间的调谐和变化,所以齐梁新体诗篇幅虽短,句子却无定数。到了律诗成立以后,有了粘法,作者更须调整两联间的关系,所以八句四韵便成了固定的格式了。诗发展到近体的形式,音声美的追求才算到达了极峰;永明体便是这发展中途的一个可以回顾和远眺的冈峦。阮元《文韵说》云:"休文所矜为创获者,谓汉魏之音韵乃暗合于无心,休文之音韵乃多出于意匠也。"意匠就说明这些人对于形式的音乐美之意识的人为的追求。这本是齐梁文人共同努力的目标,沈约不过具体的代表而已。《文心雕龙·声律篇》云:"异音相从谓之和,同声相应谓之韵。韵气一定,故余声易遣;和体抑扬,故遗响难契。属笔易巧,选和至难;缀之难精,而作韵甚易。"所谓韵即四声,和即八病,所讨论的也正是永明体的声律问题。(此说本之郭绍虞先生,见《中国文学批评史》上卷。)

钟嵘《诗品·序》云:"古曰诗颂,皆被之金竹,故非调五音无以谐会。若'置酒高堂上','明月照高楼',为韵之首。故三祖之词,文或不工,而韵入歌唱,此重音韵之义也,与世之言宫商异矣。今既不被管弦,亦何取于声律耶?"又云:"余谓文制,本须讽读,不可蹇碍,但令清浊通流,口吻调利,斯为足矣。至平上去入,则余病未能,蜂腰鹤膝,闾里已具。"钟嵘是当时反对声病说的人,但由他这些话中,我们可以说明一件事实,就是诗自完全脱离乐府以后,对于诗的欣赏方法,便由"唱"而转变为"吟"了。这就表明诗底音乐性或声调的美,不能再像以前"被之金竹"时代的那样凭借一种外加的乐器和乐调来维持了;而必须寄托其音乐性于诗底语言文字的本身。这样,这种美的因素便必须让人来慢慢地咀嚼和领会,像以前的行人赋诗一样;因而语言文字的意义和音节,就都显得比从前更重要了。齐梁人热衷于数典用事和声律的形式美,都和这种欣赏诗的吟的方法有关。钟嵘《诗品·序》中所谓"文制本,须讽读",所谓"清浊通流,口吻调利",其实也是指"吟"说的;与四声八病所讲的原则,并无根本的不同;只不过程度上有所差别,他不主张"务为精密,襞积细微",以致"文多拘忌,伤其真美"罢了。这是因为沈约的《四声谱》,周颙的《四声切韵》等书,所讲的并不仅只是诗文中的声律问题,同时也是当时音韵学上的重要成就。这成就是学术上的新发现,所以沈约自矜为"独得胸襟,穷其妙旨"。因此其内容也是相当高深的,自然便不能要求每一个文人都详细了解。我们相信钟嵘所谓"至平上去入,则余病未能"的话,是当时实在的情形;因为这本来是专门的知识。《南史·沈约传》云:"又撰《四声谱》,……自谓入神之作。(梁)武帝雅不好焉,尝问周捨曰:'何谓四声?'捨曰:'天子圣哲是也。'然帝竟不甚遵用约也。"梁武帝风流儒雅,为齐竟陵王西邸八友之一,诗文并有名,但他对于四声的学说,还是不太了然。前引卢照邻文也云:"四声未分,梁武帝长为聋俗",因为在当时这实在并不是件容易事。又观陆厥与沈约书中以为沈等声韵之说,并非"曾无先觉"的说法,足见他也不大懂得区别四声对于音韵学的贡献,和将此贡献应用于文辞上的人为的规律。可知钟嵘对于文学的主张虽与当时一般文人的努力和风气多有歧异,如主张不贵用事而求自然英旨,和不讲四声而求口吻调利,但这只不过表示在当时极端趋向形式的浮肿的美底情形下,还有一些微弱的异议而已。《南史·钟嵘传》言顾暠说他"位末名卑",又说"嵘尝求誉于沈约,约拒之"。而《诗品·序》自言成书的动机是"观王公缙绅之士,每博论之余,何尝不以诗为口实,随其嗜欲,商榷不同。淄渑并泛,朱紫相夺;喧议竞起,准的无依";而且又不满意于当时终朝点缀的膏腴子弟,才有感而作的。这些都表明钟嵘的生活与地位,和沈约他们那个高贵的文人圈子,是有相当的距离和差别的。他位末名卑,而且始终没有爬到上边来;他不大懂得王公缙绅之士对于文学的要求和他们的生活底关系。这就是他底和当时风气不大同的文学主张的来源。所以《诗品》这书,在当时并未能引起人们的称赞和延誉。近人郭绍虞考证"是书晦于宋以前而显于明以后"。唐宋类书中,也都不加征引,可知这书对当时的风气并不能发生深刻的影响。而从他的地位和书中的论调看来,他对沈约他们的音韵学说,也大概是没有深刻的了解的。

四

诗文的作者是帝王,是高贵的士大夫,随着南朝政治的现实情形,这些人的脆弱和堕落的程度在一直地加剧,那个统治的圈子是一天天地缩小了。何之元《梁典总论》云:"梁氏之有国,少汉之一郡,大半之人,并为部曲;不耕而食,不蚕而衣,或事王侯,或依将帅,携带妻累,随逐东西;与藩镇共侵渔,助守宰为蟊贼,收缚无罪,逼迫善人,民尽流离,邑皆荒毁。"处在这圈子里的士大夫们,所要求的只是保存现状,求个人生活的享受。事业的奋发心没有了,自己的社会地位又根深蒂固,所以他们所要求的只是没有风险,仕途顺意;以及绵延世泽,富贵累世。这样地堕落下来,如没有精神生活的寄托,或者说是较高级的麻醉剂——宗教玄理,美的辞章,或丝竹书画等,则自可能产生出极怪诞的行为来。因为由逃避而麻醉,到了堕落的程度加深时,势必会要求一种更高度的刺激,正如由鸦片烟到吗啡针一样。处于同一的背景,对于由门阀出身的士大夫，比较还有一套传统的家教门风，可以缓和对刺激的要求，使它寄托在佛教玄理或诗文书籍上；数典用事和注重声律的风气，就是在这种情形下产生的。但出身于寒微的帝王们（南朝刘萧萧陈皆寒门出身）便不同了，他们文化教养的传统少，而生活的堕落和对刺激的要求却又是同样的，或者更甚的强烈，这就产生了南朝宫闱之中的怪诞和荒淫。宋代如前废帝子业，"自以为昔在东宫，不为孝武所爱，及即位，将掘景宁陵，太史言于帝不利而止。乃纵粪于陵，肆骂孝武为'齇奴'。又遣发殷贵嫔墓，忿其为孝武所宠"。"以文帝第十女新蔡公主为贵嫔夫人，改姓谢氏。加武贲钑戟，鸾辂龙旗，出警入跸。矫言公主薨，空设丧事焉。""游华林园竹林堂，使妇人倮身相逐。""山阴公主淫恣过度，谓帝曰：'妾与陛下虽男女有殊，俱托体先帝，陛下后宫数百，妾惟驸马一人，事不均平，一何至此！'帝乃为立面首左右三十人。"齐代的如郁林王昭业，"与左右无赖群小二十许人共衣食，同卧起。妃何氏择其中美貌者，皆为交欢"。"多聚名鹰快犬，以粱肉奉之。""在内，常裸袒，著红紫锦绣新衣、锦帽、红縠裈，杂采袒服。好斗鸡，密买鸡至数千价。""与文帝幸姬霍氏淫通，改姓徐氏"，"皇后亦淫乱，斋阁通夜洞开，内外淆杂，无复分别"。又如东昏侯宝卷，"在宫尝夜捕鼠达旦，以为笑乐"。"凿金为莲华以帖地，令潘妃行其上，曰：'此步步生莲华也。'"（以上皆见《南史·本纪》）《南史·文安王皇后传》又言郁林为尊其母"置男左右三十人，前代所未有也"。这些人生活在一种可以极端纵欲的环境里，堕落的程度到了极限，又没有一种较好的精神生活可以寄托，其结果对于刺激的要求自然会发展成为丑恶的兽行。

如果生活的根本形式和环境没有改变，而想把这些人从纵欲的路上拉回来,则必须给以适当的较高级的可以代替的东西。但这又必须能为这些人所接受;而不是加以一种外在的压力和限制;干脆说是必须这些人自己找到了一种寄托,自动去改变,这结果就是如当时的很多名士一样,只有两条主要的道路。第一是皈依佛教;例如齐竟陵王、梁武帝和陈武帝的舍身佛寺,与众为奴。他们这种行为的动机是想将此生的享受,再延长到来生;和秦皇汉武求神仙不死之药的动机是同类的。为了对于报应的恐惧,和对于来生幸福的希冀,所以对于目前的享受和行为,便可以加一点适当的限制。虽然晋宋时佛理和玄学的相融在理论上也可使名士们得到一种沉冥的和逃避的满足,但齐梁间崇信佛法的人底宗教成分却已经非常浓厚了。另外第二条路便是我们现在所要讲的,可以使纵欲的要求升华一下,使由生理的满足提高为心理的满足,以文学来做精神生活的一种寄托——这便是宫体诗。梁简文帝《诫当阳公大心书》云:"立身之道,与文章异;立身先须谨重,文章且须放荡。"这正是想把放荡的要求来寄托在文章上,用属文来代替行为的说明。这种代替是可能的,其根据就是生活在这种堕落奢侈圈子里面的人,都有着神经衰弱的征象,可以在变态心理上得到了安慰,而且即以此为满足。从宫体诗的内容看,完全可以说明这种情形。由直接写酥软和横陈的女人而写闺思和娈童,再写女人所用的物品来代替人;先是接近肉体的如绣领履袜,再进而为枕席卧具和一切用品,在这里都可借着联想作用来得到性感的满足。因此文章也便成了享受的一部分。而且可以代替了纵欲和荒淫。《梁书·简文帝纪》云"雅好题诗,其序云:'余七岁有诗癖,长而不倦。'然伤于轻艳,当时号曰'宫体'。"唐杜确《岑嘉州集·序》云:"梁简文帝及庾肩吾之属,始为轻浮绮靡之辞,名曰宫体。自后沿袭,务为妖艳。"宫体之名虽始于梁简文帝,但这种内容和发展的趋向却是宋齐以来就逐渐显著了。正和追求形式美的情形一样,内容也在逐渐地变化;这变化是有意的,它象征着宫廷和士大夫生活的堕落。从山水到宫闱,虽然同样是有闲,同样是诗,但由逃避到刺激,诗和生活同样堕落到了极限。如果我们要选一个有代表性的人物来考察,最好还是沈约;因为他最懂得什么是当时对文学的要求,和文学需要顺着哪个方向发展;而且又寿高位显,对别人奖掖提倡的影响很大。虽然他死时梁简文帝才十岁,宫体之名还未成立,但他集子里已然有了很多这一类的诗。我们现在举两首来看看。

梦见美人

夜闻长叹息,知君心有忆。果自阊阖间,魂交睹容色。既荐巫山枕,又奉齐眉色,立望复横陈,忽觉非在侧。那知神伤者,潺湲泪沾臆。

携手曲

拾辔下雕辂,更衣奉玉床,斜簪映秋水,开镜比春妆。所畏红颜促,君恩不可长;鶡冠且容裔,岂吝桂枝亡。

拿这和宫体诗相比,譬如说是刘孝威的《咏佳丽》和梁简文帝的《乌栖曲》,我们看不出命意和造语间有任何根本的差别。所以《诗品》说他长于清怨。梁简文帝《与湘东王论文书》推崇他的诗是"文章之冠冕,述作之楷模"。《梁书·沈约传》说他"历仕三代,该悉旧章,博物洽闻,当世取则",这话在文学上也同样适用。他生在宋元嘉十八年,卒于梁天监十二年(441—513),享有七十三岁的高龄,齐时已官至司徒左长史征虏将军南清河太守,又迁骠骑司马;曾为文惠太子管书记,校四部图书,在东宫诸士中最被亲遇。后竟陵王子良招士,他是八友之一。又佐命梁武,权侔宰辅。在政治地位上他是文士的领袖,在文学风气上更是如此。很多位卑人微的人都需要他的奖掖和延誉,例如刘勰和钟嵘;因此在齐梁文学中,他的影响是巨大的。正如在政治上他懂得"乘时借势"和"昧于荣利"一样。"论者方之山涛",在文学上他也是最懂得"乘时借势"来领导风气的。这"时势"就是规定了文学是什么的具体的历史因素。文学是属于宫廷士大夫的,自必须适合于这些人的生活和要求;所以讲起齐梁文学来,不只如所周知,四声八病的规律是始自沈约,同样地,数典用事的风气和宫体诗的内容,他也都是加以奖掖和提倡的。这些现象的兴盛在时间上自有参差,但这都是属于同一动机的努力——追求浮肿病态的纤巧底努力,却是一贯的直线型的进展。在这进展的过程中,沈约一直是一名好的舵手。《颜氏家训·文章篇》云:"沈隐侯曰:'文章当从三易。易见事,一也;易识字,二也;易诵读,三也。'邢子才常曰:'沈侯文章,用事不使人觉,若胸臆语也。'深以此服之。祖孝征亦尝谓吾曰:'沈诗云:崖倾护石髓,此皆似用事耶!'"沈诗中现尚存有《奉和竟陵王郡县名》、《奉和竟陵王药名》、《和陆惠晓百姓名》诸诗,这都是齐梁间矜尚数典用事风气下的作品。至于宫体诗,凡后来所可包括的内容,也都能在他的诗里找到相同的迹象。宋刘克庄论《玉台新咏》云:"如沈休文六忆之类,其亵慢有甚于香奁花间者。"所以讲齐梁诗的趋向,必须先懂得沈约,虽然他自己的诗并不是好诗。

这种情形又可由《南齐书·文学传论》中所说的三体底不同得到了说明。文云："今之文章,作者虽众,总而为论,略有三体。一则启心闲绎,托辞华旷,虽存巧绮,终致迂回。宜登公宴,本非准的。而疏慢阐缓,膏肓之病,典正可采,酷不入情。此体之源,出灵运而成也。次则缉事比类,非对不发,博物可嘉,职成拘制。或全借古语,用申今情,崎岖牵引,直为偶说。唯睹事例,顿失清采。此则傅咸五经,应璩指事,虽不全似,可以类从。次则发唱惊挺,操调险急,雕藻淫艳,倾炫心魂。亦犹五色之有红紫,八音之有郑、卫。斯鲍照之遗烈也。"这里所谓"今之文章",就是指齐梁文学;其中第二类所谓"缉事比类,非对不发"的一体,就是指数典隶事的风气,这里不必再加解释。第一体指模仿谢灵运的一派,这在齐梁已经渐趋减少了,因为大家不喜欢它"酷不入情";这情就是宫体诗的男女私情的"情"。谢诗以纵横俊发见长,结构布局本不严密,所以《诗品》说他"颇以繁芜为累"。这和山水的新的题材有关系,因为要"寓目辄书",自难免有疏慢阐缓的毛病。在他自己,诚然是"譬犹青松之拔灌木,白玉之映尘沙,未足贬其高洁",但学的人就不然了:山水题材的新颖性已逐渐失去,这些人也已不满于山水清音而要求实际的丝竹了。而且写山水诗时对于声律用事的形式美,也为过去的传统所限,很难大量地应用,所以学习的人便被认为酷不入情了。但谢康乐毕竟是近代大家,学他的人还是相当多的,所以也认为是当时的一体。《南史·伏挺传》云:"为五言诗,善效谢康乐体。父友乐安、任昉深相叹异,常曰:'此子日下无双。'"又《南史·武陵昭王晔传》云:"性刚颖隽出,与诸王共作短句诗,学谢灵运体,以呈高帝。帝报曰:'见汝二十字,诸儿作中,最为优者。但康乐放荡,作体不辨有首尾,安仁、士衡深可宗尚,颜延之抑其次也。'"梁简文帝《与湘东王论文书》亦云:"比见京师文体,懦钝殊常,竞学浮疎,争事阐缓。"又说时有效谢康乐者,但他认为谢氏巧不可阶,"吐言天拔,出于自然;时有不拘,是其糟粕";所以"学谢,则不屈其精华,但得其冗长"。这都说明很多人虽然已不赞成学习这一体了,例如萧子显和简文帝,但学谢的人还是相当多的。当然,这风气是在渐趋减少中,到了宫体大盛以后,《南史·梁简文帝纪》史论所谓"《宫体》所传,且变朝野"以后,这一体便敛迹了。《南齐书》所谓三体的次序,隐约间也有一种表示其盛况的时代前后的意义。

　　梁简文帝攻击第一体,表面上虽似就结构布局的浮疎冗长而言,其实他主要还是不满于谢诗那种典正的内容。这正和清王士祯的不喜欢杜甫一样,但因为名气太大了,所以只好转避词锋。这不赞成谢诗的理由其实只是"酷不入情"一句话,因为生活的堕落使他们太注重于所谓"入情"了,所以就形成了雕藻浮艳的宫体诗,这就是《南齐书》所说的第三体。《南史·萧子显传》言"简文素重其为人,在东宫时,每引与促宴。子显尝起更衣,简文谓座客曰:'常闻异人间出,今日始见,知是萧尚书。'其见重如此。"可知萧子显与梁简文帝原是气味相接的人物,《南齐书》所讲的三体也同样是简文帝的看法。刘申叔《中古文学史》云:"宫体之名,虽始于梁,然侧艳之词,起源自昔。晋宋乐府如桃叶歌、碧玉歌、白纻词、白铜鞮歌,均以淫艳哀音,被于江左。迄于萧齐,流风益盛。其以此体施用五言诗者,亦始晋宋之间,后有鲍照,前者惠休。特至于梁代,其体尤昌。"《诗品》评鲍照"贵状巧似,不避危仄,颇伤清雅之调,故言险俗者多以附照"。评汤惠休为"惠休淫靡,情过其才"。《南史·颜延之传》言"延之每薄汤惠休诗,谓人曰:'惠休制作,委巷中歌谣耳,方当误后生。'"这些都可说明宫体诗的内容,原来是由吴声乐府启发的。《普书·乐志》曰:"吴歌杂曲并出江南,东晋以来,稍有增广。""凡此诸曲,始皆徒歌,既而被之管弦。"盖自永嘉渡江之后,下及梁陈,咸都建业,吴声歌曲,起于此也。这种歌曲自东晋后逐渐抬起头来,深为士大夫所喜悦。《南齐书·王僧虔传》言其上表请正雅乐有云:"自顷家竞新哇,人尚谣俗,务在噍杀,不顾音纪,流宕无崖,未知所极,排斥正曲,崇长烦淫。……故喧丑之制,日盛于廛里;风味之响,独尽于衣冠。"这正可说明吴声歌曲的发达情形。这自然会影响到诗的内容,但民间乐府的原词虽然也可说是淫艳哀音,但并没有完全脱离了爱情的成分,基本上总还是健康的;起先正统的文人还看不起这些所谓委巷中歌谣,例如颜谢;只有鲍照这样才秀人微的人方会施之于诗,所以萧子显称宫体诗是鲍照之遗烈。但到了流风益盛以后,士大夫的假面具完全戳穿了,宫体诗便堕落到"横陈"的圈子里;这里没有爱情,只有变态心理的满足。然而萧子显对这一体却并无贬词;"五色之有红紫,八音之有郑、卫",只说明了它虽然不是唯一的,但的确是不可缺少的。

以这三体来衡量沈约,愈显得他是代表当时风气的人物。《诗品》云:"观休文众制,五言最优。详其文体,察其余论,固知宪章鲍明远也。"陈祚明《古诗选》以为"休文诗体全宗康乐,以命意为先,以炼气为主,辞随意运,态以气流,故华而不浮,隽而不靡"。这都说明了沈约的一方面,他是学过谢的,得到的也并非冗长;但更重要的是他懂得应该宪章鲍明远,再加上他的数典用事之工,声律宫商之精,在他历事三代的经历中,趋时附势,一直是领导文学风气的人物。

五

但"宫体所传,且变朝野"的盛况,是始于梁代的;这不能不归于简文帝的提倡。何之元《梁典总论》言太宗"文章妖艳,黩坠风典,诵于妇人之口,不及君子之听"。魏征《梁论》亦云"(太宗)文艳用寡,华而不实,体穷淫靡,义罕疏通,哀思之音,遂移风俗"。刘肃《大唐新语》云:"梁简文为太子,好作艳诗,境内化之。晚年欲改作,追之不及,乃令徐陵为玉台集,以大其体。"纪容舒《〈玉台新咏〉考异》言玉台体例为"非词关闺闼者不收",可知它的性质。简文是否曾想追悔过,我们无从考悉;但"境内化之"却是事实。《梁书·徐摛传》云:"属文好为新变,不拘旧体。""摛文体既别,春坊尽学之,'宫体'之号,自斯而起";他是梁简文帝自为晋安王以来多少年的参赞成政的椽属。又《梁书·庾肩吾传》云:"初、太宗(简文帝)在藩,雅好文章士,时肩吾与东海徐摛,吴郡陆杲,彭城刘遵、刘孝仪、仪弟孝威,同被赏接。及居东宫,又开文德省,置学士,肩吾子信、摛子陵、吴郡张长公、北地傅弘、东海鲍至等充其选。齐永明中,文士王融、谢朓、沈约,文章始用四声,以为新变,至是转拘声韵,弥尚丽靡,复逾于往时。"《南史·庾肩吾传》亦云:"初为晋安王国常侍,王每徙镇,肩吾常随府。在雍州被命与刘孝威、江伯摇、孔敬通、申子悦、徐防、徐摛、王囿、孔铄、鲍至等十人抄撰众籍,丰其果馔,号高斋学士。"这两条最可以说明宫体诗和声律及隶事的关系。高斋学士的主要工作是抄撰众籍,其用意和编纂《类苑》及《华林遍略》的动机,并无二致;因为在描写私情和宫闱的字面上,更需要一层迷茫人的古色的烟幕,将距离拉远一点,变模糊一点,更可以得到变态心理的满足。很多宫体诗的题目取名"古意"或"拟古",正可说明这种动机;而《玉台集》的编纂,也是为了证明艳歌之"曾无忝于雅颂,亦靡滥于风人"的,这样才可"以大其体"(见徐陵序)。所以用事的要求在宫体诗仍是同样的重要。至于声律因为"弥尚丽靡",当然"转拘声韵"亦要"复逾于往时"。隶事声律和宫体,一方面表示着齐梁诗向一个方向的直线型的发展(其根源当然是生活底直线的堕落和病态),另一方面也表示着诗底形式和内容的相互影响的关系。《梁书·徐摛传》和《梁书·庾肩吾传》所说的"属文好为新变",正是指宫体诗的词藻声调的特征,这和《南齐书·文学传论》所说的"在乎文章,弥患凡旧,若无新变,不能代雄"的主张是一致的;是指新声巧变或俪典新声的形式美。可知词藻声调和宫体的内容是先天地存在着不可分离的连系;直到初唐,犹是如此。

我们不妨举两首诗来看看:

梁简文帝《率尔成咏》

借问仙将画,讵有此佳人!倾城且倾国,如雨复如神。
后汉怜飞燕,周王重姓申。挟瑟曾游赵,吹箫屡入秦。
玉阶偏望树,长廊每逐春。约黄出意巧,缠弦用法新。
迎风时引袖,避日暂披巾。疏花映鬓插,细珮绕衫身。
谁知日欲暮,含羞不自陈。

刘缓《敬酬刘长史咏名士悦倾城》

不信巫山女,不信洛川神。何关别有物,还是倾城人。

> 经共陈王戏，曾与宋家邻。未嫁先名玉，来时本姓秦。
> 粉光犹似面，朱色不胜唇。遥见疑花发，闻香知异春。
> 钗长逐鬟髲，袜小称腰身。夜夜言娇尽，日日态还新。
> 工倾荀奉倩，能迷石季伦。上客徒留目，不见正横陈！

这还是咏两性关系的，也许认为最多只可说是堕落和肉麻；我们再举一首咏娈童的诗，便无论如何不能不承认这些人的变态心理和神经衰弱了。

刘遵《繁华应令》

（简文帝亦有《娈童诗》。时简文为太子，应皇太子曰应令。）

> 可怜周小童，微笑摘兰丛。鲜肤胜粉白，慢脸若桃红。
> 挟弹雕陵下，垂钓莲叶东。腕动飘香麝，衣轻任好风。
> 幸承拂枕选，得奉画堂中。金屏障翠被，蓝帊复熏笼。
> 本知伤轻薄，含辞羞自通。剪袖恩虽重，残桃爱未终。
> 蛾眉讵须嫉，新妆递入宫。

但由一方面说，这正是梁简文帝的成功处；他不必如齐郁林王的放鹰走狗，和如东昏侯的捕鼠达旦，《梁书·本纪》且评之为"实有人君之懿"。这和梁武帝的皈依佛教是一样的，虽然生活的环境和形式没有改变，但总算可以不必极端地纵欲了。像其他出身门阀的文士们一样，他们找到了一个发泄的寄托。但堕落是直线的，到了陈后主，诗的作用便又由荒淫纵欲的寄托，降为只是一种工具了；它是一种刺激，也是一类享受，诗和女人干脆连在了一起。《南史·陈后主纪》言其"荒于酒色,不恤政事,左右嬖佞珥貂者五十人,妇人美貌丽服巧态以从者千余人。常使张贵妃、孔贵人等八人夹坐,江总、孔范等十人预宴,号曰'狎客'。先令八妇人襞采笺,制五言诗,十客一时继和,迟则罚酒。君臣酣饮,从夕达旦,以此为常"。以前的宫体诗还多半是男人托女人口吻说的,其肉麻和性感还觉得隔着一层,现在干脆让女人自白了。《陈书·张贵妃传》、魏征《史论》云:"(后主)于光照殿前,起临春、结绮、望仙三阁。阁高数丈,并数十间。其窗牖、壁带、悬楣、栏槛之类,并以沈檀香木为之,又饰以金玉,间以珠翠,外施珠帘,内有宝床、宝帐,其服玩之属,瑰奇珍丽,近古所未有。每微风暂至,香闻数里,朝日初照,光映后庭。其下积石为山,引水为池,植以奇树,杂以花药。后主自居临春阁,张贵妃居结绮阁,龚、孔二贵嫔居望仙阁,并复道交相往来。又有王、李二美人,张、薛二淑媛、袁昭仪、何婕妤、江修容等七人,并有宠,递代以游其上。以宫人有文学者袁大捨等为女学士。后主每引宾客对贵妃等游宴,则使诸贵人及女学士与狎客共赋新诗,互相赠答,采其尤艳丽者以为曲词,被以新声,选宫女有容色者以千百数,令习而歌之,分部迭进,持以相乐。其曲有《玉树后庭花》、《临春乐》等,大指所归,皆美张贵妃、孔贵嫔之容色也。"虽然从山水到宫体都表现着宫廷士大夫阶层的生活和有闲,而且都企图打发和消遣这闲,但堕落的程度却逐渐地加深和发挥到了极致。齐梁诗的发展就是这些人堕落过程底表现,隶事声律和宫体,都是这过程在文学史上所刻划的标记;总的方向是没有变的,都是一步步地趋于纤弱浮肿的病态和变态。但社会和政治现实还没有基本变化的时候,这情形是不易改变的;所以一直到初唐,还绵延了许多年。

六

如果不算它的前响和余波,在这段历史中,宫体诗蔓延最盛的时间大约有一百年。简文帝生在梁天监二年,陈后主死于隋仁寿四年,从503到604年,正是"宫体所传,且变朝野"的时期。在这以后,宫体诗在初唐也还兴盛了有五十年的光景,我们此处暂且不论。在这以前,由"文章殆同书抄"的大明初(457)算起,这风气酝酿了也有五十年。在这大约两百年中,谢灵运已死(鲍照死于泰始二年——466),陈子昂未生,诗人和所成诗的数量都是很多的;但除谢朓外,却很少好诗和大家。这里自然显出了谢朓的卓异和重要;他卒于齐永元元年,只活了三十六岁(464—499),恰好是梁简文帝出生的前四年;这位年轻的诗人虽然没有得到善终,但在诗的令名上却幸而善终了。我们由他同时的人们来理解他的诗,才更显出了他的特点。沈德潜《说诗晬语》云:"齐人寥寥,谢玄晖独有一代,以灵心妙悟,觉笔墨之中,笔墨之外,别有一段深情妙理。元长诸人,未齐肩背。"但这并不是说他可以超脱上面所分析的那些时代的情形,反而是他的成就也正可由当时的风气中得到了说明。

谢朓的重要,在他可以代表由山水到宫体的过程;他的价值在他能承先启后,无论是内容和形式;而且可以说是兼得了先后之长的人物。他写山水,也写都邑;既写仕宦,也慕栖遁;而且在两者间找得了妥协。这妥协就是虽然身居都邑,从于仕宦,但仍可领略山水栖遁之趣。和谢灵运一样,他作宣城太守时,也是游览遍了境中佳处的；但他知道"动息无兼遂,歧路多徘徊"(《观朝雨诗》),所以《敬亭山》诗云："我行虽纡组,兼得寻幽蹊"；《之宣城出新林浦向版桥》诗云："既欢怀禄情,复协沧州趣"；这样,便把山水和都邑,仕与隐来统一了。诗的内容比前扩大,但并没有堕落到宫体；学谢灵运,但更接受了当时注重的形式美,所以所得并非冗长。《唐子西语录》云："今取灵运惠连玄晖诗,合六十四篇,为三谢诗。是三人者,至玄晖语益工,然萧散自得之趣亦复少减,渐有唐风矣；于此可观世变也。"王世贞《艺苑卮言》也以为其"特不如灵运者,匪直材力小弱,灵运语俳而气古,玄晖调俳而气今"。所谓调俳的"调"即指声调而言。《诗品·序》和《梁书·庾肩吾传》记载使用四声的人物,都是沈约、谢朓并称的；方东树《昭昧詹言》云："玄晖不尚气而用意雕句,亦以雕句故伤气也。"这正是"调俳气今"的绝好解释。他和大谢的不同,就是大谢只知裁对隶事,而他更注重于声律语调的调谐。《昭昧詹言》又云："同一用事,而尤必择其新切者；同一感寄,而恒含蓄；同一写景,而必清新；古之作者皆同,而玄晖尤极意芊绵蒨丽。"他的成功正在他善于利用这些形式的特点而不至过度,不至"文章殆同书抄",或"酷裁八病"和"碎用四声"。他并不是反抗当时潮流的人物,而只是善于驾御潮流的人物；所以《本传》引沈约云："二百年来无此诗也。"齐梁诗人,几乎都爱好着他的诗,《诗品·序》说时人以为"谢朓古今独步"。评谢朓诗又说"至为后进士子所嗟慕"。又《太平广记》引《谈薮》云："梁高祖重谢朓诗,曰：'三日不读谢诗,便觉口臭。'"《颜氏家训·文章篇》云："刘孝绰当时既有重名,无所与让,唯服谢朓。常以谢诗置几案间,动静辄讽咏。"梁简文帝《与湘东王书》也称赞谢朓、沈约之诗是"文章之冠冕,述作之楷模"。这都因为他与宫体诗并不冲突；而且就形式美的运用和内容的扩大说,干脆可以说是宫体诗的先导。

山水诗结构的不太明密,主要是因为写景的句子和名理的句子不易紧凑融合的原故;所以学大谢的人常常只得其冗长。这情形在小谢诗里比较好多了,但也未易完全避免。《诗品》说他"一章之中,自有玉石。然奇章秀句,往往警遒。……善自发诗端,而末篇多踬,此意锐而才弱也"。其实这完全是受了内容的限制,并不是什么"意锐才弱"。一篇诗里写景抒情的句子多半在前边,如"大江流日夜,客心悲未央"之类,比较容易表现出作者的匠心和丽密;到了末篇,为了解决仕隐和山林都邑间的矛盾,或说明当时的处境,便难有惊人之句了。这正因为他是扩大内容的过渡人物的关系。陈祚明《采菽堂古诗选》卷二十云玄晖:"结句幽寻,亦铿湘瑟。而《诗品》以为'末篇多踬',理所不然。夫宦辙言情,旨投思遁;赋诗见志,固应归宿是怀,仰希逸流,贞观丘壑,以斯托兴,趣颇萧然。恒见其高,未见其踬。"这话虽有辩护之嫌,但他对造成这现象底内容的矛盾,是指出了。

因了篇幅的短小和声调裁对等形式技巧的进步,齐梁诗本是古诗到近体的桥梁,这在谢朓诗中已经看得很明显。严羽《沧浪诗话》云:"谢朓之诗,已有全篇似唐人者,当观其集方知之。"唐代诗家本多渊源六朝,规摹前代,小谢的作风和他们近似,因此更是欣赏学习的对象。杜甫《寄岑嘉州》云:"谢朓每篇堪讽诵";而李白更是推崇备至,特别爱好。《金陵城西楼月下吟》云:"月下沉吟久不归,古来相接眼中稀,解道澄江净如练,令人长忆谢玄晖。"又《宣城谢朓楼饯别校书叔》云:"蓬莱文章建安骨,中间小谢又清发。"这都是对谢朓底承先启后的优美成就加以推崇的。因之他自己也非常爱好,《酬殷明佐见赠五云裘歌》曰:"我吟谢朓诗上语,朔风飒飒吹飞雨。谢朓已没青山空,后来继之有殷公。"又《新林浦阻风寄友人》曰:"明发新林浦,空吟谢朓诗。"可知谢朓在唐代大家心目中的地位了。

  沈约《伤谢朓》云:"吏部信才杰,文锋振奇响,调与金石谐,思逐风云上。""金石之调"和"风云之思",正说明了他在形式和内容两方面的成就。他的趋向和当时人的努力并无不同,而且简直可以说是开齐梁风气的人物;但他能得到好处,而不至流于浮肿桎梏和堕落,就是他底独特的成就。这固然由于他的才力卓异,但早岁丧亡也未尝不是成全他令名的原因。因为有了他,这二百年的长时期才不致只算一段空白;这种承先启后的地位是非常重要的。方东树《昭昧詹言》云:"玄晖别具一幅笔墨,开齐、梁而冠乎齐、梁,不第独步齐、梁,直是独步千古。盖前乎此,后乎此,未有若此者也。"这种"未有若此"的情形,表示着谢朓的孤独,但也表示着他在当时的特出;因为在这一段漫长的时间内,好的诗实在太少了。

徐庾与骈体

一

《周书·庾信传》云："时(父)肩吾为梁太子中庶子，掌管记。东海徐摛为左卫率。摛子陵及信，并为抄撰学士。父子在东宫，出入禁闼，恩礼莫与比隆。既有盛才，文并绮艳，故世号为徐、庾体焉。"《北史·文苑传》序云："徐陵、庾信分路扬镳。其意浅而繁，其文匿而彩，辞尚轻险，情多哀思。"文中子云："徐陵、庾信，古之夸人也，其文诞。"可知徐、庾一向是并称的。按晋安王纲立为皇太子在中大通三年(531)，时徐陵年二十五岁，庾信十九岁。《周书》所指的父子出入禁闼，即在这一时期。但这时正是宫体诗盛行的时候，《梁书·简文帝纪》云："雅好题诗，其序云：'余七岁有诗癖，长而不倦。'然伤于轻艳，当时号曰'宫体'。"《梁书·徐摛传》云："属文好为新变，不拘旧体。""摛文体既别，春坊尽学之，'宫体'之号，自斯而起。"所以徐、庾的"文并绮艳"，也只是当时的普遍情形，并不足以解释"徐庾体"的特征。清倪璠注释《庾子山集·本传》云："按：徐、庾并称，盖子山江南少作宫体之文也。及至江北，而庾进矣。"又注庾信《春赋》云："盖当时宫体之文，徐、庾并称者也。"这解释也不足以说明徐庾体与宫体的分别。我们认为徐、庾二人成就的高下是一件事,但"徐庾体"一词所指的绝不仅只是他们的少作,而是作品的全部。它和"宫体"涵义的不同,不在时间和人的差别,而在所指的文体。宫体指"诗",观梁简文帝的《诗序》就知道,而徐庾体却是指"文"的。现存的徐庾集中,诗的分量极少,徐只十之一,庾约十之三。其中除了庾的后期作品,都是属于宫体的;标明"奉和"简文帝的就不少。严羽《沧浪诗话》论诗体,虽也列有徐庾体,但若以诗而论,如果徐庾体一词的意义不等于宫体,最多也只能说它是宫体诗的延长,无论形式或内容;若仅指庾信在北所作各诗,则不但与史传所说的时间不合,而且徐庾也不能并称。严氏论诗体之分,虽也根据前人记载,但错误甚多,不足为据;详清冯班《钝吟杂录》卷五严氏纠谬。所以就诗说,徐庾体就是宫体。(庾信留北所作各诗,与宫体不侔,释详后。)但就"文"说,徐、庾是有他们作风的特点的,这就是把宫体诗所运用的隶事声律和缉裁丽辞的形式特点,移植到了"文"上,发展了骈文的高峰。《陈书·徐陵传》云:"为一代文宗。……其文颇变旧体,缉裁巧密,多有新意。每一文出手,好事者已传写成诵;遂被之华夷,家藏其本。"《周书·庾信传》说"当时后进,竞相模范,每有一文,都下莫不传诵。"这都是指骈文说的。所以向来徐、庾并言,都是指他们在"文"一方面的成就。明屠隆《题徐庾集》云:"仙李盘根,初唐最盛,应制游览诸作,婉媚绮错,篆玉雕金,筋藏肉中,法寓情内;莫不撷藻乎子山,撷芳于孝穆。故能琳琅一代,卓冠当时。"张溥《庾集题辞》也言其"文与孝穆敌体"。清程杲《四六丛话序》云:"四六盛于六朝,庾、徐推为首出。其时法律尚疏,精华特浑。譬诸汉京之文,盛唐之诗,元气弥沦,有非后世能造其域者。"许梿《六朝文絜》评《玉台新咏序》云:"骈语主徐庾,五色相宣,八音迭奏,可谓六朝之渤瀰，唐代之津梁。"又清梅曾亮《书管异之文集后》云："曾亮少好骈体文，异之曰：人有表示者面也；今以玉冠之，虽美，失其面矣；此骈体之失也。余曰：诚有是，然《哀江南赋》、《报杨遵彦书》，其意顾不快也，而贱之也？异之曰：彼其意固有限，使有孟荀庄周司马迁之意，来如云兴，聚如车屯，则虽百徐庾之辞，不足尽其一意。"这是桐城派古文家的论调，但由此正可看出徐庾在骈文造诣上的地位。唐初的四杰和燕许，都是学他们的。《新唐书·陈子昂传》云："唐兴，文章承徐、庾余风，天下祖尚，子昂始变雅正。"但马端临《文献通考》即言"子昂诗意高妙，其他文不脱偶俪卑弱之体。"可知徐庾在骈文上的地位和影响了。所以传统所谓"徐庾体"，主要是指"文"说的；是指他们对于骈文的形式的贡献和示范。

当然在内容的表现上，徐庾也各有他们的特点和成就，这我们后面还要详论；但徐庾齐名而以文体为人艳称，主要却是指他们对于骈文底形式特点的运用和建树。在这种意义上，所谓"徐庾体"便可以包括他们除诗以外的作品的全部，并不因后来徐的入陈和庾的仕周而差别。他们都享了高龄（徐七十七岁，庾六十九岁），在长的时间内各为南北文宗，对于骈体的提倡和风行，都有深厚的影响；一直沿到唐朝。他们的出身教养相同，固不必说；即分居南北以后，文章也还是彼此经常流传的；所以他们的文体相近，即使在晚年也绝不是偶合。陈寅恪先生《读〈哀江南赋〉》一文，考证庾信为赋之直接动机，在读沈初明之《归魂赋》；沈文今存《艺文类聚》二七及七九，序云："余自长安还，乃作归魂赋。"沈文作于建康，陈先生言"颇疑南北通使，江左文章本可流传关右。"（《清华学报》第十三卷第一期）按《陈书·徐陵传》言"每一文出手，好事者已传写成诵,遂被之华夷,家藏其本"。所谓"被之华夷"自然是指风行南北的。《周书·王褒传》云:"初,褒与梁处士汝南周弘让相善。及弘让兄弘正自陈来聘,高祖许褒等通亲知音问。"庾集也有《别周尚书弘正》及《和王少保遥伤周处士》二诗,又《徐报使来只得一见》诗云:"一面还千里,相思那得论,更寻终不见,无异桃花源。"可见使者是可以和朝臣见面的,当然文章也就可南北流通了。庾信《寄徐陵诗》云:"故人倘思我,及此平生时,莫待山阳路,空闻吹笛悲。"二人的交谊也很笃;所以徐庾虽然地处南北,在作品的互相影响观摩上,并不是鸿沟似的处在两个世界,那么他们文体作风的近似,也就并不奇怪了。《周书·赵僭王招传》云:"好属文。学庾信体,词多轻艳。"《周书·庾信传》云:"世宗、高祖并雅好文学,信特蒙恩礼。至于赵、滕诸王,周旋款至,有若布衣之交。"传《后论》云:"由是朝廷之人,闾阎之士,莫不忘味于遗韵,眩精于末光。犹丘陵之仰嵩、岱,川流之宗溟、渤也。"今庾集首有《滕王逌序》,集中又有《赵国公集序》,其他和滕赵诸王来往的文启等也很多,可知他正是以"轻艳"的庾信体来"特蒙恩礼"的。倪璠注释庾信《本传》有云:"按子山少年宫体之作,当时习称徐庾。及至晚年,又与王褒并埒,而后世无庾王之目。"正因为庾王文体的特征仍然和徐庾体一样,徐又在南,所以《赵王招传》就干脆只称庾信体了。可知徐庾体一词的意义是可以包括他们作品的全部的;后来的分处南北,只是更扩充了这一文体的影响,并没有改变了他的涵义。虽然庾信后期"以悲哀为主"的"危苦之词"有了新的内容,但"徐庾体"一词本指的是骈文底形式特点,所以可以"当时后进,竞相模范",并不受题材内容的影响的。

徐庾体是指当时的文说的;所谓"文"并不只限于书序碑志等体的文字,赋也包括在内。因为事实上徐庾的骈赋和当时骈文的组织形式,是已经没有什么分别了。孙梅《四六丛话》叙赋云:"古赋一变而为骈赋,江鲍虎步于前,金声玉润;徐庾鸿骞于后,绣错绮交。固非古音之洋洋,亦未如律体之靡靡也。"李调元《赋话》云:"邺中小赋,古意尚存。齐梁人为之,琢句愈秀,结字愈新,而去古亦愈远。"这都足以说明骈赋是和"述客主以首引,极声貌以写物"(《文心诠赋》)的古赋不同的。但骈赋只是和当时的骈文近似,和后来的律赋也不同;这情形正如齐梁新体诗之不同于古诗或律诗一样。孙德谦《六朝丽指》云:"骈文宜纯任自然,方是高格,一入律赋,则不免失之纤巧。"所以许梿《六朝文絜》评庾信《小园赋》云:"骈语至兰成所谓采不滞骨,隽而弥絜。"即因为他是骈语的好的标准,而不像后来的律赋。当然,在文体的详细辨析上,骈赋多注重在雕纂,和碑版书记等并不完全相同;但在属文时镕裁章句所注重的形式美的条件,却完全是一样的;所以庾子山的各赋,就成为历代骈文的典型了。梁章巨《退庵随笔》说"今欲为四六专家,则宜先读萧选及徐庾二集。"又说"徐庾集必须熟读"。这原是唐宋以来骈文作者所一致奉为圭臬的。

所以要了解徐庾在文学史的地位,徐庾体的历史涵义,就必须从骈文这一体裁的源流和特点上去考察,因为徐庾的主要成就,即在将宫体诗所运用的隶事声律和缉裁丽辞的形式特点,完全巧妙地移植在"文"上;使当时的骈文凝固成一种典型的文体,而成了后来唐宋四六和律赋的先导。

二

王闿运《湘绮楼论文》云:"骈俪之文起于东汉,大抵书奏之用,舒缓其词,经传虽有偶对,未有通篇整齐者也。自刘宋以后,日加绵密;至齐梁纯为排比,庾徐又加以抑扬,声韵弥谐,意趣愈俗。唐人皆同律赋,宋体更入文心。自是遂有文赋二派,愈益俳矣。"所以向来学习骈文的人,都是刻意研摩徐庾的,因为他们的作品实在是骈文发展上的高峰。骈文的第一要素当然是裁对,所以阮元以为易系辞和诗大序中有偶句,即为骈文之初祖。这本是中国单音文字的特征,所以即使最散行的文字也很难完全没有对偶的成分;《文心雕龙·丽辞篇》所谓"高下相须,自然成对",正是指对偶在文字中本即存在的性质。但到了文人以裁对的工巧为矜伐的时候,排偶的分量便逐渐在文字中多了起来。刘师培《论文杂记》云:"东京以降,论辩诸作,往往以单行之语,运排偶之词,而奇偶相生,致文体迥殊于西汉。建安之世,七子继兴,偶有撰著,悉以排偶易单行;即非有韵之文,亦用偶文之体,而华靡之作,遂开四六之先,而文体复殊于东汉。"这种工夫愈来愈细密,其发展的极峰就是后来的四六。《文心雕龙·丽辞篇》云:"故丽辞之体,凡有四对:言对为易;事对为难;反对为优;正对为劣。"这是指齐梁通行的文学说的,自然是比以前讲求得细密了;但遍照金刚《文镜秘府论》三《论对》所说明的对,竟有二十九种之多,可见裁对工夫日趋琐细的情形。骈文是一种表现形式美的文体,对偶所呈现的感觉是一种意态和感觉的均衡,是对称的美;但若一篇文字完全是排偶的话,也会显得单调和没有归宿,后来四六律赋的纤巧俳弱,就是因为形式凝固了的原因。孙德谦《六朝丽指》云:"骈体之中,使无散行,则其气不能疏逸,而叙事亦不清晰",故庾子山碑志文,"每叙一事,多用单行,先将事略说明,然后援引故实","述及行履,出之以散,而骈俪之句则接于其下。推之别种体裁,亦应骈中有散也","傥一篇之内始终无散行处,是后世书启体,不足与言骈文矣。"又云:"作骈文而全用排偶,文气易致窒塞。即对句之中,亦当少加虚字,使之动宕。"后来有许多的折衷骈散之说,都是为了避免过分注重骈俪的毛病的。在这点上,徐庾的作品的确是运用骈偶到了最大的可能限度,使对称美在文中发挥了可能的最高效力,而不至像唐宋四六的产生了负作用。《文心雕龙·章句篇》云:"若夫笔句无常,而字有条数。四字密而不促,六字格而非缓,或变之以三五,盖应机之权节也。"《文镜秘府论》四云:"然句既有异,声亦互舛,句长声弥缓,句短声弥促,施于文笔,皆与参用。然而品之,七言以去,伤于太缓,三言以还,失于至促,惟可以闲其文势,时时有之。至于四言,最为平正,词章之内,在用宜多,凡所结言,必据之为述;至若随之于文,合带以相参,则五言六言,又其次也。"由于顾全音节声律的和谐,四六字的字句本来是最合宜的长度,而且对于意义的对偶上也很方便,所以后来便凝为定式了。柳宗元《乞巧文》云:"骈四俪六,锦心绣口。"徐庾集中以四六句间隔作对的句子,已较前人用得甚多,如庾集《哀江南赋序》的"山岳崩颓,既履危亡之运;春秋迭代,必有去故之悲"。徐集与王僧辩书的"栈道木阁,田单之奉霸齐;绾玺将兵,周勃之扶强汉"都是这种例子。《六朝丽指》云:"骈体与四六异,四六之名,当自唐始,李义山《樊南甲集·序》云:作二十卷,唤曰樊南四六。知文以四六为称,乃起于唐。而唐以前,则未之有也。"又云："吾观六朝文中以四句作对者,往往只用四言,或以四字五字相间而出;至徐、庾两家,固多四六语,已开唐人之先,但非如后世骈文,全取排偶,遂成四六格调也。"徐庾虽多四六语,但变化多,并没有凝成了像后来的定型;因此也就比较疏逸散朗,而不至有沉滞呆重的毛病了。

  骈文的第二种工夫是隶事。这也是文字形式方面的多年累积的结果(详《隶事·声律·宫体》一文),《文心雕龙·事类篇》云："事类者,盖文章之外,据事以类义,援古以证今者也。"李兆洛《骈体文钞·序》云："盖指事欲其曲以尽,述意欲其深以婉,泽以比兴,则词不迫切,资以故实,故言为典章也。"这都说明了隶事在骈文中的重要。宋王铚《四六话》云："四六有伐山语,有伐材语。伐材语者,如已成之柱栭,略加绳削而已。伐山语,则搜山开荒,自我取之。伐材谓熟事也;伐山谓生事也。生事必对熟事,熟事必对生事。若两联皆生事,则伤于奥涩;若两联皆熟事,则无工。"这都是讲隶事的方法的,但若专以饾饤堆砌为工,也会破坏了文章的效果。《六朝丽指》云："《诗品》云:(任)昉既博物,动辄用事,所以诗不得奇。然则彦升之诗,失在贪用事,故不能有奇致。吾谓其文亦然,皆由于隶事太多耳。语曰:'文翻空而易奇'。以此言之,文章之妙,不在事事征实。若事事征实,易伤板滞。后之为骈文者,每喜使事而不能行清空之气,非善法六朝者也。"这是针对后来骈文的毛病说的,李义山称为獭祭鱼,杨大年号称衲被,都是极端重视隶事的结果。宋谢伋《四六谈麈》云："四六全在编类古语。唐李义山有金钥,宋景文有一字至十字对,司马文正亦有金桴,王歧公最多。"这样下去,自然会有饾饤堆砌的弊端,也自然会限制到意义的发展。在这方面,徐庾的作品也是比较成功的。他们用事能灵活自然,而且参以白描的常语,所以虽然用事很多,其效果在丰富了意义的联想;而不至限制了内容的表现。如徐陵《玉台新咏·序》之"纤腰无力,怯南阳之捣衣;生长深宫,笑扶风之织锦"。庾信《哀江南赋》之"燕歌远别,悲不自胜,楚老相逢,泣将何及!"都是好的例子。

骈文的第三四种工夫是敷藻和调声。敷藻是指渲染色泽的;"妃白俪黄",向来是骈文工丽的要素,这也是由山水诗以来注重雕绘的累积。李兆洛《骈体文钞》评颜延之《三月三日曲水诗》序云:"织词之缛,始于延之";文中如以赪茎代朱草,素霓代白虎,以"并柯""共穗"来代连理木嘉禾之类,都是这方面的工夫。调声是将永明声律的避忌方法来由诗移到文上,以求和谐的音乐美。阮元《四六丛话·后序》云:"彦升休文,肇开声韵,轻重之和,拟诸金石,短长之节,杂以咸韶。盖时会使然,故元音尽泄也。"这种选声配色的工夫也是愈来愈讲求得严密,但过分地讲求也同样会发生优孟衣冠的毛病,会"转伤真美"。孙梅《四六丛话·序》云:"六朝以来,风格相承,研华务益,其间刻镂之精,昔疏而今密;声韵之功,旧涩而新谐,非不共欣于斧藻之功,而亦微伤于酒醴之薄矣。"在声色的研求方面,徐庾更是有成就的。许梿《评玉台新咏·序》云:"骈语至徐庾,五色相宣,八音迭奏,可谓六朝之渤澥,唐代之津梁。"评庾信《镜赋》云:"选声练色,此造极巅,吾于子山无复遗恨矣。"又评《镫赋》云:"音简韵健,光彩焕鲜,六朝中不可多得。"这都是指他们在敷藻调声上的成就的。因为这是从永明的声律说由诗向文直接推进了一步,所以超越前人的工夫更比较多。

上述的四种骈文的特征,在文学史上是有一个演进的次序的。到了徐庾,这些形式特点的追求都到了极峰,所以发展到了骈文的完整的典型;唐宋的四六文再向细密上去追求,自然会愈趋于纤仄俳弱,限制了意义的表现。《南齐书·文学传》论说"放言落纸,气韵天成",这是骈文的理想水准,但并不是容易达到的。形式的工夫和格律愈是严密地讲求,就愈会妨碍了意义的显明;这种毛病即是在大家也是很难避免的。《文心雕龙·丽辞篇》云:"刘琨诗言'宣尼悲获麟,西狩泣孔丘',若斯重出,即对句之骈枝也。"这种毛病在文中也很多。沈约《宋书·恩幸传·序》云:"胡广累世农夫,伯始致位公相;黄宪牛医之子,叔度名重京师。"也同样是重出的骈枝。《文心雕龙·事类篇》云:"陈思,群才之英也,报孔璋书云:'葛天氏之乐,千人唱,万人和,听者因以蔑韶夏矣',此引事之实谬也。"《颜氏家训·文章篇》云:"自古宏才博学,用事误者有矣。百家杂说,或有不同;书傥湮灭,后人不见,故未敢轻议之。"他所引的例很多,在骈文中这尤其是常见的毛病。《文心雕龙·定势篇》云:"自近代词人,率好诡巧,原其为体,讹势所变,厌黩旧式;故穿凿取新,察其讹意,似难而实无他术也,反正而已。故文反正为乏,辞反正为奇。效奇之法,必颠倒文句,上字而抑下,中词而出外,回互不常,则新色耳。"可知效奇是为了取新色的。《文选·恨赋》"孤臣危涕,孽子坠心"下李注云:"心当云危,涕当云坠,江氏爱奇,故互文以见义。"又注鲍照《芜城赋》"东都妙姬,南国丽人,蕙心纨质,玉貌绛唇"云:"左九嫔《武帝纳皇后颂》曰:'如兰之茂'。《好色赋》曰:'腰如束素'。兰蕙同类,纨素兼名,文士爱奇,故变文耳。"庾信《梁东宫行雨山铭》的"草绿衫同,花红面似",本应作"衫同草绿,面似花红",因为碑文是铭文,倒用可以叶韵,一方面也是为了取新色的缘故。语言文字的功用本来是表现内容的,如果文字的形式格律限制得太严,则达到"放言落纸,气韵天成"的水准虽不绝对是不可能的,至少也是极难的。每一种增加形式格律的功夫或方法,在负的方面也就自然会妨碍了内容意义的确定和明显;完全地不产生负作用是不可能的。但正是在困难的情形下才更能显出作者的技巧和学问,才更可以炫耀他的地位和才力;而这正是当时文士们所竭力追求的事情。

这种"以辞害意"的情形本是骈文的通病,即使在徐、庾的名作中也是不能避免的。徐陵《玉台新咏·序》云:"清文满箧,非惟芍药之花,新制连篇,宁止葡萄之树。九日登高,时有缘情之作;万年公主,非无累德之辞。"葡萄树的出处,注家皆无解,只能算僻典;而以"九日登高"属对"万年公主",也并不能说工切。王若虚《滹南遗老集·文辨》云"庾信《哀江南赋》,堆垛故实以寓时事,虽记闻为富,笔力亦壮,而荒芜不雅,了无足观。如'崩于钜鹿之沙,碎于长平之瓦',此何等语!至云'申包胥之顿地,碎之以首',尤不成文也";"杜诗云:'庾信文章老更成,凌云健笔意纵横。今人嗤点流传赋,未觉前贤畏后生。'尝读庾氏诗赋,类不足观,而《愁赋》尤狂易可怪。然子美雅称如此,且讥诮嗤点者,予恐少陵之语未公,而嗤点者未为过也。"全祖望《鲒埼亭集·题〈哀江南赋〉后》云:"信之赋本序体也,何用更为之序?故其词多相复,滹南直诋为荒芜不雅;学子信少陵者多,其肯然滹南之言乎!"这些毛病当然是事实,但这本是骈文的通病,是很难写得自然流宕的。徐、庾能使这些裁对隶事和调声选色的形式特点在文字中发挥了可能的最高效果,而不致引起更多的负作用,不致过多地限制了意义的表现和流于纤仄俳弱,就是他们的成功。因为骈文的特点本是形式的,所以徐庾体的特点也只是在它提供了运用形式美的最好的典型和范例。他们在骈文这一文体的发展史上,占着一条抛物线的中点;这在中国文学史上是曾经有过长远的影响的。

三

在骈文盛行的时期,一切表情达意的文体,都是用骈俪的。是否有些文体的内容,根本用骈文难以表达呢?《四六丛话·序论》云:"夫文采葩流,枝叶横生,此骈体之长也。师其意不师其辞,为时似不为恒似,此古文所尚也。若乃命微言以藻思,责奥义于腴词,以妃青媲白之文,求辨博纵横之用,譬之蚁封奔骋,珮玉走趋;舌本间强,恐类文家之吃;笔端繁拥,终滋腹笥之贫。固难以作致其情工用所短也已。"又《序章疏》云:"盖奏疏一类,下系民瘼,上关政本,必反复以申其说,切磋以究其端,论冀见从,多浮靡而失实,理惟其晓,拘声律而难明。此任、沈所以栖毫,徐、庾因之避席者也。"说骈体不宜于辨论奏疏,就是说骈文不宜于说理。大家就形式上看,骈文采色丰腴,似乎是只宜于表情叙事的;实际上如果说骈文形式上的拘束妨碍了意义的表现,则对于甚么内容的文体都是一样,并不限于说理的。骈文自有它特殊的一种议论说理的方式,虽然和散行文字不同,但也可以达到这种使命;其效果并不比对于表情叙事更无力。就"论"来说,从阮、嵇诸论起,曹冏《六代》,陆机《辨亡》,干宝《晋纪总论》,刘孝标《广绝交论》,以及才性道德,崇有贵无,和后来关于佛教的三报、神不灭等论,都可以说是骈体,更不用说像《文心雕龙》和《史通》了。奏疏的骈文诚然是少,但这是因为皇帝的制敕诏册例用骈体,用文字的排比来象征威权的气象,奏疏如果也用骈体,便显得不恭;所以就不能不"直抒胸臆,刊落陈言"了。这和骈文本身的表现能力无关,所以如贺谢表等称颂盛德的文字,也就多用骈体了。到了唐陆宣公的《翰苑集》,虽然多用骈句,但文势流转,色彩较淡,使读后有深婉畅明的感觉,而不至觉得剑拔弩张和不恭;这虽然把骈文应用的范围扩大了,但同时也缩小了骈文所具备的那些形式特点。所以唐《骈体文钞》及《四六法海》,都不录他的作品;而《新唐书》不收四六,反录了他的十几篇,《资治通鉴》录他的疏多至三十九篇,可知这并不能算骈文的正宗。同时也可说明骈体不适于奏疏的原因,与骈体本身的表现能力是无关的。

关于以骈体来议论说理的方式,我们可以借连珠来说明;而且由此也可看出骈体演进的情形来。《文心雕龙·杂文篇》云:"扬雄、覃思文阔,业深综述,碎文璅语,肇为连珠,其辞虽小而明润矣。"《艺文类聚》卷五十七载傅玄《连珠序》曰:"所谓连珠者,兴于汉章帝之世,班固、贾逵、傅毅三子受诏作之。而蔡邕、张华之徒又广焉。其文体辞丽而言约,不指说事情,必假喻以达其旨;而贤者微悟,合于古诗劝兴之义。欲使历历如贯珠,易睹而可悦,故谓之连珠也。"又载沈约注《制旨连珠表》曰:"窃闻连珠之作,始自子云,放易象论,动模经诰,班固谓之命世,桓谭以为绝伦。连珠者,盖谓词句连续,互相发明,若珠之结排也。"从连珠的文字组织看来,就是简短的骈文;而且都是假喻达旨,是说理的。今陆机有《演连珠》五十首,庾信有《拟连珠》四十四首。从扬雄、班固、张华、陆机,到沈约、庾信,也说明了骈文的演进过程。文选陆机演连珠用刘孝标旧注,注文也是丽辞,《隋志》尚有何承天注,可知习作连珠是文士间普通的现象。连珠并不是扬雄的发明,也不是首"兴于汉章帝之世",这种说理方式的起源是很早的。后来逐渐为文人所采用,如扬雄、班固等,便成了骈体的滥觞。到骈文成立以后,这便成了属文的初步练习,好像现在练习造句一样。陆机、庾信都是骈文演进上的重要人物,正可证明这种情形。李兆洛《骈体文钞》序连珠云:"此体昉于韩非之内外储说,淮南之说山。"《北史·李先传》云:"(魏明帝)召先,读韩子《连珠论》二十二篇,《太公兵法》十一事。"今韩非子无连珠论,以体例观之,所读的也是内外储说,因为这实在和连珠相似。而且和太公兵法同读,更为可信。今摘引《韩非子·内储说上七术第三十》如下:

> 观听不参则诚不闻;听有门户,则臣壅塞。其说在侏儒之梦见灶,哀公之称莫众而迷。故齐人见河伯,与惠子之言亡其半也。其患在竖牛之饿叔孙,而江乞之说荆俗也。嗣公欲治不知,故使有敌。是以明主推积铁之类,而察一市之患。

我们再钞陆机和庾信的一首连珠来比较:

> 臣闻任重于力,才尽则困;用广其器,应博则凶。是以物胜权而衡殆,形过镜则照穷。故明主程才以效业,贞臣底力而辞丰。(陆机《演连珠》第二首)

> 盖闻死别长城,生离函谷。辽东寡妇之悲,代郡孀妻之哭。是以流恸所感,还崩杞梁之城;洒泪所沾,终变湘陵之竹。(庾信《拟连珠》第十四首)

这种组织的方式是先说明一普通立论的公理,书为命题的方式,再举例证明此理之无可置疑,然后再由此理及事例导出一欲求的同类的结论或断案;那么这结论当然也是无可置疑的。这种方法很像几何学的求证或逻辑的推理。就同例得同果言之,颇似类比法;就由公理以求结论言之,又颇似演绎法;若就由多种的事例以求结论言之,则又颇似归纳法。连珠中普通仅为两层,或先举事例,次明结论;或先明理由,继举事例;也有以设喻来代替事例所根据理由的。可知用事或用喻,其作用都在使其发生推理的媒介作用;证明所言的真实或正确。《韩非子》中的说理方法,在《管子》、《荀子》等战国时的书中,也有同样的例子。因为当时纵横之士流行,百家竞起,言者为使人信仰,所以对于推论说理的方法也就进步了。《文史通义·诗教上》云:"战国者,纵横之世也。……是则比兴之旨,讽谕之义,固行人之所肄也。纵横者流,推而衍之,是以能委折而入情,微婉而善讽也。"《战国策》中所记游说之辞中设喻举事的众多,正可说明这一事实。汉代以后,"子史衰而文集之体盛,著作衰而辞章之学兴"(《文史通义·诗教上》),这种议论说理的方法便也由子史著作而移用在文辞上了;连珠一体的发展便可说明这情形。《文心雕龙·杂文篇》云:"自连珠以下,拟者间出。杜笃、贾逵之曹,刘珍、潘勖之辈,欲穿明珠,多贯鱼目。可谓寿陵匍匐,非复邯郸之步;里丑捧心,不关西施之颦矣。唯士衡运思,理斯文敏,而裁章置句,广于旧篇。"《隋志》著录陆机《连珠》一卷,何承天注。谢灵运《连珠》五卷;陈证《连珠》十五卷;黄芳《连珠》一卷;梁武《连珠》一卷,沈约注。梁武帝《制旨连珠》十卷,邵陵王纶注;又陆缅注。梁有《设论连珠》十卷,谢灵运撰。《南齐书》刘祥著《连珠》十五首,庾信集有《拟连珠》四十四首。可知自东汉以来,文士们都是练习拟作连珠的;因为这正是练习属文时必经的步骤。《四六丛话》序杂文云:"猗彼连珠,委同繁露,珠以喻其辉之灼灼,连以言其琲之累累。参差结韵,比兴为长。倘兴情罔寄,则圆折而未见走盘;比义不深,则夜光而犹非缀烛。惟士衡子山,意趣渊妙;径寸呈姿,阑干溢目矣。"但不只连珠必须"参差结韵,比兴为长",骈文也是需要如此的。李兆洛《骈体文钞·序》,在"指事述意之作"后云:"盖指事欲其曲以尽,述意欲其深以婉。泽以比兴,则词不迫切;资以故实,故言为典章也。韩非淮南,已导前路,王符应劭,其流孔长;立言之士,时有取焉。"这正可说明"参差结韵,比兴为长"的连珠对于骈文中"指事述意"的重要;而指事述意的作品正是需要议论和说理的。

　　一篇骈文的制作步骤,我们可以《文镜秘府论·定位篇》的话来作说明。文云:"凡制于文,先布其位,犹夫行陈之有次,阶梯之有依也。先看将作之文,体有大小;又看所为之事,理或多少。体大而理多者,定制宜弘;体小而理少者,置辞必局。须以此义,用意准之,随所作文,量为定限。既已定限,次乃分位,位之所据,义别为科,众义相因,厥功乃就。故须以心揆事,以事配辞,总取一篇之理,析成众科之义。"这种"以事配辞"和"取理析义"的工夫,都需要用连珠式的句法才能表现的。《文心雕龙·附会篇》所讲的"附辞会义"的方法,也和连珠的表现方式完全相合;所以在骈文的演进过程中,类似连珠的句式是非常之多的;而且愈后愈华靡整齐了。我们现在摘举几条例子看看:

　　　　夫执狐疑之心者,来谗贼之口;持不断之意者,开群枉之门。(刘向《条灾异封事》)

夫不勤勤则前人不当,不恳恳则觉德不恺。是以发秘府,览书林,遥集乎文雅之囿,翱翔乎礼乐之场;胤殷周之失业,绍唐虞之绝风。(扬雄《剧秦美新》)

且夫政由宁氏,忠臣所为慷慨;祭则寡人,人主所不久堪。是以君奭鞅鞅,不悦公旦之举,高平师师,侧目博陆之势。(陆机《豪士赋序》)

朓闻潢汙之水,愿朝宗而每竭;驽蹇之乘,希沃若而中疲。何则,皋壤摇落,对之恫怅,歧路西东,或以歔唈。(谢朓《辞随王子隆笺》)

且据图刎首,愚者不为;运斧全身,庸流所鉴。何则,生轻一发,自重千钧,不以贾盗明矣。(徐陵《在北齐与杨仆射书》)

匠石回顾,朽材变于雕梁;孙阳一言,奔蹄成于骏马。故知假人延誉,重于连城,借人羽毛,荣于尺玉。(庾信《谢滕王集序启》)

连珠和骈体的演进历史过程是完全一致的;这种推理说论的方式因为需要设喻使事,又因为从来的习惯是用偶句,正符合于骈文所要求的形式条件,所以就成了骈体指事述意的普通方式了。如果说骈文底形式规律会妨碍和限制了意义表现的显明,当然是如此;但这对于一切文体都一样,并不限于议论和奏疏。骈文自有它的一套表现理由的方式,也适宜于推论和说理;这就是为什么骈文作者必须要习作连珠的道理。

四

骈文的特点是形式美的呈现,所以著名的文篇也只是指它写作技巧的圆熟高妙,内容往往是很平庸和贫乏的。《陈书·徐陵传》云:"自有陈创业,文檄军书及禅授诏策,皆陵所制;而《九锡》尤美,为一代文宗。"但这些作品都不是由内容来看的,依内容说,那至多不过是史料,不能算是文学。即如本传说是他代表作的《陈公九锡文》,李兆洛《骈体文钞·潘元茂册魏公九锡文》即云"九锡、禅诏,类相重袭,愈袭愈滥"。不只如此,而且为了铺张文辞,尚有许多不合事实和过分夸大的地方。如《九锡文》云:"任约叛国,枭声不悛,戎羯贪婪,狼心无改。穹庐毡幕,抵北阙而为营;乌孙天马,指东都而成陈。公(陈霸先)左甄右落,箕张翼舒,埽是挱枪,驱其猃狁。长狄之种,埋于国门,椎髻之囚,烹于军市。投秦坑而尽沸,噎濉水而不流。此又公之功也。"按《南史·陈本纪》上云:"秦州刺史徐嗣徽,据城入齐,又要南豫州刺史任约举兵应(杜)龛,齐人资其兵食。嗣徽乘虚奄至阙下,侯安都出战,嗣徽等退据石头。"后来兵溃,嗣徽、约等奔齐。《陈书·徐陵传》云:"齐送贞阳侯萧渊明为梁嗣,乃遣陵随还。太尉王僧辩初拒境不纳,渊明往复致书,皆陵辞也。及渊明之入,僧辩得陵大喜。接待馈遗,其礼甚优。以陵为尚书吏部郎,掌诏诰。其年高祖率兵诛僧辩,仍进讨韦载。时任约、徐嗣徽乘虚袭石头,陵感僧辩旧恩,乃往赴约。及约等平,高祖释陵不问。"可知任约之乱,徐陵也是在内的;而且和王僧辩任约都有特殊的知己之感。《南史·王僧辩传》云:"僧辩既亡,弟僧智得就任约;约败走,僧智肥不能行,又遇害。"徐集有《与王吴郡僧智书》云:"本应埋魂赵魏,析骨幽并,岂意余年,复反乡国。仰属伊公在亳,渭老师周,旌贲丘园,采拾衡巷,遂以哀骀不弃,瓮盎无遗;还顾庸虚,未应阶此。窃承君侯过被以光辉,屡有吹嘘之言,频蒙荐延之泽,故得周行紫阁,升降丹墀;点污清朝,岂不荒媿。虽复华阴砥柱,带地穷深,嵩高维岳,极天为重,未可以方斯盛典,譬此洪恩。"若以此书和后来的《九锡文》比较,当然不像一人所作;但《九锡》是他为梁帝代言的,与作者自己的身份无关。集中很多的诏策书表,都是这种性质,是不能就内容来作文学作品看的。清吴兆宜注徐集,不及禅代诸制,自然是着重在道德观念,但骈文一向是只就形式技巧定工拙的。即如著名的《玉台新咏·序》,极力铺陈女子的才貌和高贵,就内容说本很简单,历来欣赏的人也都是赞美它的声色丽辞的。许梿《六朝文絜》评云:"是篇尤为声偶兼到之作,炼格炼词,绮绾绣错,几于赤城千里霞矣。"《四六丛话·叙序》云:"《玉台新咏》,其徐集之压卷乎!美意泉流,佳言玉屑,其烂熳也若蛟蜃之嘘云,其鲜新也如兰苕之集翠。洵足仰苞前哲,俯范来兹矣。"这当然都是只就形式技巧的华丽圆熟说的。

  诗赋在徐集中不占重要位置,今本还不足一卷。计《鸳鸯赋》一首,诗与乐府共四十首。内容都是宫体,有多首即题明是奉和简文帝的,并无特殊之处。《陈书·张贵妃传》记魏征史论云:"后主每引宾客对贵妃等游宴,则使诸贵人及女学士与狎客共赋新诗,互相赠答,采其尤艳丽者以为曲词,被以新声,选宫女有容色者以千百数,令习而歌之,分部迭进,持以相乐。其曲有《玉树后庭花》、《临春乐》等,大指所归,皆美张贵妃、孔贵嫔之容色也。"后主即位

时陵已七十六岁,次年即卒。今徐集中有杂曲一首,就是"美张贵妃之容色"的;这当然是他的晚年作品。诗云:

> 倾城得意已无俦,洞房连阁未消愁,宫中本造鸳鸯殿,为谁新起凤皇楼!绿黛红颜两相发,千娇百念情无歇,舞衫回袖胜春风,歌扇当窗似秋月。碧玉宫伎自翩妍,绛树新声最可怜,张星旧在天河上,从来张姓本连天。二八年时不忧度,旁边得宠谁相妒,立春历日自当新,正月春幡底须故,流苏锦帐挂香囊,织成罗幌隐灯光,只应私将琥珀枕,冥冥来上珊瑚床。

这首诗通为七言,四句换韵,体式也比较特殊,大概是为了要"被以新声"的。诗在他作品中的地位本不重要,但因为《玉台新咏》是他撰的,徐摛又是宫体诗的提倡者,所以在当时的潮流下,他的诗也是很著名的。

但文学是不能脱离内容的,无论形式上的技巧是如何地华美。所以徐集中最为后人推崇的作品,还是《在北齐与杨仆射书》。《陈书·徐陵传》云:"通史于齐。陵累求复命,终拘留不遣。陵乃致书于仆射杨遵彦","遵彦竟不报书"。陵出使在太清二年(548),还南在绍泰元年(555),是他四十二岁到四十九岁的中年,在这长期的羁留生活中,情感是很悒郁的。书中云:"岁月如流,平生何几。晨看旅雁,心赴江淮,昏望牵牛,情驰扬越。朝千悲而掩泣,夜万绪而回肠,不自知其为生,不自知其为死也。"像这种并不过分堆砌故实而抒写情感的句子,倒是很动人的。书中假定齐人留而不遣的可能理由共有八端,都一一加以反驳;然后列举史实,证明扣留客卿的无益,再后又抒写自己的悲痛和思亲的心绪。全篇很长,但组织严密完整，说理也很透澈；并不只是声色词藻的华靡。《四六丛话·书序》云："抑书之为说，直达胸臆，不拘绳墨。纵而纵之，数千言不见其多；敛而敛之，一二语不见其少。破长风于天际，缩九华于壶中，或放笔而不休，或藏锋而不露。孝穆使魏求还诸篇，推波助澜，万斛之源泉也。"书体是他的特长，今本徐集共六卷，书即占二卷。因为书体可以"直达胸臆，不拘绳墨"，而他羁北的一段时间内又是有情感上的郁积的，所以就以书体见长了。李兆洛《骈体文钞》云："孝穆文惊彩奇藻，摇笔波涌，生气远出，有不烦绳削而自合之意。书记是其所长，他未能称也。"可知即使是骈文，内容也还是很重要的；徐陵的《在北齐与杨仆射书》所以动人，他所作各书的所以见长，就因为内容是说他自己的话，与诏策九锡等文的"代言"不同。但作为骈文的典型和示范，在后来学习模仿者的眼光中，他的文章仍然是以声色丽辞的形式特点为长的；而这正是所谓徐庾体的意义和特征。

五

徐庾相较，当然庾信的地位是更高的。《四库提要》于吴兆宜《庾开府集笺注》下云："至信北迁以后，阅历既久，学问弥深，所作皆华实相扶，情文兼至。抽黄对白之中，灏气舒卷，变化自如，则非陵之所能及矣。"沈德潜《古诗源》云："北朝词人，时流清响。庾子山才华富有，悲感之篇，常见风骨，所长不专在造句也。徐、庾并名，恐孝穆华词，瞠乎其后。"他高出徐陵的原因，自然是因为他后半生二十多年的流离羁旅的生活经验（信仕西魏始于梁元帝承圣三年,信四十二岁,就是《哀江南赋》所说的"穷于甲戌"。信卒时六十九岁。)使他能在注重形式的文体里,输入了一点抒写悲痛的内容;这样,他的成功自然就超过徐陵了。倪璠《庾集题辞》云:"《哀江南赋·序》称不无危苦之词,惟以悲哀为主;予谓子山入关而后,其文篇篇有哀,凄怨之流,不独此赋而已。若夫枯树衔悲,殷仲文婆娑于庭树;邛竹寓愤,桓宣武赠礼于楚丘。小园岂是乐志之篇,伤心非为弱子所赋。《咏怀》之二十七首,楚囚若操其琴;《连珠》之四十四章,汉将自循其发。吴明彻乃东陵之故侯,萧世怡亦思归之王子。永丰和言志之作,武昌思食其鱼;观宁发思旧之铭,山阳凄闻其笛。何仆射还宅怀故,周尚书连句重别。张侍中藏舟终去,并尔述怀;元淮南宝鼎方归,犹惭全节。曾叨右卫,犹是故时将军;已筑仁威,尚赠南朝处士。徐孝穆平生旧友,一见长辞;王子珩故国忠臣,千行下泪。凡百君子,莫不哀其遇而悯其志焉。"可见庾信作品的所以比较成功,就因为除了形式技巧的华美外,还有这些旅人的"乡关之思"的内容。其实他留北的二十八年中,仕至骠骑大将军开府仪同三司,司宪中大夫,进爵义城县侯,位望也是很通显的。《周书·庾信传》云:"时陈氏与朝廷通好,南北流寓之士,各许还其旧国。陈氏乃请王褒及信等十数人。高祖唯放王克、殷不害等,信及褒并留而不遣。寻征为司宗中大夫。""世宗、高祖并雅好文学,信特蒙恩礼。至于赵、滕诸王,周旋款至,有若布衣之交。群公碑志,多相请托。唯天褒颇与信相埒,自余文人,莫有逮者。""信虽位望通显,常有乡关之思。"滕王逌《庾集原序》云:"才子词人,莫不师教,王公名贵,尽为虚襟。"倪璠《庾子山年谱》结语云:"信在江南,则有梁武帝二子简文元帝;及过江北,则有周太祖二子世宗高祖;并新情艳发,雅辞云委。又得滕、赵诸王,周旋款至,皆一时之俊。君臣酬唱之际,文人遇合,可谓至矣。"所以他一生的生活和仕途,在那个兵马交驰的乱世里,其实是很得意的。唯一的缺陷就是一点"乡关之思";而这也就是他后期作品中"以悲哀为主"的"危苦之词"的全部来源。但在那个诗文内容都极端贫乏和堕落的时代中,这也就弥足珍贵了。

  他和徐陵另外不同的地方,就是诗在庾集中是有地位的。徐陵的诗不但数量少,而且内容也完全没有超出宫体的范围。庾集中诗的成分虽然也还不到三分之一,但他加入了"乡关之思",纠正了宫体诗堕落的内容,是超出了当时文人的。他擅长的文体本来很多,《滕王逌序》说他"妙善文词,尤工诗赋,穷缘情之绮靡,尽体物之浏亮。诔夺安仁之美,碑有伯喈之情;箴似扬雄,书同阮籍"。所以成就的范围也是比徐陵广的。他的诗中有了抒情的身世之感,而形式技巧如对仗音律等也很精工,所以成就较高。明杨慎《升庵诗话·唐卢中读庾信集》云:"四朝十帝尽风流,建业、长安两醉游,惟有一篇杨柳曲,江南江北为君愁。庾信字子山,本梁之臣,后入东魏,又西魏,历后周,凡四朝十帝。其《杨柳曲》云:'君言丈夫无意气,试问燕山那得碑',盖欲自比班固从窦宪。又云:'定是怀王作计误,无事翻复用张仪';盖指朱异酿成侯景之乱也。后之议者悲其失节,而愍其非当事权,此诗云为君愁是也。"其实就失节说,这也只是自解之词。《周书·庾信传》云:"领建康令。""侯景作乱,梁简文帝命信率宫中文武千余人,营于朱雀航。及景至,信以众先退。"《四库提要·庾集笺注》下云:"信为梁元帝(元帝误,当为简文帝)守朱雀舫望敌先奔,厥后历仕诸朝,如更传舍;其立身本不足重。"全祖望更说:"甚矣庾信之无耻也!失身宇文,而犹指鹑首赐秦为天醉,信则已先天而醉矣,何以怨天!后世有裂冠毁冕之余,蒙面而谈,不难于斥新朝,颂故国,以自文者,皆本之天醉之说也。"(《鲒埼亭集·〈题哀江南赋后〉》)我们并不想对失节一事加以道德的评论,这在那个时代也是极普通的事;不过他的诗文中对此确乎有些是"自文",不能认为是真实的感情的。但他以这种经历和哀思来代替了诗中男女私情的描写,不也就很难得吗?当然他的诗中也仍有很多篇是宫体,这也并不全是早期所作,如《和赵王看伎》,即显明是晚年作的;但宫体在唐初还风行了五十年,突然的廓清本是很难的;他这种努力已经很可贵了。沈约是宫体诗的最有力的开创者(详《隶事·声律·宫体》一文),庾信的生年恰好是沈约的卒年(梁天监十二年——513),这在文学史上也是件很巧的事情。

他写诗的技巧也是很高的,对唐人的影响很大。刘熙载《艺概》云:"庾子山《燕歌行》开唐初七古,《乌夜啼》开唐七律,其他体为唐五绝、五律、五排所本者,尤不可胜举。"李调元《雨村诗话》云:"庾子山诗,对仗最工,乃六朝而后转五古为五律之始。其造句能新,使事无迹,比何水部似又过之。"所以唐朝诗人学习和赞美他的很多。张说《过庾信宅》诗云:"兰成追宋玉,旧宅偶词人。笔涌江山气,文骄云雨神。"杜甫更是称赞备至,《春日忆李白》诗说"清新庾开府";《咏怀古迹》诗说"庾信平生最萧瑟,暮年诗赋动江关",《戏为六绝句》云:"庾信文章老更成,凌云健笔意纵横。今人嗤点流传赋,不觉前贤畏后生。"明张溥《庾集序》云:"史评庾诗'绮艳',杜工部又称其'清新'、'老成'。此六字者,诗家难兼,子山备之。"杨慎《升庵诗话》云:"庾信之诗,为梁之冠绝,启唐之先鞭。史评其诗曰:'绮艳'。杜子美称之曰:'清新',又曰:'老成'。绮艳、清新人皆知之,而其老成,独子美能发其妙。余尝合而衍之曰:

'绮多伤质,艳多无骨。清易近薄,新易近尖。子山之诗,绮而有质,艳而有骨;清而不薄,新而不尖,所以为老成也。'"胡仔《苕溪渔隐丛话》引黄山谷云:"宁律不谐,而不使句弱;用字不工,而语不俗,此庾开府之所长也。"他能把形式美运用到适当的好处,不至句弱语俗,而又纠正了宫体诗底堕落的内容,这就是他的成功处;杜诗得力于他的地方很多。这也是因为他工于骈文的关系,所以声色对仗都很精工,成了唐代诗的先驱。如他的《郊行值雪》诗:

　　风云俱惨惨,原野共茫茫。雪花开六出,冰珠映九光。还如驱玉马,暂似猎银獐。阵云全不动,寒山无物香。薛君一狐白,唐侯两骍骊。寒关日欲暮,披雪上河梁。

声色光影都很显明,对仗用典也很工切。古诗选评他的诗说:"审其造情之本。究其琢句之长,岂特北朝一人,即亦六季鲜俪。"这成就也是因为他致力骈文的关系。诗文的写作方法本是相通的,宫体诗隶事声律的形式特点影响了骈文的成长,骈文也促成了诗底走向近体的道路。许梿评庾信《春赋》云:"六朝小赋,每以五七言相杂成文,其品致疏越,自然远俗。初唐四子颇效此法。"倪璠注《春赋》下云:"梁简文帝集中有《晚春赋》,元帝集有《春赋》,赋中多有类七言诗者。唐王勃、骆宾王亦尝为之,云效庾体,明是梁朝宫中庾子山创为此体也。"这又是诗的写法影响到文的情形。

　　但庾信的更重要的成就和地位,还是他的骈文。这不只占去了他作品中的大部,而且对后来的影响也很大,远超过了他的诗。《四库提要》云:"其骈偶之文,则集六朝之大成,而导四杰之先路,自古迄今,屹然为四六宗匠。"而《哀江南赋》以自序传为干的骈体,历叙侯景之乱前后梁朝政治社会变迁,一直到陈的受禅,尤为他的名作。鲍觉生《赋则》评《哀江南赋》"其词密丽典雅而精思足以纬之,灏气足以驱之,上结六代,下开三唐不止,为子山集中压卷"。《隋书·魏澹传》云:"废太子勇深礼遇之,屡加优锡,令注《庾信集》。"《唐志》载张廷芳等三家,尝注《哀江南赋》;这些虽都没有流传下来,但可见后人重视他作品的情形。就骈文说,他的成功也在于形式美的运用圆熟,和"乡关之思"的悲哀的内容。骈文的规律格式本来是限制作者的活动范围的,作者们愿意依照它,因为这可以增加形式的华美;但作者又尽力企图超越它,因为这可以增加意义表现的完满性,同时这又另是一种自然美。作者的才力就表现在这种处于束缚之中而能摆脱束缚。这几乎是不可能的,至少也是很难的;但作者的要求就是追求他所难以做到的事情。骈文在意义的表现上受到了形式的限制,不能如散文一样地流畅自如,这是事实,所以作者的手腕就在努力能使骈文可以和散文同样地有表现力;而并不减少一点,只是增多了骈文所要求的形式美。这是骈文的最高理想,也就是庾子山所成功的地方。就裁对隶事的工夫说,骈文以妃黄俪白典雅新隽为工丽,但他是能超出这些限制,而又并不损坏这些限制的。如《小园赋》云:"一寸二寸之鱼,三竿两竿之竹。""燋麦两瓮,寒菜一畦。"《哀江南赋》云:"十里五里,长亭短亭;饥随鸱燕,暗逐流萤;秦中水黑,关上泥青。"又如《谢滕王赉马启》云:"张敞画眉之暇,直走章台;王济饮酒之欢,长驱金埒。"《哀江南赋》云:"孙策以天下为三分,众才一旅;项籍用江东之子弟,人惟八千。"这些地方对仗和用事都特别自然贴切,不着雕琢迹象。许梿评《至仁山铭》云:"有语必新,无字不隽,吾于开府当铸金事之矣。"孙德谦《六朝丽指》云:"子山碑志诸文,述及行履,出之以散";又云:庾子山"每叙一事,多用单行,先将事略说明,然后援引故实,作成联语,此可为骈散兼行之证。"碑志是他特长的文体,但即如《哀江南赋》的"见被发于伊川,知百年而为戎矣。"也是这种例子。倪璠《庾集题辞》云:"子山之文,虽是骈体,间多散行。譬如钟、王楷法,虽非八体六文,而意态之间,便已横生古趣。"这都说明他企图使骈文能不受排隅限制所作的努力。就声色的工夫说,如谢赵王《示新诗启》云:"文异水而涌泉,笔非秋而垂露";《哀江南赋》云:"况复君在交河,妾在清波,石望夫而逾远,山望子而逾多";色彩声韵都很谐美。所以许桢《评镜赋》云:"选声炼色,此造极巅。吾于子山无复遗恨矣。"又《评灯赋》云:"音简韵健,光采焕鲜,六朝中不可多得。"可知在骈文的形式美的追求上,他的成就也是极高的。唐张鷟《朝野佥载》云:"梁庾信从南朝初至北方,文士多轻之。信将《枯树赋》以示之,于后无敢言者。"就因为他的属文技巧是可以向时辈炫耀的。又《哀江南赋》之为人传诵而为庾集中的压卷,除了这些形式上的成就外,就在他写的内容是"惟以悲哀为主"的"危苦之词",虽然他后期作品中篇篇有哀,但这篇自叙传却更详尽和哀痛,所以感人也比较深切。像"《燕歌》远别,悲不自胜;楚老相逢,泣将何及!""逢赴洛之陆机,见离家之王粲,莫不闻陇水而掩泣,向关山而长叹。"这种句子,在骈文中都是很难得的情文并茂的警策。

当然,我们举的例子都是集中的佳句,如果据此就说他可以完全摆脱了骈体的束缚,是不对的;同时这也是不可能的。钱大昕《十驾斋养新录·庾子山赋》云:"古人文字,不以重复为嫌。庾信《哀江南赋》,杜元凯两见,陆士衡一见,陆机两见,班超两见,白马三见,西河两见,骊山两见,七叶两见,墓齿两见,秦庭、金陵、南阳、钓台、七泽、全节、诸侯、荒谷,皆两见。"又云:"未深思于五难,本无情于急难,一段之中,重押难字。"其实并不是不以重复为嫌,在可能的情形内还是尽量避免重复的。顾氏《日知录》云:"陈思王上书'绝缨姿马之臣赦,楚赵以济其难'注谓赦盗马秦穆公事,秦亦赵姓,故互文以避上秦字也。"又张景阳《七命》"价兼三乡,声贵两都",李注引《越绝书》,"然实二乡而云三者,避下文也"。但在长篇作品的写作中,因为受到了意义内容的限制,有时就不能不牺牲一点形式的规律了。而且隶事的范围也总是有限制的,以往的典籍和史实总不能由自己去创造,因此有时也是非重复不可的。例如《春赋》说"河阳一县并是花,金谷从来满园树",《枯树赋》又说"若非金谷满园树,即是河阳一县花",这种写法都是受到了用事的限制。可见完全不受形式格律束缚的作者,事实上是没有的。

所以骈文的极致是在竭力顾全和制造声色丽语等形式美的条件下,而又使这些形式的规律不至妨碍到意义内容的表现;要使骈体如散文一样地流畅自然,而又能作到骈体所要求的各种限制和规律。这是一个理想,完满地达到是不可能的。但所谓"徐庾体",作为骈文的典型和示范的徐庾作品,是已经达到了向这个方向追求的最可能的高度。在骈文这一文体的成长上,他们完成了形式美所要求的各种人为的工夫;而又不像后来四六的凝为定式,缺乏表现的能力。这就是徐庾体一词在文学史上的意义,也就是他们之所以为后世骈文宗匠的原因。

一九四七年八月三十一日完稿

初版后记

一

今年五月底,我的《中古文学史论》全书脱稿誊清了;这工作一直经过了六年,全书共二十四万字。我写了一篇自序,并全书的目录,交给朱佩弦师看。序文中说:"在属稿期间,每一篇写成后作者都先请朱佩弦师过目;得到的启示和指示非常多。"这是实情,到全书告成时,他对于其中的每一篇都早已看过了,最后看的只是一篇简短的自序。并且其中有三章都是由他亲自寄出去先发表的。很早他就说:"我希望这书能快点出版,我可以给你写一篇序。"作者在自序中也已写明了感谢他为书作序的厚意,以为这是满没有问题的。五月底我把自序和目录交给他时,又说请他写序的话。他说:"这序要好好地写;不过我为'开明书店'编的国文教本要赶着付印,预备各中学下学期开学时用,等把第一册弄好就可以写了。"这情形作者知道得很清楚,因为他编教科书的事也约作者帮忙,负责写选文后的音义一项,自然不便再多催促。六月初他的胃病发了一次,以后虽然好起来了,但面貌清癯,精神很不好,体重消瘦到三十五公斤;作者见面时总是劝他多休息。第一册教科书弄好了,已是七月,他一见作者就说:"序文赶七月底一定可以作好。"这时他也没有写别的文章,还是为第二册教科书忙碌;叶圣陶先生几乎每天都有和朱先生来往的信,全是为了国文教本的事。七月二十八日作者到他家里,坐了有两个钟头,是最后一次的畅谈。从闻一多师的《全集》谈到出版界的情形;又说他的身体很不好,本来打算写一篇关于宋朝说话人的家数的考证文字,交《清华学报》发表;但须等冬天再说了。暑假中他要多休息,只打算写两篇文字,一篇就是《中古文学史论》的序;一篇是《文学的考证和批评》,以前曾在师范学院讲演过一次,但迄未成定稿。他又说先写这篇序文,八月十日前一定可以完成。以后又谈到时局,谈到陶渊明的世系和年岁,《全唐诗人事迹汇编》的编纂体例,他一直都在娓娓地讲述,兴致很好。七月三十一日作者又在浦江清先生家遇到他一次,但没有多谈;八月六日他已经入医院了。从入院到逝世,只经过了六天。

　　朱先生未完成的工作多得很,各方面都急切地需要他。在我说,十多年随从朱先生研究的私谊,已经够哀痛了的;又岂只是为了这篇序?但这序也是朱先生未完成的计划的一部分,为了纪念他,我自然也有把他叙述出来的义务。

二

　　我自己对于文学史的看法,和朱先生是完全一致的。多少年来在一起,自信对于朱先生的治学态度也有相当的了解,也常常在一起讨论;这书又都是经他校阅过的,或者尚不至和他的看法差得太远。朱先生对文学史的看法是怎样的呢?他在《古文学的欣赏》

一文中说：

> 人情或人性不相远，而历史是连续的，这才说得上接受古文学。但是这是现代，我们有我们的立场。得弄清楚自己的立场，再弄清楚古文学的立场，所谓"知己知彼"，然后才能分别出那些是该扬弃的，那些是该保留的。弄清楚立场就是清算，也就是批判；"批判的接受"就是一面接受着，一面批判着。自己有立场，却并不妨碍了解或认识古文学，因为一面可以设身处地为古人着想，一面还是可以回到自己立场上批判的。

作者也从来是遵从着这个方向去努力的，虽然成绩并不尽如人意。他在给林庚作的《中国文学史》的序文中说："文学史的研究得有别的许多学科作根据，主要的是史学，广义的史学。"去年《清华学报》复刊，朱先生嘱作者为林庚此书做一书评；那时作者正患腿疾不能出门，书评写好后托人带给朱先生，他来信说：

> 昭琛弟鉴：
> 　　书评已读过了，写得很好。意见正确，文章也好。虽然长些，我想不必删。你进城见了哈大夫么？腿的情形如何？为念！邵先生处已将稿子送你修正否？
> 　　祝好
> 　　　　　　　　　　　　自清　十二·十一

哈大夫是朱先生替我介绍的医生。邵循正先生是《清华学报》的主编。朱先生把本书中的《拟古与作伪》一章，交给邵先生发表；我因为还要修改几处，又请朱先生要回来的。后来由朱先生将这一章寄交郑振铎先生，交《文艺复兴》的《中国文学专号》发表。另外又交了《清华学报》《隶事、声律、宫体》一章。这篇林著文学史的书评登载在《清华学报》第十四卷第一期，曾提出了一些作者对文学史的研究和写作的意见，也就是我写这本书的态度；蒙朱先生赞同，在我是很欣慰的。

其实这书中的十四章几乎每一篇都曾得到过朱先生的一些过分的奖誉和赞许，这在我自己是只有惭愧的。《小说与方术》一章成后，作者正在病中，他来信说：

昭琛弟如晤：

　　前天读了你的《小说与方术》，觉得非常精彩。你能见其大，将繁乱的琐碎的材料整理出线索来，这是难得的，有用的；同天读到你的《古文辞的研读》，也觉得有特见。《小说与方术》我留着用一两天，就交给叔平看。

　　祝好

自清　三·四

拙作《谈古文辞的研读》一文发表于北平《新生报》《语言与文学》副刊，和《国文月刊》第六十八期；"叔平"是中文系同事范宁先生的号，他是研究小说史的。作者对朱先生这些过分的推许固然感到惭愧，但由此可说作者所了解的朱先生对文学史的看法，还不至有多大的错误。至于作者自己能遵行到如何程度，就不敢说了。

初版后记

  朱先生没有完成的工作很多,都需要我们去继续;但失去指导后的工作是更要加倍小心的。这本书总算幸而全都经过他的校阅,或者可以少免疏失。但少了朱先生的一篇序,总是无法弥补的遗憾;作者愿记其经过,将本书奉为对朱先生的纪念。

         一九四八年八月二十日深夜

王瑶先生著述年表*

"非常时期与国防文学座谈会"发言,载 1936 年 7 月 22 日《清华周刊》第 44 卷第 11、12 期合刊,署名昭琛。

《悼人民的巨人高尔基》(翻译,M. 珂尔曹夫作),载 1936 年 7 月 25 日《清华暑期周刊》第 11 卷第 1 期,署名昭琛。

《高尔基死后各方唁辞》,载 1936 年 7 月 25 日《清华暑期周刊》第 11 卷第 1 期,署名昭琛。

《论文艺界的联合》,载 1936 年 8 月 8 日《清华暑期周刊》第 11 卷第 3 期,署名昭琛。

《单纯,艺术与民众》(翻译,V. 吉尔波丁作),载 1936 年 8 月 15 日《新地》第 3 期,署名昭琛。

《论作品中的公式主义——致力于新文化的人们》(翻译,I. Babel 作),载 1936 年 8 月 24 日《清华暑期周刊》第 11 卷第 6 期,署名罗顿。

《丰台的马》(小说),载 1936 年 10 月 25 日《光明》第 1 卷第 10 号,署名:莫蓝、阿林、罗白、昭琛、魏东明作,执笔魏东明。

《当前的文艺论争》,载 1936 年 11 月 1 日《清华周刊》第 45 卷

---

* 本年表由孙玉石撰写。

第1期,署名狄恩。

《盖棺论定》,载1936年11月1日《清华周刊》第45卷第1期,署名古顿。

《悼鲁迅先生》,载1936年11月1日《清华周刊》第45卷第1期,署名王瑶。

《报告文学的成长》,载1936年11月12日《清华周刊》第45卷第4期,署名狄恩。

《表现在作品中的时代和艺术——评炯之的〈作家间需要一种新运动〉》,载1936年12月6日《清华周刊》第45卷第6期,署名甄奚。

《多角关系》(书评),载1937年1月10日《清华周刊》第45卷第10、11期,署名余列。

《伯林斯基文学批评集》(书评),载1937年1月25日《清华周刊》第45卷第12期,署名昭琛。

《说喻》,载1942年11月《国文月刊》第28、29、30期合刊。署名王瑶。以下未注明者均同。

《忆闻一多师》,载1946年8月25日《文汇报》,署名昭琛。

《魏晋诗人的隐逸思想》(上)(下),载1946年10月21、28日北平《新生报》"语言与文学"周刊第1、2期。

《文学的新和变》,载1946年11月18日北平《新生报》"语言与文学"周刊第5期。

《读史记司马相如传》,载1946年12月23、30日北平《新生报》"语言与文学"周刊第10、11期,署名昭琛。

《曹子建的〈薤露行〉》,载1947年3月3、10日北平《新生报》"语言与文学"周刊第20、21期。

《读书笔记·五官将文学、校事、张衡论贡举书、引陶诗》,载1947年4月21日北平《新生报》"语言与文学"周刊第27期,署名昭琛。

《读书笔记·文心注、皇览、诗文八体》,载1947年9月22日北平《新生报》"语言与文学"周刊第49期,署名昭琛。

《中国文学史》(林庚著,书评),载1947年10月《清华学报》第14卷第1期。

《读书笔记·孔融、登楼赋、慧远论文》,载1947年12月16日北平《新生报》"语言与文学"周刊第61期,署名昭琛。

《魏晋小说与方术》,载1948年2月6日南京学原社《学原》第2卷第3期。

《谈古文辞的研读》,载1948年3月2日北平《新生报》"语言与文学"周刊第72期。

《读书笔记·晋宋习语》,载1948年5月4日北平《新生报》"语言与文学"周刊第81期,署名昭琛。

《读书笔记·兰亭集序、斗酒》,载1948年5月11日北平《新生报》"语言与文学"周刊第82期,署名昭琛。

《读书笔记·陶渊明命子诗》,载1948年7月27日北平《新生报》"语言与文学"周刊第94期,署名昭琛。

《读书笔记·陶渊明乞食诗》,载1948年8月3日北平《新生报》"语言与文学"周刊第95期,署名昭琛。

《朱自清先生的学术研究工作》,载1948年8月24日北平《新生报》"语言与文学"周刊第98期。

《朱自清先生未完成的一篇序文——〈中古文学史论〉后记》,载1948年8月27日《大公报》。

《悼朱佩弦师》,载 1948 年 9 月 5 日《中建》第 3 卷第 7 期。

《魏晋时代的拟古与作伪》,载 1948 年 9 月 10 日《文艺复兴》中国文学研究专号(上)。

《隶事·声律·宫体——论齐梁诗》,载 1948 年 10 月《清华学报》第 15 卷第 1 期。

《邂逅斋说诗缀忆》,载 1948 年 10 月《文学杂志》第 3 卷第 5 期。

《读书笔记·徐陵陈公九锡文》,载 1948 年 10 月 12 日北平《新生报》"语言语文学"周刊第 105 期,署名昭琛。

《颜谢诗之比较》,载 1948 年 11 月 30 日北平《新生报》"语言与文学"周刊第 112 期。

《念闻一多先生》,载 1949 年 7 月 16 日《光明日报》。

《魏晋文人的隐逸思想——中古文学史论之一》,载 1949 年 8 月 5 日《文艺复兴》中国文学研究专号(下)。

《朱自清先生的日记——纪念他的逝世一周年》,载 1949 年 8 月 10 日《光明日报》"大学周刊"第 6 期。

《考据学的再估价》,载 1950 年 3 月《观察》第 6 卷第 9 期。

《鲁迅对于中国文学遗产的态度和他所受中国古典文学的影响》,载 1950 年 10 月 1 日《小说》第 4 卷第 3 期。

《中国文学批评与总集》,载 1950 年 5 月 10 日《光明日报》"学术"专刊第 6 期。

《陶渊明》,载 1950 年 5 月 25 日《光明日报》"学术"专刊第 11 期。

《朱自清先生的诗与散文》,载 1950 年 8 月 13 日《人民日报》。

《鲁迅的国际主义精神》，载 1950 年 10 月 19 日《进步日报》"纪念鲁迅逝世十四周年"专刊。

《冯友兰先生〈新理学底自我检讨〉读后》，载 1950 年 12 月 2 日《光明日报》增刊"学术"专刊第 21 期。

《关于鲁迅笔名与阿"Q"人名问题》，载 1951 年 1 月 26 日《光明日报》。

《晚清诗人黄遵宪》，载 1951 年 6 月 1 日《人民文学》第 4 卷第 2 期。

《中国新文学史教学大纲》（初稿），载 1951 年 7 月《新建设》第 4 卷第 4 期，署名老舍、蔡仪、李何林、王瑶。

《什么是中国诗的传统——〈祖国十二诗人〉代序》，《祖国十二诗人》，1953 年由开明书店出版。

《中古文学史论》分为《中古文学思想》、《中古文人生活》、《中古文学风貌》三册，1951 年 8 月由上海棠棣出版社出版。1956 年 9 月由上海古典文学出版社出删改本《中古文学史论集》，1982 年上海古籍出版社据 1956 年版重印，新增《读书笔记十则》。1986 年 1 月北京大学出版社将棠棣社版三册合为一书重版，名《中古文学史论》，详加核校，并增《重版题记》。

《中国新文学史稿》（上册），1951 年 9 月由开明书店出版。

《鲁迅与中国文学》，1952 年 3 月由平明出版社出版。

《中国文学论丛》，1953 年 2 月由平明出版社出版。

《中国新文学史稿》（下册），1953 年 8 月由上海新文艺出版社出版。

《读夏衍剧作选》，载 1954 年 3 月 15 日《文艺报》第 5 期。

《关于陶渊明》,载 1954 年 9 月 28 日《光明日报》。

《李白》,1954 年 9 月由上海人民出版社出版。

《从俞平伯先生对〈红楼梦〉的研究谈到考据》,载 1954 年 11 月 19 日《文艺报》第 21 期。

《辟胡适的所谓"历史进化的文学观念"》,载 1955 年 7 月《北京大学学报》(人文科学版)第 1 期。

《论考据在古典文学研究工作中的地位与作用》,收入于《关于中国古典文学问题》一书,1956 年由上海古典文学出版社出版。

《鲁迅先生关于考据的意见》,载 1956 年 10 月 7 日《光明日报》"文学遗产"副刊第 125 期。

《陶渊明集》(编注),1956 年 8 月由作家出版社出版。

《关于中国古典文学问题》,1956 年 9 月由上海古典文学出版社出版。

《论鲁迅作品与中国古典文学的历史联系》,载 1956 年 10 月 15 日、30 日《文艺报》第 19、20 期。

《谈清代考据学的一些特点》,载 1956 年 11 月 18 日《光明日报》"文学遗产"副刊第 131 期。

《中国诗歌发展讲话》,1956 年 5 月由中国青年出版社出版。

《论巴金的小说》,载 1957 年 12 月《文艺研究》第 4 期。

《关于现代文学史上几个重要问题的理解——评雪峰〈论民主革命的文艺运动〉及其它》,载 1958 年 1 月《文艺报》第 1 期。

《"五四"新文学所受外国文学的影响》,载 1959 年 5 月《新建设》第 128 期。

《论鲁迅的〈野草〉》,载 1961 年 9 月《北京大学学报》(人文科学版)第5期。

《五四时期散文的发展及其特点》,载1964年2月《北京大学学报》(人文科学版)第1期。

《鲁迅的小说》,载1964年《语文学习讲座》第15辑。

《现代文学中的民族传统与外来影响》,载1979年3月《昆明师范学院学报》第1期。

《〈狂人日记〉略说》,载1979年6月《语文学习》丛刊第8期。

《〈过客〉略说》,载1980年《名作欣赏》第2期。

《论鲁迅作品与外国文学的关系》,载1980年12月《鲁迅研究》第1辑。

《鲁迅思想的一个重要特点——清醒的现实主义》,载1981年《北京大学学报》(人文科学版)第4期。

《论鲁迅的〈朝花夕拾〉》,载1982年1月《北京大学学报》(人文科学版)第1期。

《先驱者的足迹——读朱自清先生遗稿〈中国新文学研究纲要〉》,载1982年2月上海《文艺论丛》第14辑。

《中国现代文学和民族传统的关系》,载1982年3月《上海师范学院学报》(社会科学版)第1期。

《鲁迅〈故事新编〉散论》,载1982年6月《鲁迅研究》第6期。

《中国新文学史稿》(上下册,修订重版),1982年11月由上海文艺出版社出版。

《鲁迅〈怀旧〉略说》,载1984年《名作欣赏》第1期。

《鲁迅作品论集》,1984年8月由人民文学出版社出版。

《中古文学史论》(合为一册,修订新版),1986年1月由北京大学出版社出版。

《中国现代文学与古典文学的历史联系》，载 1986 年 4、5 月香港《新亚生活》第 13 卷第 8、9 期。

《中国现代文学与外国文学的联系》，载 1986 年 9 月《河北师范学院学报》（哲学社会科学版）第 3 期。

《中国现代文学研究的历史和现状》，载 1986 年《华中师范大学学报》（哲学社会科学版）第 3 期。

《中国现代文学史的起讫时间问题》，载 1986 年 9 月《中国社会科学》第 5 期。

《念闻一多先生》，载 1987 年 2 月《中国现代文学研究丛刊》第 1 期。

《中国现代文学的历史特点》，载 1987 年《社会科学战线》第 2 期，署名王瑶、钱理群。

《对〈鲁迅同斯诺谈话整理稿〉的几点看法——1988 年 3 月在法国巴黎第三大学东方语言文化学院的讲演》，载 1988 年《烟台大学学报》（哲学社会科学版）第 3 期。

《"五四"时期对中国传统文学的价值重估》，载 1989 年 5 月《中国社会科学》第 3 期。

《〈中国现代文学史论集〉后记》，1989 年 8 月 8 日完稿，载 1990 年 1 月《鲁迅研究月刊》第 1 期。

《中国现代文学及〈野草〉、〈故事新编〉的争鸣》（与李何林合著），1990 年 6 月由知识出版社出版。

《中国的文人》日文版序，1988 年 5 月完稿，刊载于 1991 年 11 月日本大修馆书店出版的《中国的文人》（石川忠久、松冈荣志译）一书，该书收《中古文学史论》中《政治社会情况与文士地位》、《文人与药》、《文人与酒》、《论希企隐逸之风》四篇论文。

《润华集》,1992 年 9 月由中国社会科学出版社出版。
《中国文学纵横论》,1993 年 7 月由台湾长安出版社出版。
《王瑶文集》(七卷),1996 年由北岳文艺出版社出版。
《王瑶全集》(八卷),1999 年由河北教育出版社出版。

王瑶的中国文学史研究方法论断想

——以《中古文学史论》为中心

孙玉石

一、文学史研究科学方法论的自觉追求意识："史识"

就一个学科发展的意义来看,王瑶先生的《中国新文学史稿》是现代文学史的开山之作,具有奠基性的价值;就个人的学术道路来看,我以为先生的《中古文学史论》一书,更能够代表他的水平和功力。《中古文学史论》不仅在一个学科的研究中有着里程碑的意义,更重要的是这本书于科学方法论方面的实践,在近代学术史上是非常值得我们重视的。我在这里无意判断这两本书的价值,只想以《中古文学史论》这本书为中心,探讨一下王瑶先生在文学史研究领域中思考和实践现代的科学的实证精神和方法的一些努力,并望能够从中得到一些现实的启示。

1948年,王瑶先生在一篇文章中曾经说："写史要有所见,绝对的超然的客观,事实上是不可能的。写一部历史性的著作,史识也许更重于史料。"① 所谓"史识",除了写作文学史的人应具有的基

---

① 王瑶:《中国文学史》(林庚著,书评),《清华学报》第14卷第1期,1947年10月。

本文学观念之外,主要的是要有对于研究文学史的科学的认识和方法,其中就包括对于科学的文学史研究方法论的自觉追求的意识。《中古文学史论》从初版到再版的整个过程中,都体现了王瑶先生的这种意识。

《中古文学史论》一书,开始写作于 1942 年秋天,到 1948 年完稿交由棠棣出版社出版,历时 6 年。其中有些章,曾先后在《清华学报》、《学原》、《文艺复兴》等重要刊物上发表过。作者于 1946 年至 1948 年间,先后以此书为蓝本,在清华大学中国文学系讲授过"中国文学史分期研究(汉魏六朝)"课程。此书于 1951 年以"中古文学史论"为总题,分为《中古文学思想》、《中古文人生活》、《中古文学风貌》三书,付梓问世。在初版《自序》中,作者说明:

> 名为《中古文学史论》,是沿用刘师培《中古文学史》的习惯的称法,并没有特别意思。不过我们和前人不同的,是心中并没有宗散宗骈的先见,因之也就没有"衰"与"不衰"的问题。即使是衰的,也自有它所以如此的时代和社会的原因,而阐发这些史实的关联,却正是一个研究文学史的人底最重要的职责。昔人之所以常用"八代""六朝"这些字样,也正表示出这四百多年的文学史是有它底共同时代特征的,是一个历史的自然分期。本书的目的,就是对这一期中文学史的诸现象,予以审慎的探索和解释。作者并不以客观的论述自诩,因为绝对的超然客观,在现实世界是不存在的;只要能够贡献一些合乎实际历史情况的论断,就是作者所企求的了。①

---

① 王瑶:《〈中古文学风貌——中古文学史论之三〉序》,《中古文学风貌》,棠棣出版社 1951 年版。并见本书第 4 页。

王瑶的中国文学史研究方法论断想——以《中古文学史论》为中心

这段话里,除了说明书名的由来和自己不同于前人的态度以外,已经包含了王瑶先生的文学史的观念和方法论的自觉意识。这就是:1.说明文学兴衰与社会、时代之关系,阐发文学史实内在的联系,是一个文学史家最重要的责任;2.对于一个时期的复杂的文学诸现象,给予审慎的探索和解释,是自己的基本研究方法;3.文学历史的研究不存在绝对的超然客观,但作为研究者的追求是,应该尽力得出合乎实际历史情况的论断。作者在书中所努力实践的,就是这些基本的思想和方法。

这些话写在1948年6月7日。当时朱自清先生正在病中。8月12日,朱自清先生病逝。朱自清先生答应为此书作的序未能如愿完成,成了我们一件永久的憾事。但是,王瑶于8月20日深夜写成的该书的《后记》,却多少弥补了这一遗憾。在这篇《后记》中,王瑶先生明确地说:"我自己对于文学史的看法,和朱先生是完全一致的。"文中具体地引述了朱自清先生对于文学史研究的看法,然后表示:"至于作者自己能遵行到如何程度,就不敢说了。"①将近四十年后,王瑶先生在这本书再版时所写的题记里,除了重申他写作此书过程中如何受到朱自清先生和闻一多先生"亲承音旨"式的指导之外,更多的篇幅是说明自己"研究中古文学的思路和方法,是深深受到鲁迅的《魏晋风度及文章与药及酒之关系》一文的影响"。并且指出,鲁迅的研究工作,"对文学史研究工作者是具有方法论性质的启发意义的,至少作者是把它作为研究工作的指针的"。王瑶先生强调说:"作者所以愿意指出这一点,是因为虽然本

---

① 王瑶:《〈中古文学风貌——中古文学史论之三〉后记》,《中古文学风貌》。并见本书第348、350页。

书质量不高,还可能存在某些错误或不妥之处,但作者深信自己所遵循的思路和方法还是比较对头的,而且仍然希望能在今后的工作中继续努力,并对过去的失误有所弥补。"①

这些序言和后记,前后历经近四十年,王瑶先生生活的时代和学术的环境都有了很大的变化,王瑶先生的学术生涯由古代文学研究转到现代文学研究,又经历了很多的波折与磨难,但是,他由前辈所继承并努力实践的文学史的治学思路和方法,却始终未有改变。先生不仅恪守不渝,而且越来越清醒地把它上升到一种科学的方法论的高度来加以认识。"深信自己所遵循的思路和方法还是比较对头的,而且仍然希望能在今后的工作中继续努力",王瑶先生的阐述表明,他在自己的中国文学史的研究中,对于科学精神和方法的追求具有很强的自觉意识。我们姑且把这种"继续努力"的自觉意识称为对于文学史研究中现代的科学的实证精神和方法的呼唤。尤其是在今天,这种意识正在一些研究者的身上或多或少地失落,王瑶先生发出的这一呼唤,就显得更加可贵了。

那么,这种现代的科学的实证精神和方法的内涵究竟是什么呢?

二、坚持"以史证文",重视从大量复杂的历史现象中抽象出带有规律性的科学论断

实证的精神和方法,最重要的是对于历史资料的重视。清代

---

① 见本书第3页。

的朴学,"五四"时期胡适倡导的实证的方法,都体现了这一特征。但是,将这种精神和方法引入中国文学史的研究,并努力赋予实证的方法以新的血液,是许多后来的学者们所努力实践的方向。朱自清先生就是其中的一位。

王瑶先生在纪念朱自清先生的文章中说:他"希望写一部以新史学为基点的中国文学史。他在林庚著的《中国文学史》序文上说:'文学史的研究得有别的许多学科做根据,主要是史学,广义的史学。'这也是朱先生写文学史的态度。"①这种以"广义的史学"为"根据"的"写文学史的态度",我理解,就是要沟通文学和历史的关系,将文学放在广阔的历史背景之下,运用古代典籍中大量的文学的和历史的材料,来分析和论述文学发展中的一些现象、发展的过程和运动的规律,不单是"以文解文",应当是"以史证文"。

王瑶先生对于朱自清先生的这种"文学的态度"是完全首肯的。在后来的思考中,他把这种态度上升为一种学科的规范性的认识。他说:

> 文学史作为一门独立的学科,它既不同于以分析和评价作品的艺术成就为任务的文学批评,也不同于以探讨文艺的一般的普遍规律为目标的文艺理论;它的性质应该是研究能够体现一定历史时期文学特征的具体现象,并从中阐明文学发展的过程和它的规律性。②

---

① 王瑶:《朱自清先生的学术研究工作》,《国文月刊》第71期,1948年9月10日。
② 见本书第2页。

章中,作者连续引用下列典籍中的八条材料——《晋书·王衍传》、《世说新语·赏誉篇》、《世说新语·文学篇》、《晋书·儒林传序》、《宋书·羊玄保传》、《宋书·王微传》、《南齐书·张绪传》、《南史·何尚之传》等,才得出下面的论断:"可知正始玄风,正是开魏晋以下清谈玄学之风的起始,而极为后来的士族所希慕景仰的。"①又如,为了说明魏晋文人名士注重貌美的时尚,作者引述了《宋书·五行志一》、《世说新语·容止篇》等典籍中的八九条材料;而为进一步证实在"注重于容貌的妍丽"时,"除去本来的状貌无法更改外,人为的修饰自然也为一般名士所考究;'傅粉'即其一例"这一展开的"子判断"的时候,王瑶先生从《汉书·佞幸传》中说的"孝惠时,郎侍中皆冠骏骐,贝带,傅脂粉"这条材料开始,说明:"至东汉末季,则士人也间有傅粉者,《后汉书·李固传》言其'胡粉饰貌,搔头弄姿'","到魏晋,则此风已普遍于上层士族之间了"。为了论证魏晋士人"傅粉"和"熏衣剃面"这一时尚,作者又接着引用了《魏志·王粲传》注引《魏略》、《颜氏家训·勉学篇》、《魏志·朱建平传》、《太平御览》九八一引魏武令、《晋书·贾谧传》等多条材料;说明男人着香囊等物,目的也是一样,又引《世说新语》、《南齐书·武十七王传》等为证。王瑶先生引述了这么多的材料之后,才得出如下一个结论:"这些都可以说明当时人是多么崇拜一个男子的女性美,和多么有意地去追求这种女性美。"②而这些论证又都服从他的关于这种风尚与当时"服药"以求长寿之间的

---

① 见本书第45页。
② 见本书第158—159页。

关系这一思想。为了说明自己对于历史实际情况的认识,有时就独具只眼地在一条材料中得出新的发现。如谈到魏晋政治社会情况与文士地位,王瑶先生说道:曹丕的《典论论文》中谈到当时著名的文学之士的时候,举到"建安七子",唯独没有讲到曹操、曹植和他自己这三个文学大家。"他们父子兄弟都是当代的著名文人,为什么《典论论文》于述'今之文人'下,都省略去了呢?"王瑶先生由此推出一个判断:"这绝不是自谦,而是'自尊'。'建安七子'都是曹氏的掾属,他们在政治地位上是属于同一的等级,所以在文学地位上才可以相提并论的。曹丕的《典论论文》,是以魏太子之尊的居高临下的态度来批评得失的;这自然不便论到曹氏自己。"①

这些例证说明,王瑶先生是非常重视文学史论述的实证性的。他遵循的是朱自清先生的"以史证文"的态度和方法。这是因为,中国文学历史的发展一向与社会历史密不可分。许多历史的典籍中蕴藏有丰富的文学史材料。而要使文学史对于文学的风貌和文人的思想得到比较全面的展现,让人们对于文学作品的背景和内容有更深的了解,使文学的研究有一种深厚的历史感,也不可能只就文学研究文学。文学的史应该是史的文学。但是,历史的和文学的典籍浩如烟海,怎样才能够将这些丰富的现象进行爬梳整理,找出一些文学史发展规律的头绪来呢?这就要研究者有一种科学归纳的眼光。王瑶先生所讲的"写史要有所见","史识也许更重于史料",更进一步地说,也就是这个意思。

---

① 见本书第30页。

三、重视"阐释与批评",由史料引出正确结论,避免史料堆积和繁琐考据

朱自清先生在谈到闻一多先生的治学态度时曾说:"讨论到古代的时候,也打算着重语言和文学在整个文化里的作用,在时代生活里的作用,而使古代跟现代活泼泼的连续起来,不那么远迢迢的,冷冰冰的。这是闻一多先生近年治学的态度,我们觉着值得发扬。一方面,我们又打算在这里忽略精细的考证而着重解释与批评,这也可以使我们对古代感到亲切些。"①这段话里,重点谈的是古代文学研究的现实性和当代性问题,关于这一点,后面我们还要专门论述;这里我们只想指明,朱自清先生在此表明了他的文学史态度与胡适代表的"五四"以来的一种方法的不同点,这就是"忽略精细的考证而着重解释与批评"。朱自清先生并不否定考证在文学研究中的重要意义。他在另一个地方谈闻一多的治学的时候就说过:"他在'故纸堆内讨生活',第一步还得走正统的道路,就是语史学的和历史学的道路,也就是还得从训诂和史料的考据下手。"②朱自清先生自己就做了许多考据性的文章。这里所讲的"忽略精细的考证而着重解释与批评",是朱自清先生治文学史的一贯态度,即不满足于过于精细的考证,或只限于考证而不能进行理论上

---

① 朱自清:《周话》,北京《新生报》"语言与文学"副刊,1946年10月21日。
② 朱自清:《〈闻一多全集〉序》,《闻一多全集》第1册,三联书店1982年版,第7页。

的概括或升华。我理解他谈的所谓"解释与批评",就是要能够在大量的准确的史料的基础上,寻找出一些文学史发展的规律来。朱自清先生的《经典常谈》、《诗言志辨》、《论逼真与如画》、《古诗十九首释》等论著,都体现了这样一种精神。

王瑶先生的《中古文学史论》是在这种思想的影响之下并由朱自清先生亲自指导写成的。王瑶先生说:这本书"在属稿期间,每一篇写成后,作者都先请朱佩弦师过目,得到的启示和指正非常多。已故的闻一多师,也曾给过作者不少的教正"①。事隔近四十年后,王瑶先生又说:"本书在写作过程中曾受到朱自清先生和闻一多先生的指导……这是一种'亲承音旨'式的当面讨论的方式。"②王瑶先生努力体会他的老师的治文学史的态度和方法,并在自己的写作中躬行实践,逐步形成了自己的文学史的"史观"与"史识"。所谓的"着重解释与批评",也就是站在现代人的立场上,对于古代的文学现象进行"批判的接受"。在朱自清先生刚刚过世后,王瑶先生写的一篇纪念文章里,就特别强调了朱自清先生治学中这种"值得效法"和"令人崇敬"的"精神":

> 他的观点是历史的,他的立场是现实的。在《古文学的欣赏》一文中,他说:"人情或人性不相远,而历史是连续的,这才说得上接受古文学。但是这是现代,我们有我们的立场。得弄清楚自己的立场,再弄清楚古文学的立场,所谓'知己知

---

① 见本书第5页。
② 王瑶:《〈中古文学史论〉重版题记》,《中古文学史论》,北京大学出版社1986年版。

彼',然后才能分别出哪些是该扬弃的,哪些是该保留的。弄清楚立场就是清算,也就是批判;'批判的接受'就是一面接受着,一面批判着。自己有立场,却并不妨碍了解和认识古文学,因为一面可以设身处地为古人着想,一面还是可以回到自己立场上批判的。"基于这种观点,他反对繁琐的死板的考据。去年曾在师范学院讲演过一次《文学的考证和批评》,这文章一直没有写完,是预计中今年暑假要写的文章之一。他以为绝对的超然客观,事实上是不可能的。所以考证的尺度必须放宽,必须和批评联系起来,才有价值。他推崇郭沫若先生的《十批判书》,曾在《大公报·图书副刊》为文介绍过,也就是根据这种道理。①

反对"繁琐的死板的考据",将"放宽"了的考据和历史材料与作者基于客观的立场进行的"解释与批评"结合起来,进行更高层面上的理论研究,就是王瑶在《中古文学史论》中遵循的科学的实证的精神和方法。

这里仅以该书中被朱自清先生赞许为"觉得非常精彩"②的《小说与方术》一章,来看一看王瑶先生是如何实践这一精神和方法的。

《小说与方术》一章共分六个部分。每个部分都有考证的成分,每个部分又都是关于小说产生与道家方术兴盛之间关系的精彩论述。第一节,论小说产生于方术之士,而方术之士又是由"巫

---

① 王瑶:《朱自清先生的学术研究工作》,《国文月刊》第71期,1948年9月。
② 朱自清1947年12月11日致王瑶信,见本书第350页。

医之术"来的,因而吴薛综注张衡《西京赋》"小说九百,本自虞初"时说的"小说,医巫厌祝之术"的说法,也大致是适用汉魏六朝这个时代的。文中引《汉书·艺文志》所录小说15家虽然今皆佚而不存,经过文献的考述,知道其中6种,为汉代人所作,前9家多为依托之作,最早也只能是战国末期的作品,其中自有出于汉人的。文章引《汉书·艺文志》以及班固注、《四库提要·小说类序》等材料考定:"知汉人所谓小说家者,即指的是方士之言;而且这和《后序》中小说家出于稗官的说法,也不冲突。汉魏六朝对于小说的观念和小说的内容,都和这起源有关系。"接着,连续用十余条材料论证:方士就是方术之士,方术之士的地位为士流所不齿;方士是由巫医来的,巫医的职务是通于神明;汉魏六朝时代小说乃"医巫厌祝之术",非常有说服力。第二节,用大量确凿的材料,首先论证巫在社会上的地位是很低的,以方术知名的人士出身不高,在那个门阀势力笼罩的社会中是很难在政治上得意的。但巫医之术仍然有深厚的社会基础,因为巫医之术本来盛行于民间。但他们成了方术之士后,由于干禄之心的增大,帝王们以方术求得长生的欲望的强烈,因此方术之士也常常挟神书异籍来自重。接着,文章引用《后汉书·襄楷传》、《三国志·张鲁传》及注引《典略》、《后汉书·襄楷传》章怀太子注引《太平经典·帝王篇》、《晋书·孙恩传》、《晋书·周札传》等文献,论证方术的发展后来便成了道教,而道教的道术和企图也是和方士一样的,流行于民间,是尽力想向上干政的。由此得出结论性的判断:"无论方士或道士,都是出身民间而以方术知名的人,他们为了想得到帝王贵族们的信任,为了干禄,自然就会不择手段地夸大自己方术的效益和价值。这些人是有较高知识的,因此志向也就相对地增高了;于是利用了那些知识,借着时间空间的隔膜和一些固有的传说,援引荒漠之世,道称绝域之外,以吉凶休咎来感召人;而且把这些来依托古人的名字写下来,算是获得的奇书秘籍,这便是所谓小说家言。"第三节,开始论证方士的三个种类:1.前知吉凶,2.医疗疾病,3.地理博物之学。又用几条典籍的材料,说明三种性质其实是相通的:山川地理是神仙所住的地方,珍宝异物是神仙所用的东西,前知吉凶和治疗疾病是通于神仙和役使鬼物的结果。所以方术干脆就是通鬼神之术。帝王们所以需要这些方术,最重要的是为了长生不死。秦皇汉武的求不死之药,都是基于这种动机。这时引曹植《平陵东行》、王嘉《拾遗记》、托名东方朔的《海内十洲记》等材料,有力地证明了这一点。由于服药求仙、行气导引,既需漫长的时间,又随时可能产生毛病,于是方士们找出一条捷径:炼丹。炼丹的方士也就得到帝王的器重。这里又引用《抱朴子·金丹篇》、《颜氏家训·养生篇》、《南史·陶弘景传》中的四条材料论证,炼丹以求得皇帝的重用正是方士所企求的理想结果。在这一节里,王瑶先生还以典籍材料证明了佛教与方术在小说中的影响。他认为,佛教虽在汉代已传入中国,但在东晋以前,人们仅认为它是方术的一种,而信仰佛教的人,由于各种原因,也常与方术相比附,使黄老、浮屠并称。因此魏晋早期小说中,很少有佛教的影响。宋齐以下,佛法大盛,和方士的动机一样,佛教徒也就有用因果轮回等来宣扬佛法的。这时在街谈巷议的小说里,也有了佛教和方术内容的差异了。王瑶先生引《宋书·宗室传》,特别是完整引录了鲁迅的《古小说钩沉》中所辑《幽明录》一则材料,证明后来佛教用小说攻击道教方术,借以宣传佛法的情形。第四节,说明方士、小说家为了他们的信仰为人接受,也需要举出帝王因信任方士而能够太平兴国的事例,于是这时期集中文治武功的英雄式的领袖汉武帝、淮南王刘安,就成了小说家聚积的理想的目标。王瑶先生用几十条材料论证这一点。有了帝王,还要有佐助他的方士,于是有了关于东方朔的许多奇言怪事的书产生和流传。在用大量的材料阐述这些观点之后,王瑶先生作了自己的理论判断的升华:"这是宗教,态度可能是很严肃的。因此小说虽然是丛残小语,在作者也许就相信它完全是实事和真理。这些事纵然是出于想象的创造,但基于宗教热情的幻想,也可能使自己相信它是真实的。因此小说的发展和道教的盛行,存在着极密切的关系。"第五节,考订叙述魏晋时期小说的真伪与现存小说的特点,第六节以《世说新语》为中心,在考证的同时,更主要的是论证了史传和小说的密切关系。既有大量的史料作依据,有对于史实的考证,有对于当代其他学者考证材料的引用,也有自己的具有真知灼见的论断。如在论到晋王嘉《拾遗记》时,王瑶先生认为,王嘉把传说和历史来小说化了。因为他是方士,所以"殊怪必举","博采神仙之事";因为他又是一代师宗,所以能写得"事丰奇伟,辞富膏腴",文字写得绮丽,而且也有了人物和结构的雏形。但后人因为内容和史传不合,所以多斥他怪诞。"以史法和道德来绳方士之言,当然是不可能的;因为这本是街谈巷语的小说。而且照近代'小说'的观念,这也许是魏晋时比较最接近'小说'的一种。"文章中对于《世说新语》的神怪性质与史传特色,对于小说和史传的联系与区别的论述,也是很有见地的。

这一章很典型地体现了王瑶先生所追求并实践的科学实证精神和方法的特点。一方面,他重视搜集大量的文学与历史的现象的资料,对于一些问题进行必要的考证辨伪,使得自己的论述有深厚的历史的根据;另一方面,他又不陷入繁琐的考证之中,总是在复杂的历史现象中找到一些带有规律性的东西,作出富于创见的理论性的论断。朱自清先生称赞他的这篇文章写得"非常精彩","你能见其大,将繁乱的琐碎的材料整理出线索来,这是难得的,有用的"。① 他在 1950 年代关于《红楼梦》的讨论中所写的文章里,又一次明确地表示了这种文学史的自觉意识。他说:"'详细占有材料'是好的,但重要的是从这些事实中、材料中引出正确的结论",而要做到这一点,需要有正确的观点和方法作为基础,"由于没有正确的思想方法作基础,过去许多的研究工作者常常面对着茫然的罗列的材料,既不审查它底真实的程度和一定的阶级背景,而只把它机械地堆积或排列起来,甚至利用一些材料来达到他主观所臆想的结论"。②

到了 1980 年代,王瑶先生更自觉地概括这种文学史研究的科学的方法论。他认为,鲁迅先生的《中国小说史略》、《汉文学史纲要》、《中国新文学大系·小说二集导言》等著作,"作为中国文学史研究工作的方法论来看","都具有堪称典范的意义"。这种"典范意义"就是:"他能从丰富复杂的文学历史中找出带普遍性的、可以反映时代特征和本质意义的典型现象,然后从这些现象的具体分析和阐述中来体现文学的发展规律。"③

在丰富复杂的史料考证的基础上,闻一多、朱自清先生所实践的"解释与批评",朱自清所讲的考证"必须和批评联系起来"、"批判的接受",王瑶先生所说的从"具体分析和阐述中来体现文学的

---

① 朱自清 1948 年 3 月 4 日致王瑶信,见本书第 350 页。
② 王瑶:《从俞平伯先生对〈红楼梦〉的研究谈到考据》,《文艺报》1954 年第 21 期。
③ 见本书第 3 页。

发展规律",是对于清代以至现代的朴学式的纯实证研究的现代性超越。

四、追求相对的客观性,正确处理"历史的"和"诗的"研究方法之关系

对于文学史的"解释与批评",在复杂的历史现象中找出"文学的发展规律",就包含了寻求历史的客观性的追求在内。但是,如前面所引述的,王瑶先生在谈到朱自清先生的治学精神和方法时,曾说"他以为绝对的超然客观,事实上是不可能的"。那么,在文学史的研究中怎么处理研究者的主体意识和研究对象的客观性之间的关系呢?文学史的研究者们还有没有历史的客观规律可寻求呢?

王瑶先生于1948年发表了一篇关于古文辞的研读的文章。朱自清先生在给王瑶的信中写道:"读到你的《古文辞的研读》,也觉得有特见。"①就是在这篇文章里,王瑶先生重新发挥了他的研究文学历史中尊重客观性的科学观念。文章中说:"在今日而研读过去的文献,……其基本点必须注重在历史时代的发展。所以一个人在研读古代作品时,一定要培养一种历史的兴趣,对古人有客观的了解。"②研读历史和文学史的研究,都同样"必须注重在历史时代的发展"以及"历史的兴趣"的培养,目的是为了对于古人"有客观

---

① 朱自清1948年3月4日致王瑶信,见本书第350页。
② 王瑶:《谈古文辞的研读》,《国文月刊》第68期,1948年6月10日。

的了解"。

这种追求历史的客观性的精神,决定了王瑶先生在文学史研究的态度和方法这个方面坚持一种特有的"意识":写文学史,要是"历史的",而不要是"诗的"。1947年,朱自清先生嘱王瑶为林庚新出版的《中国文学史》作一书评。在这篇书评中,王瑶先生比较集中而清晰地阐发了这一观点。

王瑶先生说:"贯彻在这本书的整个的精神和观点,都是'文艺的',或者可说是'诗'的;而不是'史'的。""作者用他的观点处理了全部文学史,或者说用文学史来注释了他自己的文艺观,遂使这部著作的特点变成了'诗的'。"而造成这一情况的原因,其中之一,就是如何对待文学史的材料问题,也就是对待文学史材料的客观性问题。这部书所以是"诗"的而不是"史"的,"这不能不说是完全由作者的主观左右着材料的去取"的结果。由于主观色彩太浓,作者"为了阐明一种对文学和文学史的看法,便不能不在史料的取舍之间有所偏重了;所以我们说这部书是'诗的'特点超过了'史的'"。这就牵涉到对于丰富复杂的文学史现象的历史的"关联"的注重程度的问题。王瑶先生经过许多具体分析之后说:

> 考据本非这书所着重;在文学史的著作中,这也并非必要;但这书对"史的"关联的不重视,却是很显著的。……在这部书中,历史和时代的影子都显得非常淡漠,我们像把许多时代和生活情形都有参差的文人,以一个标准或精神来平列地加以欣赏和考察。这样,"诗的"特点自然会超过了"史的"。

王瑶针对这种情况,提出自己"理想"的文学史的目标:"但我们相信,文学史的努力方向,一定须与历史发展的实际过程相符合,须与各时代的社会生活和思想文化相联系,许多问题才可能获得客观满意的解决。朱佩弦先生在序中说:'文学史的研究得有别的许多学科做根据,主要的是史学,广义的史学。'正是从事研究的人所应注意的。"①

在林庚先生的《中国文学史》序中,就这部文学史的产生而进行的中国文学史的回顾中,朱自清先生认为早期的文学史文史不分,包罗芜杂,像具体而微的百科全书,"缺少的是'见',是'识',是史观。叙述的是纲领,是时序,是文体,是作者;缺少的是'一以贯之'"。胡适的《白话文学史》上卷,郑振铎的《插图本中国文学史》,刘大杰的《中国文学发展史》,着眼点各有不同;而林庚先生的《中国文学史》则"着眼主潮的起伏上"。书的作者"将文学的发展看做是有生机的,由童年而少年而中年而老年",然后就是"五四"之后的"文艺的曙光"。作者的这种以"思想的形式与人生的情绪"是"时代的特征"的生机观,表现了他渴望能够产生"伟大文艺"的"理想的社会"的诞生,并以文学史的研究为促进这一目标的实现而努力。所以朱自清先生说:"明白了著者的这种态度,才能了解他的这部《中国文学史》。"同时又认为:"著者用诗人的锐眼看中国文学史,在许多节目上也有了新的发现,独到之见不少。""他写的是史,同时要是文学;要是著作也是创作。"②朱自清先生

---

① 王瑶:《中国文学史》(林庚著,书评),《清华学报》第 14 卷第 1 期,1947 年 10 月。

② 朱佩弦先生序,林庚著《中国文学史》,国立厦门大学出版社 1947 年 5 月初版。

王瑶的中国文学史研究方法论断想——以《中古文学史论》为中心

对这部文学史的评价是符合作者的意图和努力追求的"史观"的。

王瑶先生对于林庚先生文学史的批评与朱自清先生的看法不尽相同,但是又得到朱自清先生的肯定①,原因在哪里?

朱自清先生的序里是以林庚的"史观"追求来评论他的文学史,而王瑶先生的书评则是以文学史的普遍性原则来论述林庚先生的文学史的。差异就产生了。这里我们不去评论林庚先生的文学史探索不可替代的价值,而是更注意王瑶先生在批评中所体现的他自身的文学史观和方法论。王瑶先生强调文学史应该是"史的",而不应该是"诗的",这种批评里包含了他在追求现代实证精神和方法中的一个十分重要的思考:文学史的研究必须尊重历史的客观性,而避免更多的主观色彩。他强调的所谓"文学史的努力方向,一定须与历史发展的实际过程相符合,须与各时代的社会生活和思想文化相联系,许多问题才可能获得客观满意的解决",就是对于这种尊重历史客观实际思想的精确的阐述。

《中古文学史论》就是这种"史观"和方法的实践。作者在初版自序中更加明确地说道:这本书的目的在于审慎地"探索和解释"这一时期中文学史的诸现象。作者并不以客观的论述自诩,他只是"要能够贡献一些合乎实际历史情况的论断"。世界上没有绝对的超然的客观,写历史总是会或多或少地渗入作者主观的体认和思想。对于现实变革的理想和追求,个人生活的经历和气质,往往不可避免地介入自己对历史现象的感受和选择、认知和解释。文学发展的历史是客观的存在,但是它需要研究者的整理和阐释。

---

① 朱自清1947年12月11日致王瑶信中说:"书评已读过了,写得很好。意见正确,文章也好。虽然长些,我想不必删。"见本书第349页。

仅仅是一个大堆历史材料的纯客观的罗列等于没有历史。反过来，如果让客观的历史现象，随着作者的主观意愿任意调遣和解释、组合和塑造，也会扭曲了历史，而无法得到历史的客观的面貌。王瑶先生追求的是历史"相对的客观性"。他的"审慎的探索和解释"，就是为了达到历史客观性的手段，而"贡献"一些"合乎实际历史情况的论断"，就是治文学史的真正的最终追求。他的整部《中古文学史论》都贯穿了这种精神和方法。

例如，为了得出"合乎实际历史情况的论断"，他对于曹丕《典论·论文》中关于"今之文人"以"建安七子"最著名的论断作了新的辨析。他认为，"七子间的情形也不尽同，例如把孔融列在里面，便是件很不协调的事情"。从年代上考察，孔融被诛时，年五十六岁，比曹操还大两岁，曹丕只二十二岁，其余诸人皆三十余岁，孔融与这些人并列，并非同侪；从史实上考察，《魏志·王粲传》陈寿评语、《谢康乐集》的《拟魏太子邺中集八首》等，均只谈曹丕兄弟与王粲等六人，并无孔融；从作风上说，作者引《文选》、《文心雕龙·诔碑篇》、《文心雕龙·才略篇》等，说明孔融的文体和"慷慨骋辞的建安作风有别"。作者在书中又接着说明：《后汉书·孔融传》云："魏文帝深好文辞，每叹曰：'扬、班俦也。'募天下有上融文章者，辄赏以金帛。"可知曹丕将孔融列于七子之首，"只是为了他自己的特殊爱好。孔融实际上是不能和其余诸人相提并论的"。① 这一辨析的论断更符合于文学历史客观的实际。

再例如，为了借《薤露行》这首诗说明曹子建的"人"的方面，王瑶先生做了深入的考证与辨析工作。他说："中国历来评诗文的

---

① 见本书第241页。

人,都喜欢因文而及人;因为喜欢作品,便连带地硬把一些传统的道德标准来加给作者,证明他的一切为人也都是合乎典型的标准。"如屈原的字字忠贞,杜甫的每饭不忘君……因此曹子建这个历史身份最明确的诗人也不可避免地受到曲解。有人说他的《情诗》"游子叹黍离,处者歌式微"一首乃是"子建不忘汉室之意"。王瑶先生通过详细地考证,包括引用黄节《曹子建诗注》,以韩诗之说释《情诗》中的歌咏黍离,认为此诗乃与《赠白马王彪》同时作,是伤任城王之死作的。"举证确凿,似可成为定说",与流行的"系心汉室"、"不忘故国"无关。文章充分说明,《薤露行》非"不忘汉室"之意,而是根植于他的政治和生活上"抑郁失意"的作品。王瑶先生说:"要想了解作品,则对作者的生活和思想,当然需要理解清楚;但我们以为要懂得一个作者,最好还是客观地从史传记载和诗文内容来着手,比较近实一点。"①所谓的"客观地从史传记载和诗文内容着手",达到的目的还是"近实",即接近客观历史的实际情况。

历史的现象丰富复杂,从中找出"近实"的规律,更非易事。即便找到了自己认为是规律性的东西,也会常常有许多的例外。对于这些例外,不是避而不谈,而是给予合理的解释,这是尊重历史客观实际的一种必不可少的态度和方法。《中古文学史论》中就有很多地方是这样做的。如王瑶先生用很多的篇幅论证魏晋文人"服药"和讲究"美姿容"的风尚,但是同时他自己就说明还存在另一个方面:"我们不能以偏概全,魏晋名士中自然也有许多放浪形骸之外,不讲究姿容的人。"即如竹林诸贤,除嵇康服药而不善饮酒

---

① 见本书第247页。

之外，大都属于阮籍一类大量饮酒、不尚清谈、口不臧否时事的人物。他们以实际日常行为来表示他们的任达、自然，不为礼法所拘束，不希求人为的长寿。"在现存的记载中，我们找不到一个这样大量饮酒而又美姿容的人，也找不到这样一个任达的酒徒而又同时是服药的人。"王瑶先生对于这一通则式的判断，还进行了充分的考证和论述。① 这种态度和方法，也同样是"近实"的客观追求所应具有的学术品格。

尊重历史的客观实际，是研究文学史的人最为重视的精神。朱自清先生如此，闻一多先生也如此。闻一多先生曾说："我个人读《诗经》的动机也未尝不是要在那里边多懂点诗。我读诗的经验也告诉过我，这条路还够我走的。但是无奈在这件事上我的意志不太坚定。我一壁想多多恢复《诗经》中的诗，使它名实相副，又常常担心把《诗经》解得太像我们的诗了。一个人会不会有时让自己过度的热心，将《诗经》以外，《诗经》以后的诗给我私运进《诗经》里去了，连自己还不知道呢？"②他又说："一个历史人物的偶像化的程度，往往是与时间成正比例的，时间愈久，偶像化的程度愈深，而去事实也愈远。在今天，我们习闻的屈原，已经变得和《离骚》的作者不能并立了。你若认定《离骚》是这位屈原作的，你便永远读不懂《离骚》。你若能平心静气的把《离骚》读懂了，又感觉《离骚》不像是这位屈原作的。你是被你自己的偶像崇拜的热诚欺骗了。"③文学史研究没有绝对的超然的客观，但是也不能任主观的过

---

① 见本书第160—161页。
② 闻一多：《卷耳》，天津《大公报》文学副刊《文艺》第9期，1935年9月15日。
③ 闻一多：《读骚杂记》，天津《益世报》文学副刊第5期，1935年4月3日。

王瑶先生的这种文学史的"史识",表现了对于文学历史现象的历史性和规律性的高度关注。

基于这种认识,在处理史料的搜寻以及规律的发现与阐述的关系方面,就表现了他清醒的觉识,他的《中古文学史论》一书,就是这种主张的一种最好的实践。全书为了探讨汉魏六朝时期的文人思想、生活和文学风貌,对于有关的文学和历史典籍中的材料,几乎是搜罗殆尽的。他的每一个论断,都不是凭空的臆想,而是有大量的历史和文学现象的史料做根据。有时,为了说明一个论断,作者要连续用上十几条材料;有时,在一条材料里,就可以独到地阐发出一个新颖的论断。

例如,在谈到魏晋文学和玄学与清谈之间的关系的时候,王瑶先生为了说明"清谈的来源也是有史可证的"这一观点,连续用了《后汉书·党锢列传序》、《后汉书·郑泰传》、《魏志·钟繇传》注引《魏略》、《魏志·臧洪传》注引《九州春秋》、《魏志·刘劭传》、《文选·应璩与侍郎曹长思书》、刘桢《赠五官中郎将诗·二》等典籍和作品中的七条材料,而其中多数是历史方面的材料,属于文学的只有一条。由这些材料,王瑶先生得出结论:"可知清谈在最初只是指谈论时措辞音节的美妙。党锢之祸,名士言论受到惨毒的打击,以后的政局也同样是未便批评,于是谈论之风遂由评论时事,臧否人物,渐趋于这种评论所依据的原理原则。所以阮籍出言玄远,司马昭许为天下之至慎。学术遂脱离具体趋于抽象,由实际政治讲到内圣外王,天人之际的玄远的哲理……到了正始以后,这种发展已经成熟,清谈一词,遂专指玄理虚胜之言。"[①]在同一篇文

---

① 见本书第43页。

度的"热心"和"热诚"渗入,无论是偶像化也好,反偶像化也好;只有这样,才不至于用扭曲了的历史来"欺骗"自己,也误导别人。王瑶先生继承了朱自清、闻一多先生坚持的这一"音旨"和精神。他在这里,表现了具有科学实证精神的学者应有的冷静。在讲到魏晋时代依托古人作伪书的风气时,他就这样说过:"他们的历史观念当然与近代人不同,没有近代治学方法的客观","近代人的研究古代是理智的,而他们的思古却是感情的"。①

五、历史研究的当代性,坚持文学史研究中"历史的"与"现实的"之统一

王瑶先生在文学史观中追求"近实",也就是使自己的研究论断尽可能地接近历史的客观实际。因此,"近实"的本质就是"近史"。但是,这种"近史"的文学史研究,又如何处理同现实的关系呢?

本文前面已经谈到,王瑶先生在论述朱自清先生的治学精神的文章里首先就说到,"他的观点是历史的,他的立场是现实的"。在同一篇文章里又说:"他的治学的各方面都是如此,谨严而不繁琐,专门而不孤僻;基本的立场是历史的,现实的。"不仅仅古代文学的研究如此,"他关于新文艺的论文也都是从历史的演变分析

---

① 见本书第235页。

起,再和现实的要求联系起来"。① 这里所说的"现实的",不是让研究者用所研究的对象去联系现实,对现实作正面或负面的批判,或直接解决现实社会与文学发展中的问题,而是首先要求研究者能对历史有一个现代人的立场和观念的认识,也就是朱自清先生所说的对于历史的"清算"和"批判"。"批判的接受",就是"一面接受着,一面批判着",这样,"哪些是该接受的,哪些是该保留的",才能弄清楚,才能分别出来。

郭沫若在论到闻一多的古代文化学术研究的时候,引述闻一多关于做《楚辞校补》工作时给自己定下的三项课题——1.说明背景;2.诠释词义;3.校正文字,然后说道:他所规定的三项课题,其实也就是研究古代文献的共通课题。第一项是属于文化史的范围,应该是最高的阶段。汉儒的研究是在第二、第三阶段上盘旋,宋儒越蹿了第三阶段,只是在第二阶段的影子上跳跃。清儒又回到第二、第三阶段上来,然而也只是在这里盘旋,陶醉于训诂名物的糟粕而不能有所超越。而现代的科学实证精神和方法指导下的文学史研究,与古代根本不同之处,就在于要有这种"超越"。郭沫若说:

> 要想知道"时代背景"和"意识形态",须要超越了那个时代和那个意识才行。"不识庐山真面目,只缘身在此山中",不能超越那个时代和意识,那便无从客观地认识那个时代和那

---

① 王瑶:《朱自清先生的学术研究工作》,《国文月刊》第71期,1948年9月10日。

个意识,不用说是更不能够批判那个时代和那个意识。①

接着这个意思,郭沫若更进一步说,闻一多"虽然在古代文献里游泳,但他不是作为鱼而游泳,而是作为鱼雷而游泳的。他是为了要批判历史而研究历史,为了要扬弃古代而钻进古代里去刮它的肠肚的。他有目的地钻了进去,没有忘失目的地又钻了出来,这是那些古籍中的鱼们所根本不能想望的事"②。朱自清论述闻一多的古代文学研究特点时也说,他努力使"古代跟现代活泼泼的连续起来",是值得后人发扬的一种治学的态度。即使在1932年到死前两年里"他伏首研究《楚辞》《诗经》《易经》等古书,他好像是脱离了现实,实际上他还是在现实中"。③

　　立足于现实之中,以"超越"的态度和眼光看待历史现象,在批判与扬弃中分辨清哪些是该接受的,哪些是该保留的,哪些是值得发扬和继承的,使自己对于古代文学史的研究能够与现代生活"连续起来",这是王瑶先生的前辈学人为他提供的文学史研究的精神范式,也是王瑶先生在文学史研究中自觉遵循的规范与方法。他曾经申明自己的研究就是"遵行"朱自清先生上述"对于文学史的看法","至于能遵行到如何程度,就不敢说了"。④ 因此,说他的《中古文学史论》一书体现了历史的与现实的结合的精神与方法,

---

　　① 郭沫若:《〈闻一多全集〉序》,《闻一多全集》第1册,三联书店1982年,第4页。
　　② 同上书,第5页。
　　③ 朱自清:《谈闻一多教授生平》,《朱自清全集》第4册,江苏教育出版社1990年,第462页。
　　④ 王瑶:《〈中古文学风貌——中古文学史论之三〉后记》,《中古文学风貌》,并见本书第350页。

是完全有根据的。

这主要表现在以下几个层面上：

第一，在对于历史的研究中，坚持现代人的批判的审视的立场和观念，超越那个时代的历史背景和意识去观照那个时代的历史背景和意识。如他在论到魏晋时代文人的隐逸之风的时候，揭示了不仅有遁入山林田园的"真隐"，更有以隐求仕的"朝隐"，不但隐逸成了"太平政治的点缀"，同时隐逸的希企也成了"士大夫生活的点缀"，而且揭示了一种带规律性的现象及其根源，即在魏晋时期，诗文中的思想和作者平生的行为大半不符合。像陶渊明那样躬耕于田里，不是一般名士所能做到的。名士们这种言行不符，是他们内在矛盾的表现。"他们底希企隐逸在主观上却还是衷心的。他们不满意自己现实的生活，怕不能常保，怕名高祸至，因而想要摆脱；当然也不过只是想想而已，并没有真正来尝试解脱。这就是他们生活中的矛盾——现实与想象的矛盾。"①

又如，王瑶先生在详细地考论了魏晋文人服药之风气以后，谈到这种服药对于文人性格趋于暴躁、狂傲的影响，由此得出一种超越性的结论："所以不只是诗文，整个魏晋名士的生活都和药有不可分离的关系。过去一向为封建士大夫所景慕的那种所谓飘然的高逸风格，简傲的名士派头，所谓'魏晋风度'，不营物务，栖心玄远，都可以在这找里到了他们一部分的根源。"②在谈魏晋文人的饮酒之风的时候，王瑶先生说明，因为他们服药无望，便沉湎于饮酒，

---

① 见本书第214页。
② 见本书第159—172页。

原因是"失去了对长寿的希冀,所以对现刻的生命就更觉得热恋和宝贵。放弃了祈求生命的长度,便不能不要求增加生命的密度"。在分析论证了老庄思想的影响的同时,更进一步揭示了他们这样做的原因,是与实际社会的"逼迫"有关。"为了逃避现实,为了保全生命,他们不得不韬晦,不得不沉湎。从上面看来,饮酒好像只是快乐的追求,而实际却有更大的忧患背景在后面。"[①]超越了那个时代的意识,对于那个时代复杂的诸现象,才有可能得出这些具有现代人思想的分析和论断来。

第二,在历史的现象和过程的探索与分析中,糅进研究者或浓或淡的现实感。我们不赞成以历史影射现实,更不同意为注解个人的现实批判精神而扭曲历史。但是在历史研究中融进现实感,仍是一种科学的态度。王瑶先生在他的中古文学史研究中,可以说也包含了许多个人的现实体验。在论析魏晋时代是一个军阀混乱时期的时候,关于盗匪蜂起、难民流亡、门阀争权、战乱频仍、玄老盛行、仕人忧患等,许多的描述和论证,都是对于历史的真实的反映,同时也包含了他对 1940 年代中国社会现实的深切感受在内。鲁迅先生的《魏晋风度及文章与药及酒之关系》本身,就是借讲历史以抒发现实的愤懑情怀。这篇文章在精辟地论述了魏晋时期文人与政治的密切关系与他们的生活态度的同时,还借古喻今,以曹操及司马氏捏造罪状铲除异己的史实,暗示当局以"莫须有"的罪名屠杀共产党人和进步人士的逆行等。鲁迅先生说:"弟在广州之谈魏晋事,盖实有慨而言。'志大才疏',哀北海之终不免也。

---

① 见本书第 175、183 页。

迩来南朝奔波,所阅颇众,聚感积虑,发为狂言。"①鲁迅是政治型的文学家。他这样做是因参与时代斗争的需要而采取的曲折形式。王瑶与鲁迅的身份和处境不同。王瑶说自己的《中古文学史论》深受鲁迅这一文章的影响,主要是指鲁迅的"研究中古文学的思路和方法"给他的启发。从王瑶先生该书的思路和选题,在论述中关于文人社会背景、生活情态的总体考察,读者可以看出这一影响的明显的烙印。王瑶先生做的是更加学术性的工作。但"纯然的客观"是不存在的。在那个战乱频仍、人民流离、社会黑暗、贫富悬殊的时代,他研究文学史,就不能不浸染着一个有社会良知的研究者一定的现实感。有一些章节或片断的文字中,是"有慨而言"的。这是无须更多论证的事实。

第三,对于前人意识的"超越",应该也包括在纯学术方面的突破和开拓。这种突破与开拓,本身就有一种当代人的意识和责任感在内。王国维之治宋元戏曲史,就是有感于我国历史上"为此学者,大率不学之徒;即有一二学子,以余力及此,亦未有能观其会通,窥其奥窔者,遂使一代文献,郁湮沉晦者,且数百年,愚甚惑焉",自己治此道,乃自信"世之为此学者自余始;其所贡于此学者,亦以此书为多"。② 这是就学术本身发展的意义而说的。梁启超之治中国学术思想史,则发出这样的感慨:"学术思想之在一国,犹人之有精神也;而政事,法律,风俗,及历史上种种之现象,则其形质也。故欲觇其国文野强弱之程度如何,必于学术思想焉求之。""自

---

① 鲁迅1928年12月30日致陈濬信,《鲁迅全集》第11卷,人民文学出版社1981年,第646页。
② 王国维:《〈宋元戏曲史〉自序》,《宋元戏曲史》,商务印书馆1915年9月初版。

今以往,二十年中,吾不患外国学术思想之不输入,吾惟患本国学术思想之不发明。……今正当过渡时代,苍黄不接之余,诸君如爱国也,欲唤起同胞之爱国心也,于此事必非可等闲视矣。"①这是就爱国自强的目的而说的。学术研究可以有学术以外的目的,但更重要的当然还是学术发展本身。王瑶先生就中古文学史进行研究,在复杂的历史现象中,进行政治、文化、作家生活和心态、作家地位与作品价值的研究,努力找出一些历史发展的规律来,就这一时代的文人生活与思想、文学风貌,给了当代的人们一个较新的视点和较客观的认识。这种学术研究本身,作出了对于刘师培、鲁迅已有的研究成果的"超越",本身就有他的现实感和学术自身发展的现实联系,这也是一种学术当代性的表现。对于学术研究当代性的过于狭隘的理解,不利于研究者所进行的学术研究的发展。即使是属于纯粹考证性的学术研究,也应作如是观。

朱自清先生谈到闻一多的学术研究计划时曾说:"就在被难的前几个月,他还在和我说要写一部唯物史观的中国文学史。"②吴晗也说:"他的志愿是写一部以人民为本位的可读的唯物史观的《中国文学史》。"③这种愿望没有实现。但他努力立足现实而又注意"以人民为本位"的文学史研究态度和方法就是充分的现代人的思考。王瑶先生的《中古文学史论》虽然不是一部完整的文学史,而是一部断代的文学史论,但它所体现的现代的科学的实证精神和

---

① 梁启超:《中国古代学术思想变迁史·第一章总论》,上海群众图书公司1925年。
② 朱自清:《〈闻一多全集〉序》,《闻一多全集》第1册。
③ 吴晗:《〈闻一多全集〉跋》,《闻一多全集》第4册。

方法,因为做到了历史的与现实的结合,贯注了历史唯物主义的精神,就不仅具有很强的现实的当代性,而且具有启示于学术进一步发展的未来性。

1994 年 9 月 16 日于北京大学畅春园

(原载日本《中国学志》履号,1996 年)